程保平 ◎ 主编

五松听风

海峡出版发行集团 THE STRAITS PUBLISHING & DISTRIBUTING GROUP | 海峡文艺出版社 Haixia Literature & Art Publishing House

图书在版编目(CIP)数据

五松听风/程保平主编. —福州:海峡文艺出版社,2024.4

ISBN 978-7-5550-3469-8

Ⅰ.①五… Ⅱ.①程… Ⅲ.①中国文学—当代文学—作品综合集 Ⅳ.①I217.1

中国国家版本馆 CIP 数据核字(2023)第 176561 号

五松听风

程保平　主编

出 版 人　林　滨

责任编辑　林　颖

出版发行　海峡文艺出版社

经　　销　福建新华发行(集团)有限责任公司

社　　址　福州市东水路 76 号 14 层

发 行 部　0591—87536797

印　　刷　四川科德彩色数码科技有限公司

厂　　址　成都市郫都区成都现代工业港北片区港北二路 551 号

开　　本　720 毫米×1010 毫米　1/16

字　　数　343 千字

印　　张　23.5

版　　次　2024 年 4 月第 1 版

印　　次　2024 年 4 月第 1 次印刷

书　　号　ISBN 978-7-5550-3469-8

定　　价　73.00 元

如发现印装质量问题,请寄承印厂调换

CONTENTS

目 录

第一辑 散 文

第二辑 小 说

第三辑 诗 歌

第一辑

散　文

家在铜官山

万以学

一

我在黄山参加一个会后，就直接回到了老家铜陵。母亲病重，卧床数月，急剧消瘦，形销骨立。她年轻时吃过很多苦，负过工伤，但从来生命意志坚强，等闲看得世间艰难困苦。父亲去世后，母亲一直住在铜官山脚下平顶山村，坚决不挪地方。平顶山村，过去叫露采新村，住户基本上是原铜官山矿的工人。平顶山或露采，熟悉的人都知道，根本就是矿山的专用名词。

铜官山向来是铜陵的代称。早些时候，铜官山比铜陵有名，当初铜陵建市时的名字，就叫作铜官山市。

铜官山一直是铜陵地区第一名山。铜官山采铜历史很早。《汉书·地理志》载，汉元封二年（109），改秦制鄣郡为丹阳郡，设铜官，主管今之皖南片区的铜矿采冶事宜。铜官的治所在什么地方，如今难以考证，但铜官山的名头却实在落锤了。

历代连绵下来，全国冠名"铜官"的地方不止一处，《山海经》记载的出铜之山约有400处。铜，同金。铜官即寓有财富之意，更有创造财富之意。即山铸钱，国用富饶。不论官方还是民间，都认为吉祥，争相取名铜官也不为异。但延用历史之长、名气之大，还得数铜陵这一个铜官山。

去铜官山国家矿山遗址公园，一条路是从市区的长江东路进入，到铜官山的南坡山脚，为公园的主出入口。这里顺山势建了旅游驿站、观山廊道、书屋和风雨亭等。进入主入口，左上是铜官山东侧的登山步道，右下则为老铜官山矿炸药库，继续走就到了矿山的原大洼凼了。

另一条路是从铜官山路转入宝山路，径直穿过平顶山村，可直达山的北脚。平顶山村在铜官山脚下，准确地说，是在铜官山、宝山和笔架山之间。20世纪50年代，为便于露天开采，用大爆破方法削平了这里数个山峰，如小铜官山、观音涝山、老庙基山等，碎石填谷，形成了一个废渣石的平整堆场，俗称"架头"。

废渣石里有不少残矿，后被铜官山矿组织矿山家属工做了二次开采。我少儿时记忆深刻的图景之一，就是铜矿的家属工们，在夏天炽烈的阳光下，戴着草帽，围成一圈，把废石堆里那些含有铜料的石头拣出，砸碎、分类、装筐，再运到选矿车间处理。这些被组织起来从事辅助生产的家属工，当时被称为"五七"妇女劳动大队，家属工则被称为"五七"工或"五七"战士，我母亲就是其中的一名"五七"战士。铜官山大规模露天开采的结果，就是在山脚处形成了一大一小两个矿坑，俗称大洼凼和小洼凼。我那时经常跑过堆场，到大洼凼去看那些巨型矿车沿着岩壁轻车下、重车上，一圈圈地盘旋，觉得很是壮观。后来，露天采场被废弃，大洼凼成了垃圾填埋场。大洼凼被填平后，上面覆盖厚土，零星种了些绿植，修成了小公园。

铜官山北坡也修有登山步道。循阶而上，山脚下的原铜官山矿一览无余。过去夏天蒸腾的热浪、白花花的堆场不见了，触目之处，是废弃的通风井卷扬机，运输皮带廊的水泥支架、矿山工棚等。"架头"北边的平顶山，过去多是八户或十户一栋的工棚房，现在平房全改成了楼房，还延伸新盖了许多小高层。

继续攀登，登高远望，发现整个大铜官山和对面的笔架山已变成城市内部的自然景观，市区高楼林立，扩张得看不到边了。长江如带，线条状在天际飘过。不由感慨，旧县志所谓"维山挺秀，维川瀹灵，清淑郁蒸，人文蔚聚，峦层嶂叠，宝气烛天，湖汇江流，阴精沃地"的描述，所言非虚。

二

铜官山为黄山余脉终端，呈东北与西南走向。但与黄山诸峰的峰林构造不同，它没有断裂和裂隙，看不到岩层的垂直节理发育侵蚀切割，也没有球状、柱状之类风化石，以及泉潭溪瀑等地质景观。铜官山不奇异峭峻，而是骨骼粗大，山脊厚实，如一头巨大的趴伏在大地上的老牛，条条山脊如根根粗大的骨骼，昭示着它无与伦比的资源赋存和无穷无尽的力量。

文明的标志一是文字，二是金属，三是城市。古代所谓的金属，大多数情况下，指的就是铜。铜是人类最早发现和使用的金属之一。铜的发展和使用，对推动人类社会发展和文明进步有巨大的作用，以至有"青铜时代"或青铜文明的断代称谓。没有铜，也就没有所谓的青铜文化或青铜文明。

铜陵地处古扬州，星分六都。《尚书》记载，荆扬"厥贡惟金三品"，铜为赤金。汉刘濞甚至在此铸钱直接充填国库。如今多以现行政区划来分析古代经济地理，经常是你争我夺，不免出现错讹。或以自然条件，用生产组织的空间布局来分析，可能更为科学。铜官山在中国的工业史上位置极其特殊，它坐落在著名的长江中下游铜铁成矿带上，是皖南沿江古代铜矿群落的中心。铜官山是一个"高地"，目前沿江和皖南地区发现的铜采冶遗址大都围绕铜官山分布。区内有大龙山、阳白山、乌木山、罗家村大炼渣遗址、古梅根冶、金牛洞采矿遗址等。远眺则是万迎山、工山、凤凰山、狮子山、铜山等。从今天的遗址分布看，在空间上，它覆盖了宣城、芜湖、贵池、黄山、马鞍山等地，时间上则延续春秋、战国、秦、汉、六朝、唐、宋等各个时期。

铜官山采铜历史源远流长。清《方舆纪要》载，铜官镇，南唐因以名县，有泉源冬夏不竭，可以浸铁烹铜。旧尝于此置铜官场，有采铜专供梅根冶。《太平寰宇记》说，铜山，在县南十里，其山出铜以供梅根冶。此处铜山即铜官山。梅根冶在今贵池，即大通镇与贵池县之间，大江之滨。古代在此冶铸钱币，梅根港因此谓为钱溪。清乾隆《铜陵县志》载，铜官山，铜精山均有冶场。宋朝利国监"在铜官山下之下，去县四里许"。恢复铜官山矿开采时，也曾发现过唐代以前的采冶遗址。20世纪80年代，有关部门组织"皖南古铜矿考古"，铜官山脚下的金牛洞冰铜锭、金山古矿区地表遗存、罗家村大炼渣等，均为西周早期，被誉为中国之最。综合起来看，围绕铜官山的采铜炼铜铸铜活动，上至商周，下到唐宋，延续了2000年左右，在国家经济和政治版图上一直位置显赫。算上近当代的现代开采冶炼，铜官山的"铜史"迄今已达3000年。

中国文人向来偏爱撰写山水诗文，至多写点农桑事工，极少写到工业。似乎这些东西不具诗意，难入词赋。冰冷的铜锭和散发着利益的铜臭，似乎距离诗情画意更远。就是在现代化的今天，工业化、机械化在文人笔下也是异化的东西。但难能可贵的是，宋以前文人围绕铜和铜官山及周边大小矿山的采冶，却留有不少文墨，成为文学史上不可忽略的一笔。庾信之"北陆以杨叶为关，南陵以梅根作冶"，李白之"铜井炎炉敲九天，赫如铸鼎荆山前"，宛陵诗人梅饶臣之"碧矿不出土，青山凿不休，青山凿不休。坐令鬼神愁"，孟浩然之"火炽梅根冶，烟迷杨叶洲"，苏轼之"春池水暖鱼自乐，翠岭竹静鸟知还。莫言叠石小风景，卷帘看尽铜官山"，所谓宛陵、扬叶、梅根、南陵等地名，都在今天的铜官山周边，都曾设有铜采冶场。这些文字在中国文章一片风花雪月之中，留下了别具一格的青铜回音。

过去铜官山脚下遍地开着一种蓝色的形似牙刷的铜草花。这是古人通过植物寻找铜的线索。更科学一点的方法是以物寻物，循着矿脉去找新矿苗，或利用磁铁矿再去找下部的铜矿。这些古老方法非常伟大，但进行深度开采，古人的方法就不够灵了。

明朝以后，基本看不到铜官山开采的记录，原因大抵是货币用银的多了，工具用铁的多了，使用铜的便少了。还有一个原因可能是找铜难或不到铜了，出现了技术断层。清乾隆《铜陵县志》谓，后"铜沙竭，监废"。《方舆纪要》也说，唐铜官场，宋置利国监，岁久铜乏，场与监俱废。但在漫长的时间里，从罗家村炼渣遗址到汉坑采掘遗址，各个时期的中国铜记忆，铜官山都一直在场，由它构成的丰富历史褶皱，仿佛随时可能在历史的幽暗深处复活。

三

进入现代，铜官山矿又恢复了开采。这与中国被迫打开大门、对外开放的曲折命运相连。鸦片战争后的清道光二十八年（1848），安徽省允许英国人凯·约翰承办歙（县）、铜陵大通、宁国、广德以及潜山矿产，嗣以专办铜陵之铜官山，订期百年，占地 38 万 4000 余亩。后遇皖中绅民坚决抵制，以银 40 万两赎回自办。省府还为此向日商三井借款 20 万，以铜官山矿砂作为抵押。

铜官山矿真正恢复建设，是跟随中华人民共和国开始的。1950 年，铜官山矿开始恢复生产。与此同时建设的是铜官山冶炼厂，即后来的有色一冶，其粗铜冶炼尾气排放烟囱高达 110 米，内筑耐火材料，外围钢筋混凝土，仅靠 30 来人用几台破旧的卷扬设备，128 天就建成了。我的父亲母亲，就是在那个年代来到铜官山的。一半是跑生活，一半是响应国家号召。母亲说，那时他们不知道东南西北，只晓得要来铜官山，然后就从长江对面的无为来到了铜官山。

我小时候住在露采，记忆深的有两件事，一是松树山的"火区"采铜，就是采高硫矿床，是矿工们下班后聊得最多的话题；二是所谓的"双三万"，即年产粗铜、铜料各 3 万吨。那时我什么也不懂，但每当矿山放"大炮"，即一次装填炸药超过 1 吨，弥漫在矿区和家属区的，是那种紧张和上下一致、全力以赴的气氛。它让我至今心有所往。后来参加工作，按捺不住好奇心，我到铜山矿下井专程去看"火区"采矿。在峒子里，佝偻走上半天，看到掌子面，刚一伸腰，眼睫毛就被高温一撩，立马倒卷刺到眼睛里，哗地一下，眼泪水就流淌了一脸。

母亲说："你们几个小孩我没工夫管，都是自己长大的。"但说到那时的工作，她耷拉的眼皮就会睁开，说："刚开始的工资一天才 3 毛 6 分钱，不知道劲从何而来，天不亮就出门，自带中饭，到傍晚才回家。"我曾偷看过她的饭盒，所谓菜，只是一根咸萝卜头。她一个月工资 10 来块钱，关晌后的第一件事，就是与父亲的工资合并，把必须的米油盐买回家。当时我们家改善伙食主要是父亲的保健票，面额 2 角 5 分，是专门发给打眼工和放炮工等高强度高技术工种的，积攒几张，就可以买一饭盒红烧肉。母亲因为表现好，从"架头"上的砸石子工被选到矿上炸药厂做装药工。终于能在车间（屋里）上班了，她工作更加努力。有一天，她从高高的装填工架上摔下来，落下了终生的工伤后遗症。

因为"五七"大队家属工的退休待遇问题，20 世纪 80 年代末，母亲她们还多次上访，而作为她的儿子，我却站在接访的队伍里。当时一位市领导问我："要不要单独接访一下你母亲？"我说："不用，回去我单独跟她说。"再后来，母亲她们终于涨了一些退休金。母亲叹息地说，某个姐妹走得早了，没享到福。

四

铜官山矿的大洼凼越挖越深，井采部分也难以为继。资源枯竭，品位下降，成本上升，整体出现亏损，终于在 20 世纪 80 年代被迫关闭，转办水泥厂，还搞起了多种经营。但这些已与父母关系不大，他们先后退休。由于地下采空，铜官山对面的笔架山连续多年不断坍塌，胸凹脊弯，山的威势不再，如同无血无肉无精气的野兽骨架。铜官山矿职工的后代们则星云四散。但我始终不相信，铜官山矿会枯竭，历朝历代，铜官山曾被多次关闭，最后总能在某个机缘里复活。

铜官山矿关闭后的故事还在继续。铜陵的冶炼规模更大了。先是兴办了10 万吨级的合资企业金隆公司，后来又上马了闪速熔炼、闪速吹炼工艺的铜冶炼厂。如今，冶炼需要的海量铜精砂，基本靠海外买矿解决，冶炼也早已走过粗炼阶段，精炼铜品位已到 5 个"9"的纯度，成为国家新标准。铜陵现在正集中力量发展铜材加工业，发展铜基材料及制造业。

铜的好处很多，其中之一，它是基础材料中的基础材料，没有可能被其他材料淘汰，从冰铜到粗铜、精铜，从铜坯到铜线、铜板、铜棒，到印制电路板甚至纳米材料，可以肯定地说，使用永无尽期。再一个就是铜的再生能力强，可以反复使用。永续的资源利用，可能还未破题呢。

五

母亲躺在床上，如一片薄纸。数月来，她浑身疼痛，一直进食困难，常常几粒饭要咽一两个小时。妹妹说，母亲夜里痛大了，常自言自语："要斗争，绝不屈服。"那都是她青年时代的常用语。哥哥说："你回来和她说说话，她的精神就好一点，甚至眼睛更亮一些。"

母亲说："我也不明白，那时几乎天天干活，干那么重的活，怎么也不觉得苦。"她说的时候，还不经意间流露出幸福的感觉。这是青春与岁月的区别，还是肉体与灵性的区别？其间是隔了一堵墙还是一张纸？它们之间到底有无血脉相连呢？我觉得酸楚，但忍不住地想，他们一辈子大部分时间都是在困顿中度过的，因为贫穷而吵吵嚷嚷，为每一件衣裳、每一顿饭而奔走。但她和她身边的所有姊妹一样，却始终拥有着超凡的毅力和意志，乐观向前。最可能的情况是，他们从没有把自己看成是苦力，显然这将他们与历史上那么多朝代及无数矿工区隔开来，从而拥有了一个别样的青春和生命。他们实实在在地觉得，他们是在为国家工作，不是为了某一个矿主或资本家工作。正是这个他们自己可能也模糊的使命，赋予了他们那么艰难的工作以意义，那么平凡的生命以意义。我们这些后辈，在滚滚红尘中，遥望过去，寄望未来，都必须对他们抱有感恩和致敬。

本雅明说，纪念无名者比纪念名人更困难，历史的建构是献给无名者的记忆。我并不以为然。如铜这样的物质，印上字符都难以永存，何况采铜的人呢？关键是看书写，什么人在书写。

《大明一统志》：铜官山，又名利国山。这"又名"，或更符合铜官山的历史定位。

铜官山，1950

沈成武

一

上海市福州路 120 号 220 室，1950 年元月 1 日上午 8：15，电话铃骤然响起。华东区财政委员会工业部部长汪道涵迅速拿起话筒，电话是华东区财政委员会派去参加中央有色金属会议的代表袁慧灼从北京打来的。袁慧灼语气急促而兴奋："第一次小组会一致通过了我们的提议，铜官山铜矿恢复建设指日可待。"这结果尽管在汪道涵的意料之中，但他依然激动："好兆头啊。"元月上海是一年中最冷的时节，但汪道涵觉得有些热，他推开了临街的窗户。

华东区财政委员会工业部本部坐落在有着"万国建筑博物馆"之称的外滩边。窗前，寒风裹挟着黄浦江的涛声扑面而来。外白渡桥上涌动着元旦群众游行的队伍，人们举着国旗，唱《解放区的天是晴朗的天》；南京路上人如潮水，一直漫向南边的豫园。

汪部长没有更多的时间欣赏这一派勃勃生机。昨天下午他参加华东局召开的紧急会议，陈毅市长在会上传达了毛泽东主席 12 月 29 日致华东局第一书记饶漱石的电报，有三项内容，其中第二项是询问全国概算中分配给华东的收入额有没有完成的把握。汪道涵明白那其中的含义。元旦放假两天，福州路 120 号并不沉寂，放弃假期的不止他一个人……

外滩璀璨的霓虹灯光漫上汪部长的案头。"该回家了。"他揉了揉发酸的眼睛，收拾好公文包，向门口走去，在华东区行政地图前，却不由自主地停下脚步。他的目光停在 400 多公里外一个叫铜陵的地方。7 个多月前,百万雄师过大江,毛泽东主席亲自撰写的著名电讯《人民解放军胜利渡过长江》就提到了铜陵。铜官山是铜陵最具代表性的标志。

汪部长想到了中央人民政府政务院财政经济委员会主任陈云。1949 年 6 月,中共皖南区党委副书记兼皖南军区副政委胡明转达陈云的指示:国家需要铜,要加快铜官山铜矿的恢复建设。从 1949 年 11 月开始,中财委在陈云的领导下召开了铁路、钢铁、农业、有色金属等十多个专业会议,初步而具体绘制了国民经济恢复与发展蓝图,是中国经济建设具有战略意义的奠基之笔。

吃了晚饭,汪道涵的思绪又锁定在铜官山恢复建设上。他对铜官山提前布局感到满意。早在 1949 年 9 月,工业部矿产查勘处就先后派张兆瑾、赵宗溥、刘宗琦等人两次到铜官山、狮子山一带进行铜矿地质调查,收集了大量的基础资料;11 月,华东区召开工作会议又对铜官山恢复建设做了详细论证,这才取得了中央有色金属会议上决定性的进展。

客厅的立钟已经敲了 11 响,汪道涵从书架上抽出几本书,他要对铜官山做更深了解。

自春秋至宋代,铜官山一直是古代中国重要的铜资源采冶基地,西汉时期这里设置了唯一的铜官,唐代因产铜多而被封为"利国山",清末曾经在这里爆发了影响全国的铜官山护矿运动。还有诗人李白三次游历铜官山,留下了人类最早歌咏铜冶炼的诗篇:"炉火照天地,红星乱紫烟。赧郎明月夜,歌曲动寒川。""千峰夹水向秋浦,五松名山当夏寒。铜井炎炉歊九天,赫如铸鼎荆山前。陶公矍铄呵赤电,回禄睢盱扬紫烟……"

二

铜官山较之前多了一个议论,那就是铜官山又有新名字啦!

1949 年 4 月 21 日,铜陵解放,铜官山铜矿却一直沿用民国政府的名称"资源委员会华中矿务局铜官山分矿管理所"。印章没有变,用的还是管理所的便笺、表格。1949 年 12 月 30 日，南京军管会决定撤销铜官山分矿管理所，成立铜官山分矿保管所，隶属于华东区财政经济委员会工业部马鞍山矿务局。元旦这天，工人们多发了一天薪资，他们兴高采烈地走了 15 里路，上铜陵县城买日用品，有的还打了牙祭。

陈智祥每个月都要回马鞍山矿务局汇报一次工作，领款给工人发饷。这个元旦他没有回马鞍山，作为南京军事管制委员会马鞍山军管组委派出的军事联络员，自 1949 年 6 月接管铜官山铜矿，他雷厉风行，迅速成立工人纠察队，清点物资，精简人员，还没容喘口气，救助灾民的工作又压了上来。1949 年夏季，铜陵县暴发特大洪水，48 个圩就有 47 个溃堤。黄汤滚滚，灾民涌向铜官山。陈智祥不仅配合县政府组织受灾群众开垦荒地，种植蔬菜，生产自救，还用矿上库存的大米跟老百姓换柴，再用 20 吨驳船把柴运到南京换大米，解决灾民的吃饭问题。现在保管所成立了，保管矿山设备是他工作的重中之重。为防匪防特，他请求县大队支援警卫力量，还和工人们一道用铁丝网将整个矿区围起来，同时安排工人对矿区到扫把沟的铁路进行巡查。这时，华东工业部袁慧灼、叶衍元、沈崇震等三位专家来到了铜官山。

这是中华人民共和国成立后袁慧灼第二次来铜官山，之前数次都侧重于地质方面的调查，这次汪部长要求他对铜官山做全面的了解。来的路上，袁慧灼向叶衍元了解情况。叶衍元于 1945 年参与接收铜官山矿业管理所，任国民政府资源委员会华中矿务局铜官山分矿管理所主管，1948 年 10 月任华中矿务局局长。叶衍元的介绍简明扼要：日伪时期，铜官山分矿管理所属华中矿业股份有限公司，先在铜官山开采铁矿，后转开铜矿。1945 年初，日寇在铜官山建了一座选矿厂，从日本运来大批设备，还没有来得及安装就投降了。国民政府接管铜官山铜矿后，因忙于内战，没有精力恢复铜官山建设；加之疏于管理，两次大火烧毁了不少设备，一些重型采矿机械又被拨给了江西大余钨矿和湖南新化锑厂。更有甚者，一些人为中饱私囊，偷卖机器设备，加剧了器材设备的损失。到中华人民共和国成立的时候，遗存的机器设备不及原来的十分之一。

袁慧灼从上海坐火车到南京，再转去芜湖的火车，从芜湖坐轮船到大通，乘小木船折返扫把沟上岸，最后步行至铜官山，用了 3 天时间。陈智祥向袁慧灼作了简单汇报。他接管铜官山时山上（铜官山矿区）山下（扫把沟地区）共有十多座仓库，已经是十室九空，没有一台可以运转的机器。后来马鞍山矿务局从这里调拨了一些机器设备去支援其他地方建设，剩下的设备大多不成套，七零八落。

第二天一大早，袁慧灼在老工人张广才的带领下，踏着没膝的大雪，爬上铜官山，眼前的场景让袁慧灼锁紧了眉头。

巡山的工人看见他们，很是好奇："你们这是干什么？"袁慧灼说："我们是来考察的，为铜官山恢复建设做准备。"

"恢复建设，我没听错吧？"袁慧灼正要解释，叶衍元把他拉到一边，轻声说："管理所成立那会儿，就说要开发铜官山，来了好几批人，转一圈就走了。一个加拿大籍的工程师来了，东看看西敲敲，说矿石品位太低，无开采价值。矿工们眼巴巴望着复工啊。"

三

华东工业部大楼是宁静的，人们步履急促又小心，尽量不让木地板发出声响。

"咚咚咚"，矿业处处长杨公兆办公室的门被敲响了。汪道涵一进门就直奔主题："中央已经明确铜官山恢复建设，说明我们前期的工作是卓有成效的，现在必须赶紧理清当前应做的工作。"汪部长停了一下，接着说："华东军政委员会正在酝酿成立，这是一件大事。铜官山恢复建设，你们矿业处要挑大梁，要放开手脚大胆干，我做你们的后盾。"

汪部长的话像一杯暖茶，让杨处长心头一热。放开手脚，是一句意味深长的话，他想到了父亲杨度。

杨度在中国近代史上是个叱咤风云的人物，早年师从一代名儒王闿，后东渡日本游学，曾与孙中山辩论了三天三夜，当过孙中山先生的特使，袁世凯称之为"旷代逸才"。作为君主立宪的拥趸者，杨度著文《君宪救国论》

为袁世凯称帝鼓吹；发起成立筹安会，为袁世凯称帝造势。在位 83 天的"洪宪"皇帝关门歇业后，他一度遁入空门。这样一个父亲，对杨公兆有着或明或暗的影响。只是当时人们还不知道杨度竟然是中共秘密党员，入党介绍人竟是周恩来。

杨公兆走的是实业救国的道路。他和哥哥杨公庶一同留学德国，都获得了博士学位。学化学的哥哥于中华人民共和国成立后担任中央计划局轻工业处副处长。杨公兆身材高挑、消瘦，戴金丝眼镜，文质彬彬，是一个性格内向、办事慎重、勤思讷言的人。

整个矿业处围绕铜官山铜矿恢复建设高速运转起来，由于人员太少，许多事情杨公兆要亲力亲为，开会、讨论、发文件，仅 1 月份矿业处的文号就排到了 120 多。工业部的技术骨干大多是原民国政府资源委员会成员，现在成为新中国建设者，顾虑还是有的。陈云主任说："技术人员是我们的'国宝'，是实现国家工业化不可缺少的力量，要很好地使用。"

袁慧灼从铜官山回来后，杨公兆与他一连几天足不出户，制订开发铜官山铜矿的初步计划。2 月 16 日，大年三十，当杨公兆郑重地在《关于开发铜官山铜矿初步计划意见书》上署上自己的名字时，东方已经呈现鱼肚白。

根据汪道涵"两个不能等"的指示，即：不能等中央正式批复下来才开展工作，不能等探勘结果出来才安排铜官山恢复建设工作，杨公兆又着手考虑铜官山 1950 年恢复建设的具体计划。3 月 22 日中央财经委正式下发《关于有色金属会议报告中各项问题的决定》，其中第四项载明："铜官山钻探及恢复工作同意举办。"4 月 15 日，中央重工业部何长工代部长签发通知，中央财经委同意铜官山 1950 年工程建设概算的意见，1951 年底全部完成每日采选400 吨矿石的建设规模，1952 年起，每月选出含铜 13% 左右的精矿砂 1500吨，以接济东北炼铜厂；本年度投资大米 9500 吨，其中 500 吨属设备投资。

拿着中央重工业部的通知文件，杨公兆不无感叹："铜官山恢复建设，终于有眉目了。"

四

铜官山恢复建设进入实质性阶段。为减少周折，提高效率，铜官山必须成立新的机构。杨处长从草拟铜官山矿机构组成、人员配置、组织规程到铜官山矿 1950 年建设投资预算及款项分拨明细表的编制，事无巨细，逐项擘画。5 月 11 日，华东军政委员会财政委员会函告，准予铜官山铜矿工程处组织规程备案。

其时，华东军政委员会已经成立，矿业处与钢铁冶炼处合并组建矿冶处，杨公兆处长调整了矿冶处领导分工，他和袁慧灼副处长主抓铜官山恢复建设。与此同时，铜官山铜矿工程处班子架构业已落地：主任袁慧灼、第一副主任田风、副主任兼总工程师简根贤。

袁慧灼毕业于焦作工学院，后留学美国，是国民政府资源委员会"三一社"成员，科技精英。1949 年 4 月份，工业部有目的地派他去马鞍山矿务局协助工作，工程处的担纲者，他是不二之选。

田风是一位老红军，政治觉悟高。汪道涵部长亲自找他谈话："这个地方以前给鬼子搞的不像样子，现在派你过去，具体抓这项工作。"田风二话没说，打起包袱，到铜官山住了下来。

简根贤，毕业于交通大学唐山工学院采矿系，美国犹他州立大学毕业，在国民党资源委员会从事采矿技术工作。1949 年 11 月 13 日，他参加了资源委员会和招商局与中国、中央两个航空公司脱离南京国民政府的起义。简根贤在香港接到通知，立即携同妻子和不满周岁的女儿抵达北京转道上海，一头扎进铜官山铜矿的设计、施工工作。

没有任何仪式。6 月 1 日，铜官山铜矿工程处在华东工业部 2 楼腾出的两间办公室里成立了。鉴于铜官山铜矿工程处当前主要工作是计划制定、物资调配以及人员抽调，工程处暂留在上海本部做前期工作，另派工作队去铜官山。为方便联系，沟通工作，矿冶处实施了一项特别规定：组长以上每天撰写工作日记。工作队每周两次将工作日记送工程处，逐级审阅，批示。杨公兆处长看了刘广泌报来的工作队第一周工作日记，深为感慨地说："这种方式亘古未有。"

五

"咱们工人有力量，每天每日工作忙……"将铜官山从睡梦中唤醒，除了漫天燃烧的晨曦，必定伴随着这雄浑高亢的歌声。最先苏醒的是铜官山北侧一个叫老庙基的山包。

铜官山古有溪一条，庙一座。溪为惠溪，庙为灵祐王庙。明崇祯十六年（1643），灵祐王庙朝移至惠溪前，旧址所在的山包称作老庙基。

冷清了四五年的老庙基山突然热闹起来。田风戴上双层口罩下到掌子面，一个工人扛着"骆驼机"正在打眼，后面一个人用力推。巷道里震耳欲聋，灰尘浓得对面看不清人，呛鼻的粉尘还是往嘴巴鼻子里钻。田风拎起一桶水，往眼窝里浇去。他刚被工人换下，又拿起三角耙子和簸箕。一个小时后，田风上到井口，拍打着身上厚厚的粉尘，对负责人刘从志说："再发现打眼不带水，你要写检查。"这时，一个工人背着十几根钎杆，大汗淋漓地从他面前走过。田风问道："马呢?"井下运输量大，一岔炮要换50多根钎杆，还有矿石、矸石要运出。为了减轻工人的劳力，工程处从内蒙古引进了16匹马作为运输工具。刘从志回答道："井下光线昏暗，马匹辨别不了方向，不好驾驭。还有坑道狭窄，空气不流通，马的屎尿味难闻，工人宁愿累点，不愿意闻那味道。"田风沉吟了一会儿，说："目前没有轨道，能不能先用木头做成轨道，上面蒙上铁皮，解决运输问题。""好。""要快。"田风临走还叮嘱着。

田风去选厂的路上和抬设备的工人换了一肩，厂房已经完成了迷彩涂装。国民党败退台湾，叫嚣"反攻大陆"，上海"二六轰炸"后，为了防止空袭，矿区的重要部位都做了战备伪装。此时工人正将设备往山上搬运，抬的抬，拉的拉，身上没有一处干的，全给汗水湿透了。而这时竟然有人高声朗诵诗歌：

姑娘们挑起了砂浆，

小伙子抬起了石块。

无路的山顶上，

抬着千斤的楼板，

我们一步一挨，

硬是用脊梁把水泥电杆竖起来!

……

田风暗道："好，这才是革命乐观主义精神。"他放眼望去，小铜官山、松树山上都竖了钻井井架，这是张兆瑾带领的钻探队在紧张地工作。数百吨的井架、钻探设备从被他们称作"野鸡路"的羊肠小道上，用蚂蚁搬家的方式运了上来。

田风走进机械小组四面漏风的厂房，组长陈张银介绍："一台 YT30 凿岩机的螺母坏了，没有备件更换，为修复它，我们想出了个土法子，将切削工具装在牛头刨上，利用牛头刨床的直线运动原理，带动专用工具加工。""没有电，牛头刨床动不了啊。"陈张银一伸胳膊，"人力拉。""好，一定要注意安全。"

田风特地拐进了医疗室，黄家珂正在给各班组发奎宁。天气渐热，患痢疾、疟疾和肠胃病的工人增多，只能每人发 6 片奎宁，每天吃 2 片来预防。"田副主任，一个人忙不打紧，主要是缺医少药。"黄医生每次见了田风都叫苦，"知道工人怎么说我吗？'红汞碘酒，抹了就走；头痛发烧，阿司匹林一包。'还有，我们用的是山泉水，含有一定的低钾铁化物，煮出的稀饭呈'绿豆色'，要想办法啊。"田风的眉头拧紧了，他吩咐黄医生，给工人多发些明矾。

田风太了解铜官山的家底了，说是恢复，其实与白手起家差不多。就说运输材料费吧，管理组长王廷珍跑了七趟大通，嘴皮都快磨破了，最后每担降到了大米 3 两。工作队发往工程处的电报，因文字不够简练，多花了电报费，被工程处会议通报。于是，他开始逐条修改通知内容：将原资源委员会能用的便笺、表格盖上工程处的木戳再利用；纸张必须正反两面利用；信封可以用废报纸来糊；破旧仓库拆除的木板用于搭料棚……不能仅想着节流，还要开源。组织工人砍柴运到县城里卖，每担可换 2 市斤粮食；矿山原有 80 亩洲田，每年收一些租子向县田粮处缴纳田赋。1949 年一场大水冲毁了 40 亩，现在估计只能收获 340 斤左右麦子，工作队领导下班后要带头去江边筑田，还有就是安排与铁丝网外边的农民商量，开耕菜园……

修改好通知，田风又起草了几份函件，请求原南京军区、贵池军分区和皖南行署借调一个排的部队，担负矿山警卫工作。矿山原有矿警和从县大队借来的人，素质良莠不齐，警卫工作漏洞百出：有冒充哑巴混入矿区行窃的，有警卫知法犯法放火烧荒的，有吊打华东建筑公司工人的，有监守自盗偷窃叶衍元手表的，甚至发展到警卫人员在铁轨上铺石头险些造成机车翻覆事故的。当时铜官山背面还发现有土匪活动，安全形势十分严峻。他由此想到矿区消防问题，周围杂草有一人高，而仓库、办公室、工人宿舍又以草屋居多，一旦起火，势必就是火烧连营。在拟好外发函件之后，又筹划组建矿山消防队……

中午吃饭，田风来到机关食堂。这机关食堂也就是竹席围成的大棚子。有些工人随便找个旮旯，津津有味吃着自带的饭菜，他看着心痛。不过长山头西南侧的山脚下一座面积 100 平方米的采矿馒头房正在修建，选矿车间的简易食堂也列上了计划。一定早让工人吃上热饭热菜。他大口地咀嚼着粗面馒头，像要把眼前困难一口吞下。

下午，田风沿着小铁道向山下扫把沟走去，迎面一节装满货物的车厢缓缓地爬上来，后面是 30 多个工人在推。田风加入推车的人群，他感叹：铁轨是放弃休息的工人、义务奉献的机关干部，还有小学生从淤泥里一寸一寸挖出来的，没有火车头的牵引，车厢照样能跑，工人阶级的力量是无穷的！火车司机秦传坤挤到他跟前，兴奋地告诉他，在江边的草丛中找到一台老机车头，我有把握修好它。"好！机车修好了，就命名为'胜利号快车'。"

下山的步子轻快了许多，技术组组长熊伯麟坐镇桂家湖发电厂，田风很放心。他径直来到扫把沟江边，看见几个工人脱了长裤，躺在江滩上，岔开双腿，在阳光下惬意地眯着眼睛。"这?"田风满是疑惑。"现在正进行 3 吨临时码头水下预埋桩作业，这江水说不上刺骨，也冷得够呛，一天在水里泡上七八个小时，皮肤发白打皱，如果发炎溃烂就麻烦了，防治的药品不够，太阳成了最好的消毒帮手。"听了负责人的话，田风眼圈有些潮湿。

田风回到宿舍已经晚上 8 点多，他开始写今天的日记。6 月就要过去了，各项工作全面铺开，生产恢复进展顺利，就连邮政代办所、职工子弟小学也相继成立，还与县政府开了扫盲识字班，自筹资金修筑了一条长 500 米、宽 4 米的矿区土路……日记的最后，田风连着写了 3 遍"咱们工人有力量"。

六

汪道涵部长近来头发掉得厉害。工业建设百废待兴，他紧紧抓住 3 个重点单位：上海钢铁公司、亚细亚钢铁厂和铜官山铜矿。上海钢铁公司、亚细亚钢铁厂他关注的是提高产量，对铜官山铜矿工程处而言，他更像一个管家，脑子里整天装着工程处的人钱（粮）物。

铜官山恢复建设缺少工人，汪部长当即拍板，从上海招人。上海有很多熟练工人，他联系上海劳动局，一次就招了 200 多技术工人。他得知浙江长兴煤矿有许多富余工人的消息，立即安排人去洽谈，又挖来近 200 个一线工人。汪部长还动用一切关系，尤其是老领导、老部下、老朋友，在江苏、江西以及安徽本省招收工人达 700 多人，其中有一批退伍军人和县区村的基层干部。

在铜官山铜矿 1950 年投资上，汪部长更是殚精竭虑，吐脯握发。

1950 年 4 月 15 日，中央重工业部同意铜官山 1950 年度投资概算大米9500 吨，到了 6 月，重工业部下发通知，大米改称小米。1949 年后，中央投资用大米折价计算，北方米称作大米，长江以南的粳米称为小米。中央对南方片下文所说的小米，不是指北方的黄小米。投资用米计算也不是直接拨米过来，是以市场上的米价折算成人民币拨付。

重工业部这一决定立刻在工业部大楼掀起轩然大波。当时上海市场北方大米由月初的 1 美元 23.8 斤涨至 26.3 斤，而南方粳米（中央所说的小米）的价格比北方大米每斤便宜两成多，这就等于投资缩水。汪部长连续向中央重工业部报告：大米改小米对铜官山建设影响甚大，要求更改年度计划或改回大米。6 月 19 日是端午节，汪部长又派陶家征等人赴京具体商谈。6 月 27 日重工业部有关部门同意重新考虑投资问题。8 月 5 日，重工业部下文追加铜官山铜矿工程处 1950 年建设费用小米 4080 吨。这时，汪道涵部长那悬到嗓子眼的心总算落了下来。

但让汪部长始料未及的，是在铜官山器材设备的调拨上。这项工作他抓得最早，工程处尚未筹建，就在南京、芜湖设置了办事处，派专人长驻马鞍山矿务局，主要工作就是筹集铜官山恢复建设所需器材设备。

中华人民共和国成立后，为清理利用国民党时期各地物资器材，中央成立了全国仓库物资清理调配委员会，陈云担任主任委员，各大区设仓库物资清理调配分会（简称清调分会），除依照规定保有一定数量的固定资金及周转资金或物资器材外，其余所有的物资器材，一律交财政经济委员会调配，调拨手续十分严格。工程处要调拨某仓库的物资，得先去华东区清调分会出具函件，再去仓库查找器材，将所需器材设备的规格、型号、数量等造册，再经清调分会审核批准、估价后，方可提货。之后，华东清调分会将估价情况报中央财政经济委员会转账，作为中央对铜官山恢复建设的投资。

华东工业部在这方面投入的人力最多，牵涉的精力最大。刘慧中、沈伯平等人整天在上海的麦根路、光复路、苏州路、多伦路、唐山路等地的仓库与华东区清调分会之间来回奔波，一趟不行，就两趟三趟，最多的一天跑四趟。个个都成了飞毛腿，用他们的话说，工作就是"压马路"。在南京，熊柏龄把铺盖卷搬进了南京电厂，每天不是协商就是在杨树浦仓库察看物资；董见龙不仅要筹运物资器材，每天还要收听广播，如有台风警报，立即电告矿山；同时他还负责各地调来铜官山建设人员的接待、转送工作。叶衍元长期驻扎在马鞍山，矿务局的同志调侃说："你是吃着矿务局的饭，干的却是工程处的事情。"

办好了器材设备的转拨手续，接下来的装运工作更艰巨。转拨来的器材设备要先找地点集中存放，安排人员看管，然后找人搬运，上车装船。当时这些人手中无钱，手下无人。为此，他们不知求过多少人，跑了多少路，盖过多少图章。等器材上了船，还要开路条、安排人员押运。

各个环节遇到困难，第一时间报告给袁慧灼主任和杨公兆处长，他们成为华东区清调分会的常客。关于物资调拨的进展情况，矿冶处每周向汪道涵部长书面汇报。在汪部长的斡旋下，华中、东北等区调剂出一部分紧缺物资支援铜官山建设。汪部长感叹："一个铜官山，扯得满塘荷叶围着转。"

七

"多好的同志啊。"袁慧灼每次来到铜官山，这句话就挂在嘴边上。生产上工人们个个像拼命三郎，不到一个月完成了40米大井的掘进，创造了一个新纪录，而生活上却是维持着最低限度。

工人们住的几乎都是草房和茅棚，低矮潮湿。下雨天，每个人都拿脸盆接雨。下雪天，他们就拿着铁锹爬到屋顶，刮去那些有可能压倒屋子的积雪。像这样的房子也供不应求，一间60平方米的压风机房里挤了40人，还有一些职工向当地农民租房。袁慧灼为此心痛不已，他指示华东建筑公司在生产建设的同时加快住宅施工。两栋单身宿舍和两栋家属宿舍建好后，按家庭人口分配，一间房最多住9个人；单身宿舍5人一间自由组合，却迟迟不见有人搬进来。工人们说，让技术人员住吧。技术人员住进去，4人一间，干部都没这个待遇。

用于办公的几栋平房除了日本人留下的两栋是砖墙的，其他都是竹箅子做的，两边糊上泥巴，再用石灰一抹，就成了办公室，办公桌椅有的是用破旧包装箱和石凳代替的。工程处经常开会，人多了就站在办公室外的草地上。

工程处有着明确的身份界限，干部、技术人员、工人、长工、临时工，一个名称，一种待遇。薪资待遇上，来自全国各地的职工带来了原地区、原单位不同的工资等级。老区干部和进城干部继续实行供给制，接管企业的职工和留用人员的工资基本维持现状，新任人员大致按上海标准定薪。由于物价不稳，发放工资采取"工资分"为计算单位。工人月工资为 42 至 72 单位，一个单位才 5 角钱。为体现按劳取酬的原则，工程处采取工人自己"评级定薪"的办法，根据业绩确定薪资，在一定程度上激发了工人的积极性。在服装上，干部有干部服；工人有统一制服，上衣三个暗兜，下边两个斜的，西式长裤，八角工人帽。临时工不配发衣服，有的穿长袍，有的着对襟长褂，戴礼帽、草帽。工人们看重的是，自己是"吃公家饭的人"，一枚"华东军政委员会工业部铜官山工程处"的证章别在胸前，走到哪里都被人高看一眼。买东西忘带钱了，人家只要看到胸前的证章，就会说："不要紧，下次带来就行了。"

物质匮乏，条件艰苦，袁慧灼有一套苦中作乐的法子，矿上组织了工人业余剧团、歌咏队、篮球队，各种活动一个接一个。晚上经常组织游艺活动、歌咏比赛和舞会，有时到夜里 11 点才尽欢而散。矿冶处为改善矿区生活，准备赠送一架钢琴。工人向工程处领导提建议：钢琴有几个人会弹啊？不如多进一点书籍、收音机和革命歌曲。建议被采纳，矿区又多了一个阅览室。

工人的教育也是工程处一项大事。每周一、三的 18 点 30 分到 20 点，由各部门民主选举的小组长带领工人学习社会发展史及参考资料，每天 12 点 30 分至 14 点集中讨论。田风不仅是工程处副主任，也是党支部书记，他经常和工人唠嗑，说现在的条件是艰苦，可想想红军两万五千里长征，这就算不了什么。再说建设铜官山是多么光荣的事啊，毛主席也关注铜官山建设呢。1949 年 12 月至 1950 年 1 月，毛主席出访苏联，住在斯大林别墅，要看中央有色金属会议材料。

八

草拟 1950 年的工作总结，杨公兆处长很是踌躇，在总结对矿冶处存在的问题上做了深刻的检讨，但对铜官山铜矿工程处的工作，他认为成绩是主要的。5 月成立铜官山铜矿工程处，在拨款较迟、物价上涨以及物资器材拨付迟滞的情况下，工程处依然完成了部分土木、电力、修配厂、采矿场及选矿场等工程；尤其是在工人中实行了民主评级定薪制度，工人把铜官山恢复建设当作自己的事情，工作积极性高涨。

总结送到汪道涵部长的案头，他仔细看了两遍，在上面写了 8 个字：初见成效，再接再厉。

工作总结的事还没有布置下去，袁慧灼却拉上田风、简根贤一道上了铜官山山顶。

山下车来人往，热闹非常；不远处长江如带，滚滚东流。袁慧灼望着眼前的一切默不作声，他的思绪飞到了东北，飞到了鸭绿江边。铜官山铜矿抗美援朝分会成立了，捐一架飞机不是他的终极目标，要早出矿。早一天出矿，东北冶炼厂就多一份战略物资……

"三位领导好兴致，登高瞭望来啦。"正在山顶校对测量地标的张兆瑾喜滋滋地跑过来，"告诉你们一个好消息，平顶山、小铜官山都发现规模不等的铜矿床。这虽然不是最终的地质报告，可以肯定的是，铜官山前景看好啊。"

田风说："苏联专家说铜官山只能开采 20 年，这个判断值得推敲。"

简根贤附在田风耳边小声地说："我在选矿厂的设计上，已经悄悄把规模和使用寿命提高了几倍。"

"这个消息可以给负责冶炼厂设计的同志们说一下，那里也要做适当调整。"

这时，山下传来"胜利号快车"长长的汽笛声。这是司机秦传坤的习惯，每次进出矿区，他都要拉响长长的汽笛。有的工友听出了门道，说秦司机拉出的汽笛声和"咱们工人有力量"的歌声一样好听。

渔人今世

陈七一

一

一开始，他们就是一叶浮萍，从江上、从湖中、从青通河里，随波逐流，汇聚到这里，虽是落下了脚，有了属于自己的三间茅舍，可骨子里仍然无根。他们聚在一起，仍然是萍聚。

夹江对面是一处绿洲。传说是当年地藏王菩萨过江上九华时，踩断藕山一茎，顺流至此，生出此洲，是为荷叶洲。那时的荷叶之上，已然生出三街十三巷，热闹繁华得无以复加。

枕河拥江的他们一直期待着，期待有朝一日，能够像江对面的绿洲一样，在这里扎下根，化浮萍为莲藕，生出碧绿的荷叶，开出或素洁或嫣红的莲花来。

君看一叶舟，出入风波里。衣食无忧的岸上人，读这样的句子，读出的是诗意，而于他们则是命运的写照。渔舟唱晚，在旁人看来，是多么温暖柔美的一幅画卷，而画卷里的他们，那些惯看秋月春风的他们，则是欲诉无人能懂的无可奈何。

与河南嘴隔青通河而望的是一条老街。老街曾是沿江四大米市之一，也是清末民初官盐的集散地之所在。而在米市、盐市之前，则是一处鱼市。杨万里的诗句"渔罾最碍船……鱼蟹不论钱"，道出了鱼市的成因，佐证了鱼市的繁华，最为人们津津乐道。但是，很少有人将这等光景与河南嘴人相提并论，是故意的歧视，还是无意的忽视？抑或二者兼而有之。

二

青通河由南而下，在河南嘴的东北弧行入江。青通河曾是徽商水道，也曾是下江香客上九华山礼佛之水道，当然还是各类鱼儿进入白荡湖、缸窑湖、十八索等水域的通道。每年的桃花汛，从海里溯江而上的鲥鱼、刀鱼、鞋底板子鱼，从江里回游来的鳜鱼、鲤鱼、柳叶鳊、船钉鱼、鮰鱼、华鱼、鲟鱼，在这条河里不期而遇，尔后各自寻觅一处安乐窝，繁衍生息。桃花汛，亦是鱼汛，但河南嘴人这时却收起扳罾渔网，钓而不纲，就连摆渡的动作都比往常舒缓得多。家里来了客人，偶尔钓得一两尾江鱼，就地取江水煮了，不用任何佐料，就能让客人感觉鲜美无比，多喝两盅酒，多吃一碗饭。江水煮江鱼，成就的是清欢滋味，蕴藏的却是简约而不繁之大道。一方水土养一方人，一条江水滋养一种美味，人与水土，鱼与江水，在自然形成的圈子里已经铁定为一个铅币两面，变换一种场景，就没有那个味道了。

"扳罾，起罾。扳个鲤鱼十八斤。大鱼送隔壁，小鱼自家吃。"姥姥在教孙女唱儿歌，孙女长大后，有了女儿，教的仍是这首儿歌。

三

老翁这时正在给孙子们讲故事。

扬子大江，流到大通，遇群龙饮江，折转向北。河南嘴的嘴，便是其中一条叫作蟠龙的龙嘴，因其位于鹊江之南，后人便称之为河南嘴。

嘴上本为荒滩，芦荻成荡，为渔民系缆避风之所。相传一天半夜三更，有渔民听到芦荡深处有雄鸡啼鸣，以为恍惚，定心细听，真切分明，后数夜如此。待平明，上岸进入芦荡遍寻，不见半点人烟，哪里有什么雄鸡，连一只野鸡的影子也没有。此人将这一异端说与从兄，从兄始不信。于是，邀从兄，至夜阑，复闻雄鸡高唱。从兄惊喜万分，此人问其故。从兄凑近此人，低声说道："此地荒无人烟，却又雄鸡夜唱，乃金鸡落巢之兆。说明这是块宝地啊！"说完，二人拊掌大笑。河南嘴上，自这两兄弟起，便有了第一缕人烟。

金鸡报晓的故事，显然借用的是司马迁的《高祖本纪》笔法。众所周知，高祖刘邦在世时，从来不文饰自己的出身，言行质朴，每每提到何以成了真龙天子时，口口声声称：老子提三尺剑取天下，这皇帝位子，是骑在马上打下来的。可是，历史总是需要不断地被重新解释和附会。金鸡报晓的故事，只是河南嘴人讲给自己的后人听的，要义只在于宣示他们落脚于此是皇天后土的眷顾与天无绝人之路的艰辛。后来，街上的人或者更远的人都听说了这个故事，而且复述得比河南嘴人原生态的故事更倾向于神话，更加绘声绘色。有时候，他们想想这些个事，觉得挺好笑的。

四

长相思，摧心肝。

拉开落地窗帘，幽远的天上是一轮可望而不可即的明月。

很久没有听过纺织娘的振羽声了，尤其是在这样的月夜。最后一次，还是40多年前的一个夏末秋初的夜晚，江流婉转，月辉似银。他送走所有来贺的亲朋好友，从江堤到河堤来回蹀躞，路边的草丛中，纺织娘为他"轧织、轧织"地唱着歌儿，似在欢送，亦像是在挽留。和许多同伴一样，打小时候，他们就想着外面的世界，想着有朝一日挣脱母亲的怀抱和父亲的视线，再也不要重复父辈们打鱼为生、靠天活命的生存方式，想着有一条属于自己的船，不打鱼只是载着自己的梦想，远离这方寸之地。而当这一天终于来到时，当他收到北京大学的录取通知书时，当他梦想成真时，他在月光下在纺织娘的欢歌声里，一边规划着更遥远的未来，一边脚踏在这块生于斯长于斯的土地上，心里升腾起无以名状的情愫来。

也曾春风得意，也曾落寞惆怅。有时居庙堂之高，有时处江湖之远。唯一不变的是，对亲人的思念，对故土的怀想。庙堂高峻，江湖险恶，会让他常常想起家乡的老杨树、旧屋、炊烟、鸡犬、青通河边的乌篷船和出入风波里的一叶扁舟。

在河南嘴，他是一位志得意满的偶像，然而，事实上，他真的是身衰志未遂。

早已过了知天命之年，再也不论什么衣锦还乡或者是行囊空空了，他终于决定再回来看看。可当他来到渡口边，只向对岸张望了一眼，瞬间改变了主意，抽身回到老街上。

他还是怯了，怕那对面 78 亩土地上，再也无法容得下他的脚印，他更怕怕见到故人不知从何说起。他清晰地记得，他曾跟他们讲人生的意义和价值，而他们则说他是书读多了，把人都读出毛病了。他还清晰地记得，他已经往生的父亲曾经告诉他，人不是鱼，能换钱，能当菜；人要活得明白，平淡就好。

五

她一副弱不禁风的样子，坐在枫杨树下，目光入定，灵魂怕是出窍了。可是，她的脸上仍然挂着一丝微笑，呆滞中不失甜美。她曾是个爱笑的女孩，母亲每每望着她的笑靥，心里美滋滋的。时至今日，母亲望着她这般微笑，心里再也美不起来，倒像是心头上被压了块千钧磐石。

他有什么好，让你成天掉了魂似的？母亲长吁短叹道。

他不就是一个开车子的吗？一个车夫，值得你把自己搞得就像尤二姐一样？妹妹愤愤然。

父亲懦弱得像一条鲶鱼，成天只晓得喝闷酒。倒是他的大兄弟，血气方刚。拦在他回家的路上，没有言语，上前直接用那摇橹撒网的粗胳膊大拳头，让他眼睛成了大熊猫，门牙脱落，嘴角渗出一股股殷红的血。

一个初夏的月夜，她用尽最后的一点力气，把自己打扮得如西施一般，出门向江边走去。她看见荼蘼花开了，香气袭人，不由得娇喘吁吁，脸上从容地露出最后的微笑。她看不见自己的微笑，可她冰雪聪明，她定是明了荼蘼花的翅膀，要到死亡才会懂得飞翔；她定是参透了无爱的土壤，要到死亡才会萌芽开花。

她款款地从这里走下江堤，走进江水，就像走进家门。

她的尸体在去河南嘴几十公里的江边被人发现，那里正是他每天都要送货去的一个码头。

六

天色已晚，唐僧勒马道："徒弟，今宵何处安身也？"行者道："师父，出家人莫说那在家人的话。"唐僧道："在家人怎么样？出家人怎么样？"行者道："在家人，这时候温床暖被，怀中抱子，脚后蹬妻，自自在在睡觉；我等出家人，哪里能够！便是要戴月披星，餐风宿水，有路且行，无路方住。"

行者的牢骚很有正能量，唐僧不食人间烟火般的厚朴倒也很可爱。

叶家父子，目不识丁，当然不知道《西游记》上头的这一段对白。他们生在船上，长在船上。一条船，一条江，就是他们的安身之处，几乎也就是他们全部的生活轨迹。上至汉口，下至江阴，他们长年累月看着岸上的水村山郭、烟树楼台，猜测、向往着那个世界里的生活。几乎在同样的年龄上，他们都曾问过自己的父辈同样的问题：什么时候能够像岸上人家一样，不再风餐露宿，月亮点灯？而他们的父辈总是说：人各有命。命中注定，我们就是水上漂的，犟不过的。

小叶不信命，决然地上岸，投了一位汽修厂的师傅，拜师学艺。没有文化的小叶，敦厚、勤快、好学，很快赢得师傅的欢喜。师傅逢人便夸，别看小叶像个哑巴，心里敞亮着呢！

不几年，小叶成了小叶师傅，有了自己的一爿路边茅店。再几年，在开发区有了自己的修理厂，在小城里有了自己的住宅楼，楼内有温床暖被，有娇妻爱子。

长江里的鱼越来越少了，老叶也飘不动了。小叶将老叶接到城里。行走江湖惯了，泊在这另一个世界里，老叶似乎有点依依不舍。

一日，小叶陪老叶在客厅看电视，播放的正是唐僧勒马师徒问答这一出。两人不约而同对视，什么也没说，都会心地笑了。

七

他，大器晚成。说他是大器，是相对于他的家族而言，祖宗八代逐鱼群而漂流，家里没有一个识字的，更遑论当一名老师了。说他晚成，是他自进学堂门，就比同班同学大四五岁，人家中师毕业不到 20 岁，他已经是 24 岁零几个月了。

他清楚地记得，12 岁那年春上，父母狠了心让他上岸进学堂读书，他掂量着饔飧不继的家境，死活不同意。住在岸上的舅舅，家境亦不宽裕，应承了他的学费和一日三餐，他才勉强答应。母亲带着他，过河，穿过老街，来到学校，找到校长。校长见到只比他矮一个头的半大小伙子，原以为是转学来上初中的，当他的母亲嗫嚅着，说是来破蒙上一年级的，校长的第一反应，是这孩子一定有问题，以年龄偏大婉拒了。

他跟着母亲回到渡口，站在母亲的身后。母亲呆呆地立在寒风里，任凭江风吹散了头发。他看见，母亲撩起衣襟，那是母亲在拭泪。

掌灯时分，他随父亲再次过河。这回，他们直接去到校长家里。校长一家刚刚吃过晚饭，碗碟还在桌上。

校长站起身，望了望父子俩，也没有招呼个坐。父亲就僵立在那里，双手不知所措地垂着，脸上堆上笑，比哭还难看，额头上快冒汗了。

"你早上不是来过学校吗?"校长凝视着他，先开了口。

"是的。不是。"父亲点点头，又使劲地摇了摇头，有点语无伦次地接道，"这不，我白天在湖里搞了几条鳑鲏，晚上给校长送过来尝尝鲜。"

"这怎么使得?"校长将眼光转向父亲，不无诚心地拒绝道。

父亲听校长这话，心里更慌了。但他强掖着，向校长赔着笑说道："我们打鱼的都说，鱼上半斤，各有其主。这鳑鲏上半斤的可不多见，我寻思着，只有校长你能消受得的。"说完，从孩子的手里拿过装有鳑鲏的网兜，放在地上，拉着孩子，就要离去。孩子知道，舅舅只教了父亲这几句话，再待下去，父亲真的就是连磨子也压不出一个屁来了。

校长见状，拦住父子二人："你俩等等。"进到房间，出来对他父亲道："这是五毛钱，你收下，给孩子买点文具。你若不收，就把鳑鲏带走，明天孩子也不要来学校了。"

父子俩默默地走在黢黑的老街上，风比白天更大也更冷些，两人心里却暖洋洋的。

中师毕业，他以品学兼优、厚道持重被学校看中，拟请他留校任教。他却谢绝母校的诚意，执意来到鸡公山小学。鸡公山，在青通河畔，距河南嘴不到五华里。渔业公社与天斗、与地斗，沿河围水成湖，是为白荡湖。于是，他的父老和部分水上漂的乡亲，上岸定居于此，白天下湖从事渔业生产，晚上脚后蹬妻从事人口生产，于是便有了这座小学。这所学校是他的家园中的一部分。

开学的第一个晚餐，他发现餐桌上多了两道菜，一道是红烧仔鸡，一道是清蒸江鲜——两条足有半斤以上的鳑鲏。父亲仍然是沉默寡言，提来一壶温好的老酒，脸上如沐春风，漾出笑的涟漪。他一直以为父亲不会笑，可这会儿，父亲的微笑，分明发自内心。

如今，鸡公山还在，白荡湖还在，青通河也还在。他曾经的家园和学校已经成为遗迹留在鸡公山，那段平凡得算不上美好的岁月已经成为记忆留在他的脑海里。偶尔，他会披荆斩棘，于荒草丛生中寻觅过往的蛛丝马迹。他靠在冰冷庞然的高铁墩墙上，头顶高铁呼啸而过。远处，水桥湖高速枢纽上，南来北往的车辆川流不息。蓝天上，白云悠悠。他不禁喟然，这个世界变化太快，许多曾经的家园，在不经意间，就变得城春草木深了。

八

河南嘴所在的江南小镇一带，有一个方言词汇——雀薄，就这两个字的字面意义，很难让人明白这个词汇的真正含义，或许有那么一个词语能直白其义，而我并不会书写，只是从小众的约定俗成选了这两个字。这两个字的方言意思，接近玩笑、促狭，又与狭义上的幽默相近。

河南嘴人多数是目不识丁，但这并不妨碍他们对人情世故的练达，也不妨碍他们累积消解底层生活苦痛的智慧，何况，他们当中许多人是到过武汉、南京这些大码头的，也算得上走南闯北的了，因而，他们当中出个把两个雀薄鬼，也是情理之中的事。

年关分粮食，轮到他和队长时，只剩下一份大米和一份玉米面。他走上前拿了大米就要走，队长勃然吼道："你站住，这样合适吗？"

"怎么了？"他若无其事地回头问队长。

"你把大米拿走了，如果我是你，就不会这样做。"

"你会怎样呢？"

"我当然拿玉米面。"

"那好哇。你吼什么吼，玉米面不是还在那里吗？"

围观的一众人等，在那边窃窃私笑。队长冲他们嚷道："笑什么笑。滚！"

正当众人欲散，他扛着大米又回来了，不无真情地对队长说："我想我这样做，真的有点不合适。看在你内襟和孩子的面上，我俩把大米和玉米面匀了吧。"

众人大笑。

正月里，会计喊队长到家里喝年酒，邀几个人和他作陪。菜齐了，酒也斟在盅子里，却不见篙子——船上的人将筷子称作篙子。会计忙向灶屋里的内襟嚷道，快将篙子拿来。内襟小颠着来到堂屋，喔嚅道，先前拿过来了哇。大家将目光在大桌上、条几上，甚至板凳上扫了几个来回，也没见篙子。你望望我，我望望你，最后一齐将目光集中到他身上，冲着他微微地笑。

"干吗都望着我，我把篙子吃了，还是眛了？"面对众目睽睽，他镇定自若地反诘众人。

"不是。大伙儿知道你会算，想要你算算篙子流落何方呢？"会计赔着笑答道。

"这还差不多。我来掐一课，怎样？"

"快掐，快掐。"

他还真的闭目、掐指，装神弄鬼起来。半天，起身，走向条几，拎起水瓶。众人当他要倒水喝，却见他道："篙子消毒完毕。"一边说一边从水瓶里将篙子，一根一根悉数掏出，分发给众人。众人中或瞪目，或摇头，或暗笑。

酒席间少不了猜拳行令，海阔天空。眼见着杯盘狼藉，他自告奋勇地要给大家说个段子，众人放下篙子，静了下来。他清了清嗓子，也不瞧他人，慢条斯理地开腔道："话说，对过老街上一对父子，专帮酒坊往饭店送酒。一日，父子俩抬着一坛酒，将到饭店，父亲打了一个趔趄，酒坛摔在地上，足有八瓣。好一坛醇浆玉液，四溅横流。父亲就地捧起坛底，喝了起来。一边向呆站着的儿子训斥道，还不快喝，等菜呀！"

说完，拿眼环扫众人，重复道："还不快喝，等菜呀！"

大家哄然，只是会计的脸上，挂出的是苦笑。

又一日，秋汛方起，鸡栖于埘之时，他回棹靠岸，恰遇老白条起罾，便随口问道："可扳到季花子啦？"

老白条起了个空罾，正没好气，半恼半嗔地回道："扳到个鸟，你可要？"

他也不恼，笑嘻嘻地凑到老白条跟前，轻声细语地对老白条道："你带回去孝敬你老奶奶吧，指不定晚上准你喝两盅呢。"

"你一天不讲雀薄话，就要见阎王啊！"老白条转嗔为笑，将罾缓缓地放进河里。

九

过青通河，上老桥口，往南一箭之地，有一座规制形似社庙的建筑，是为杨四庙。

庙后是碧波荡漾的祠堂湖，湖的北岸是西瓜顶，南坡上房舍鳞次栉比，天主教堂鹤立鸡群般地矗立在这片房舍之中。庙前就是青通河，沿河堤往南，便是古刹大士阁，又称九华山头天门。无论是既往，还是现在，也无论老街人，还是客商游人，杨四庙的名气，都无法与天主教堂和大士阁相提并论的，就如世人很少将河南嘴与大通、和悦洲相提并论一般。

但这一点儿也没有影响到河南嘴人对杨四的虔敬与畏服，他们笃信杨四。杨四谓谁？杨四的原型乃杨幺。杨幺，湖南汉寿人。出身雇工，幼时读私塾两年，辍学后在商船上佣工糊口。南宋建炎至绍兴年间，钟相高擎"等贵贱，均贫富"之旗帜，在洞庭湖一带聚数万渔民起事，杨幺为首领之一。钟相被戮后，义军推为其总首领，两湖地区渔民多称其为大圣天王。朝廷招安，不从。派军队围剿，为牛皋所获，夺其命。后有好事者作《后水浒传》一书，更说他是宋江转世。河南嘴人多为两湖渔民辗转而来，他们感念杨幺事迹，将其神化为水龙王，建龙王庙供奉礼拜，祈求护佑。

南宋也远，洞庭也远。河南嘴渔民生生不息，杨四在他们的血脉中流传不息，也扬弃不息。方寸之庙堂内，说不上香火旺盛，却也不失庄严肃穆。"上通五湖四海，下达九江八河"，这是庙堂内供案两侧的一副对联，你可以将其理解为这些水上讨生活的人对杨四的恭维；当然，你把它解读为当代渔民的志向，可能更妥帖一点。

他过来进香。有游客侧立身后，问："你敬奉的是哪位菩萨啊？"

他笑而不答。

"是杨四将军吗？"

还是笑而不答。

"杨四就是那位聚众造反的杨幺吗？"

"但凡有鱼虾可捕，有口饭吃，居有定所，你会将脑袋别在裤腰上，去造反？"他敛起笑容，恨恨地乜斜了游客一眼。

游客自知自己的话说得有些唐突、隔膜，忙不迭点头回应道："也是，也是。"

一丛曼珠沙华，在庙前干涸坚硬的土壤里，像一团火燃烧着。它静静地聆听着二人的对话，一阵金风过来，频频颔首。

十

拼命吃河豚，是江南一带通行一句的俗语。究其来历，纷纭不一，多则附会到苏大学士头上，大约是因了东坡先生擅美食，又有"蒌蒿满地芦芽短，正是河豚欲上时"之诗句的缘故吧。河豚有毒，烹饪不当，会有性命之虞。但是，其鲜美的味道，实在让人难以拒绝，为此而丢了性命的，常见于报端。

不过，在河南嘴从来没有发生过这样的事情。他们这些渔民，视河豚如牛溲马勃，偶尔捕到几条河豚，随手放归江河。不是他们不喜欢吃，也不是他们不会吃，而是河豚烧起来要耗费许多功夫，会耽误他们赶鱼汛的。只有在鱼汛过了，闲暇时，他们才可能烹烧一回河豚。别看他们这些渔民的剖杀、清洗、烹饪河豚的手艺，只是口口相传的江湖知识，它的安全性绝胜过穿钉鞋戳拐棍般的牢靠。

他，矮矮胖胖的，一双圆溜溜的眼睛，翕张之间颇具几分呆萌，像极了河豚的双眼。平时，他有事无事总爱弄一条河豚在手里玩，同伴们便送了他一个"河豚"雅号。"河豚"有一玩伴，长相正与他相左，单薄苗条，一副弱不禁风的样子，被同伴唤作"刨花鱼"。他二人一向交好，"刨花鱼"经常用一串五香蚕豆、一页画片之类的玩意，跟"河豚"交换河豚。得手之后，"刨花鱼"便将河豚左拍右拍，让其白白的腹部鼓成一个小小的皮球，然后，用一截麦秸插入其魄门，再将它放入水中。刚入水的河豚，紧闭双眼，一动不动装死，浮在水上，像个大鱼鳔。少顷，缓缓张开那双萌眼，确认安然了，迅速翻身，潜入水中，在身后留下一串长长的气泡。气泡渐渐没了，五香蚕豆也没了，这种交易显然是公平的，二人对视，发出咯咯咯的笑声。

"河豚"，不痴不呆，却天生不是读书的料，只长身体不长课业，与"刨花鱼"同一天入学，人家上初中了，他还留在三年级。好不容易度日如年般地熬完六年级，家人让他上初中，他将脖子一伸，让家人把他勒死算了。辍学后，他像尾放生的河豚，悠然潜入水中，整天出没于江河湖泊，与青草鲢鳙、虾豚蟹鳖周旋，自称是"敢下五洋捉鳖"——这大约是他在课堂上学会的唯一的一句话。

凭着一个敢字，他开始倒腾一些小鱼小虾，进而倒腾江鲜水产，名声渐起，有些酒楼就跟他订了长年的生意。酒楼跑多了，他觉着开酒楼是个赚钱的好行当，便在小城里赁下一爿门脸，挂出江鲜酒楼的杏帘，自己当起了老板。他本就对江鲜了如指掌，加上他潜心收集揣摩河南嘴上烹制江鲜的土法子，悉心请教河豚烹饪的关门过节要领，两年不到的工夫，他的酒楼就做得风生水起，门庭若市。

那日，他的那位总角之交，人称"刨花鱼"少时玩伴，来到他落成不久的六层楼的河豚大酒店，享用他亲自下厨烹制的河豚炖莴笋后，手拊他的肩背，不无感慨地说："我早就知道你这尾'河豚'不是牛溲马勃，败鼓之皮，这不，终于发达了，再也不是那个吴下阿蒙了。"

十一

火车到南宁站已是日落时分，他和他的"末代渔民"同胞们在这趟绿皮车上差不多度过了整整的一夜一日。

顾不得这一路的劳顿，他们各人驮起行李和行头，木木地随人流出站。站前，事先赁好的大巴正在等候他们，他们要再花两个多小时，连夜赶到武鸣。他们将在接下来的几天里，与来自全国各地的优秀舞龙团队，会聚到此，共襄群龙争霸之盛事，角逐山花大奖。

河南嘴有一年一度的"鱼龙盛会"，旨在祈福渔业丰收，祈求生意兴隆。鱼龙灯采用明灯彩绘，由众多壮汉擎舞，或穿街，或踏浪，精彩非凡，扣人心弦。鱼龙会上的龙灯有别于民间常见的龙灯，龙的造型一律是"闭眼龙"，忌睁眼睛。来武鸣参赛的队伍，就是从河南嘴这些老把式中遴选出来的。

初春的武鸣，已然是草长莺飞，山花烂漫，只是这些景色这会儿被浓密的夜幕笼罩着，宛如一位正顶着盖头的新娘子。

夜幕遮不住他们的欣喜。这群曾经的江上渔者，长途漂泊早已成为他们的一种生活、一种生命状态。然则，这次武鸣之日夜兼程，还是让他们欣喜的。这种欣喜，不完全因为此行不同于过往的江上漂泊，有着非常明确的目的性，而更多的则是源自他们作为一个群体被看重。尽管他们腿上的水锈尚未完全褪去，可毕竟已经弃舟登岸，行走在大地上，望见与水天一色、渔舟唱晚完全不一样的风景。

其实，他们一行，除了那位文联带队的小老头外，没有一个人晓得这山花奖是个什么东西。无知者无畏，无知者同样不会为之倾心或者烦心。一路上，他们不谈论山花奖，甚至连舞龙也绝少提到。到武鸣落脚后，他们立马找了家快要打烊的小酒馆，蜂拥而至。他们大碗喝酒，大口吃肉，大声吆喝着。文联的那位小老头，颓然其间，心头上那点关于山花奖的焦虑，早就被这吆喝声赶到爪哇国去了，醉意渐渐爬上脸颊。正当众人酒酣之时，小老头停箸，拿微醺的双眼瞧着坐在对过的一位壮汉，他没喝酒，也没吆喝，一直在埋着头吃饭，连头也没有抬一次。当他吃完第九碗，放下箸子，抬头见正撞见小老头的眼光，讪讪地笑了笑。随即，把目光转向面前的饭碗，那意思似在解释，这碗实在是太小了。他们吃饱了，喝足了，踏着碎月，回到房间，倒在床上，呼呼大睡。

古人云：介子推不言禄，禄亦弗及。大赛放榜，他们紧随孙山之后。

回程的列车上，他们仍旧谈笑风生，那情形一点也不逊于那些得了奖项的。只有文联的小老头心颇不甘。他们围拢过来，给他递烟点火，为他提壶续水。

"惜乎惜哉！要是我们的着装能够整齐一点、再有特色一点，还有鱼龙眼睛不是闭眼龙，也许我们就中了。"小老头还是耿耿于山花奖，在他看来，这次的鱼龙舞可是小城最有可能问鼎国家级最高奖项的民间文艺节目。他们听了，不以为然，憨憨地笑笑，看不出半点的遗憾。

列车行进在西南的崇山中，山谷间回荡着列车呼啸声，还有这帮汉子粗犷的说笑声。

十二

村里的人家年前都搬走了，搬到一个叫民福家园的大社区去了，那里有好几幢楼，安置的都是从河南嘴上岸的渔民。

他和他的儿女们在民福家园各自都分到一套住宅，儿女们随村里人早就搬过去了，他却守在河南嘴，像一株盘根错节的老柳树，岿然不动。

青通河上通往河南嘴的渡口早就停渡了。社区的两位干部从上游青通河大桥绕过来，已近正午，阳光洒在灰白的芦花上，有点耀眼。一缕炊烟从芦花荡那边的杨树林中袅袅升腾，快到炊烟升起的地方，三五架扁豆花繁叶茂，架下四周是一丛丛半人高的辣蓼，花穗正红。

一曲二黄散板行云流水般地从扁豆花架后飘过来，二人驻足细听，播放的正是京剧《锁麟囊》，唱腔幽怨婉转、低回曲折：

> 想当年我也曾绮装衣锦，到今朝只落得破衣旧裙。在此间，遇水患痛苦受尽，我只得，收余恨，免娇嗔，且自新，改性情，休恋逝水，振作精神，早悟兰因。

二人本不谙京剧，只是每次过来动员这棵老柳树搬迁时，老柳树的那台老式卡式录音机里都放着这本《锁麟囊》。而且，每回来时，老柳树不听完一段戏，关掉录音机前，谁的话也听不进去。

二人循声进到老柳树的厨房里，老柳树正在那里一边听戏，一边灶下添柴，一边灶上翻炒锅里的茭白。见到二人，他递过一眼，算是招呼了，继续听他的戏，烧他的锅，把二人晾在一边。

一折戏终了。他往锅里加了点水，到灶下添了把柴，转身关掉录音机。对二人开口道："你们又来啦。我可没有为你们备饭呢。"

"我们是来看看你的，没有打算揩你的油。"二人自己往自己带来的茶杯里续了水，掏出香烟递给他一根，"儿子、女儿送节的好烟吃完了吧？吃我一根差烟吧!"

"我可是吃了人家嘴不软的",老柳树接过烟,自己点上,"甭想用一根烟就叫我答应你们。"

二人知道他说的是玩话,也是真话。

30多年前,他的内襟,撇下一双儿女,在一个薄雾蒙蒙的清晨,像一条鲴鱼,从青通河游走,就再没有了她的讯息。有人说在芜湖看到过一个人像她,也有人说在南京,还有人说在武汉。其实,老柳树心里清楚,她肯定是去了上海。她曾对他提到过一个人,那人曾拜她父亲为师学习京戏,与她是师兄妹的关系。后来,她父亲进了班房,戏班子散了,那人就辗转到上海,凭借一手娴熟的京胡,在那里立身。他从她的叙述时的眼神里,分明瞧得出她埋在心里的依恋与无奈。

30年来,他最怕听到的声音就是京戏,尤其是《锁麟囊》。那曾是她得到父亲嫡传、最为拿手的一本戏。她素面下船,或坐如豆灯下,清唱一段,凄婉哀怨,每每直抵心尖,让他黯然销魂,长吁短叹。

直到几年前,听到渔民上岸、河南嘴要整体迁移的消息后,他一反常态地让儿子弄来录音机,买回十几本京剧的磁带,还特别叮嘱,要那本程砚秋的《锁麟囊》。他足足用了30年的光阴消解了对她的怨恨,甚至理解了她的苦情——昔日班主的女儿嫁给他,毕竟也是迫不得已。

不过,他信守着一日夫妻百日恩的老话,笃定她会回到河南嘴的,这里曾经是她的家。假若有朝一日,她回到青通河,他不想因为村庄的搬迁、他的离去,而让她找不到回家的路。

山陵之阳兮

董改正

一、离　骚

来陵阳如同一个灵感，就像蜻蜓忽然敛翅于荷尖，就像众鸟忽然寂静于树巅。那辆顺风车似乎就停在意念的路口，一念而至，细雨里载我就来了。到青阳时，风收雨霁，同行的两人陆续下了，司机单独送我。半梦半醒之间下车，村镇阒寂，山高月小，两三灯火里，远方林木如烟，溪声流向虚无。

陵阳到了。

似此他乡无故旧，为何凉月立中宵？

东山湾离此不远，流响似乎屏息可闻。2000 多年前，或许也是这样的一个月夜，上弦或下弦，屈子的行舟摇碎了东山湾的河水，碎银粼粼，水声澄澈。来吧，饮一壶月色当酒，熨平离愁。

不必怨"离"，因此有"骚"。

明月别枝，山衔斜阳，枯荣凋发，死别生离。因离而聚，因离而新，因离而生，因离，这世上人来人往，川流不息。但，智慧如屈子，到底意难平，天海辽阔，浮舟飘零，何处寄余生？何日是归程？国无人莫我知兮，又何怀乎故都？又怎能不怀？当陵阳之焉至兮，淼南渡之焉如？南渡未卜，陵阳到了，何妨解缆少驻行程？这一驻，就是 9 年。

山陵之阴兮有山鬼，山陵之阳兮有人间，陵阳，可以卜居矣。

二、山鬼与卜居

陵阳河不舍昼夜，而月色太美，滟滟随波千万里，带走了我半生浮光掠影的尘梦。当鸟雀侵晨，曦透窗纱，竟漾漾如月色满屋。

清晨5点多的陵阳云遮雾绕，远山苍黛，屋舍楚楚，如水之初洇，墨之初凝，仿佛一幅巨画，被梦境晕开，画中众生纷纷而下来。街头早餐店适时地提供着人间烟火，香油以物理的形式，升华着食材的精神，勾出心头故乡和童年的烟岚。小小的菜市上摆放的鱼虾、菜蔬，正被陆续到来的手，拎回画中最恰当的位置。南流河绝不满足对现实生搬硬套的摹写，以清清之微风，以粼粼之柔波，揉碎天光云影，杂以笑语槌声，铺以临街旧舍，化实为虚，将一帧帧迥异的"虚"美，落入视者的视网膜，成像，成回忆，成梦境。

南流桥贯通老街，铺条石以成，石长厚，苍黑温润。匍匐仰拍，长空入镜，桥竟似通往虚空。我在南流桥上看风景，看风景的人在水中看我。流水圆了南流桥的弧，弧圆了桥的梦。虚实相成的圆孔，竟亦如通向虚空。我可以无数次灵魂出窍，泛舟穿行其中。陵阳多水兮，舟行无碍兮，别南流兮入舒溪，泛浍江兮渡大湖，凌长江兮淼淼，浮南巢兮苍苍。遇屈子兮但问，泣涕泪兮悲伤。

"余罹一疏一逐兮，性耿介而难改。余固知謇謇之为患兮，忍而不能舍也。余固知巧言而见喜兮，讶然不能为也。余但知文过可饰非兮，匪思'文实而成非'也。忠奸难辨兮，美丑兮难分；是非混淆兮，三谏兮弗听。三年余不返兮，卜居于太卜。将游大人，以成名乎？宁正言不讳，以危身乎？将从俗富贵，以偷生乎？宁超然高举，以保真乎？詹尹端策拂龟兮，谢余曰不能知。"

"弃《离骚》之沥血兮，涵《哀郢》之伤悲。是非兮互影，虚实兮相生。山陵之阴兮山鬼，山陵之阳兮人间。日汲汲于哀郢，夜渺渺乎鬼魂。若有人兮山之阿，被薜荔兮带女萝。既含睇兮又宜笑，子慕予兮善窈窕……"

舟相并兮荡荡，水相激兮茫茫。峨冠兮博带，长袖兮招风。高吟哦兮风动，长涕泣兮岚飞。欲相酬兮无酒，欲相济兮云天。陵之阳兮攘攘，陵之阴兮莽莽。虚者实之毛兮，实者虚之皮。生者死之暂兮，死者生之永。众鬼感而齐歌兮，操薜荔而舞女萝。歌既如泣兮，泣亦如诉兮。乱曰："子之清清如南流兮，子之纯纯如玉璧兮！其奈浊水兮，其奈污秽兮！苟而未能全兮，孰与山之阴兮？陵之阳不子待兮，何如山之鬼兮？陵阳山兮重重，陵阳木兮密密。月影兮摇落，山鬼兮群飞。渴饮木兰之坠露兮，饥餐秋菊之落英。制芰荷以为衣兮，集芙蓉以为裳。山中多琼树兮，折而可为馐；水中多琼玉兮，碾而以为粮。乘风兮高举，浮江兮逍遥。玉环不至兮，恩之永诀兮。子兮归来，山中日月忽兮！"

泪潺潺兮滂沱，心震裂兮塌崩。忽喧哗而惊梦，遽警然而神归。南流河里，渔父戴笠划桨，摇起欸乃声声，向桥洞而去。漫天的飞鸟倦了，齐齐一声，径投"大柳树"而去。103 省道的公交站牌下，男女老幼，渐已蔚然成群。

三、哀郢与渔父

屈子两放，皆因被逐。

一次是屈原使齐以联齐抗秦，秦国患之，使张仪贿赂楚国大夫靳尚之属，"共谮屈原"，于是"王怒而疏屈平"。此处之"疏"义非"疏远"，而是放逐，所不同者，"放"乃君王不忍加刑，放之弃之；"疏"乃三谏不从，其疏远不言而喻，可自去也。屈原何止三谏？怀王岂止三拒？只好大悯而泣道："何离心之可同兮，吾将远逝以自疏。"

自疏之礼甚重："大夫、士去国，逾境为坛位，乡国而哭，素衣，素裳，素冠，撤缘，鞮屦，箴，乘髦马，不蚤鬋，不祭食，不说人以无罪，妇人不当御，三月而复服。"（《礼记·曲礼》）当屈原一身缟素，向国大哭，怀王并未挽留。江湖荡秋水，人间出《离骚》。

第二次是怀王听从令尹子兰之言，不顾屈原劝阻，入秦而不反。楚人立太子横，是为顷襄王。顷襄王三年，楚怀王卒于秦，秦国送还遗体，楚人大悲，皆痛责子兰。子兰大怒，指使靳尚之属共谮屈原，历史再次重演，"顷襄王怒而迁之。""迁"，刑罚也，放逐也。

第二次放逐，屈原的精神世界有了很大的变化。在《离骚》中，他是"亦余心之所善兮，虽九死其犹未悔"，是"虽体解吾犹未变兮，岂余心之可惩"，是"路漫漫其修远兮，吾将上下而求索"。炽热激烈，犹如烈火之腾空，譬如熔岩之奔泻。结尾处，他高呼"国无人莫我知兮，又何怀乎故都！既莫足与为美政兮，吾将从彭咸之所居"，可谁都能看出，这是愤懑之言，是反话，是愤激，是盼归。

在《哀郢》里，他是"楫齐杨以容与兮，哀见君而不再得"，是"望长楸而太息兮，涕淫淫其若霰"，是"心絓结而不解兮，思蹇产而不释"，是"心不怡之长久兮，忧与愁其相接"，是凄凉悱恻，是悲伤绝望。结尾处，他低回"信非吾罪而弃逐兮，何日夜而忘之"，低沉，喃喃自语，是埋怨，是灰心，已见老态，已有秋水之凉，秋风之肃。

一以贯之的是爱国之心，是"长太息以掩涕兮，哀民生之多艰"，是"皇天之不纯命兮，何百姓之震愆"。但即使是哀民，况味亦有不同，前者是痛哭，是谴责，犹怀起复而行拯救之意；后者是悲莫能助，爱莫能助，是无能为力后的绝望绝痛。

写作《卜居》时，屈原已被放三年。"绝人以玦，反绝以环。"（《荀子·大略》）后人注道："古者臣有罪待放于境，三年不敢去，与之环则还；与之玦则绝，皆所以见意也。"陵阳三年，他没有等来顷襄王的玉环，他已没有归路。在悲痛欲绝之后，屈原开始与"渔父"问答。问答之间，一个入世，一个逃世；一个坚贞不染，一个随遇而安；一个"宁赴湘流，葬于江鱼之腹中"，一个高吟着"沧浪之水清兮，可以濯吾缨。沧浪之水浊兮，可以濯吾足"，莞尔而笑，鼓枻而去。江上歌声杳杳，舟影渐逝。

清浊于我有何哉？如谁的语气？

"渔父"相问答，如谁的手法？

庄子也。

渔父，或许他名子虚，字乌有。

四、远游与天问

屈原永远成不了道家，他是石油，是炭，是火炬。他的精神里富含儒家的矿藏，他的词典里只有"国"，甚至不见"家"；他的心怀里只有"民"，甚至不见"亲"。但那个子虚乌有的渔父，忽然就那么进入了他的生命，那单调如诵经般的欸乃，那恍惚如萤火的渔歌，流泻在香草之间，他的生命发生了他自己也未能察觉的变化。

"富贵陵阳镇，风流谢家村"，陵阳如何富贵，谢村几多风流？比富贵，岂可比长安、汴梁？比风流，岂可比金陵、洛阳？即便是小到村镇，富贵过陵阳者，风流过谢家村者，不说全国，皖境之内，当有很多。"富贵""风流"，互文也；"富贵"，儒家之入世也；"风流"，道家之出世也，这是屈原留给陵阳的巨大财富。他因"离"而作"骚"，由"儒"而掺"道"，他的行走，他的放逐，他以血泪以燃烧生命为代价得来的人生体悟，他巨大的精神辐射，他巨大的人格能量，为陵阳吸引了诸如谢朓、李白这样的贤哲，吸引了诸如上章李这样的大族。在淹留陵阳的 9 年里，他的精神能量如风，如月，如阳光，如流经村村户户门前的水流，影响了他们的精神，流进了他们的血液，化成了文化上、审美上、道德上、价值观上的基因，遗泽千秋万代。

谢家村在陵阳古镇东南 5 公里处，由谢安后人聚族而成，已千六百年矣。绿树村边合，青山郭外斜。田野平沃，家家流水，户户青山。陵阳河与上章河交汇于村前，合流后环村徐行，迤逦而入太平湖。这样的村庄，恬静安闲之外，自有风流蕴藉的韵味。"但用东山谢安石，为君谈笑静胡沙"，谢安，儒道一身也。

上章李氏紧邻谢家村，始祖李伯陵为魏王李泰七世孙，避乱远迁而至宣州弦歌乡田段里——"弦歌"，多好的名字。一族身行孝义，七世同堂，唐宣宗表彰为"义门李氏"。守"义"一字，与世无争，族存千年，所行亦为"儒道"二字。

聚族而居绵延千年的，还有陵阳镇宁姓、所村陈姓、杨梅村林姓、南阳鲍姓、分流徐姓和山南章姓。他们或耕读，或经商，入世用力，出世用心，有绵绵之韧，有淡淡之静，骨子里还是"儒道"二字。生命得此二字，便可"从容"。何况几百年后，他们开门见山，山上有佛拈花而笑。

这样的从容让人耽溺，就像刘皇叔"闲居安逸，髀肉复生"。也许是某一个风清月朗的夜晚，屈子徘徊于陵阳河畔，行走至南流河端，微风拂来，满河星辉。心中结痂的痛楚被月色泡开，浓郁如黄石溪的春茶，那一刻，他痛得弯下腰去。归途已断，去往何方？生命的未完成感，如利锯一般割着他的心灵。山陵之阴兮山鬼，山陵之阳兮人间，比兴和寄托，只是语词的纷美，只是心灵的慰藉。他要叩问终极，他要直达太初。他要远游，他要天问，他必须要离开。他必须让自己在路上，他不能在麻木中死去！"春秋忽其不淹兮，奚久留此故居？轩辕不可攀援兮，吾将从王乔而娱戏。"他要离开富贵风流的陵阳，他要明白，遂古之初，谁传道之？他要清楚，上下未形，何由考之？他要弄懂，阴阳三合，何本何化？他要问清，九天之际，安放安属？他的问题实在太难，旷野回响，圣人无言。他的问题实在太深，人间寂寂，熙熙纷纷。他的问题直抵造化的秘密，苍穹无声，星空静穆。

他的世界是星空大海，他带着使命而来，他必须要完成。他徘徊于东山湾，他踯躅于香池里，他抚摸着河畔柳，他仰望着半空月。他要走了，他内心的使命已经醒来，兰舟催发。他是血肉之躯，他有七情六欲，他舍不得陵阳。在他凌波四顾时，东山湾接纳了他的行舟；在他三年不召时，陵阳山呵护了他的心灵；山陵之阴，山鬼温柔了他；山陵之阳，生民爱戴着他。陵阳的山水流进了他的血脉，他的精神流布于陵阳的山山水水。他带着陵阳走了，陵阳留下他精魂，化为风，化为月，化为陵阳永世不绝的富贵风流。

五、招　魂

他就那么走了，好像是被一个灵感击中。当时的陵阳，葑苹齐叶，白芷丛生。他沿着庐江南行，行舟的左岸，林子杂草丛生。江海辽阔，他的路却只有一条。他想起郢都的招魂，此生不能复返，那么就魂兮归来。

他终于自沉汨罗。他放弃了"圣",舍弃了"道",杀身成仁,舍生取义。他用死亡的方式回到星宇,重归故乡。这一次,他又是"自疏",而替他完成仪式的,是他所爱的民。世世代代,千秋万民。长江是他们祭台,龙舟是他们的道具,呐喊是他们祷文。

我站在南流河边。时近端午。正午,阳光深厚,草木繁滋,一丈红开得热烈奔放。我在等去青阳的公交车。春为"青阳",多么美好的名字。我的手里提着陵阳干子。陵阳干子板实有嚼劲,香味慢慢出来,仿佛一个故人走远,却在转弯处回头。如果我愿意,我还可以带走一壶酒,酒是陵阳宁氏贤人宁树藩先生的外甥酿制的。他舅舅的生平展示馆临街,他的屋子临河。有人看时,他就笑眯眯地过来,或解说,或跟随,没人他就在自己的院子里,腌菜,劈柴,做木工。两处屋子是窄窄的长廊,摆着一溜酒坛,坛可容60升,都以红布封口。我以为他卖酒,他笑着摇头。我惊于他的酒量,他笑着摇头,他说:"酒是好东西,喝酒多美啊!"

真美啊,这个世界。

"真美啊,请你停留一下……"

当初,如果有佛,能不能温软他所抱着的那块石头?当初,如果有佛,他的天问是否就有了答案?当初,如果有佛,九华山上,是否就多了一尊菩萨?真美啊,请你停留一下……九华不远,仲夏的道场极为盛大,我呼你之名,陵阳必山水呼应:

> 魂兮归来,东方不可以托些!
>
> 魂兮归来,南方不可以止些!
>
> 魂兮归来!西方之害,流沙千里些!
>
> 魂兮归来!北方不可以止些!
>
> 魂兮归来,返陵阳兮!
>
> 魂兮归来!何远为些?
>
> 魂兮归来!反故居些。
>
> **皋兰被径兮,斯路渐。**

五松听风

湛湛江水兮，上有枫。
目极千里兮，伤春心。
魂兮归来，哀江南！
魂兮归来，返陵阳兮！

老湾街纪事

吴章平

一、露水街

老湾街是老桐城东乡四大老街之一，它与汤沟、横埠河、虾溪三条街道组成一个四边形，临水而居，是陈瑶湖水系的关键支点之一。老湾到汤沟，一东一西，相距十来公里。按老辈人的说法，以李家沟三叉拐为界，上七下八，只有15华里。

我的老家村庄东距它不到500米，原先隔着一片田地、坟场以及一条由北向南流淌、被称为"湾溪"的河流，现在两地连为一体了，田地和坟场上建起了纵横的商贸街道，"湾溪"也成了不起眼的内河。

小时候，记忆中老湾街是"城"的象征，那里住着许多吃商品粮的人家。有几户还下放在我们村劳动，称为"下放户"。他们似乎都住着瓦房，和我们村普遍的草房相比，优越感就像人脸的皮肤，白之于黑。住在这里的人家，整日在街上守着个门面，做小本生意。即便最不济的老人，也会在门口摆着个小摊，卖纽扣、针线和顶针之类小商品度日。

老湾街，应该是个"露水街"，早上人特别多，人挤人。9点一过，就空寂了，难见一个人影。那时人们上街，喜欢臂弯里挽着个菜篮子，在街心里行走，得把菜篮子放在头上顶着才能通过。

老湾街道呈矩尺形，坐落在一条高坎上，向北、向东两向铺开。北向的，是老街，一色青石板铺路。我记忆中的青石板，光滑，但排列不甚整齐，凹凸不平，且孔隙很大，不知磨过了多少岁月。若问青石板何时铺就，即便这里年纪最长者，也说不出所以然来。遇上下雨天，泥泞满街。早上有商贩临街摆摊，这里由南而北，分别是地方特产、日用杂货、医药、鱼虾、糠米和柴火，据说1949年前还有大烟馆。东向的，是后兴的新街，卖些时鲜蔬菜、菜秧子、水果、铁器农具和竹箍、帐竿子之类。至于油盐、书本、布匹、照相、茶馆、肉案、农资等，自有集体或国营商家坐店经营。矩尺直角处，是人流汇聚的地方，往往最是热闹。街左有一家小茶馆，兼营炸油条，常常挤满茶客，南来北往的信息都从这里飞出。茶馆南侧，约莫隔着两个门面，有一个西来赶集的入街口，街口有一方小小的空地，政府工作人员常在这里宣讲一些国家政策。我有几次在街上"露水"正浓的时候，看见有人一手拿着个喇叭筒，对着嘴，一手捏张报纸在宣读。记得有一次，学校组织文艺宣传演出，我是小演员之一，就在这个地方，临时人工圈出一个小圆场，锣鼓喧天地跳啊，唱的，围观的人挤得密不透风。小街一切约定俗成，井然有致，安详而又充满活力。

二、我的买卖

我有时拿着个鸡蛋去街上换支铅笔或写字本之类，有时遵照父母之命，拿着生产队发给的供应小票去高高的柜台前，打些酱油、买斤把盐或红糖之类。那时，我觉得店员的面孔是高冷的，好在"一手交鸡，一手交猫"，公平买卖，做好交易也不是多难的事。最令我感兴趣的是，店面的大门，一律是上多扇门板的。那么宽，比我家的土屋单扇大门不知宽了多少倍。每次进出，都不免对店门及门槛上的凹槽多看几眼。有时也抬抬头，看到了店内乌黑的串梁木枋以及带有亮瓦的屋顶。我记忆犹新的是，一家串梁木枋板楼下面有一堆灰黑色的、表层有叠叠皱痕的燕子窝，常有燕子进进出出，轻扇羽翅，斜飞低掠，鸣声内外，很是好听。后来，当读到刘禹锡的诗"旧时王谢堂前燕，飞入寻常百姓家"时，我立马就想起这一情形，只是那时，在我心里，这些并不是寻常百姓家，寻常百姓家是草盖的房子。

我也曾在这条街上做过"游商"。那时，农村盛行种植黄麻。每到秋季农闲时，黄麻成熟，剥皮、刮净、晒干、拧成麻索。除了自家使用外，多余的，就到街上去出售。有一次，我肩背麻索，胸前胸后搭着，从街口走到街北。又从街北走到街东，不知走了多少来回，一大清早也没有卖出一根麻索，因为我实在吆喝不出口。

从老湾街矩尺的直角处向西下来，原是个陡坡。陡坡下面是一块较大的空荡荡的洼地，洼地对面原是老湾乡政府所在地。青砖青瓦，大门八字洞开，两旁挂着白底黑字的政府招牌。招牌上的字，几经变化，什么"人民公社""革委会""乡政府"，我也不甚清楚了。

记忆最清楚的，就是什么舞龙灯、放露天电影、群众大会等民间活动常在前面空旷的洼地里举行。特别是放露天电影，晚上黑压压一片，周围树上，草垛上都趴着人。我看的印象最深的一场露天电影是《一江春水向东流》，深冬，雪后，夜晚，地上积雪如棱角，电影分上下集，有 3 个小时，人们一声不吭地看着，完全沉浸在剧情里，直到电影散场，也是静悄悄的……

三、临水窥江

老湾街是何时兴建的，我无法知晓了。查阅有关资料和走访年纪稍长者可以知道，老湾，原名老洲湾。原是一处被水环抱着的洲湾，前有长江，西北是面积甚广的菰谷湖，东北不远处连接陈瑶湖。境内河网密布，一道 10 多米宽的溪流北通横埠河，南接从汤沟河西来的长河，紧靠老湾街西潺潺而过，这就是"湾溪"。

现在的老湾街南对面长河，1949 年前也是一道夹江。河面较宽，河水较深。夏天，河面上总是东一簇，西一丛地漂浮着些菱角菜。端午节，龙舟竞赛常在这里举行。可惜我仅仅看过一次，后来河水渐渐变浅，也就无法划动龙舟了。街头临河不远处有一个渡船码头，可以从这里上船，出王家套入江，到大通、青阳、贵池、九华山等处。那时常有周潭、横埠乃至庐江等地商人、香客出长江、入九华，晚上必歇脚于此。这里至今还流传着"大通对王家套"

的俗语，用以形容鞋帽、衣被等破损严重的情况。

20世纪三四十年代，这里一色是青砖瓦舍，串枋木楼。青石铺的老街中段有个十字街，密布着茶馆、客栈、饭店、店铺、油坊和酒坊等。后来，发生了几次大火，街道渐渐荒落了，但相对于周围的村庄，这里的屋舍还是相对"漂亮"些。

夹江两岸是沙洲，古称"木鹅洲"，"木鹅"本是古代水上战争双方在水面上设置的水域分界线标识，一旦战争结束，废弃的"木鹅"被风吹浪打，落到岸边沙洲上。这个洲往往就被称为"木鹅洲"。木鹅洲属于贵池县武梁乡，老湾属于桐城县，两者过去有座桥相通，桥叫"桐贵桥"。现在只有桥名而不见桥形了，只是"桐贵村"的名字一直使用了下来。1954年发大水后，整治长江水患，王家套这一白荡湖水系枞阳境内唯一入江口被封堵，建起了一座排灌站，洲泽变沃野，老湾街就成了内地普通集市了。但从"木鹅洲"这一名称看，老湾街应该是个不大不小的军事要地。它临水窥江，控制着由长江进入内地的水上要道。

四、浴火的历史

我有个"半瞎子"干爷，年轻时曾在老湾街日本人的炮楼里干过活。我小时候常听他对人讲述这些过去的事。那时，我对那些事并不关心，记忆很寥寥。他说过，曾有一次，日本人抓到一个抗日分子，用铁丝把他的手心穿着游街，我听着这惨景，直咂舌发怵。后来我知道，这个抗日分子就是威震老湾一带的"独胆英雄"章标，他的传奇故事很多。据枞阳县县志办编写的《新四军在枞阳》一书介绍，有一次，章标随几名新四军便衣战士悄悄摸进老湾街，正看见一个日本兵要强奸一名妇女，他健步走上前，用手榴弹炸死了这个日本兵。

日军在老湾的残暴行径，在枞阳县有关史志里多有记载。据载，当年老湾街有三位做生意的小商人，被日本兵硬说是暗通中国兵，施以酷刑，最后被狼狗活活咬死。

老湾街鬼子炮楼应该有四处，东南西北各一处，控制着四面路口或渡口；还有一处日军指挥所，就在离街二三百米远的南面长河岸边，后来此处曾建有一座国营老湾医院。从这里窥视长河，瞭望前面不远的长江，可以控制东来西往的船只，扼住由长江进入北方内地咽喉。老湾日伪军有一个排兵力，隶属汤沟日军连部。记得有一次，我放学回家，路过此处，有同学相告，这里有人在挖地时挖出了一顶日本鬼子钢盔和一把军刀。我急忙跑去围观。只见一个孩子，用半截土黄色军刀挑着一顶同样是土黄色的钢盔在旋转。实在不是什么好玩的东西。不一会儿，钢盔就被孩子们像破皮球一样踢来踢去，不知所终，估计是被扔进了河里。

我父亲曾告诉我，日本人干事十分精细。他们一来就占据了老湾街，把周围村庄的地名在地图上标得清清楚楚，许多地名我们当地百姓都不清楚。可见，日本人在进驻老湾街前是做足了功课的，这应该与老湾地理位置有关。特别是老湾前面的那条河，下达仅 3 华里远的王套入江口，上通源子港进入沙河接入汤沟河，直通白荡湖水域，与从北方中原南下的日军遥相呼应。由于此地距汤沟镇不远，河道又相通，因此，在军事上，老湾街和汤沟镇就成了日伪时期日本人控制桐城东乡的两处堡垒，互为倚靠。汤沟势险，老湾兵动；老湾情急，汤沟军出。那时日本人为方便两地联系，还修建了一条临时从老湾直通李家沟到汤沟的公路，就从我所在村庄后面的田畈中通过。这条公路于 1949 年后就不存在了，许多路段被恢复为耕地。

在我村西边，距老湾街二里半的地方，有个村庄就叫"二里半"，在抗战时期，涌现出一个民间组织"大刀会"，打仗英勇。他们既袭击日伪军和地方土顽，又不依附当时活跃在陈瑶湖荡里的新四军游击队。后来这支武装据说被日本人剿灭了。"二里半"，一个相对富裕的村庄，被日军一把火烧得干干净净。

解放军渡江战役时，这里也是渡江前沿阵地之一，驻扎有一个营的兵力。由于街上人口较密，大军驻扎时，就住在我庄上，分三处驻扎。听我父亲讲，当时解放军营部就设在束家大屋，那是全村最前最高的屋墩，前面是一条大圩埂；圩埂前方就是老湾河，河那边是一片水泽沙洲，没什么树木和人家，一望无际。他常见解放军战士站在圩埂上，用望远镜眺望长江对岸，可以看见江对岸敌军正在构筑防御工事。许多解放军战士在大圩埂内侧挖掩体，一人一个坑，趴在里面注视前方。束家大屋墙上用白石灰刷着一幅巨幅标语："打过长江去，解放全中国。"估计对岸的敌人用望远镜也看得见。渡江战役打响，炮声隆隆，东边满天通红，像着了火一般。

五、落后与新生

过去，老湾街一带的经济，相对周边的汤沟、横埠、周潭等地可能要落后些。主要原因我认为有三点：一是这里是圩区，河道纵横，湖泽遍地，长江年久失修。水患接二连三，不是江水决堤，就是内涝溃圩，人民常常流离失所。好不容易，积累起来的一点家财，一场洪水就冲得精光。记得老湾街上有个学识渊博的诗人方金鉴曾叹道：

> 滔滔洪水酿奇灾，午夜惊如万马来。
> 风起波摇庐尽荡，月明湖阔双桨开。
> 泰山可靠终非靠，故里思回不得回。
> 骨肉如今天各一，暮云瞻去泪盈腮。

二是外来人口多，资源匮乏。古代这里是一片汪洋。后来湖水渐退，沙土淤积，显出了一些陆地，陆续来了一些逃荒要饭的贫苦百姓在此住居，有了人烟。人是越积越多，可这里除了湖泽里的鱼虾以及荒坟荆丛里的獐麂野兔外，其他可供生存的资源实在很少。虽说水路交通便利，但除了少数善做贩卖的生意人外，一般百姓是很贫苦的。

三是这里战争不断，历来是各方势力交汇的地方。就拿抗日战争时期来说，这里就有日本人、广西佬、新四军和地方组织等四大武装。

经济的落后，故文化教育也相对滞后。1949年后这里虽然开设了许多学校，但由于底子薄，师资匮乏，这里的教育水平依然不尽如人意。别的不说，就拿我常在一些微信公众号上发的文章阅读量来说，写老湾的阅读量总比写汤沟、横埠、周潭的文章少一大截。虽说有文章质量方面的原因，但老湾网络不普及，上网阅读人少也是个重要原因吧。

幸好，今日的老湾街一带也跟上了时代发展的步伐。随着开发区在老街西边和南边铺开，老湾街的面积比原来扩大了好几倍，过去不少沟塘、坟场、田地都变成了宽阔平坦的街道。新修的南北走向的公路直贯老湾河，通向王家套江边公路。原先日本人设定到汤沟的线路，又重新修通，更为笔直。前年，G347 国道，也从老湾街北端横贯而过。一时，街尾变街头，村后变村首，老湾彻底改变了走向。如今，政府正在王家套处修建一座现代化的货运码头。一条货运铁路，将从安徽省会合肥出发，直达这里。老湾，将是这条货运铁路的终点站。我们有理由相信，在不久的将来，老湾这个古老的名字将为更多人提起。

"人间正道是沧桑"，现在老湾街在行政区划上已归属铜陵市郊区老洲镇管辖，但它的根依然生长在枞阳县乃至老桐城的血液里。桐城东乡四大老街，目前只有汤沟和老湾依然活着，并且越发鲜亮，这是老湾街的幸运啊！

东风不改旧时波

杨 俊

　　这是前世的乡愁。门前的湖泊星罗棋布，如同镶嵌在苍茫大地上的无瑕翡翠，波光粼粼的湖面，在阳光的照射下闪着细碎的金光。微风掠过湖面，漾起一波一波的涟漪，胆大的孩子光着脚丫在岸边戏水、摸河蚌。岸边芦苇丛生，傍晚时分，成群的野鸭在这里驻足，钻进芦苇荡的调皮孩子惊飞了栖息的野鸭。芦苇荡是一个风水宝地，里面藏着很多美味佳肴，轻轻一拔，可以拔出白色的蒿瓜，细细寻觅，可以觅到绿色的菱角，运气好的话还可以捡到野鸭蛋。潺潺的流水绕过平缓的山坡，木槿织成一道道篱笆，鲜艳欲滴的喇叭花攀附其上，在平地上围合出一块块菜畦，园内生机盎然，蔬菜竞相吐着生命的翠绿。

　　这是今生的回忆。在铜陵史话里，这里被称作"绢纺厂"。除了美玉般的湖泊，成群的绢纺女工也是风景，天性爱美的阿姨们，在胸襟前别上一朵栀子花或是一对白兰花，在厂门口的小路上留下一路芬芳。夏日炎炎，附近的居民喜欢去绢纺厂打汽水，然后咕咚咕咚地灌下去，一个个气泡在嘴里爆炸，再美美地打个嗝。冬日白雪，老少居民拎着澡盆去绢纺厂洗澡，热腾腾的雾气驱散了严寒，那时洗发水刚刚开始取代肥皂，蜂花的牌子非常受大家欢迎，经常一货难求。绢纺厂筹建商业区时，填平了门前的湖泊。填湖的时候，围观的人不少，大多带着惋惜和不舍，但是商业区带来的兴奋很快就冲淡了一切。所谓的商业区虽然只是一幢平房，但是麻雀虽小，五脏俱全，早点铺、杂货店……柴米油盐，应有尽有。

这是精神的守护。职工住宅区和绢纺厂只隔着一条马路，我的父辈们是建筑工人，不仅这住宅区，甚至这座城市都是他们一砖一瓦盖就的。那时的房子都是平房，每家习惯在自家的屋前搭建个厨房，厨房周围挖口水井，对各家长辈的称呼都是按照家在这幢房子的排序来的，"X 号爸""X 号妈"显得十分亲切。纯朴敦厚的父辈们日夜忙于兴建这座城市，邻家姐姐就成了启蒙老师。记得当时我很爱吃水豆腐，那时买水豆腐不但要票还要排队，常常天不亮，邻家姐姐就在窗外喊我，然后我们拎着锅，披星戴月去副食品店前排队。做家务也是邻家姐姐教的，从引火烧柴到使用煤气，从淘米洗菜到做饭炒菜……一部成长史，就是一部和邻家姐姐的友谊史。

一幢幢高楼，鳞次栉比，在父辈们手中脱颖而出，我们自己也住上了高楼。上初中时，我辞别邻家姐姐，搬去火车站附近的新家。新家很时髦，是 3 层的楼房，一层 3 户人家，一共 2 个单元，卫生间在家里，全家从此不再需要跑很远上公共厕所，尤其在寒冷冬夜里。新家位于山坡上，山坡下是一片原野，纵横的田埂把这片原野分割成一块块农田，近郊的菜农在田地里辛勤地劳作着。我喜欢走在田埂上的那种感觉，像是踩着平衡木，在田边既可摘花编草，还能采到野草莓，丝毫没有学业的压力。楼房后面有一条众人踩出来的泥巴路，直通火车站，北京路正在施工当中，轧路机每天轰隆隆地在工地上驶来驶去。

我欲穿花寻路，直入白云生处。诗一般的豆蔻年华，我行走在求学的路上。背着沉甸甸的行囊，才知长途跋涉的艰辛。那时从长江之南的铜陵到长江之北的合肥，要花上一天的时间，天不亮就要从铜陵出发，两三个小时的火车之后在芜湖下车，然后穿过这座城市到大轮码头过江，在江那边继续赶火车，一个环节的拖拉就有可能导致当天在车站留宿。从长江之南的家乡到黄河之北的北京，则要花上两天的时间，从南京转车，在车厢里坐上整整一夜，拥挤的人群、混浊的空气、昏黄的车灯，再加上两条坐肿了的腿，这是我对绿皮火车和长途旅行恐惧的回忆。

怀旧空吟闻笛赋，到乡翻似烂柯人。再度回到铜陵，家已经由近郊变成城市，门前的原野已经变成"幸福村"，一幢幢别致洋气的楼房拔地而起。人声鼎沸的幸福村大排档成为铜陵餐饮史上的神话，麻辣龙虾加上冰凉扎啤，还有邻家姐姐那不变的情谊，浓缩成我初入社会的感觉。屋后那条踩出来的泥巴路变成了水泥路，直通北京路，北京路不但建成并且延伸至东郊。最喜欢星光灿烂的夜晚，在北京路夜市缓缓闲逛，熙熙攘攘的人群，琳琅满目的商品，即使什么也不买，也有一种幸福甜蜜的味道。如今，买水豆腐不再用票也不需要排队，洗发水的品牌让人眼花缭乱，"丰收门"铜雕气派地点缀着"绢纺厂"的道路，大轮码头也被长江大桥所取代，去合肥不再需要从芜湖过江，一天时间也缩短为半天。

　　我自己的小家也安在"丰收门"这里，邻家姐姐早已陆陆续续搬离平房，住进了高楼大厦，"数丛沙草群鸥散"的旧址上建起了"世界花园"高档住宅区。我的家在鹞山脚下，夏日里山上草木葱茏，山下凉风习习。与以前的家不同之处在于，这几幢楼房是我的兄弟姐妹盖的，其中还有邻家姐姐。左邻右舍都是从小在工地上见惯的叔叔阿姨，在似水流年的过去，他们任劳任怨，用双手托起一座现代化的城市，即便岁月也未能磨灭他们奉献的精神和意志。二桥飞架南北，长江公铁大桥通车时，高铁早已被我们频频使用，当下去合肥只需要 1 个小时，去北京只需要 6 个小时。

　　唯有门前镜湖水，春风不改旧时波。改革开放的东风，一年又一年吹绿铜陵山城。位于老火车站的家在改革开放 40 周年之际被列入棚户区改造计划，连绵的冬雨丝毫不能阻挡大家向往新居的热情，大家齐心协力签完协议，在新的一年到来之前，开开心心地各奔前程。也在同一年，我自己位于鹞山脚下的小家，被列入老旧小区改造项目。锃亮的晾衣架、通畅的下水道、崭新的外立面、明亮的楼道间……花草树木给这个老旧小区平添几分温馨，石桌石凳给这群建筑工人带来几丝风雅，为城市建设奉献了青春的叔叔阿姨们，在花园般的风景里唠着家常。

情起皖江风卷画

杨　俊

　　水，从唐古拉山而下，一泻千里，宛如一道白练，割铜枞之地南北两处，一弯彩虹于江上冉冉升起连接两岸维系乡情。立于大桥之上，晴空万里的日子，天地四方一片清澈和纯净，江上蓝天为幕，抹了抹微云游荡其中，桥间斜拉的钢索，犹如一把把白色竖琴，拨弄一曲天地之乐，江中船只点点，翻起江浪朵朵，化成铜枞两地一泓泓绿色湖泊，偶尔一两声长长汽笛，划破六合内外的笼统与静默。雾起云涌的时候，江水苍苍，与长天共一色，东西两处江面，视线所及，皆为氤氲，江边的亭台、江心的沙洲、桥上的人流以及周遭的一切，都笼罩在那缕缕轻烟之中。

　　风，由铜官山上而来，一路逍遥，宛如翩翩水袖，拂铜枞之地行云流水，奏出的天籁之音应和着3000年前冶铜的曲调。它跌宕起伏，用那修长而柔韧的双臂，轻轻掠过刚发出新叶的树梢，与散落在罗家村的炼渣一起共鸣，倾诉对青铜的思念；浅浅划过有着天井传说的湖面，调皮地漾个圈，最后驻留在行人的脸庞，即便是冬日，也没有刺骨的寒意。它恣意驰骋，有如一石激起千层浪，在陈瑶湖、白荡湖和菜子湖湖面跳出三个涟漪，逗一下浮出水面的鱼儿，揉乱了戏水少年的黑发；更吹落大山村的片片桃花，飘零于山间那一冽清泉，依依不舍地随流水逝去。

　　花，在铜都深处而生，一树琼瑶，宛如五彩裙袂，靓铜枞之地千家万户，淡妆浓抹层染铜官山色仙风古韵炫天井倒影。江南四月天，凤凰山中，金牛洞旁，凤丹似雪，繁星点点，一团一团，泼墨成秀丽画卷三四里。滴水崖下，相思树畔，牡丹如火，雍容华贵，国色天香，织就出缤纷云锦百十亩。江北盛夏日，G347沿线，水田漠漠，莲叶田田，出水芙蓉亭亭玉立，只只白鹭旋起旋落。湿地公园，不同季节不同风情，郁金香、向日葵、格桑花……次第开放，风过之处，那一重重五颜六色的花海，涌起一道道花式波浪，吐尽人间芳菲。百花丛中，最有生命力的乃是山野中的铜草花，花开花谢，花谢花开，从3000年前绽放至今。

　　我是这座城市的孩子。50年前，我在这座城中呱呱落地，50年来，我同这座城市一起成长。这座城市就像记忆中的父亲，慈祥稳重地守护我，默默地读着我的喜怒哀乐和悲欢离合。我笑的时候，满城山水为我欢欣雀跃，遍地草木为我熠熠生辉；我哭的时候，一川烟雨簇拥我的愁绪，万家灯火温暖我的心扉。我的青春一岁一岁融入城市的血脉，改变了它的容颜；我的黑发一根一根落入城市的怀抱，肥沃了它的土壤。而如今，我渐渐老去，这座城市却日益健壮。

　　花瓣悠悠飞舞，点缀那一幅幅城市缩影画，画风由袖珍渐变为大气。在记忆的起点，这是一座江南小城，如同我的青春，四季分明。小城是一个大大的十字路口，从东村到铜陵县是一条"横线"，骑完全程只需20分钟；从火车站到大轮码头是一条"竖线"，距离要稍长一些，骑行充其量不超过1个小时。一横一竖的交会点就是城市的中心，这里是繁华的代名词，百货大楼、副食品商店、新华书店和邮电局都汇聚在这里。轧路机一公里一公里地向前推进，在泥泞中拉出淮河大道的笔直宽阔，铺出滨江大道的绿草如荫。在这推进中，古朴厚重的博物馆、轻盈通透的新华书店也矗立于西湖湿地之畔。由市区到乡下，一个个美丽乡村跃然而出，城乡风景交相辉映。轧路机轰隆隆驶过大桥，向江北推进，铜陵山城也由江南小城华丽变身为横跨长江南北。

　　山风徐徐袭来，略过那一张张城市印象画，画风由粗犷渐变为精致。小城天然去雕饰，丘陵和城区高低相间，民居和菜园犬牙交错。幼时的我们，时常攀爬家和学校附近的各个山峰，在乱草丛中摘野草莓，拔茅茅针，采酸浆果，扑草绿色的蚱蜢。那时城市的宣传画不是高耸入云的烟囱就是戴着矿工帽的工人，天井湖是唯一休闲的去处。树叶绿了，又转黄，最终飘入湖心的那点绿中。丘陵一座座被推平，变成了高楼大厦，菜园一点点被蚕食，化成了商贸中心。夜幕里，江南文化园璀璨的灯光，朦胧着天井湖公园散步的人潮，旖旎了一段又一段逝去的青春与岁月。环天井湖区域的俯瞰图成为城市宣传的首选，滨江大道、大通古镇、湿地公园，一款款城市盆景散落在山山水水之中，诉说那改天换地年代的故事。

合欢丝丝绽放，扑蝶那一页页城市交通图，画风由简洁渐变为纵横。小城线条清细，每一条公交线路摹画出小城轮廓的一角，呢喃小城的过往。小城最初只有6条公交线路，其中2条时断时续，其余4条永远是超载，公交车中途熄火是家常便饭。家和学校都在城市的"竖线"上，承载"竖线"交通的1路车，因为首末站都是交通枢纽，永远塞满了人。我们这些孩子同麻纺厂粗壮的青工们挤着同一辆公交车，售票员拿着木制的票夹匣使劲敲着车窗，大声吆喝"往里走一走"，在发电厂和812队已上车的同学在车内拽，未上车的同学在外面推，勉强塞进去一人后，车门缓缓地关上了。车内的同学悲哀地望着我们，我们则在车外嚷嚷："告诉老师，我们没挤上车！"小城的线条一步步繁杂，公交线路也在一条条增加，让小城在繁杂中不失流畅。城乡公交取代了私人小巴一路呼啸开进了乡村，江北的枞阳也通了公交。豪华宽敞的公交车取代了"老旧牛车"，公交车驶入新的时代。私家车、出租车、网约车遍地开花，公交不再是出行的唯一选择。

细雨微微而落，撩起那一幕幕城市场景画，画风由朴实渐变为时尚。小城舒缓闲适，每扇窗前亮着的灯，温馨而又甜蜜，细碎的光阴在黄昏里静静流逝。一张张花花绿绿的户票，与钱一样重要，每个数字各有其用途，买肉、买豆腐或者买鸡蛋……还有几张是布票，过年做新衣服用的。家家户户喜欢在屋前打口水井，解决用水问题，水井还有个特殊用途就是夏日用来贮存饭菜和冰镇西瓜。小城的电是不愁的，管道煤气用得也很早。我们每天盼着过年，快过年时，爸爸会领着全家，去市中心扯花布做新衣，在长江理发店做头发，在同乐酒楼吃肉包子。爆竹一声除旧岁，震耳欲聋的鞭炮声，一年又一年在风中逝去。户票和粮票早已淡出了人们的视野，留在50岁以上人群的记忆深处。农贸市场应有尽有，超市商品琳琅满目，过年不再成为企盼，因为每一天都在过年。网购和快递把采购的空间由身边扩展至世界，原产地的有机食品可以由田间地头直接运送入户。贮存食物和冰镇水果早就用上了冰箱，电烤箱、榨汁机也进入了百姓家庭，烹饪成为一种情趣和爱好。

梅香缕缕销魂，清幽那一帧帧城市文明图，画风由单一渐变为多元。这是一座移民城市，在满城笨重工业的味道中，流淌着几分文化气息。市区的中学不多，偏远地区多是厂矿子弟中学。就读的中学在市中心，新华书店对着学校后门，午休时间我们经常去蹭书。市里没有图书馆，学校图书馆僧多粥少，大型国企里有图书馆，借书要拼爹的。舞蹈、体育等特长教育都是由体委直接从学校选人，入选的学生很少。日影在太阳历广场一格一格地移动，变幻了春夏更迭了秋冬，枞阳的入股丰富着小城的文化底蕴。厂矿子弟学校划转至市里，优质中学越来越多，国际学校也很普遍，国内的同学忙着把孩子往国外送，国外的同学又把孩子往国内送。湿地公园的花香与图书馆的书香，共同芬芳了铜都，全民阅读点浓浓的墨香飘满大街小巷，农家书屋点亮了乡村。特长教育比比皆是，公益与私营并存，孩子们的选择很多，其中不乏成年人，知天命的年龄，很多同学在朋友圈里晒着舞蹈、书画、插花等作品，圆着沉淀于心底的梦想。

夜空，星光灿烂如同风平波息的江河，新月如钩照亮小城的一世平安祥和；世间，霓虹灯里依旧川流不息的人群，笑靥如花温暖小城的一湾幸福安康。

罗昌河渔事

唐燕登

老家钱桥镇高丰村位于白荡湖后梢，昔日湖面辽阔，不少文人墨客因流连罗昌河畔浮渡山"山浮水面水浮山"的美景，曾留下众多华美的篇章。至今，位于罗昌河畔的唐氏宗祠内仍然留有唐氏先人所作的一副楹联："桐叶荫桐山，龙升屏障，马步藩篱，群岫菁英，萃陶唐之浑噩俭勤，肇绪昆仑著代远；新都发新埠，竹涧涟漪，石溪浩渺，一泓明水，昭忠信于衣冠俎豆，溯源星宿见流长。"以上均不难看出当年罗昌河一带烟波浩渺的湖景以及近似江南水乡的美丽画卷。

中华人民共和国成立以后，为了适应人口增长对粮食的需求，白荡湖浅滩上大面积围湖造田，致使湖面越来越小，罗昌河越来越窄，昔日"施罛濊濊，鳣鲔发发"的捕鱼场景很难见到了，但每年的汛期来临，钱桥东北面的罗昌河和南部的麻溪河的河水纷纷流入白荡湖，湖里的鱼儿迎着新鲜的活水逆流而上，越过麻溪河洄游至罗昌河，致使罗昌河一带也迎来小规模的鱼讯。

在我儿时的记忆里，每年的梅雨季节，那四面八方汇聚来的洪水奔腾呼啸着涨满了罗昌河狭窄的河床，有时直接漫过低矮的圩堤；有些圩堤由于多处渗水导致排涝系统应接不暇而内涝，为防止圩埂的进一步坍塌，只得打开"堵门"放水"衬圩"；那些稍高的圩堤最终还是经不住洪水横冲直撞和长期浸泡，不出一个月就摧毁了高丰沿河一带几乎所有的圩堤。那溃破的圩堤被洪水连成一片白花花的世界，望着一派泽国，乡亲们的大脑如同那水面一样一片芜杂。那迎着新鲜的活水洄游至罗昌河一带的鱼儿视水面下即将收割的稻禾为美味，它们成群结队地加速洄游，纷纷越过溃堤的豁口来圩内觅食。等雨势渐渐消停，乡亲们渐渐调整好情绪，在"圩口"（注：百姓对圩田管理委员会的俗称）的安排下，设法捕捞圩内的鱼儿。

几条刚刚被宰杀的狗被扔到了圩中间的水域，浸泡几天之后，那些"闻腥而动"的鱼儿便进来了，人们开始"闸拼"：溃破的圩堤豁口均匀地插上几根粗竹竿，再在中间插上竹篾固定网线，竹篾靠近圩内的一面放上网眼较小的尼龙网，再用石头、泥块压住网脚，一个坚实的"扎拼"两天就做成了，就等着秋冬季节河水退却后，组织人员捕鱼了。

一些个体渔民也在雨势消停之后，像"闸拼"似的在河面上安置"拦河网"。"拦河网"同古时候打仗排兵布阵差不多，几百米长的一张大网将河面拦个结实，网中间曲曲折折地布置有"生门"和"死门"，"生门"同时也是为来往船只放行的通道，"死门"的后面装有鱼笼，一般顺着河的走向，顺水、逆水方向各一个。那在河面上游弋的鱼儿在不知不觉间就误入了"死门"。渔家每天的主要工作是检查"拦河网"是否有漏洞，同时为来往船只放行，再就是坐收渔翁之利。倘若收笼的时间长了，性急的鱼儿就会死在笼中，卖不上好价钱。

当时的河面上有不少往返于白荡湖沿岸各乡镇、各机关、学校的客运机帆船。清晨，我们顶着初升的红日，披着霞光，乘坐机帆船去上学；傍晚，在晚霞辉映下，愉快地归来。每每立在船头，望着"巍巍青山两岸走"，看着一张张排列密集的"拦河网"，心情是惬意的。每每看到跳越"闸拼"后的鱼儿被"闸拼"外的渔船接住，难免捧腹大笑，耳畔便响起"万类霜天竞自由"的诗句。

深秋来临，圩内的水退得差不多了，"圩口"就组织人捞鱼。这时候的捕鱼方法简单，涸泽而渔，将"堵门"打开，放上鱼笼，当圩内外的水面相平时，再安排人员用水车车干后捉鱼。这时候，好多渔具都派不上用场，只需在水车的出口或者入口处放上由细竹竿弯成的"下趟"网即可。深秋或初冬时节，几十部水车同时驾在一个"方宕"中，几十人聚集在一起劳作，热火朝天的劳动场景让人忘了水边的寒意。"方宕"干涸之前，那闻腥而来的成群白鹭与鸬鹚漫天飞舞，让人仿佛置身于百鸟鸣啭的春天。

圩口从"闸拼"以后，就派人轮流看守，个别"方宕"鱼儿不多时，就"散禁"让人自由捕捞。随着"散禁了"一声吆喝，那早早拿着渔具等候在岸边的人群迅速冲进"方宕"，黑压压的人头攒动。也有一些小圩，在无"闸拼"或看守的情况下，让人自由捕捞。此时常常各种渔具、各种捕鱼方法竞相登场。

最先上场的是拖网。雨势稍停，圩埂露出水面，一段一段网眼细如米粒的拖网连接在一起下水了，根据水面宽度选择段数，有时甚至连接一两百米长。由于网眼较小，水中阻力较大，拖网的两端必须至少由三四个人拖着，从一端向另一端缓缓移动，将"浮鱼"往另一端赶，靠岸时收网脚，一网下来能收 100 多斤毛花鱼或银鱼。毛花鱼晒干后，在锅内倒上菜籽油，再加些辣椒烹饪，是下酒下饭的好菜。

丝网在水面上活跃的时间最长。为避免被大水冲走，水势平稳以后，好多坐着"小划子"和"腰盆"放丝网的渔民。"小划子"是两头尖尖的不足 3 米长的小型渔船，体型较小，机动灵活。"腰盆"同屠夫用来泡猪的"泡桶"一般大小，不过船舷比"泡桶"浅，底部外凸呈弓形，操作者拿着一个小矮凳居中坐着，两只脚平行、对称着抵住船舷和船底的交界处，每只手各拿一只同洗衣服用的"棒槌"一般大小但较之平薄的木桨在水面上划拨。操作不当者，往往坐上去不到几秒钟，船就被掀了个底朝天。"腰盆"的优点是只需一人驾驶，机动灵活，健步如飞，浅水不会搁浅，熟练的操作者常常坐在"腰盆"里前后摇晃着击打水面，从而驱赶鱼儿上网。丝网必须洗净后下水，否则，放入水中后宛若一道黑色的屏障，往往影响鱼儿上网。放丝网时，常常根据水的深浅度决定网眼的大小，浅水网眼一般较小，深水网眼一般较大。有经验的渔民甚至能够判断出所在水域鱼儿的大小和种类，并据此选择网眼大小。

在鱼儿比较活跃的夏季和初秋季节，有人开始放"卡子"。将有筋道的面团抠下一小块搓成一个小圆团，穿在一根大约一寸长的弹性较好的竹签两端，竹签的中间系上丝线做成"卡子",套在一根白色的细尼龙绳上,每间隔两尺放上一个"卡子"。鱼儿咬着带有香气的面团时,竹签张开后就卡住鱼嘴了。为防止面团融化,一般 1 个小时左右就收"卡子"。

到了深秋季节,圩内的水从溃破的圩堤豁口处退掉大半,此时,鱼儿也开始冬眠了,人们开始拉"爬网"。"爬网"是在一根大约 2 米长的竹竿子上系着一张带有铁制网脚的拖网,用绳子系着竹竿子的中央,牵着网贴着淤泥行进。这种网优点是操作起来覆盖的水域大,缺点是遇上水底有树根或者石头往往会拉破网。由于冬天鱼儿往往贴着淤泥活动,"爬网"往往可以刮到鲫鱼、弯个丁、痴不罗和虾子。

到了"鱼封喉,水刺骨"的冬季,无人管理的圩内仍然留有部分积水,但大部分水域深度不超过 1 米,此时,完全进入冬眠期的鱼儿常常贴着水底温度较高的泥面缓慢活动,是"推板"、"拉索"、刮"铁箯"的好时候。

"推板"是一种在长将近 2 米、宽将近 1 尺的薄木板的中心垂直固定一根木棍,呈"T"字形,木板的两端各用一条绳索套着固定在木棍上,用以在浅水中捕鱼的渔具。操作者左手拿着推板,右手拧着鱼罩,贴着泥底用力推着板子在水中前行。水被推开后,看见推板后面有鱼在水中"泛花"时,右手迅速下罩即可。如果运气较好,半天下来,也能罩到七八斤小鱼。使用"推板"捕鱼者,对体能要求较高,故不少人家会选择"拉索"。

"拉索"一般由 3 人组成:一根长绳子底部均匀地系上几个小石头,2 人站在岸边牵着绳子在水中慢慢拖行,1 人手拿"鱼罩"跟在绳子后面。贴着水底的鱼儿碰到绳索后,在水中游动时必然"泛花",跟在绳子后面的人对准"泛花"迅速下罩即可。运气好的情况下,一天下来,也能罩到七八斤鱼。

在天气特冷的隆冬季节,下水捕鱼冻得受不了,此时黑鱼、鲶胡子往往钻入温暖的泥中睡大觉,"推板""拉索"派不上用场了,人们常常采用"铁箯"。"铁箯"是一种类似竹箯的铁制渔具,不同于竹箯的是在"铁箯"的每一根铁齿上带有锋利的铁钩,操作者独自一人站在"小划子"上,双手握紧"铁箯"用力在泥中箯刮,"铁箯"子每箯刮一下,轻巧的"小划子"也随之前进一步,这样挨排地箯刮过去,运气好的情况下,半天下来,也能箯到 10

斤左右的黑鱼或鲶胡子。

秋冬季节的傍晚，晚霞在天，一队队束着腰身，打着赤脚，手拿各色渔具，背着鱼篓从罗昌河畔归来的乡民，宛若一队队得胜归来的全副武装的军人行进在田埂上，人们边走边谈论着今天的捕获，从那绽开的笑容不难看出，他们已经完全忘记了寒冷，心里热乎乎的。回到家后，先烫个热水脚，晚饭时就着鲜美的"河水煮河鱼"小酌几杯，在心里计划明天更大的收获，整个人也就飘飘欲仙了。

血脉里的山水

周巨龙

我承认，与你的怦然心动来得太迟。

那天，一幅从来没有见过的画面突然在不经意间展开。

脚下的三公山蜿蜒起伏，连山积翠。山涧中一道不大的瀑布飞珠溅玉，到了山下的小溪，便渐渐放慢脚步，以粼粼波光的形式一路朝三公山回眸顾盼，旷日持久地演绎一场山水之恋的眉目传情。

小溪两边，大块大块的金黄色的油菜花相间着大块大块的绿油油的麦田，朝远方铺陈开去，炊烟袅袅的村庄星罗棋布地点缀其间。不远处，一埂之隔的枫沙湖和陈瑶湖如同串联的双璧，晶莹、柔润。

更绝的是，我竟然看到了30多里之外的长江，就像一位绘画大师天马行空地在天际画上了一条静中有动、大气而又妩媚的弧线。

整个画面是何等的雄奇跌宕、丰盈多姿、灵动飘逸、温馨可人。

因为地势的关系，从江边看到长江与几十里之外的三公山同框，很平常；从三公山看到三公山与几十里之外的长江同框，实属难得，且由于是从上往下看，画面更加清晰、细腻。这显然要感谢两个因素，一是站在山上，登高才能极目；二是天空蓝得如此透亮、澄碧，毫无遮挡。

看来，审美既是需要高度的，也是需要纯净的。

你是我故乡的山水。有山，稳健刚强；有水，润泽丰腴。但是，几十年了，我却对你熟悉而又陌生。此次的怦然心动，让我意识到不能不对你另眼相看，不能不重新审视你我点点滴滴的平常过往。

许多人都曾心心念念远方的山水才有诗，才有梦。我也因此千方百计地到远方的一些山和水。但每一次都是攒动的人流裹挟着我的脚步，云里雾里，机械而麻木，本来应该触手可及的悠闲与沉浸，却实在离得太远。回来后，那山那水的精华似乎依然以陌生而高冷的姿态在我的生活之外停驻。

你不是这样。你从来都是平易近人的，亲切温暖的。我随时都可以在最慢的镜头中，毫无羁绊地欣赏你的每一寸肌肤，呼吸你的每一缕芬芳。不论我啸咏也好，狂歌也罢，浅吟低唱也好，咽泪无语也罢，你总是不愠不恼，不急不躁，温情脉脉地注视着我，用气定神闲平复我的浮躁，用雍容大度化解我的狭隘，用温柔美丽慰藉我的沧桑。你的草木清香，流水甘冽，庄重或灵动的形象，伟岸或优柔的气息，总是在我的梦里长久地氤氲。

有人说，好山好水是为隐者准备的。那些隐者经历了人生的起起落落，从简单到繁复之后，终于意识到最初极力摆脱的简单才是最值得用一生去追求的诗和远方。于是他们一头扎进山水的怀抱，以一扇柴扉阻断世俗，以一壶月光涤净妄念。

我不是隐者，我无法挣脱滚滚红尘，也无法在那些名山胜水的怀抱里长久地驻守或结庐。好在，我的身边一直有你，你没有高高的门槛，你是一位可以端着饭碗进门聊天的邻居，你带给我的感受、体验、寄托与许许多多喜山乐水的人一样的丰富，一样的深刻，一样的温润。或巍峨挺拔，峭壁耸峙，或奔腾磅礴，涤荡翻涌，是你的坚毅与豪迈；或山呈起伏，逶迤绵延，或水流九曲，长袖善舞，是你的娇柔与灵动；或尽拥峰峦巨石的遒劲与杂树浅花的柔媚入怀，或轻抚惊涛骇浪的咆哮与涓涓细流的娇吟如梦，是你的开放与包容；"月出惊山鸟，时鸣春涧中"是你的清寂与空明；"云从水中起，水在石上飞"是你的飘逸与清新；"一水护田将绿绕，两山排闼送青来"是你的慈爱与仁心；"大江东去，浪淘尽，千古风流人物。"是你的豪迈与沉雄……

"江流天地外，山色有无中"。在故乡，拥有如此伟丽清奇而又相伴日常、令人开卷有益的一帘山水，是我最美的幸运。

我在你的怀里，你在我的血脉里，很好。

父亲故去这一年

程保平

一

下雨了。

自子夜悄然而来的雨是节制的、滞缓的，甚至绵软无力的，滴滴答答，听得人是安静的。偶尔对面楼上有雨滴在铁皮棚上，发出古筝般脆响。天空是迷蒙的、暗晦的，街道是空旷的、清凉的，没有人声，没有车声，在路灯下当然也是湿了的，不过那不是欢畅的湿，而是艰涩麻痹了的。

前几日，老家也下了一场雨，不过那雨来得激烈放肆，噼噼啪啪，哗哗啦啦，将天地连成一片虚无的白。我站在门口痴痴地看雨，看它打在地面上，开出一朵朵白花来，看它流过黑色阴蓬，画出一幅幅变幻的画来，身心也是潮了的。我把那画贴到微圈里，妻子说，怕死人的，贴什么贴？

阴蓬是我用心设计，盯着裁缝做好的，这在我们村还没人试过，后来做父亲头七，随着鞭炮和纸钱，送他老人家了。我看那大火丰沛地烧，很奇怪地想到了一句诗，"纸船明烛照天烧"。

二

父亲穿着浅蓝的衫子、阴蓝的裤子，步履轻松地在门口晃悠。我说，爹爹不是已经死了吗？娘说，就你讲孬话，不是好好的吗？我觉得肯定是做梦，跟着就醒了，发现父亲还睡在床上，是很老的样子，心里就踏实了。

隔壁中根的父亲死了快 40 年。中根在门口挖阴井。阴井在我们老家就是墓穴的意思。我问他这时候挖井做什么，他说他父亲原来的地方矮了，他要给父亲换个新的。我们兄弟在外面讨生活，中根常照顾我父母，帮他们做点重活。

我帮中根运来草纸鞭炮，正拆了要点燃，一时鞭炮乱炸，硝烟弥漫，把天空遮得严严实实。我问，这是怎么回事？中根说，下头的五驼子死了，这是在出殡。五驼子跟我父亲同岁，不久前得了癌症，但去世也太快了。

我觉得父亲可能要水喝了，转身回家，发现父亲不在床上，也没见到其他人。我猜测，父亲可能得了老年痴呆症，走了会找不到家的，就开车去找。我在村里找了一圈都没见到，心想他可能去对江的皖河农场了。

我去皖河农场时走错了路。怎么走到了一座山上呢？有人指路说，朝右拐可以下山的。我按他说的走，真的到了山脚下。但这时突然来了一辆工程车，把路堵死了。我跟师傅说，请让让，我在找父亲。师傅很配合，把车倒到后面，还提醒说，注意前面路牙。再往前走，我发现我到了一个公园。仔细一看，这是杭州西湖呀，6 月我陪父亲来过的。

这时候我真的醒了。我很伤感，但见到父亲，还是很高兴的。

<h1 style="text-align:center">三</h1>

今天是您满七，我没回去给您上香，您要原谅些我。在您归山前后，我请假太多，不好意思再添别人麻烦。生前，您是爹，我以儿子之礼待您；死后，我就是爹，我想象着您的样子，要做一个像您一样的爹。

但我其实是不安的。晚上，我摆了两个杯子请您喝酒。我找不到酒杯，就用玻璃杯代替。我敬三口，您喝一口。我敬您的时候，碰一碰杯，脆脆地响，就想到从前的美好，就不争气地流泪。我代您喝的时候，假想着我就是您，而您已经不在了，从此我就是爹，又觉得伤心，无助，还是不自觉地流泪。我就这样边喝边流泪。

后来，我觉得我还有事要做，就不喝了。我把您的牌位请出来，摆好，斟酒，上茶，点烟，燃香。这是您喜欢的，您喜欢的，当然是我喜欢的。我努力地做，像在演戏，一会儿是您，一会儿是我。我翩翩起舞，让 3 月的桃花开了又谢，让 10 月的秋风四方乱吹，风吹到哪里，悲喜就到哪里。我演的时候，就像您在看着。

我又想，您是希望我好好过的，我好好过了，就是对您最大的孝敬。我就坐下来，默默地看青烟袅袅，看您看着我。我是不是就此要忘了您？

四

一连两夜做了同一个内容的梦。

一个是父亲 50 岁的样子，正在菜园里翻地。他不看我，只顾喘着粗气说，家里没有牛，只好用锹挖了。我觉得父亲已经去世，这不会是真的，想看个真切，不料父亲顿时不见了。我四处张望，唯有开阔的原野，阴沉沉的天，天边还有一道细长的光亮。

再一个梦也是在老家，似乎是过年。父亲说，给你 500 块钱，给我孙子买点吃的。我说，哪能要你钱呢，而且他也工作了。父亲说，那是我的心意。我没收，把钱悄悄压在他床头的一本书里。到我该回小家时，我跟娘说，那书里还压着一点钱。娘到处找，没有找到，就责备我说，做事还是马大哈。

当你挚爱的那个人走了，创伤的愈合是要很长时间的，但正如截肢，即使伤口愈合了，也不是从前那个样子。

清明节快到了。我们老家习俗，祭新坟不过社日。前些日子我回老家扫墓，见父亲的坟上已经长了些许碎叶，随风欢欣，不关我一点心情，就感到特别的无助。

父亲病后，我们并没有告诉他病情，但他其实清楚，给 4 个儿媳，还有我老娘和妹妹，每人买了个银手镯，7 个孙辈，每人买了一支德国产钢笔，又悄悄立了遗嘱，便嘴如铁线，不多开口，也不呻吟，就默默地抗着疼痛。父亲患的是胆管细胞癌，医生说那种病特别的疼。

有一次，那时候父亲已经不能走路了，二弟在家睡觉，他扶着墙摸过去，悄悄放下一瓶奶，一盒香烟，又悄悄摸了回去。二弟在父亲去世后说到这个故事，泪流满面地说，我其实是醒着的，我应该说谢谢的。二弟是个木讷的人，很难让他流眼泪。

父亲卧床的最后十来天里，时常昏迷，有一次醒来跟我说，天气热，家里来人多，再安两台空调吧，钱我出。第二天，我就吩咐人在大弟和小弟的家里各安了一台空调。老家只有他俩有房子。

前几日我替一对年轻人证婚。我郑重地跟他们说，要多想着为社会做贡献，为他人多服务，想得越多，做得越多，社会给你的舞台就越多越大。我说那话，是想到了父亲的经验，他一直想着他人。

五

乌云升腾起来，混混莽莽，压过头顶，如万里飞来的大鹏。夕阳走了，余晖散发在地面，又反射到云层，给云镶了个白边，于是天空就生气了些。华灯初起，点点片片，还不多亮，提醒着忙碌的人，回家吧。

回家，家在哪里？

有一个家，一个物在的家，就离你不远，有人在等你回来。回来了？回来了。吃饭？吃饭。我今天有点累，先睡了。好，我还练一下书法。就那么平常，自然，如这个冷色的黄昏。然而也是这等待，如露珠点点，经年累月积攒，成了一坛清明的水，你中有我，我中有你，不分彼此，是一首悠长的歌。

还有一个家，是心灵之家，在远方。夜已经深了，你打开视频探头，暗黑的空间里，太阳能灯亮着，拢着门前瘦弱的光，是静止孤独的样子。堂厅里已不见人，只剩一个灵台，供奉着一幅画像，画里的人也是静止孤独的样子。那个老女人呢，上床了吗？她在暗黑里是睁着浑浊的眼，想那灵台上的人是否也睡了？

自从灵台上那个人走了，家便坍塌了。原来，家也是沙上垒塔，经不住侵蚀的，所有的留恋和美好，此后便成烟云，如这个黄昏，于是，你就成了那阴云的一部分。

六

闲散地走在闲散的山里，心也跟着闲散起来。时序已过寒露，秋气日甚一日。诗曰，一重山，两重山，山远天高水烟寒。秋风起兮白云飞，草木黄落兮雁南归。但极目之内，并不见雁群，也不见黄落，唯有一腔日益衰败的心。

说是自古文人爱悲秋，其实不尽然。未觉池塘春草梦，阶前梧叶已秋声。行人无限秋风思，隔水青山似故乡。凡走过一些山川，阅过一些故事，体过一些悲喜至情，面对肃杀之气，总有一些通感，生发出某些对生命的情愫来，只不过是文人多表白，表白的人多了，难免不酸，最终落下这种不白不黑的印象。

七

这 10 多年里，每到母亲节或自己过生日，我都打电话回去，感谢娘的生育之恩。娘是那种为孩子可以下油锅的人，从不说带大 5 个子女是如何如何的辛苦。但有件事我还记得，我儿子出生时，她曾淡淡地说，儿的生日母的难。

但父亲节我从没打过电话回去，那原因可能是父亲耳背很多年了，打了也是老娘接。还有可能，是我根深蒂固地以为，男人或父亲嘛，对家总是遮风挡雨、应当应分的，形式那一套没必要。然而，今年离父亲节还有几天，我就特别想打电话，只是父亲再也不能接了。

父亲去世后，我收了三件遗物，带回了自己的小家。一是笔记本，零散记录了他病前的一些感受，无外乎思念孙辈，死后不搞迷信等。二是睡衣，我洗后放在自己的衣厨里，偶尔摸一摸，能感到父亲某些气息，再摸，又是冰凉的，一点感觉都没有。

还有一个是白得发黄的塑料帽，我拿回来前，挂在老家披屋里很多年了。过去我每次看到，就奇怪为什么还留着这古董，但也没有问过。我记得，帽子买来后，父亲很高兴，跟我妈说，只要 5 块多，能戴很多年，不仅晴天能戴，雨天也能戴，而草帽要 1 块多钱，一年就烂了。

1973 年夏天，这帽子就应该有了。那一年洲区淹大水，我们家的那个圩破了，父亲只好外出找事做，一会儿安庆，一会儿农场。有一段时间是从巨网闸拉板车，送公粮到红星粮站，父亲把我带在边上搭纤，坡度大的时候能撑一把劲。有一天，路上遇大雨，父亲把帽子让我戴了，吩咐说，不要掉到地上，脚一踩就完了。

那帽子在当时是时髦的，苦难的日子里，一定给父亲带来过某种欢欣。父亲是爱美的人。娘说，他年轻时当兵，工作就很讲究，有裤脚提上来吊边的府绸裤子，落户农村后，条件差了，才将就着穿的。那裤子我曾见过，上初中时，有一次我在楼上柜子里翻到，就套在自己的身上，布面已经松懈，褪色，但我依然觉得美。

有一年夏天，那时父亲已经 60 多了，患肩周炎，来我这里治疗，我看那衣服简直有失我的形象，就跟妻子说，给爹爹买套新的吧。妻子是实心眼的人，买了一件暖色衬衫、一条阴蓝发亮的裤子，质地都好。父亲穿了几天后，妻子问，爹爹的衣服要换吧？父亲赶忙说，没淌汗，不换，不换。

还有一次，是去年父亲病后，我们一家子陪他外出旅游，到苏州那天晚上，我儿子太郎见他衣服旧了，就说，我们去给爹爹买套衣服吧。回到旅馆，父亲摸着衣服说，很软，一看质量就好，我孙子待爹爹实在。那衣服直到父亲弥留前还一直在穿。是父亲授意，还是我妈懂得，我不清楚。

拉板车的时候，那帽子还是纯白色的，阳光大的时候，闪着辉光，雨落下来，打在上面啪啪作响。我还记得，那次我戴了帽子，心里也是美滋滋的，但看父亲光着头，弓着腰，背着纤，用力拉车的样子，心里也是酸酸的。

当年拉板车真苦，来回 60 里，一天两趟，一趟 1000 多斤。我那时才 11 岁，空车返程时，父亲就让我坐在板车上。夜里天热，我们就睡在空旷的大堤上。蚊子多，蒙着被单睡觉都往鼻孔里钻，点了青蒿熏都没用，父亲就坐在边上为我打扇，直到我入睡。

今天周末，我没事，在家为父亲写点文字。窗外下着雨，淅淅沥沥，冷冷清清。我愿这雨能下到老家，下到父亲的新坟上，捎去我悲凉的思念，同时告诉他，我现在夜里能睡 6 个小时了。

八

有些事情在当初，无论你如何假设，都不会落地开花结果的，就像你现在假设未来，那不过是一个缥缈的虚像。而当你身临其境，那场景，那细节，那其中的人曲折演绎的悲欢离合故事，在事后又往往让你觉得是在演戏，曲终人散，走了也就走了，再也不能复原，好像，也真跟自己没什么关系。

大千以内，其实就个舞台。众生，山川万物，不过是其中的木偶或道具，以某种形式排列或组合，按冥冥中不能看破的节奏，重复或叠加地演绎着凡尘或黑白或红蓝的故事，至于个人悲喜酸甜，则是可有可无、忽略不计的。

九

今夜您不孤单，我会陪您直到天明。我一遍遍地听往生咒，听得自己孤立在安静的黄昏里，看潮水在暗色中淹过沙滩，于是我又成了那混水里一条咸苦的鱼。

去年这个夜里，我也没有睡。我记得，我为您净身穿衣后，又握着您骨感的手，一下子就明白了，生离死别原来是不真实的。

我想让您明白，我一点不觉得守夜辛苦，我在心里想着您，想那往昔的故事，想着您爱我们的纯粹，竟是甜蜜和温馨的。我愿一个人这样直到天明。

天明您就出发，回您该去的老家，只是我期望您记着来这里的路，明年这时候我还在这里等着您，等着我们一道回忆过去的时光和快乐。可能我是含着泪的，但您务必要记住，我的心里一定是快乐的。

先生老魏

程保平

一

老魏还是走了，没听到新年悠扬的钟声，也没破了"73""84"的戒。他是 1946 年生人，到走的时候，2018 年 12 月 31 日，还在 73 虚岁上。他的老伴刘大姐说，他想活下去，配合治疗吃了大苦头。人都一样，我的几个亡友，无论过去多么坎坷，多么豪言，到阴阳界边上，都留恋蓝蓝的天，微微的风，嘈杂又苦难的人世。

老魏走的时候，正下着 2018 年最后一场雪，山川素白，满目清寒，我在田野里散步，心里静安。晚上，我去公务，热闹几小时，回家后心里空落落的。我睡不着，就坐在书房里守岁，直到天微亮才上床。上午 9 点，我接到了刘大姐的电话。

这是迟早的事。十几天前，老魏进了 ICU 室，抢救了好几次。我渴望奇迹出现，让他挺过这个年，他没有挺过来，可能是太累了。整个上午，我就想这事，我觉得应该为他写点什么，也算我们师徒一场，但我也清楚，写了也没有用。我翻出早年写他的一篇文章，觉得没写好，有些歉意，就改了主意，继续往下写。

2019 年元旦，我没敢惊扰凡世，新年是要讨好兆头的，我就一个人在家写老魏，写着写着，我就觉得，人不出生就无所谓情感了。夜里，我累了，就靠在椅子上眯了几个小时。我等着天亮，天亮我就出发，我要到合肥，送我的先生魏宜泰最后一程，从此不再见面，见了也不相识。

二

我大学毕业，被分配到电台上班，食宿是台长老魏一手安排的，宿舍里从睡的到用的，该有的都有，这是我有生以来住的最好的房子。我关上门，躺在床上，做一个青年人该有的梦，尽管后来都破碎了，但在当时还是神往得很。几天后，我的行李到了，他又蹬三轮车，帮我到火车站去拉。去的时候，他要我坐在车上，回来时我坚决不坐，跟在后面说话。他说，工作了，要多想想父母，面朝黄土背朝天，不容易。这话我到现在还记着。

后来，是一个特别的日子，我做新闻编辑有几年了，上午编了一个表态稿，下午那单位又来电话说，要发学习体会。我说，留点时段给别人吧，况且省里没表态。没想到这话被捅到一个很高的会议上，但意思却变了，说电台不发他们稿子，因为省里没表态。某领导脸一沉说，查。老魏就找我谈话，淡淡地说，年纪轻轻的，张口就来，也不脑筋转转，以后说话要注意一点。

哪知风声日紧，一浪高过一浪，我心虚，头大，就去找老魏问办法。老魏说，不要有什么心理负担，把你自己的事做好就是了。后来开总结大会，老局长做报告说，有个小年轻，说话不注意，什么省里没表态，我看就是不想好！但明显他属于临场发挥，没照着稿子念，我的心就放松了。此后，每天太阳照常升起，照常落下，一天 24 小时，不多一分，不少一秒。只是过了好几年，我忽然想起，才有些后怕。

我谈恋爱了，山丹丹开花红艳艳。老魏听了很高兴，说，你跟她父母说，你是副主任。我说，哪能呢，惹人笑话。老魏说，没关系，就照我讲的这么说。我还是没反应。不想几天后，真有一张纸飘下来，是编委办副主任。这事我妻子后来多次说起，说是她给我带来了好运气，但她不否认，我遇到了好人，没送一支香烟，白捡了一个芝麻官。

到了 1991 年冬，有一个黄昏，天黑得很早，老魏在编辑部审稿。我接了个电话，说是某书记，找魏宜泰说话。他听过电话就出门了，回来说，要调到宣传部，任副部长，他不想去，但必须去。当时，老局长退休，听说推荐他接任，大家也以为是，不想上面没同意。我清楚记得，那是一个阴天，窗外有浓浓的雾，什么也看不见。

老魏调职后，我没有跟进联系，还是傻傻的，他也没有招呼我的意思，只是有一次，他随意地跟我说，是不是想挪个位子，到市委宣传部来。我当时已是一家小报的副总编，收入挺高的，比部里多一倍，就打哈哈说其他了，他也没接着往下说。多年后，他到市人大常委会任副主任，我在科长岗位上被雪埋十多年，有次吃饭时说起这个事，他生气地说，当时叫你来，你不来！来了，一个副县级哪里跑得了？我的肠子顿时断了。

如今想起这些琐事，琐事后的琐事，当时的碎片又一片片泛起来，在我眼前乱晃。我想起这些事，想起老魏真的走了，一种巨大的凄凉如潮水般淹过来，以至于我写不下去，想离开电脑，安静一会儿。

三

我上班时，老魏 38 岁，已是副局长兼台长。每天早上，他骑个破自行车来上班，先拖地，再拖走廊，等到拿水瓶打水时，才有人三三两两来上班。他的办公室在我隔壁，还有两个副台长，我跟其中一个说，水打好了，地拖好了，你们好快活呀。他不高兴地说，这个月你的任务又没完成吧？

老魏似乎是喜欢我的。准确地说，是赏识。一次，播音员丁曼说，魏局长喜欢你。我问为什么。她说，她向台里荐人，老魏问什么人，她反问，你要什么人？老魏答，像程保平这样就可以了，虽说毛病不少，但人老实，笔头子也硬朗。这真让我惭愧不已，又偷偷乐呵，此后无论写稿编稿，都比以前仔细多了，也支撑着自己在蹉跎岁月里有些光鲜和自信。

我当时编的新闻中有一档是"一周要闻"，我觉得那种条条式的编发没有意思，就想换一种方式，比如加点宏观解读或者编后话什么的，老魏看到，兴趣浓厚，要我大胆编，他亲自审稿。我的主任看到，脸拉得很长很难看。

其实，这只能说是老魏热爱新闻。老魏是"文革"前考进人大新闻系的，同学中有不少是中国新闻界的大鳄，他是不是憋着一口气，我不知道，但那时只要有时间，他一定是待在编辑部编稿。我报到那天，就看到他穿着个破汗衫，坐在藤椅上编稿。我把他当成了主任，把副台长当成了他的领导。老魏编稿，不惜力气，大刀阔斧，往往一篇稿子就是一片红。主任说，老魏是开刀，出力不讨好，而自己是尊重了作者原意。而我很不同意这个看法，那时候，基层通讯员甚至大部分记者，有几个是文字过得了关的？我虽水平不高，但毕竟有科班中文的底子，至少文法上没问题，所以才被老魏当作新闻错爱了一回。

老魏觉得，广播新闻太易碎了，要编一本书来保全，这就是广播台至今仍是绝唱的《风流人物》。初编统稿是我做的，我做得用心、辛苦，交他修改定稿后，我看其中有些地方不顺，想也没想，都给改回来了。他找到我，好像逗我说，我定稿了，是终审，你怎么都改了呢？我说，不通，就改了嘛。他说，哪里不通？我就从语法上一一点出。他笑笑说，那就按你的意见办吧。

此事让我多年后仍然感叹。一般而言，改领导的稿子是禁忌，你的水平就那么高？我不仅改了，还振振有词，得理不饶人，而老魏却不以为怪，居然同意了。我只能说，他尊重了学问，有专业操守，对文字是敬畏的。这种影响传到我身上，就是我设身处地地为书着想，为他着想。吾爱吾师，吾更爱真理。不仅是他的理念，也是我从他那里学来的品质之一。

老魏退休后，跟很多官员一样，也拾起了年轻时候的文学梦，写了一批散文，他发了点给我，问在我们这个刊物上能否用一下。作为学生，作为文学圈内人，我是带着高兴又审视的眼光看的。我觉得，他的文字是新鲜的，思考是深邃的，格局是开阔的，在本地退休官员中写得很好的。当然，这是我个人的所见，也有偏爱。我想起了当年修改稿子的一幕，我觉得自己幸运地成了老魏的下属和学生。所谓良禽择木而栖，大概就是这个意思吧？

四

我上班头几年，老魏是很顺的，提干，分房，一年到头的黄军装也换成了呢子中山服，剩下的就是官做多大了。我跟诗人江文波搬进了他的旧房，隔壁的马阿姨说，小魏家好抠门，晚上滴自来水，早上就有一桶。那时候还是公共水表，跑冒滴漏的水要分摊到用户头上。我很难想象老魏会做这事，但他在单位里抠门，却是我亲眼所见。

一次，他看着发稿签说，大了，浪费，一半就够了。于是立即设计，硬是将稿签缩小为 32 开。当时，大家觉得这事很农民，但缩小了，只是不习惯，没有别的影响。还有一次，为了《风流人物》的印刷费，我陪他到厂矿拉赞助，临行前，他吩咐买包香烟，特别强调是 6 块 5 一包的阿诗玛，而不是 8 块的红塔山。到那厂里，老总抽的是"改革开放"牌长剑香烟，剩下的大半包阿诗玛又被他揣回来了。上车后，他摸出香烟，举在手上半天，才郑重交给我，那神情像是给我发五一劳动奖章。

老魏离开台里之前，做了两件事，一是为台里买了一辆八闽面包车，七八万元，再是给副主任以上的十几人每个配一部家庭电话，2750 元，大约是一个人的两年工资，还在账户上留下了十几万元。不要小看这点钱，那时候机关发不出工资是常事。到这时候大家才觉得，老魏是个厚道人，处处为台里省钱。

我 50 多年来看世事，有个特别的看法，节俭不是美德，恰恰是贫穷的使然，恰当的做法应该是既不奢华，也不节俭，有一定的舒适度。老魏的这种抠门，说白了，是由其出身带来的副产品。老魏出身枞阳农村，是用父母从牙缝里省钱读书的，工作后，成家立业，油盐柴米，养育子女，都指望不了别人，只好省吃俭用，养成了节俭的癖好。贫贱夫妻，百事堪哀。我曾几次听他说，为赡养父母，夫妻间闹的极不愉快。我忽然想到了他帮我拉行李时候说的话。或许是出身相同，他才对我怜悯的吧？

但节俭一旦延续到单位，延续到仕途，就是要命的事。人从来是好逸恶劳的。在当时，职工眼里的好领导是会来事，能给大家带来福利，带来升迁和未来。大领导眼里的小领导，是会办事，办成事，办锦上添花的事。而当时的广播与电视，无论声名还是福利，都是一个在地下一个在天上。同在一个屋檐下，执政军心涣散的广播台，对谁都是一个极大的考验。在这种背景下，老魏还不识时务，对自己抠，对职工抠，对领导抠，结果可想而知。

然而，要是将那些钱用来做形象工程呢？我不会去假设。我从来认为，称职的领导是对己对人对事都负责的，给人以安全感。糟蹋公家钱，搞形象工程，谁不懂，谁不会？然而，冥冥之中总有一个神在主宰众生，有的人今天漏网了，明天还没到，明天跑得了，下一代跑不了。不是我迷信，而是天道使然，惯性使然，价值使然。

五

养子小陈代表家属，在老魏告别仪式上答谢来宾。那孩子是我看着长大的，温顺、懂事。他的答谢诚恳、质朴，多次哽咽，以至喔嚅。

老魏中年丧妻，后来续弦，这孩子是老伴刘大姐带过来的。续弦这件事，由于旧道德与新道德的冲突，在世人眼里，老魏饱受争议，以至今天家庭矛盾日深，至死都未平息，这可能是他远离本地的原因之一。小陈在这种环境下长大成人，其中顶住了多少压力，我没问过，但以其由读书而成为省府某部门的公务员看，他走出了自己，活出了自我。

前年春节，老魏咳嗽，久不能愈，他以为身体好，没事，不去医院检查。小陈放心不下，悄悄挂了号，促其体检，一查却是肺癌晚期。此后，这个家就在医院来回转，花钱，陪护，求人，一件跟着一件，其穷困潦倒，闻者无不动容。老魏说，孩子始终没说一个不字。这可能是他人生最后的安慰了。我听了高兴，为老魏，为小陈，也为这个家。

老魏离开铜陵后，我一直想请他美美吃顿饭，但他即使回来，也不打扰我，以至去世，我都没有遂愿。有幸的是，他生病后，有次我去看他，长谈了几个小时。我担心他的身体，多次提醒他，但他坚持说没关系。那天我们谈了许多过去的事，有的是我求证，有的是他叙情。深夜回宾馆，我做了一个梦，梦里他在哭泣，说治不好了，现在是道别，从此不再见面。醒来，我想起我告别时说的话。我说，过去你是领导，我不敢造次，现在我想抱抱您，可以吗？我们拥抱了。我分明看到他在流泪，身子在颤抖。其实，那天晚上他一直在流泪。

湖畔蛙鸣送大才

王陵萍

铜陵美术界资深版画家江大才先生走了，我再也发不了大才先生的版画作品了。

我清晰地记得大才先生最后一次来副刊部的情景，大概两年前早春的一天上午，他笑呵呵地坐进沙发里，递给我 U 盘，嘱咐我将里面的《春归》《湖畔蛙鸣》拷贝下来，作为企业报退休的老总编，大才先生熟知报纸用稿的时令要求，始终对报纸情有独钟，"朝夕两件闭功课，始终报纸和刻刀"是大才先生退休后平淡日子的真实写照，也是他一生日子的真实写照。

那天的天气阴沉，间或有小雨敲窗，大才先生却兴致勃勃、满面春光，他嗓音洪亮地告诉我，有关部门希望他开办一个名家工作室，他且喜且忧，既感激他们对一个老艺术家的尊重和期望，又担心自己年纪大了会力不从心……我说："吴昌硕 70 岁担任西泠印社社长，齐白石 90 岁出任全国美协主席……您不是还有个愿望，希望 80 岁时再办一次画展的吗？"大才先生听了，立即兴奋起来，接口道："是的，还要出本画册，所有资料我都准备好了……"因为编副刊，少不了与各类艺术家打交道，在与他们的交谈中，我真切地感受到皈依艺术之人那不惧岁月的旺沛的生命激情，也真切地感受到他们越老越对自己所从事的艺术以及自己作品的珍惜之情。大才先生就不止一次地对我说过这样的话："哪天不刻了，我就死了。"也因此，他很注重在报纸上发表作品。他告诉我说："上回碰到一个老熟人，劈头就说：大才，你还活着呀，怎么好长时间没在报纸上看到你的版画了呢?"

那天告别时，大才先生照例胳膊弯夹着一卷报纸，乐呵呵地与报社熟悉的同仁打着招呼，笑声朗朗，脚步铿锵……仅仅过了 3 天，就传来大才先生脑出血住院的消息。

去年夏天，我和福堂、春英去人民医院探望，面容憔悴不堪的师母一一叫着我们的名字，告诉昏迷中的大才先生，我们来看他了，一迭声地呼唤："大才，你快快醒来吧。"我不敢想象在大才先生昏睡的一年多时间里，江师母，这位优雅能干的女性经历了怎样一个由满怀希望到彻底绝望的伤心过程，只听人说她"人都瘦脱了型，走路都打漂"。2020 年 2 月 21 日下午 3 点，我接到师母的电话，她的声音透着哀伤，语气却平稳而坚韧，她对我说："大才今天上午 9 点走了，因为疫情，亲朋好友也没办法与他做最后告别了。你和吴福堂是他生前最喜欢的两个晚辈，你们在报纸上发的每篇文章，大才都读给我听……我想能不能请你们在报上最后给他发一张作品，在他的名字上加个黑框……"

我再也忍不住泪水，眼前幻化出大才先生手握刻刀，鼓着腮帮，一下一下在木板上精雕细琢以及与我们同室办报相谈甚欢的蒙太奇。

江大才先生 1942 年生于安徽安庆，1962 年毕业于安庆艺术学校美术科版画专业，中国美术家协会会员。在半个多世纪的艺术生涯中，大才先生始终不渝地对版画艺术情有独钟，创作了不计其数的版画作品，许多作品像《晚归》《水乡明月》《牧歌》《相思树》等，以其黑白之间蕴藏着的丰富色彩，方寸之间镌刻着的无限情趣，屡屡在国家和省部级画展中为铜陵市争得荣誉。铜陵市档案馆收藏了他极具代表性的作品 16 幅，集中反映了工农业生产、城市建设和体育文化等。但大才先生最广为人知最为他赢得声誉的"代表作"，是一幅他瞄准熟悉的化工生活，以旺盛的创作热情，不倦的艺术追求，三度创作、十五年磨一剑的黑白木刻《风雨交加》。我和福堂有幸，作为曾经大才先生麾下的企业报编辑，我们目睹了他这幅巨幅木刻诞生、蜕变和炉火纯青的全过程。

大才先生是 20 世纪 80 年代初调到化工企业从事宣传工作的，1990 年我和福堂调入《铜化报》时，干英和焕明两位仁兄就向我们介绍了大才先生的黑白木刻《抢运》，说之前名为《风雨无阻》，《安徽工人报》发了，大才先生不满意，二度创作在《人民日报》大地副刊上发表了，又在全国首届石化系统职工书画摄影展中获铜奖，还入编1986年《中国版画年鉴》。我们这才知道除了总编头衔外，大才先生另一个更为著名的头衔——版画家。其时，大才先生刚过不惑之年，工作和创作热情一如盛夏正午的阳光，将我们5个人一间不足10平方米的编辑部映射得像凝聚热力不断旋转的球磨机。木刻之余，大才先生也时常下车间采写文章，他对麾下4个毛头兵的文字能力深信不疑，不仅稿子任由我们"宰割"，还时常在报纸出来后大声读出来，由衷称赞我们文章改得好，标题做得新。我记得焕明兄说过多次的一件小事，即大才先生让自己的儿子叫焕明"赵叔叔"，焕明说："江总还真是厚道，其实他儿子比我只小几岁。"

20世纪90年代末，大才先生从工作岗位上退休了，终于有充裕时间一门心思搞创作了，但此时，曾经赢得辉煌评价的中国黑白木刻，突然变得让人看不懂了。面对版画界许多一味追求形式、肌理、技术等"前卫艺术""后现代艺术"的作品，大才先生却坚守当年鲁迅先生"必须令人能懂又有益"的教导，坚持新兴木刻反映现实亲近人民的传统。阅历丰富的版画家艺术生命力依然蓬勃旺盛，他听从自己内心的呼唤，再一次从最熟悉的生活入手，他坚信真正反映中国人民创造自己新生活的进程和中华民族自强不息精神的作品，才是艺术魅力永恒的作品。他的思绪又飞回化工企业最壮怀激烈最动人心魄的大修场景，他突然觉得曾给他带来巨大声誉的《抢运》，离他心中的艺术精品尚有一段距离，他决心向这个无数次令自己"梦回吹角连营"的题材发起第三次战役，向工作了20多年的化工企业做一次深情的回眸。

1999年全年的才智精力和心血付出，执着的江大才先生完成了黑白木刻《风雨交加》。这是一幅长83厘米、宽56厘米的巨幅木刻，一幅让人触目后心中顿然腾起火焰和力量的精品力作，一位坚守木刻阵地半个多世纪的老艺术家呕心沥血的扛鼎之作：大雨滂沱中，火热的工厂凝聚着强大的热力，巍峨的塔罐是扬帆的岛屿，高耸的烟囱是庄严的标题，巨大的球磨机诉说着创造的力量，奉献的含义；一群狂风暴雨中奋力拼搏的身影，挺立成松，团结如山，每一双脚印都在凸起，每一粒汗珠都在砸凹大地……2000 年《风雨交加》入选了全国第十五届版画作品展；2002 年入选纪念毛泽东同志《在延安文艺座谈会上的讲话》发表 60 周年全国美术作品展；2006 年入选"纪念鲁迅先生逝世 70 周年·21 世纪首届中国黑白木刻展"。

进入古稀之年后，大才先生创作态势依然高昂，陆续创作了《岁月情怀》《高山流韵》《天路》等巨幅木刻。2014 年他 72 岁时，如愿加入了中国美术家协会。回顾自己的艺术旅程，大才先生时常告诉我："只有自己经历过的、熟悉的、有感情的东西，才是最好的创作素材。"

大才先生最后一次送来的两幅版画，《春归》我去年在他昏迷时刊发了，想着说不定他作品里欢唱的鸟儿能叫醒他……春去春又回，湖畔早已蛙声一片，大才先生却再也醒不过来了，就让这幅《湖畔蛙鸣》一路陪伴他驾鹤仙去……

我的祖父祖母

夏贤富

　　湾前的那棵古香樟树，静静地伫立在那里已经几百年。每天太阳升起的时候，阳光透过茂密的松树林，点点滴滴地洒在祖母长眠的山坡上。岁月在不知不觉间流逝，然而每当我回家瞻仰祖父祖母坟茔的时候，他们的音容笑貌就会浮现在我的脑海中。虽然祖父母离开我们已经有二三十年了，但每当逢年过节，我就不禁回忆起祖父祖母的往事。

　　祖母娘家位于我家邻县罗田县河铺镇，原来家里有姊妹 4 个，上面 2 个姐姐，下面 1 个弟弟，可惜舅爹年幼时意外夭折，外曾祖父因丧子之痛伤心过度得病，不久就离世了。两个姨奶出嫁以后，只留下祖母与她的母亲相依为命。祖母十几岁就上生产队做工分，散工回来还得照料她常年生病的母亲。尽管家里经常穷得揭不开锅，但祖母还得时常把本来就短缺的口粮拿去换钱，给长年患病的母亲换药来维持生命。

　　祖母娘家窘困的状况直到祖母与祖父成家之后才得到些许改善。然而祖母却是一个深明大义之人，为了响应国家号召，她毅然舍弃骨肉亲情，动员祖父应征入伍，她一个人把整个家庭的担子扛在了肩上。在祖母的支持和鼓励下，祖父先后两次应征入伍，积极勇敢地参加"抗美援朝"和"大三线建设"。多少个战友因意外或疾病牺牲了，祖父却幸运地躲过，再后来经过层层选拔，祖父被安排在北京一家国营工厂上班。

　　曾祖父与曾祖母一共生育了 5 男 5 女，过度的体力劳动早早地夺去了曾祖父的生命。祖父生于 1937 年，在兄弟 5 人中排行老三。我父亲出世后，祖父虽然对国家分配的工作有万般不舍，但也只得忍痛放弃。回家后的祖父积极参加生产劳动，农忙之余，他会全力以赴支持基础薄弱的农村基层政权建设，先后参加过"土改运动"，任过护林干事和民兵连长。

家里农活忙完后，祖父就给大家讲《水浒传》《西游记》里的故事，我印象最深的就是"武松打虎"的桥段了。夏日里乡亲们都喜欢聚集在我家，听他讲"抗美援朝""大三线建设"时所遇到的难忘往事。时过多年，大家依然能清晰地回忆起祖父给大家讲述的情节，比方说在"上甘岭战役"期间，由于补给线被美军疯狂轰炸，只能由他们那些年纪比较小的娃娃兵往前线送苹果，后来苹果没有了，只能送萝卜。当时我尚处幼年，一直以为"上甘岭"是离我家不远的哪个山。

祖父常年在外奔波，祖母则在家做贤内助。在做好田地里农活之余，她养猪、养蚕，还采药材、捡油桐、拾木籽，补贴家用。多少个夜深人静，往往是一家人一觉醒来，祖母还一个人在昏暗的灯光下忙活着。后来听祖母说，她与祖父结婚成家的时候，最初只有一间房，就用衣柜把中间隔断，里面做卧室，外面做厨房和堂屋，后来条件稍好点，就分两次扩建了房屋。后来有一天，祖母为了搭梯子上楼储存花生禾做猪食，不慎从梯子上摔下来，但她闲不住，没有休养好，从此落下了驼背的毛病。

到我和妹妹上学时，祖母就主动承担照顾我俩的责任。她每天清晨就起来烧水烧饭，然后喊我和妹妹起来，后来我们在学校寄宿需要带菜，她怕来不及，头天晚上就把腌菜炒好。夏天天气炎热，腌菜放久了会变质长毛，祖母就尽量变着花样给我们准备一些能长时间保存的干菜，比如把豆腐用盐腌制后晾晒成豆腐干，把糯米粉加上辣椒末和盐搅拌在一起烙成辣椒果。在我们住校寄宿的艰苦岁月里，那些特殊的菜肴，陪伴着我们度过了读书生涯。

祖父母出身贫苦，但是待人接物十分热情。那些为了生活而被迫背井离乡的手艺人，但凡到了我家，祖母必然会热情接待，有时候还提供住宿。菜园里蔬菜吃不完了，祖母就想办法做成菜干，遇到菜蔬不济的时节，周济那些无钱买菜的人。

　　我印象最深刻的一个故事是，父亲出生不久，因为奶水不足，没办法购买奶粉，幸运找到了一位正在哺乳期的奶妈。后来为了感谢奶妈的哺乳之恩，祖父母就让父亲拜人家为干娘，每年农历正月初一都去干娘家拜年。后来有了我和妹妹，祖父母就让父亲带着我们一起去。父亲的干娘去世了，那时祖父已经去世，祖母就要求父亲像亲生儿子一样为他的干娘守灵戴孝，直至入土为安。

　　我自幼多病，常常无缘无故地发烧，严重时甚至昏厥、抽搐，为此家人们担惊受怕了好几年。据说有一次我长时间呼吸微弱，好几天没吃没喝，家人以为我夭折，准备埋葬了，碰巧一位叔爹来了，他找来一点棉絮放在我的鼻孔前，结果我把棉絮吹跑了，叔爹大喜过望，他用"土办法"把我救活了。由于小时候家里没有通电，而我的病在夏天更容易发作，祖父母就日夜看护我，轮流用扇子给我扇风，往往一整夜都不闭眼睛。我的那些病症直到10多岁才慢慢消失。

　　祖父祖母对于我寄予着很高的期待。大约在我5岁时候，祖父就开始教我识字读书，在祖父的耳濡目染下，我上学伊始就能背诵出两三百字的文章，祖父看在眼里喜在心头，他拿出微薄的退伍补贴购买学习用品，激励我读书学习。后来祖父生病了，身体状况每况愈下，他自知来日无多，便对祖母再三叮咛："孙儿接收能力超常，为人忠厚老实，凡事教他一遍就能记住，如用心培养，日后终究能出人头地。"祖母把祖父的遗言牢记于心，后来每次我贪玩，奶奶总是把祖父的遗言拿来训斥我。我逐渐体会到了他们的良苦用心，到初二时开始自觉学习，虽然遭遇种种坎坷，但我终究凭借坚韧的毅力，完成了大学本科学业。

　　1992年下半年，祖父就出现了吞咽困难的情况，他大概已经预感情况很糟，破天荒地去黄石大冶灵乡铁矿拜访了他的四弟。过年的时候，祖父已经无法正常进食，只能吃少量的稀饭或者面条。父亲多次想带祖父去医院检查，祖父总是找理由推辞和回避，再后来才在邻居、亲友的劝说下，勉强答应去罗田胜利医院检查。检查的结果对于我那原本一贫如洗的家庭来说，无疑是晴天霹雳，那是食道癌。为了维持祖父的生命，父亲只得购买葡萄糖注射液和青霉素回来给他滴注，后来祖父的血管由于萎缩，连点滴也无法打进去。但是坚强的祖父从来没有因为病痛而呻吟，更没有打骂家人。这年春末夏初，有一天远在数十里的大姨奶，来看望已病入膏肓的祖父，我生平第一次看到祖父流下了眼泪，他肯定知道这一见就是永别。这一幕我至今记忆犹新。中元节的第二天清晨，祖父在病痛折磨大半年之后，带着对儿孙们的无限眷恋，永远地离开了这个世界。

　　祖父过世以后，祖母强忍着悲痛，力所能及地做家务活，尽心尽力地养育我和妹妹。由于我家住房紧张，小时候我一直和祖母同床睡觉。每当逢年过节的时候，祖母更加思念祖父，多少次流下伤心的眼泪。每当家里有什么好吃的饭菜，哪怕是地里收获了麦子、红薯之类的普通粮食，祖母必然会首先想到祖父，认真摆好桌椅和香烛，邀请天堂里祖父回家与我们共享，然后一个人坐在边上，和祖父诉说生活中的种种遭遇。得知我中考成绩在全镇1000多名中荣列第15名，并顺利通过省级重点高中——麻城一中的分数线的时候，祖母拿出多年积攒下来的零花钱，亲自去村供销社买了火纸、香烛、猪肉、豆腐等，回来把屋里屋外打扫干净，按照农村的祭祀风俗，摆好桌椅碗筷，盛好饭菜，倒上白酒，把我拉到祭桌前给祖父磕头，她深情地说："老三，你看到了吗？我们的孙儿考上了麻城最好的高中，我今天特意买了你生前喜欢吃的菜和酒。你在世的时候没有享到一点福，今天就好好地吃喝吧。孙儿争气是你在那边保佑着，将来你还要保佑他考上好大学，找个好工作。"

　　我去麻城读高中后，一年难得回家几次，就算偶尔放假回家，也多半在家过一夜就匆匆返校。由于对孙儿的过度思念，祖母在一天天变老，最终于2005年年底病倒了。正月初六早上，我由于要去学校读书，就来向卧床多日的祖母道别，祖母出人意料地清醒，她拉着我的手，语重心长地说："孙儿啊，我可能看不到你考上大学的一天了，你要努力学习，善待他人，将来如果有出息了，没空回来给我和你爹扫墓，我们绝不怪罪你。只要你把我和你爹记在心上就够了。"祖母说完这些，我已经泪流满面。没想到这次见面竟是永别，半个月后祖母在遗憾中走完了她艰苦的一生，她真的没有看到我考上大学的那一天。根据祖母生前的遗愿，父亲将她与祖父合葬在老屋的东边山坡上，每次打开大门就能看到。

多少个夜深人静的夜里，我都会梦见祖父祖母，他们依然如在世一样，总是忙碌着那些干不完的活。每逢佳节的时候，我都会在心里想："要是祖父母能活到今天该有多好！"然而这些终究只能在心里默念。在此后的生活中，我始终牢记着祖父母生前对我的教导，努力生活，善待他人。读大学的时候我就参加了义务献血，到如今献血量累计达到1000毫升了。

母亲三题

曹应东

一、左手指月

我和妹妹微信视频的时候，母亲正在训练举手。

举手训练是脑梗病人一种康复方式，就是用功能正常的手五指分开交叉地握住丧失功能的手指，尽可能向前伸直肘关节，再尽可能向上举起双手，直至举过头顶。说起来，这个动作很简单，可对母亲来说却十分艰难，左手每往上抬起一厘米，疼痛便增加一分，直至疼到面容几近狰狞，疼到眼泪无声地滑落，疼到要张口欲呼却又无力张口。脑梗后，母亲左手左腿偏瘫。医生曾经说，人的腿部神经粗壮，恢复起来快一些，而手上的神经精细，功能复杂，恢复起来要困难得多。

现在看来，也确实如此。经过 3 个月的功能恢复训练，母亲基本上实现了拄着拐杖独立行走的目标。但左手功能恢复似乎见效甚微，甚至连简单地动手指还不能随心所欲。

过了一会儿，妹妹接通了手机。占住视频大部分的是母亲的左手。此时，母亲的左手正在被她自己的右手紧紧地握着，向上举起，两只胳膊因为用力抑或是因为疼痛而微微颤抖，仿佛不是在训练举手，而是在竭尽全力地举起着一件她难以承受的重物，比如命运。她左手的每一根手指，在视频里显得格外枯干，犹如冬天里皲裂在冷风里的梅枝，那满屏的褐色触目心惊，手背上的皱纹隐隐然呈现出道道沟壑之势。

　　我想起了那个小护士的话。那是母亲的床位护士，姓什么忘记了，只记得她的手很漂亮，手掌大小肥瘦适中，手指纤细修长，肌肤丰润白皙，就连一枚枚指甲也饱含着光泽，修饰得长短适宜。至今还记得这个护士的手，并不是因为它漂亮，而是因为那个小护士和母亲的一席话。

　　当时，她正要给母亲输液。母亲说，就左手吧，反正它没啥用处。

　　她双手捧着母亲的手盯了好长时间。我感到有点奇怪，正想问她，她却开口了。我真的没想到，她问的竟是和输液无关的事。我没有听错。她看了一下母亲的手再看一下自己的手，终于还是开口问母亲："奶奶，我老了以后，手是不是也会变得和您的手一样？"语气里充满着担忧的味道。

　　灯光下，和小护士的手一对比，母亲的手显得黝黑和枯干。这个小护士应该是刚走出校园不久吧，在她看来，手上出现皱纹和老茧是件非常可怕的事。

　　母亲看了自己的左手一眼，显得有点难为情，做出想抽回手藏起来的动作，但因为虚弱无力没有成功，只好无奈笑笑放弃了努力。让我意外的是，母亲不仅没有恼怒，反而笑着安慰小护士说："那怎么会呢？我的皮肤天生就不好，你的皮肤天生就这么好。"

　　当时，我忧心母亲的病情，没有过多地关注母亲的手，也没有顾得上责备小护士，只是看到母亲没有受到刺激，还不忘宽慰别人，心里竟是隐隐高兴的。

　　后来，我常常想，母亲其实有机会躲过这个劫的。

　　那天，我要是再坚持邀请，母亲也许就不会偏瘫了。

　　3个月前的一个普普通通的星期六，我照例回老家去看望母亲。所有情节都和往常一样，母亲的手也仍旧麻利，不大工夫就变魔术般做出了一桌子菜，有鱼有肉有鸡有蔬菜。鱼是门前塘里的，鸡是家养的，蔬菜是从菜园里现摘的。吃完饭，母亲洗好碗，喂好鸡，又去菜园采摘了一篮子蔬菜，那是准备给我带回城里的。临走的时候，我说，周日市里有场国际马拉松比赛，是小城有史以来第一次，去看看吧？为了让母亲感兴趣，我特意讲了公元前490年在马拉松平原上那场战争，讲了斐迪庇第斯跑出的那个悲壮的42公里

195 米。

　　我清楚母亲的习惯，她素来念家，不喜欢出门，屋前屋后，田间地头，才是她的一方世界。她说，只有在家，人才活得自在踏实。因此，邀请母亲出门必须要有无法拒绝的理由。在我看来，我说的理由相当充足，但母亲却毫不以为然。她说，40多公里，那么远，有必要那么拼命跑吗？在她眼里，这样一场盛大的赛事，竟是比不上她饲养的叽叽喳喳的一群小鸡，比不上她种的满眼青翠的一片菜园，比不上她和邻居大婶窃窃私语的一场唠叨。

　　如果那天她接受了我的邀请，那么脑梗发作时，我必能在第一时间送她去医院，这样就有了救治的黄金时间。但是，母亲终究没有接受我的邀请。其实，即便在老家，如果那天母亲能马上告知我，也还有希望不落下后遗症。可她不想在深更半夜吵醒我，硬是强忍病痛熬到天亮。母亲错过了两次机会。

　　因为疫情的缘故，我有一个多月没能回老家去看望母亲了。先是老家封村了，非本村村民一律不准进村。接着，我在城里居住的小区也开始凭通行证出入。好在有妹妹一直在老家陪着母亲，我的心稍安了些。

　　必须承认，视频里的手给我视觉的冲击太强烈了，让我内心震撼无比，以至于一时之间忘记了开口。那是我母亲的手吗？这手比在医院时愈发苍老了。母亲的手何时成了这样？这跟我记忆中的手已经不是同一只手了。

　　记忆中，那是个有月亮的夜晚，母亲坐在凉床上，右手抱着妹妹，左手指着月亮。我双手捧腮安静地坐在她身旁，顺着她手指的方向去看月亮。月亮又大又圆，挂在高高的槐树梢头，仿佛一伸手就可以碰到。

　　母亲没有上过学，不识字，能说的故事很有限。但不能否认，在当年精神和物质十分贫瘠的乡下，正是那些有限的故事慰藉了我的童年。每次说完那些重复了不知多少遍的故事，母亲总要指着月亮喃喃地对我和妹妹说，瞧，那就是住在月亮里嫦娥，她旁边的那个小点点就是玉兔。我每次都要手搭凉棚睁圆眼睛看上半天，但一次也没看清嫦娥和玉兔到底在哪儿？只是看到母亲的手在月光下晶莹剔透，隐隐散发着温玉一般的光泽。

　　后来，我渐渐地长大了，走出了村，走进了城，这一路走来真的艰难。因为艰难，也就有意无意地忽略了许多事，比如母亲的手渐渐地苍老。

突然听到母亲叫我的声音。视频里，母亲出现在我的视野里。母亲笑着说："放心吧，我每天都在练举手呢。等你过来时，我亲手做菜给你吃。"

镜头很快再回到母亲的左手。我听见妹妹在一旁大声地为母亲计数，一、二、三、四……

我又看到了那只手，那只温柔地指过月亮的手，那只牵过我的手，那只曾经喂养我长大的手，那只曾经为我拭过泪痕的手，那只连动一下指头都要疼入骨髓，却始终没忘记为我炒菜烧饭的手。随着妹妹的计数，母亲的左手一下一下地在我眼前起落。

那只手是如此的虚弱无力，连举起简单的动作都无法完成；那只手又是如此的充满力量，让心灵都不能不为之震撼。

我想回答母亲，可嗓子里发不出任何声音……

二、母亲的早晨

我原以为村里的早晨是从声音开始的。在想象中，或者以我的生活经历推断，首先入耳的应该是鸟鸣声，从屋外竹林树丛里偶尔传来似有若无的几声，然后渐渐稠密起来，直至形成喧闹的合唱。接下来便是犬吠声，由远及近，高低应答，错落有致，犹如此起彼伏的对唱。鸡叫才是压轴戏，那高亢突兀的嗓音，摇曳拖长的腔调，竟有几分主持人的风范，仿佛是在隆重地宣布夜晚到此终结，早晨的帷幕正式拉开。随着这一嗓子，东方露出一抹鱼肚白，片刻之后，太阳将会跃出东边的山岗，阳光随之喷薄而出，黑暗悄然遁去，光明骤然来临。

但母亲却以自己的实际行动打破了我的设想。果然，在鸡叫之前，在犬吠之前，在鸟鸣之前，在花草树木苏醒之前，在田野里庄稼拔节之前，在微风拂过水面之前，母亲就已经醒了。母亲的眼睛甫一睁开，就要起床。母亲对现在还是深夜这个事实根本就是视而不见，反正在她看来，她的早晨已经到来了。

脑梗后，母亲半身不遂，连起床穿衣走路都需要帮助，就更谈不上种田耕地和操持家务了，有必要起这么早吗？但母亲执拗地要求起床，仿佛床上一瞬间长满了刺，刺得她全身疼痛，必须马上远离。那时的母亲，就像一个蛮不讲理的孩子。因此，她一遍又一遍催促尚沉浸在睡梦中的妹妹帮她穿衣起床，丝毫不顾及妹妹的感受。

妹妹不止一次向我诉苦，说一过半夜母亲就会醒，醒了就不睡，吵着要起床。这样一来，不仅母亲休息不好，连累家人都休息不好。我看到妹妹的黑眼圈越来越重了。

其实，这状况在医院康复治疗时就已有了端倪。医生多次接到其他病人家属对母亲的投诉，说夜间严重影响他人休息。医生诊断这可能是脑梗后遗症，尝试多种治疗方案都无效，只好通过服用安眠药来延长母亲的睡眠时间。奇怪的是，在母亲这里，所有的安眠类药物都失去了应有的功效。母亲的身上似乎具有一种神奇的力量，可以成功地摆脱所有安眠类药物的控制，只听从来自内心的声音。医生从未见过这样奇特的病例，表示无能为力，看时间能否创造奇迹？但现在看来，时间的力量也是微乎其微。

我努力地睁开沉重的眼皮，无奈地问母亲为什么这么早就要起床。这样的问题，妹妹已经问过无数次了，但母亲从未作答，因此我也只是随口一问。但没想到的是，母亲竟出乎意料地回答了。她喃喃自语地说，一直都这样呀。

我听了心里不由得一动，记忆的闸门缓缓打开。是啊，曾经有多少个这样的时刻，我们还流连在香甜的睡梦中，母亲就无声无息地起来了。母亲自作主张地把夜晚修改成了早晨的一个部分，她的早晨有着非同一般的长度和内容。这样的早晨只属于母亲一个人，而一直被我们忽略着。母亲忙碌于其中，忘记了时间，忘记了睡眠，忘记了疲惫。在我们揉着惺忪的睡眼醒来时，听到的是棒槌击衣声，嗅到的是饭菜的喷香，看到的是干净的庭院。这一切是那么亲切、熟稔，又是那么理所当然。

早晨，一般指日出前后的那一段时间，通常是 5 点至 7 点左右。这是百度里的早晨，也是我们普遍认为的早晨，却不是母亲的早晨。母亲的早晨有着她自己的标准，如果一定要给一个范围，也许可以界定为是从半夜开始的。早起是母亲的习惯，已经融入她的骨髓和血液，成了她的精神和意志。这个习惯注定无坚不摧，无可匹敌。

尽管母亲不再是以前的母亲了，但依旧是以前的母亲，她的爱还如磐石一般停留在原地。在那里，她仍然在灵魂深处拥有着一个漫长而忙碌的早晨。那样的早晨是她的财富，她的幸福，她的骄傲，任时光流逝，疾病折磨，也绝不改变。

三、背不动的爱

我必须承认，如果当时只有我一个人，我恐怕是真的没有办法将母亲背上二楼的。这不是因为母亲的体重超出了我的承受范围，那时她明显消瘦了些，也并不是因为我的力气不够，我常年坚持锻炼，力量还是相当不错的。

这里是一家农家乐，离梅园不远。梅园里梅花多达 30 多个品种，色彩上红黄蓝紫白五颜六色的，花也开得或早或迟。最早开的是蜡梅，最迟开的是杏梅，花期竟可以长达 3 个月之久。我陪母亲去的时候，是梅花开得最旺的季节，一眼望去，玉蝶梅素白洁净，绿萼梅萼如翡翠，朱砂梅胭脂如血，龙游梅矫若游龙……也许是来看梅花的人多了，农家乐的生意比平时好了许多，一楼的包厢早就满了，二楼只剩下一个包厢。

从梅园到农家乐的路上，母亲一直在唠叨要回家做饭。受脑梗影响，她时而清醒时而糊涂，这时仿佛忘记了自己已不是曾经手快脚快的自己了，不再是那个儿女随时回来都能变戏法似的做出一桌子香喷喷饭菜的自己了。现在不用说做饭，就连最基本的走路，她都需要人看顾着。没有办法，母亲只能闷在家里不出门。今天我们正好有点空闲，就陪母亲在外面透透气散散心吃顿饭。家里根本就没有饭菜，我们自然不理会她的唠叨。况且，都快下午 1 点了，一个个都饥肠辘辘的。

母亲左手左脚偏瘫，通过康复治疗，能挂着拐杖，在平地上勉强走上几十步。今天在梅园里，她看到满园的梅花，一时高兴，不仅运动量远胜平日，行走的稳定性也有了大幅提高。但我们都清楚，无论如何超水平发挥，她也绝不可能走上二楼的。母亲看着面前的台阶，仿佛在看一座无法逾越的高山。

她伤感地说："去年这时候我还能自己上去呢。"我不想让母亲沉浸在这伤感里，就说没事，我背您。这是唯一的选择，也是最好的选择。

我紧挨着母亲蹲下去。母亲的身体并没有按照我的预想落在我的背上。父亲说，你把拐杖给我呀。连说了两遍。母亲却答非所问地说，孩子背不动。我笑着说，怎么可能呢？妻子和女儿也上前劝，没事的，背得动的。

终于，母亲犹疑地将拐杖递给父亲，身体往前动了动，贴在我的背上。我双臂抱紧母亲的腿，腰背缓缓使劲，就要站起来，但马上就感到有力使不上。她整个人正在下滑，以致双脚拖到地上。她只好将肚腹贴在我的腰背处，身体的其他部分完全和我脱离。她的头向后仰着，上半身和我的背脊形成接近45度的夹角；不用说那只瘫痪的左手了，就连那只功能正常的右手也没有去环抱我的肩膀，双腿也没有往前往下自然地伸出，以便让我托住。

我只好对母亲说，你用右手抱着我的脖子吧。我很清楚，她的手臂不够长，单凭一只右手要抱住我，是很难使上劲的。母亲却没有照做，而是全身发抖，再三要求我放下她。或许她根本就没有听我说什么。如果这时候放下母亲，以她的性格势必拒绝我再次尝试。我咬咬牙，腰往下再弯些，再一次柔和地发力，将母亲的身体尽量往上托举，以延缓她从我背上下滑的时间。我知道，这过程不能太用力，力气大了，会硌得母亲骨头痛，放大她的恐惧，甚至有可能导致无法预见的后果；力气小了，就无法阻止母亲往下滑落，就更不用说上楼了。

幸好，我的窘境及时被发现。父亲一只手拎着拐杖，腾出另一只手抵住母亲的后背；妻子和女儿则一人抱住母亲的一条腿，就这样，我并不是冲上二楼，而是挪上去的。不，准确地说，是5个人一步一个台阶，慢慢往上挪的。总共不过20多级台阶，而我至少用了3分钟。

上到二楼，平稳地放下母亲后，我大口喘着气，额头上汗珠滚落，贴身的内衣汗湿，周身上下竟有用力过度的虚脱感。

第二天，我客串做面试考官，手机上交统一保管。等拿到手机回家时，已经是晚上八九点钟了。母亲病后恢复的状况并没有达到生活自理的预期效果，我实在放心不下。可这个时间点，想必母亲早已睡下，我就没有再打电话。第二天一大早，我拨通电话，是父亲接的。父亲说，昨天你一天没打电话回来，你妈就念了一晚上，她说你肯定是背她累得生气了。我问你妈为什么往后仰着身子，你妈说她身子沉，往后仰着，好让落到你身上的重量能轻些。

我听了父亲的话，眼里不由一热，本来想说的话哽在嗓子里，再也说不出口了。

这人世间，哪有做儿子的背不动自己的亲生母亲？背不动的，唯有母爱呀。

听娘的声音

林建明

娘的电话打过来时，我正蹲在小河边，望着面前雨后清凌凌的水波发愣。娘是听不见这细浪一阵阵轻涌到岸边，柔柔地拍打在河边杉木桩上的"哗哗"响声。她也不会想象。每次接通电话，她只问我在外面还在家里，要么就问我饭吃过了没有。

但我能听得出来她是在锅屋里给我打电话的，能听到96岁的志学老娘也在边上；我听到她拽移小木椅子的"嘎吱"声，还听到她大声说，打通了哇。似乎能感受到她那双不再聚光的双眼，盯着老娘手机很急切的样子。娘声音也大，年后一直都是如此，且一次比一次抬高了嗓门，怕我听不到、听不清一样。

她问我都快5点了，林丹怎么还没到家。又连着说，上午杀了一只鸡，炒好了放在桌子上罩着呢，不敢放到冰箱里，怕变了味道。

林丹是我女儿，说好3号回去看奶奶的。今天是2号啊，娘记错日子了。

我说，不是今天，是3号。娘说，对哇，是今天呢，农历十二，我记得清楚呢。

农历十二没错，农历十二就是2号，可是今天不是3号，娘一定是记错了。

但娘没错。

端午节那天一大早，又接到娘的电话，问我弟弟怎么还没到家。我说没那么快，开车要 4 个多小时呢，能赶回吃中饭就算顺利了。娘听着就笑了。她像我们小时候盼着在外面的父母早点回家一样，一听说有人回去就掰着手指头朝手心里数日子，数着数着指头一弹出去，数字就错了，她心头的日子也就提前了。

娘今年 85 岁，身体还好，脾气却不怎么好，年轻时发起来擦支火柴能点燃。父亲在世的时候什么事都顺着她的脾气，从来不和她争理、争气，家里她就成了做主的人。可她不识字，父亲老数落她，说她走在他前面就会享福，走在后面要作孽。他担心娘的脾气到老都改不了，会和几个儿媳妇闹矛盾，他还担心娘不识字，一个人过日子会吃亏。

3 年前父亲走了，真的走在娘的前头。他走了，娘没让他把手机带走，三七"烧屋"那天，娘偷偷将手机藏到床的垫被下面，说要听听他的声音。她不知道老年手机的开关留不住人的声音。

娘不识字，也不是一个聪明的学生。她的孙女捏着那部老年机教了两天，娘才学会了手机是怎么开关，勉勉强强知道了"yes/no"的功能。至于拨号，她一直稀里糊涂的，汉字不认识她，数字她记不住。旁边人就说，不教了，知道接听就行，我们多打几次给她，省得她费脑子费心。

那两年我常打电话给她，怕她孤独时乱想，更怕她酒喝多了摔跤。所以选择的时间大都在下午 5 点左右，很多次听声音都像是在做梦，我似乎能闻到浓浓的白酒味。这是我最担心的。每次外出，对她说得最多的就是酒不能喝过量，每次她都很认真地听着，认真地点点头，然后认真回答说一天不会超过半斤的。娘酒瘾大，量也不小，一端起酒杯就不舍得放下。父亲在世时，别的话都听她的，唯有酒瓶死死抓在手里，斟酒时抠得很，晚上不会让她超过 3 两。他知道娘的控制力不行。

有一阵子我很忙，一忙就忘记给娘打电话了。有天忽然接到娘的电话，接通了她说没事情，见我几天没打电话回去，是不是遇到什么事了，打过来问一下。未了，又说，她不知道是哪一个号码，挨着号码摁的，拨通了就问一下。

去年冬至后，娘随弟弟来到了上海，生活了 2 个多月，每逢星期天，他们都来我家小聚一日。从此，电话线就被掐断了般没了声响。但能见到娘，被她不停地夹菜到碗里的那种幸福感一直洋溢在心头。

但母亲终究不习惯空虚的日子，不习惯没有邻居唠唠叨叨的生活，不习惯吃买来的小菜，甚至不习惯他乡的空气。过完年，她死活不同意再随我们出门。她还说，除非自己真的不能动了。

而我们也不再习惯于家乡的陈旧，像母亲不习惯于外面的喧嚷和嘈杂一样。

像我这样 20 世纪五六十年代出生的人，也是第一批外出闯荡的人。年轻时离开了家乡，离开了子女、娇妻、爹娘，经历过岁月的层层风霜，也经受过世态的冷暖炎凉。似乎没有其他年代的人，比我们有更多的困惑，更多的焦虑，更多的愁绪。

这些愁绪，像梅天的细雨，一直洇在心头。

还好有电话，无论多忙抽点空闲拨打一次，说什么不说什么都不重要，能听到母亲清晰的声音便觉得心安。

妈妈的老谜语

方建明

"一个坛，两样菜，又好吃，又好卖——打一食品。"这条在微信群难倒众人的老谜语是我母亲出给她儿孙们猜的。前段时间，在我的家庭微信群里，有一个固定节目，叫"奶奶每日一谜"。母亲每天口述一谜，我帮她打字发到微信群，群里的晚辈们你猜我答，气氛活跃，情趣不少。这样的猜谜游戏，也让我重新忆起许多早已沉淀在岁月里的童年欢乐。

老妈出的这些谜语，小时候我们兄妹几个都猜过，只是很多我们早已忘得一干二净，老妈竟然还记忆犹新。老妈是上过学的人，她小学毕业后考上了师范，但后来因为政治运动，师范学校关了门，她的人生才与教师这个职业失之交臂。

小时候我们玩的花样很多，但却是武的多，文的少，讲故事、猜谜语算是难得的文化娱乐形式了。雨天寂寞的假日，夏天纳凉的夜晚，冬天全家围坐的火炉旁，都是猜谜语的难忘时光。

印象中，给我们出谜语的多数是妈妈，也不知道她是从哪儿学来的，而且我们感觉她就像是一座谜语宝库，肚子里藏着无穷无尽的谜语，日常生活中许多的事物，都是她出谜的题材，比如我们吃饭时，她出的谜语是：红漆碗，扣白饭，又好吃，又好看（荸荠）；睡觉关门了，她又说：河那边一条牛，河这边一条牛，到晚头对头（对开的大门）；下雨了她说：青竹竿，蒙蒙细，又通天，又通地（雨）。还有各种蔬菜水果、家禽动物，她都经常用谜语说出来。出谜语时，她往往不用想，只拿眼睛在家中四处看，看到什么就说出谜语，然后提示我们说，家中有的（或是你们身上有的），你们猜。这些谜语，贴近生活，形象生动，又妙趣横生。在游戏之中，对于我们认知事物，开启智慧，妈妈用谜语给了我们最早的启蒙。

当然，我们喜欢猜谜语，最主要的还是因为有乐趣。记得有一次，晚饭后在煤油灯下，妈妈一本正经地跟我们说，托亲戚给小三子在河西齐家巷说好了一门亲事，那女孩子长得可好看，粽子脸，梅花脚。说的是我的三弟。那时三弟不过六七岁，我也只大他 5 岁，那个年代家长给小孩子说娃娃亲也是常有的事，所以妈妈说的这事，我们都深信不疑。尤其是对女孩子的描述，我觉得都是好听的词语，想象着那个女孩子一定好看，只是心中有些不平，为什么不先给我这个老大说亲，反而先给老三呢？但毕竟不好意思说出来。又联想到妈妈出过的一个谜语：弟兄五个，娶个麻老婆，一个不跟，只跟三哥哥（顶针）。就觉得我家的"三哥哥"艳福不浅，于是羡慕嫉妒了好长时间。很久以后，这个谜底才算揭开。原来，妈妈是借三弟之名给我们出了一条故事谜，她化用了一个谜语：粽子脸，梅花脚，前面喊叫，后面舞刀。至于河西齐家巷，那是我们老家的一条著名的街巷。我不知道我的三弟在被"谜语"的日子里，对那个传说的媳妇，心中会不会有美丽的憧憬，但我记得在得知谜底的那一刻，全家人都乐翻了。

妈妈有时也会借用谜语对我们进行说教，印象特别深刻的是一条大蒜的谜语：弟兄七八个，围着柱子坐，到了分家时，衣服全撕破。妈妈告诉我们，这个谜语说的虽然是大蒜，但也是现实的写照，亲兄弟从小在一起生活，长大了各自成家，有很多家庭分家时，兄弟间为了财产，你争我抢，反目成仇。你们兄弟绝对不能这样，兄弟要团结，外人才不敢欺负。由于从小受到这种教育，我们长大后，虽然没有什么财产可分，但都是互相谦让，没有一个明争暗抢的。

时过境迁，妈妈的这些老谜语，大多数已被时间遗落，现在能够拾起的也只是少数。老谜语中有的生活场景和物品，在如今的生活中已经消失，失去似乎也是必然。但我觉得，这些老谜语，就跟我的妈妈一样，尽管已经老了，我们对她的需要也不多了，但赐予的遗传因子和养分还在我们的血液里流淌，并不会流失的。

蛋炒饭（外一篇）

张 震

母亲给我做鸡蛋炒饭吃，一般都在早上，稍许葱末，别有风味。

从高邮湖畔走出来的汪曾祺先生，也这样说过："油炒饭加一点葱花，在农村算是美食。"他说的美食，只不过是炒饭加一点葱花而已，何况加蛋的炒饭。如此不虞之誉，只为炒饭，可见汪老的喜欢非同寻常，我也不例外。

按理儿，汪老生于苏中，鱼米之乡，喜吃米食，情有独钟，他一生所经历的大事，可谓轰轰烈烈，喜食炒饭，多少算一种乡愁，又或者是追求心灵的愉悦、慰藉和升华。而我，地地道道的皖北人，尤喜面食。比如早餐，稀饭、油条、糊辣汤、小笼包；晚上馍馍、馒头或发面饼，夹点咸菜，有滋有味。若三两天能换个小鱼锅贴、千头鱼配上小面皮什么的，南瓜、山芋粥，滋溜一口，回味无穷。其实我从未讨厌过面食，只是我又馋母亲的蛋炒饭。或许我算个例外，又或许照母亲说的，我注定要在南方生活。果不其然。

母亲做的蛋炒饭很简单，锅铲子都不怎么翻，先在大锅里洒少许菜籽油，烧热，放入搅拌匀实的蛋液，迅速将蛋液划散，待煎炒凝固后再倒入米饭。之前是柴火锅，漆黑，厚实，掂不起来，只需锅铲子捣捣，把成团的米饭散开即可。看饭粒粘上鸡蛋了，弹点盐，再撒上一把香葱末，香喷喷的妈妈牌蛋炒饭就算好了。一筷子下去，嫩嫩的鸡蛋、晶莹的米粒入口即化，再撷点母亲腌的咸菜，津津有味。墨到此处，舌腮生津。

后来，到千里之外上学，只有过年回去，才能吃到心心念念的蛋炒饭，甚感落寞。赶巧，在大学的后门，我寻到一不起眼的小店，初尝蛋炒饭，与母亲味道神似，几经比较，虽略有不同，但也算释放了我想念的苦。每次去，别人点香菇炒饭、雪菜肉丝炒饭、火腿肠炒饭、香肠炒饭、大蒜咸肉炒饭，我不以为然。去得多了，老板娘和我也就熟了，她知道我吃什么，一年四季，不换花样。她与我母亲年龄相仿，儿子也在外地上学，也喜欢吃蛋炒饭。

成家后，母亲把风筝的线放得更长了。时光荏苒，我的味蕾一直在回望和眷恋，每次听见"滋滋"声，都忍不住想起一粒粒饱满、光润、油亮的米饭，黄嫩嫩的鸡蛋锦上添花，点点葱末散落其间。有时候，我也照葫芦画瓢，仿母亲蛋炒饭的样子，做给家人吃，其中滋味，我深有体会，好在孩子们给面子，爱人不嫌弃。只可惜，我再也吃不出母亲的味儿。

老房子

母亲去世后，老房子就没人住了。6 年多了，我回去很少，只要看见老房子，我就想到母亲，就会心痛。

上次回去，是去年春节，我带着女儿。经五蚌公路，过了淮河大桥，到五河县城以东 5 公里地的朱顶镇时，离家也就两三公里了吧，突然间又不想回去了。想到空空的老房子，冰冷的厨灶，再也见不到母亲锅上锅下忙碌的身影，我退缩了，失落感蔓延全身，在那熟悉的路岔口，我纠结了许久。女儿还小，一直凭记忆在说奶奶对她的好，这次跟我回来，说是到奶奶坟前磕头。我又不忍心让她失望，止不住的泪水在眼眶里打转。

走近被风掏空的故乡，已经看不见袅袅炊烟了。老房子前后都长满了杂草，枯叶落在地上，与土壤颜色无异。石灰墙，被风霜侵蚀的斑驳陆离，红石条都可以看见了。就连房顶红瓦的檐壁上也长出了小草，腊月底，枯黄的根茎，了无生机。院子里光秃秃的柿子树，干瘪的葡萄藤，一眼望去，满目荒凉。还有门上残留的多年前过年时我写的春联，如今早已褪了颜色。

老房子前两间是不大不小的猪圈，坍塌了一间。当年，村里人都说我是母亲养猪喂出来的大学生，我一直也不敢忘记。猪圈顶上码着母亲在自家院里捡拾的柴棒，猪槽里青苔斑斑，很久没用了。钢筋围栏还在，猪圈门上那把锁已锈迹泛黄。如今，望着猪圈里散落的枯枝和渗水的槽底，我用手轻轻抚摸着，似乎可以感受到母亲的温度，还能听见母亲唤猪吃食的"啰啰"声。

老房子后门槛一块青绿色条石，一米五见方，台阶是父亲用碎石子铺的。我经常把青石条当床，哪怕炎热的夏天，铺上篾席，倒头就睡。我很熟悉麦瓢和豆秆在锅底燃烧散发出来的秸秆味，软软的，甜甜的，又如母亲的饭香，即便母亲故意不喊我吃饭，我也会一骨碌爬起来。这块青石条是我童年最柔软的记忆。还记得与我女儿差不多大的时候，村子里的人总喜欢端着碗来我家串门，搛着母亲腌的咸菜，吧唧着嘴，还抢坐我的青石条，我自然是不同意的，他们就说我小气。就这样，在叔伯婶娘逗我的笑声中，我慢慢长大，现在想来，温暖的记忆，依旧怀念。

推开老房子的门，灰尘很重，瞬间，我想到了母亲拾掇房屋的模样。母亲把笤帚绑在竹竿上，扫去屋脊和角檐的蜘蛛网，然后用湿布再擦拭桌椅门窗。恍惚间，我又看到了母亲忙碌的背影，只是锅灶冷了，空气霉了，没有一丝烟火。我知道母亲再也不回来了。

佩威·陆

左　中

一

佩威·陆是我的中学英语老师。在我竭力修复的记忆里，他好像是在我初中二年级暑假开学来到学校的。

开学报到那天，只见初二（1）班教室前门一张窄小的课桌前，坐着一个中年男人，几乎淹没了大半张脸的络腮胡子，尽管经努力修理过，但仍留下不肯轻易退场的铁青色硬茬，牙缝里暗褐色的牙垢告诉我，这是一杆资深烟枪。听说他也是上海人。我们学校有很多上海人，但他与我通常见的不同，没有那种白色牛仔裤、条纹衬衫、尖头皮鞋、金丝边眼镜的洋气。上海人之间的距离简直是从新桥矿到乌鲁木齐！

佩威·陆是汪炳友校长花高薪从遥远的新疆聘请来的高级教师，即所谓的引进人才。据说他之所以愿意来到这所位于山沟里的矿山子弟中学教书，是因为这座矿山是由上海人援建的，生活着许多上海人，就连房子的风格都是上海弄堂里的气息。二则因为铜陵与上海的距离，较之新疆，几乎省去了大半个中国的距离。更重要的是，铜陵与上海之间还有直通的"绿皮火车"。

随佩威·陆由新疆一道来的，还有他从上海下放到新疆的妻子，以及出生在新疆、顶着一头方便面卷发、拉得一手仙乐飘飘小提琴的儿子。师母娴雅温婉，学弟秀气文静。他们的家，出校门左拐上个台阶便到了。在那套房子里，除了"方便面"拉《梁祝》，佩威·陆吹《啊朋友再见》的口琴，以及时髦的《上海画报》外，当然还有新疆的葡萄干和马粪味的生烟丝。

17 岁下放到新疆的佩威·陆，最初的工作是赶马车。新疆毗邻苏联，当年苏联老大哥还是地球村二把手，经济条件远胜于中国，所以常有国人在棉花收获季节，竭力寻找前往苏联摘棉花的劳务派遣良机，因为那里的工资要比国内高得多。但是，去苏联摘棉花，需要简单的英语口语交流，这也是那时在新疆教授外语很吃香的一个重要原因。

佩威·陆凭借着在上海上中学时打下的英文底子，加上勤奋自学，终于由一名一边抽着用烟叶卷成的劣质烟、一边挥鞭赶马的马车夫，自我革命，成了一位令人尊敬的人民教师，直到被四处访贤的汪校长"挖"到新桥矿。

二

佩威·陆从初二到高三，一直是我的班主任和英语老师。我的英语成绩从他刚来时的班级倒数前三名，前进到高中毕业时的顺数前三名。如今想来，那都是佩威·陆"忽悠"的结果——无论大、小测验或者考试乃至单词默写，只要我有一分进步，他便当着一众同学的面，高调地大夸特夸，我就是在这种心灵鸡汤的滋养中，一次次获得学习动力，并最终挤到班级前面的。

佩威·陆教授我们英语之初，按照英语语境及西方文化习惯，给我们每个人分配了一个英文名字，我分配到的英文名字叫汤姆，所以我在英语课堂上的姓名是汤姆·左。佩威·陆主张我们在英语课堂上，不必按照中国的传统礼仪尊称他陆老师，甚至鼓励我们放学后也可直呼其佩威·陆或者还原回中文语境的陆佩威。这让我们很兴奋，除了觉得这种叫法时髦外，还有一种原因是，由师生平等所带来的尊严意识的觉醒。这是佩威·陆给我们上的第一堂人生课。

佩威·陆的英文教学水平自不待言。但我们普遍崇拜的，是他的生活理念和格局。

20 世纪 80 年代是新桥矿的鼎盛时期，以上海人一贯思想解放的精神特质，加上当时宽松的环境与物质基础，新桥矿中学拥有当时全市中学最先进的语音教室。作为第一代 IT 男，佩威·陆当之无愧地成为受命建设者中的技术骨干。在这间新、奇、特的语音教室里，我们戴着大耳括似的耳麦，在佩威·陆的引导下，一边欣赏美国乡村音乐，一边聆听他讲述歌手卡朋特罹患厌食症的轶事。

为了增广山沟里孩子们的见闻，他瞒着传统刻板的汪校长，自费租了一辆大巴，趁着朦胧夜色，将我们一车拉到邻近的佛教名山九华山逍遥了一整天。

直到新桥矿第一座流淌着循环水的露天泳池建成后，我们方知佩威·陆还曾是一名正儿八经的救生员。在泳池里，他将我们的狗刨式游姿修正为优美的蛙泳、自由泳或蝶泳。起初还有点害羞的女同学，一个暑假下来，竟大大方方地穿着花枝招展的泳衣，旁若无人地爬上跳台，然后一个"燕子飞"，一头扎进荡漾碧波之中。

新桥矿周边的凤凰山、丫山、叶山、矶山、牛山等山野间，都曾留下佩威·陆领着我们欢快野炊的足迹，如今保存在不同同学手中的老照片，多半出自佩威·陆那台一出门就吊在脖子上的古董相机。他甚至鼓励我们尝试着野外生存，所以才有后来我们男女同学相约在学校附近的寡妇山上烧了一夜篝火的美好回忆。我不记得当年我们是否合唱过《让我们荡起双桨》，但那个晚上，我们肯定非理性地憧憬过未来。火光映红女孩笑脸的那个篝火之夜，至今依旧弥漫着草浪的气息。

新桥矿仗着那几年的财大气粗，斥巨资建起了一座据说能媲美省城江淮大戏院的钢琴造型剧院，剧院里播放的影片，也和它时尚前卫的外表相当般配。作为一名英文老师的佩威·陆，居然以班主任的名义，特地领着我们前去剧院观看张艺谋导演的电影《红高粱》，并嘱咐我们每人写一篇观后感交给他。后来，他又领着我们在剧院足足坐了 3 个多小时，终于看完了那部"二战"史诗巨片《斯大林格勒保卫战》……这些当年师生相处的点滴，如今都成为我们青春记忆里，有大白兔奶糖般的甜香。

多年以后，我惊讶地发现，我们那一届同学的性格，普遍有一种单纯、乐观、明朗的特质和一份莫名的自信。

三

中学毕业后，我便离开了新桥矿。有那么几年，我像一只乍出樊笼的小鸟，在竭力地朝着每一个未知的地方疾飞。正所谓少年不识愁滋味，那些年里我从未想过相聚与别离，所以佩威·陆何时举家回到上海，我一概不知。

多年的多年以后，我接到一位中学同学的电话，说陆老师和师母回新桥矿故地重游。久别重逢的那个晚上，在宾馆见面时，佩威·陆顶着一头冰霜白发，师母已完全看不出当年的模样。可能因为佩威·陆旺盛的精力和笼盖四野的才华，给人以太过强烈、犹如永不消失电波般生命激情的冲击，所以我一时无法接受这人人都无法规避的自然规律。

酒过三巡，我才慢慢从心理上接受了他无力回天的慢慢老去，这一年的佩威·陆已年逾古稀。闲谈中得知："方便面"去了日本东京工作，佩威·陆退休后，因为闲不住，又开办了一家电脑公司，近些年才因为精力不济而慢慢放手。席间，有一位女同学顽皮地问："陆老师，你当年说，你到 60 岁，就造一把手枪，把自己咔嚓掉，你还记得吗？"佩威·陆听后仰面哈哈大笑道："当年气盛，当年气盛！没有给你们留下什么心理阴影吧？"我们这么说话的时候，师母一直坐在佩威·陆的身旁，微笑地静听。

佩威·陆告诉我们，他现在每周还打乒乓球，"只是人越来越恋旧，老是想去自己生活过的地方走走。我的性格原来不是这样的"！

杨柳是棵普通的树

光 宏

　　小时候，家里老屋池塘边有几棵杨柳树，长得弯弯曲曲，树皮打皱，树根裸露，还相互缠绕着，一点没有桃李好看，但每年却是第一个吐青，细细的枝条，迎风摇的是翠翠的绿。有人说，这是报春树。慢慢地我也就喜欢了。

　　若干年后，在凤凰山，我认识了一个杨柳般的人，干脆我称他杨柳吧。我俩的相识，宛如抬头即见的山水，山不转，水在转，转来转去，转成了绕不开的风景。

　　早上，去小区吃早点。刚进门，就听里面有人喊，抬头一看，原来是杨柳。他说，年初办了退休，活了一辈子，累了一辈子，最后活成了一个闲人。

　　杨柳比我大几岁，我在读书时，他已经上班，还在矿区开了家书店。那时候买书的人不多，租书的人却多，我是闻着书香认识他的，在他店里租过不少的书。我这人喜欢读书，也爱惜图书，所以杨柳对我印象不错，有好书也常给我留着。

　　杨柳在坑口设备室上班，干的是起重工，我在井下抡大锹，几个小时都不见天日。那时我俩不常见，但每次见面，都要扯半天的闲话。杨柳善谈，知道的东西多，还喜欢文学，有段时候我非常崇拜他。也许是缘分吧，几年后我们居然成了同事。

　　当时，我搞材料，他搞统计。说是统计，其实整天都闲着。不过他这人勤快，每天早上，就早早来到单位，把办公室扫了，桌子擦了，开水烧了，有时还帮我把茶泡好。自然，他的统计活我也不会袖手旁观，有时干脆越俎代庖。那段时间，领导对他的工作特别满意，派班会或私下曾表扬过他几次。杨柳不好意思，私下里给我带了几包烟，说是吃喜酒的烟，他不抽，扔了可惜，要我替他抽了。

我这人工作认真，但不喜欢交际，尤其不爱和领导相处，时间久了，难免有非议。杨柳和领导是邻居，有事没事爱去领导家串个门，一来二去，就知道了领导对我有意见。有天早上，杨柳进办公室，随手把门关上，拉过一把椅子，严肃地说，多和领导走走。我没放在心上，依然我行我素。他着急，硬拽我去领导家唠嗑，还自掏腰包请吃饭。但几次下来，我和领导的关系没进展，他一脸无奈地说："我尽力了！"

后来，我和杨柳同时离开国企，进了同一家私企，继续做同事。不过他在项目部搞材料，我在公司干统计，两人的工作调了个。

虽然平时接触少了，但两家住在一起，又喜欢旅游，所以一起玩的时候也不少。他这人热情似火，每次出去旅游，只要有他在，大家都不会孤独和寂寞。他把大家侍候得舒舒服服的，他开心，我们也高兴。

有年夏天，我们几家说好了去天柱山。那时他还在项目部，说想带女儿一道去，但请假有困难。他知道我和他的领导私交好，就让我请假。

以前在矿里工作，我和那领导共事两三年。那时候领导和一把手关系僵，我私下帮他抹平了几次，后来又一起进了私企。那人脾气急，说话得罪人，也多是我帮他打圆场。几个回合下来，关系就铁了。说请假，其实一个电话就行了。杨柳非常高兴，说："我以后就听他的。"我没接话，有些事有些话，只可意会，不可言传。

那次我们去了天柱山，住进一家大酒店，看房间，问价格，交定金，都是杨柳一手操办的。他说："这些小事交给我，你们放心去玩，钱我先垫着，回来再算。"

在天柱山玩的两天里，杨柳为我们跑前跑后，不是买门票，买零食，就是联系车辆，一路没闲着。同行的小张说："杨柳来了，我们省了好多事。"他不知道，杨柳是性情中人，遇到相投的人就喜欢当勤务员。

　　杨柳在项目部当材料员时，我也没少麻烦他。那时，岳父已退休，住在矿区，家里缺东缺西的就找我，而我就找他。久而久之，他和我岳父也熟了。不过，每次岳父私下找他弄点啥，他都会打电话给我，把事情是怎么办的详细说一遍。我听了，免不了要说感激的话。杨柳笑着说："是兄弟，老爷子的事就是我的事。"

　　我刚参加工作时，杨柳还是个喜欢结交三教九流的人，整天帮别人站队，或者参与一些纠纷的处理。后来成家了，有孩子了，也就慢慢收心，转身接手了母亲的民间借贷。有段时间，他还怀揣着人民币，出入一些娱乐场所，去接济贫困的人。

　　没过几年，这营生越来越难干了，放出去的钱有很多收不回来。有次他说，最近特别烦。我看他抓耳挠腮的样子，就知道肯定是钱出问题了，就劝他尽早收手。他说，把本要回来就不干了。

　　那次聊天后，我就去了公司总部，杨柳还在项目部。每到月底，他到公司来报销，总要抽空来我这里坐坐。都是老朋友，自然要聊上半天。他说的最多的就是和单位领导的关系，历数他的不是。我静静地听，偶尔答几句。总之，这种事是婆说婆的理，公说公的理。

　　杨柳嘴巴说干了，端起茶杯连喝几口。我试探地问："想不想换个岗位？"他说："能去哪呢，这帮人早把我忘了。"后来，听说他真的找过领导，不过没有下文，依然在项目部搞材料。

　　后来，在朋友圈，我经常看他带爱人出去旅游。看他俩脸上洋溢着幸福的笑容，我从心里为他高兴。人活一辈子，归根结底不就是图个夫妻恩爱，子女听话，家庭和睦嘛。

认识匹诺曹

鲁叶青

"认识"匹诺曹时，我正上小学二年级，那是属于我最美好的时光。夏夜，萤火虫、星星，一路小跑，来听舅爹爹的神话故事。周边是深不见底却暗含光亮的黑。我们围坐在说故事的人的身边，一遍又一遍地听那古老的故事，兴趣盎然。可是有一天，哥哥对我和小姐姐说："我给你们说个故事吧。"

哥哥比小姐姐小一岁，比我大三岁，根本不像个会说故事的人，可是他不知从哪里"认识"了匹诺曹，这使他的谈吐显得很不一般。原来匹诺曹在还没有成为匹诺曹之前是一块木头，有一天这木头被樱桃师傅——那个鼻尖红得发紫的木匠师傅安东尼奥发现了。樱桃师傅用斧子砍它，它喊疼，用刨子刨它，它发笑，说浑身痒痒。呀，这是什么木头，什么故事？怎么和舅爹爹，和父亲平时说的不大一样？我迷惑不解，又想一听究竟，可是哥哥却说，欲知后事如何，且听明晚分解。

我从此坠入迷一样的夜晚，辽阔的夜空下，所有的人都已酣然入睡，而我还在想着匹诺曹，心疼那只被他打死的蟋蟀，心疼为了给他买书而卖掉外套、冻得瑟瑟发抖的杰佩托——匹诺曹的父亲。一块木头变身为会说话、会走路的木偶也就罢了，怎么还有父亲？这样的问题，我想不起来问哥哥，因为我被那个贪玩、任性、不知悔改的匹诺曹急坏了，也气坏了，可是又担心他上当受骗，甚至遭遇不幸。

跌宕起伏的故事一旦被演绎得绘声绘色，讲故事的人也变得神秘、高大起来。我对哥哥就这样多了几分崇拜，对码放在屋檐下，那些终将填入灶膛的木头也心生好奇。我知道，父亲一斧头一斧头地劈这些木头时，不有会一块木头站出来说话吧？那是多虚幻、多不切实际的事！这种虚幻和长满"皱纹"的四壁如出一辙——用石灰粉刷过的土墙壁，经年累月，呈现出神态各异的纹理，这些天然的纹理像清瘦的枝丫一样旁逸斜出，移目换景，展现在眼前的便是一部部电影、一篇篇小说。每天早晨，我在这些故事里穿梭，所有的情节既来自墙壁，也来自我。倘若这算是一种启蒙，一种创作，我想，那一定是受了匹诺曹的指引，我才会有那样大胆的想象，让自己成为一个"编导"，不断丰富着没有课外读物的贫困的童年时代。

匹诺曹影响了我整个童年，甚至当我对别人撒谎的时候，我会心虚地触摸自己的鼻子，看它有没有变长。可是我的鼻子很乖巧，很义气，它从来不出卖我。只是我的脸不会乔装打扮，它总是在我言不由衷时揭露我内心的批判与挣扎。记得有一次，一位村民来到学校找到校长，说他种在路边的麦子被学生踩了。学生为什么会到地里踩麦子？因为麦地里还种着蚕豆呢。饱尝阳光雨露的蚕豆，开花，结果，豆荚已经出落得饱满可人，顽皮的学生见了，禁不住跑进地里摘豆子，生吃。方校长是我们的班主任，他听了非常生气，那天他在课堂上点名批评了很多同学，却没有提我，可是我的脸早已滚烫，甚至连耳根都要发出羞愧的呼喊了。方校长为什么不点我的名？是因为我的学习好，还是见我羞愧难当，不忍揭穿？而我最终没有勇气站起来，只在内心谴责自己：我比匹诺曹诚实，比他更勇于认错吗？如果说匹诺曹偷吃葡萄是因为饥饿，那我呢？摘别人的蚕豆仅仅是因为热闹和好玩吗？

生蚕豆从此成了我的禁忌，并且在我知晓吃生蚕豆可能会引起食物中毒之后，我感觉自己就是另一个版本的匹诺曹，于懵懵懂懂中逃过一劫。

匹诺曹的际遇跌宕在漫漫长夜里，他的每一次误入歧途、每一次化险为夷和觉醒，都让我倍觉紧张和欣喜。当他为了寻找父亲杰佩托，流落到一个小岛上，当他认出好心的妇人即是蓝发仙女，说出那句"因为我爱您，就能认出是您"时，我感动得几乎要落下泪来。

匹诺曹的命运有多牵动我的心，讲故事的人就有多陶醉。直到有一天，我在哥哥的枕头底下发了《木偶奇遇记》，才知道匹诺曹的故事来自这部小说。哥哥什么时候买下这本书，又为什么不直接给我们读，而是选择每天晚上讲一段，再留下一连串的悬疑，让我和姐姐翘首以待？哥哥显然不高兴我这样的发现，也许他觉得这样的发现会偷走他的神秘形象。而实际上，我完全顾不及哥哥的感受，因为《木偶奇遇记》已经深深地印在我的脑海里，以致我感觉我所遇见的每一只蜻蜓、每一只蝴蝶、每一片树叶、每一朵云彩，都与这部小说相关。所有的贪玩、任性、对"玩儿国"的向往以及蠢蠢欲动的不劳而获的思想，又都使我想起变成驴子的匹诺曹和小灯芯，一种明知不可能却被震撼的感觉萦绕不休。

现在想来，也许哥哥、姐姐以及我，都有一个与匹诺曹息息相关的童年，虽然后来，我们在徐徐打开的世界里开阔了眼界，读了很多意义深远的书，也忘了很多动人的情节，而匹诺曹却像一根坚实的木楔，直入心灵，哪怕记忆的平面上长满筛孔，哪怕岁月老去，曾经年少的脸庞上长满老屋那样的皱纹，《木偶奇遇记》仍在记忆深处闪着光。

很多很多年以后，当我看着我的孩子摩挲着这本书，为匹诺曹的际遇唏嘘感叹时，不禁想起30多年前的星空下，被这本书温润过的童年，那段不老的时光。

水 田

徐承佑

江南多水田。

家乡南陵水田尤多。这里河湖沟汉众多，水丰田肥，物产富饶，盛产大米，这里孕育了全国四大米市之一的芜湖。南陵是西汉古县，汉武帝元封二年（前 109）始置春谷县，三国名将周瑜为南陵首任春谷长，南朝梁武帝（525）始置南陵县。

家乡有湖名曰奎湖，是芜湖市最大的湖泊，因湖中有七个小岛对应天上的北斗七星，故名奎湖。家乡有河曰漳河，漳河流经到我们村庄附近时，称洋河。家乡属亚热带湿润型季风气候，雨热同季，日照充足，十分利于水稻种植，历史上南陵盛产贡米，小麻籼米煮成的米饭喷香可口，有民谣歌曰：小麻籼，小麻籼，一人吃饭两人添！

于我，最爱的还是家乡的水田。水田围有田埂，用以蓄水种植水稻的耕地。那年的春日早晨，年少的我牵着我家水牛迎着朝霞走在薄雾轻浮的田埂上，一轮红日从东面远处的水田里慢慢升起。而今，年近半百的我，每每回到家乡，走在田间地头，总会抓起一把黑乎乎、黏性十足的水稻土，放在手里揉搓，想这土壤千百年来曾养育了多少家乡人。

父亲是孤儿，当年入赘来我们村，因而我们从小在白胡子外公身边长大。我曾傻傻地问过外公，村外的水田怎么来的？外公说自古就有。有多古呢？外公也不知道。也许，我家那块形状很丑的小水田都有千年了吧！现代考古已经把水田的历史上推到 9000 多年前新石器时代。人类农作方式的改变推进了生产力的进步，促进农耕文明的发展。古人如何劳作是我一直想探究的事情。小时候的夏季，姐姐们总喜欢和我玩一种"做背"游戏，我光背趴在竹床上，姐姐就把我的背当水田，按时令在我背上耕作，从做秧田开始，一直到割稻打稻，动作有慢有快，有轻有重，耘田抓草时，姐姐的手在我背上时而游走，弄得我哈哈大笑；割稻时，姐姐会用左手三个手指把我背上的皮扯起，右手当刀来割，痛得我又龇牙咧嘴。家乡的农作方式大概就是这样口口相传下来的吧。

而水田耕作过程的记录，最早最完整的是明代谢肇淛在《五杂俎·地部一》中所记，曰："齐、晋、燕、秦之地，有水去处，皆可作水田……自犁地，而浸种而插秧，而薅草，而车戽。从夏讫秋，无一息得暇逸，而其收获亦倍。"其中描述虽未涉及江南，但所言农事与我家乡基本相同，即使数千年也未曾有大的变化。

打我记事起，我就依稀记得每年早春，田埂上草刚刚泛青，父亲就用麻袋把早稻种用温水催芽后浸入门口塘中，在等待稻种发芽的间隙，把冻了一个冬天的秧田犁过，土壤打碎成糊状，再用长柄木锹抹平，将根芽达一厘米左右的稻籽均匀撒在畦间，盖上草木灰，浅水漫灌，秧田逐渐由浅绿而深绿，秧苗长至七八寸时就可插秧了。插秧是大事，早的人家会在拨秧前放一挂长鞭炮，还会做秧粑粑来吃。插秧是技术活，插的好既利于稻苗活稞，也便于今后管理。插的秧要一排排一行行对齐，从田这头到那头并排六到八棵叫一趟，大集体时常常开展插秧竞赛，慢的人很没面子，除被人嘲笑外，吃饭时也只能坐桌子拐。

秧插好后，返青分蘖，薅草是必须的。薅草即耘田，与烤田一起构成水稻田间管理的主要流程。耘田有两种方式，一种是"拉乌桐"（音）（用一种长约八寸，熨斗形状的木制农具，其下钉有几排铁钉），一种叫刮田（四寸见方的铁刮子，前部为刀片向内略倾斜，用来勾刮杂草）。乌桐比刮子要长、要重，抬起落下非得要力气大的人才可以，且需要水田里灌满水，人推拉着乌桐在稻苗间来回扯动，发出哗哗的水声，一些小的杂草就会漂浮到水面，拉过的水稻土变得稀溜，小时父亲告诉我这是给水稻根"挠痒痒"，有利于水稻根系的生长。我十来岁时，父亲就叫我用海刮子耘田了。田里水放完后，他教我用刮子塌刮泥上杂草，在稻苗根的周围培土。我人小，一趟只能耘五到七棵稻苗，一趟下来，往往腰酸腿痛苦不堪言，手上会起几个大水泡。烤田的时机选择很重要，早了或晚了都不利于稻苗分蘖，影响产量。

进入伏天后"双抢"就开始了。在立秋到来前，必须要把早稻收回仓，再把晚稻秧插到田里，这就是"双抢"。为了抢收抢种，人人都会在这二十来天时间里脱一层皮、掉几斤肉。粮食匮乏时期，家乡都是种双季稻，一家老小无论男女均须在水田劳作，除了过年前后，寒来暑往都不曾停歇，那糙糙的米粒，哪颗不是得人血汗并吸收天地精华而成！因此，小的时候父母教育我们，吃饭时不能掉饭，谁要是掉一粒，父亲的筷子马上变成棍子打在手上。母亲则说掉饭到地上要遭雷打。

当然，水田为我们提供的还远不止稻米。那时水田很少使用化肥，农药更少，田里多泥鳅、黄鳝，靠塘的水田梅雨季节则"戏水鱼"满田乱窜。夏秋之间，晚稻已绿，常可见人提篓在田埂行走，眼神四处逡巡，见田中一处泛着白沫，于是停下，用手查找洞口，确定后用脚踩洞口，四处找浑水出处，不消片刻，一条大黄鳝就从中窜出，那人就用中指扣住塞进篓内。而秋耕时，我则提着篓子跟在父亲的犁后，翻起的土里不时有泥鳅和黄鳝钻出，有的甚至被犁犁成两截，流着血在犁后翻滚蹦跳。小时候泥鳅、黄鳝和鱼没少给我们打牙祭，为我们贫困的生活增添了些许亮色。

父亲在我家最大的田里空了一角，我就知道那是种荸荠的。分田到户后，粮食多了，父亲开始考虑给我们解馋。于是在一角田间稀拉拉的栽上荸荠苗，把家里的鸡粪、猪粪抛进去，一个夏天过了，绿绿的长长的荸荠叶子就蓬蓬松松地长满那个角落。入秋叶子开始泛红泛黄，远远地看去似水田着了火。入冬叶子枯瘪后，我们就去田里放把火，烧的灰可以肥田。越是冰天雪地时，荸荠越甜。冬闲时，母亲和姐姐天天就着暖阳纳鞋底、做鞋面，我在边上淘气，姐姐就打我，打哭了就哄我说带我挖荸子去。于是我们就挎着竹篮拖着铧锹去田里。用铧锹把未烧尽的荸子叶清理干净，然后掀开四四方方的土块，荸荠的屁股就露了出来。姐姐小心地打碎土块，我则用我长满冻疮的手去捡拾。待小篮子装满红红的荸荠后，姐姐就拎到水塘里筛洗去泥，随手挑几个最红最大的先给我吃。

……

关于水田给我的回忆还有很多，三天三夜都说不完。如今都经岁月风霜酿成了酒，愈久弥香。

而水田，自改革开放以来，作为农民安身立命的凭靠逐渐弱化，几亩田的收成日渐难以维系一家人的日常开支，于是，外出务工的人增多了，家乡的一些水田也日渐荒芜，千百年来不曾荒芜的水田长满了荒草。而我们村前一大块高产水田更是因筑漳河堤埂被挖成了水塘。当这些我们曾劳作的水田长满荒草或成了水塘，每每我都会深深为之痛惜。好在家乡留守的父老依然勤劳，那些水田依然在季节交替下呈现不同的景致！每当夕阳西下，薄暮冥冥，我站在村头，与水田对望，总想起母亲在村口等我放牛回家的情景！如今无论我身在何处，总归还是当年的放牛娃！

儿时赶年集

侯朝晖

进了腊月,最激动人心的事莫过于赶年集。当然,这已成童年的往事,久远的回忆。

在那个物资匮乏的年代,腊月里为了让年货尽量准备得丰富些,除了自家手工制作一些食物外,那就得去集市上买了。

在我的老家,较近一点儿的集市有两处:一处是公墒,一处是罗昌河。公墒,离村十余里,只不过是个有百年历史的小街。仅有的一条街道,弯弯曲曲,宽不过一丈,俗称"扁担街"。若不是拥堵,从上街头逛到下街头,只需一泡尿的工夫。罗昌河就大不一样了。它是坐落在庐(江)枞(阳)两县交界处的一座千年古镇,人口稠密,市面繁华,物产丰富,三、六、九的"集"名闻遐迩,更甭说年关了。只是离我的村子路程更远一点。

年关边某一个晴朗的凌晨,我会在香甜的睡梦中被父亲叫醒。肯定是去赶年集!我睁开惺忪的睡眼,揉了揉睡意蒙眬的眼睛,从热被窝里一骨碌爬起来,飞快地穿戴好衣帽。打开门,村子里静悄悄的,偶尔传来一声鸡鸣,此时大约才三更天吧。父亲用扁担挑起一只竹篮压在肩上,大步流星地走在前面。我缩着脖子,双手拢在袖子里,紧跟其后。此时,明月高悬,洒下清辉如水,清澈、透凉,和白花花的道路以及道路旁草丛上的厚霜融为一体。我们呵出来的热气瞬间就消散在月色里。经过别的村庄时,也许是我们的脚步声惊醒了狗,会有一阵犬吠打破夜的宁静。走了大约三分之二的路程时,前方的路边会隐隐约约出现三座高高的土堆。父亲告诉我，据说那是古时候的烽火台，因为罗昌河古镇自古就是兵家必争之地。于是，我沉浸在父亲的娓娓道来中，一个悠远、古老的传说不知不觉地消除了我的寂寞、恐惧和疲乏，脚步重新轻快起来。

上了罗昌河大堤，巍峨的罗昌河大桥以及大片的房舍隐约可见时，东方的天空才露出鱼肚白。路上赶集的人渐渐多起来，不时有人影和急促的脚步声从身边飘忽而过。大堤上，人声渐重，人影绰绰，慢慢汇聚成一条人流，涌过大桥，向古镇漫去。

过了大桥，也就进了集市。只见一片黑压压的人群，人头攒动，人声嘈杂。牲口的叫唤声，商贩的吆喝声，顾客讨价还价的声音，此起彼伏，不绝于耳。市面上，铁制农具、竹木器材、日用百货、蔬菜鱼鲜……琳琅满目，一应俱全。我们挤在熙熙攘攘、摩肩接踵的人群中。父亲不慌不忙，东瞧瞧，西看看，仔细挑选着需要的物品。欢蹦乱跳的活鱼得挑两条，年桌上做碗鱼，象征"年年有余"；肥胖的新鲜莲藕得买，我们那儿莲藕叫"通菜"，年宴上摆碟藕，意味着新的一年通泰、顺利；开门炮更得买，除了"噼噼啪啪"的万年红，还有燃放起来忒刺激的"双响炮"，新年新岁，图个热热闹闹，红红火火；年画也是必不可少的，"鲤鱼跳龙门""宝莲灯""哪吒闹海""穆桂英挂帅"……哎哟，够了够了。除尘后的陈年老屋，经这些年画一装饰，焕然一新，喜气洋洋。最后，父亲领我拐进古镇中心的供销社，扯匹布回去为我们姊妹几个做件新衣服，再买些春节走亲访友必备的糕糖。不知不觉，篮子里渐渐满了，沉甸甸的。我们这才开始满载而归，打道回府。路过身边的小吃摊时，闻到炸油条、煎米饺那诱人的香味，我禁不住放慢了脚步。父亲会意一笑，摸出5分钱硬币，买一个米饺递给我。那米饺，一拃多长，外壳金黄，内如白玉，又香又脆，油润润的肉丁豆干馅，咬一口，唇齿留香，回味无穷。我一边咬着米饺，一边跟着父亲往回赶。这时，已日出三竿，一轮暖洋洋的太阳像只大红灯笼，挂在晴朗朗的天空上。

如今，已入居城里多年，再也不用赶年集了。但是，曾经的赶年集如同一幅乡情浓郁的民俗画，在记忆深处依然鲜活、清晰……

木榨时代

王传平

一

光正他们光着膀子，喊着号子，有节奏地打榨，越打越精神，我听着听着，心也跟着木榨怦怦直跳。榨好似撞在心坎里，一声强一声，一声急一声，一声重一声，声声入耳，楔楔侵心！油工们满后背的汗珠密密麻麻，一波滚落、一波再生，一波又生、一波再落，一滴挨着一滴，一滴挤着一滴。颗颗饱满，粒粒圆润，像粒粒油菜籽，更像黄灿灿的菜籽油。刚好被县里来的记者抓拍，后期处理成黑白片，效果不错，取名：钱铺汉子。

我一度怀疑"油"才是冷的反义词，枞阳县东乡钱铺镇老油坊的开业，印证了我的猜想。

光正，来自钱铺黄龙组，铜陵市非遗传承人，姓潘。当他聚齐 10 人，钱铺木榨正式开业。油坊在村部隔壁，里面的木榨已有 70 多年。据当地老人说：钱铺木榨油坊历史悠久，可溯源到清朝末年，钱铺村钱、左、周等 8 个大户合股建油坊，当地人称"八大股"。70 年前木榨损坏，又重新制作新榨，新榨全部用枫树，4 块木榨主体，每块均长 4 米 2，宽高各 60 厘米。如今，老油坊已开发他用，新油坊是一层平房，建在钱铺村部隔壁，厚重的木榨把里面挤得满满当当。

每年油菜花开时节，光正早早来到油坊，烧一锅热水，把木榨里里外外洗一遍，然后又用干老布把木榨拐拐角角擦一遍，临走又把木榨上上下下摸一遍。每天有事没事到油坊走一圈，与老伙计一道静候开工。

　　油坊虽是一层平房，在我心中却不止一层高，高到钱铺没有那栋房子能与之相比，如果有比它更高的，那定是油坊里的号子声：

　　　　上尖（楔子）来子喂，

　　　　下尖又来子迈！

　　　　一尖来子喂，

　　　　二尖又来子迈——

　　古人说："一粒米，九斤四两汗。"一滴油要付出多少汗水，光正他们没时间算。

　　天热，光正他们光着膀子，汗水满背，天气越来越热，温度越来越高，木榨下的油一桶接着一桶。热得号子声越来越小，号子内容越来越简单：

　　　　嘿哟——嘿——

　　　　嘿哟——嘿——

　　随着一声声号子，木榨稳稳地撞在楔头上，一层层饼被迫挤着上榨，一滴滴滚烫的油缓缓地滑进油桶，在桶里翻腾着。

　　中间休息片刻，大家喝口水，擦擦汗，这点累不算啥。20世纪，木榨一干就是两个月，打公榨，也打私榨。吃、喝、睡都在油坊，一条老布手巾就是全部家当，没有机械设备，牛拉磨，烧焦煤，所有人都是黑黝黝、油光光、赤条条的，这群人有个响亮的称呼：油鬼子！女子从不进油坊，因为这群"油鬼子"不穿衣服，只围一条老布手巾。

　　光正抽空抖抖老布手巾，擦擦后背的汗，然后点上一支烟，吸一口，呼出去，虽热，但感觉轻松不少。

　　木榨下的桶里大概又有半桶油了，从事古法榨油，光正曾经也是"半桶油"，钱铺有句老话：半桶油晃得很！那年光正正年轻掌舵油坊。但在他手上，木榨总是不听话，出油率低，让老"油鬼子"们看了不少笑话。

提高光正技艺的是他老丈人，白云人，也是老"油鬼子"。光正的"钱铺非遗继承人"荣誉称号离不开老丈人的帮助。光正今天在油坊能领头是靠他的独门秘诀。

外行看热闹，当记者、自媒体人镜头始终对着喊号子的"油鬼子"们，当他们津津有味地看着木榨一声声撞击时，光正聚精会神盯着蒸锅上的老布，蒸粉是木榨的关键，老布是蒸粉的秘诀，光正是揭秘者。老布在高温下慢慢鼓起来，光正紧盯着老布，当一丝热气从里冒出，立刻用手抓住三支筷子，均匀扒拉，盖住热气、盖住温度。过段时间再用手四周各捻一撮粉，不散、不粘、不糯！老布潮而不湿、湿而不潮，这时蒸出来的粉最优，踩饼容易结块，出油率才高。

看老布光正最准，因此油坊10个人，都听光正的！

二

80岁的老人也需要表扬，更何况年近70岁的光正，再说我说的基本属实。三言两语后，光正的话匣子就打开了。趁机我问了两个最关心的问题。

"高温天气才能榨油?"

"高温才出油，高温下油才够味！"古法榨出的油很厚，炸油条时更容易收住水分，更能守住味道。

油条、大饼现在不是稀罕物，但有一样与油有关的小吃却直抵我的内心。

20世纪70年代的井边矿，在枞阳县和庐江县都赫赫有名，它不仅有自己的学校、医院，还有自己的俱乐部，建筑规模比县城电影院还大，能坐近千人。枞阳县汤沟的蔬菜、水产，庐江县周边的茶叶、板栗等山货都云集井边矿，早市十分繁荣。同时，周边的老百姓也可以到井边矿医院看病。每当夜晚，井边矿华灯通明，大广播响彻天空。

井边矿有小上海之称。井边矿有两段辉煌。

上初一那会儿是20世纪80年代，将军初中扩招，我班被安排在井边矿上课。那时井边矿处于低潮，早读课，饿着肚子，将军人总认为：饿肚读书更容易记！早读时学英文，读古文，这些都是新鲜内容，同学们铆足劲读。"有朋自远方来，不亦乐乎？"还没读完，从门缝里、从窗户缝里，还从墙缝里钻进一丝丝，一缕缕，时有时无的香气。本来就饿的肚子更饿了，咕噜咕噜一直叫，下课后，2两米粥下肚还是饿。

我顺着香气一路寻去，香气越来越浓，原来上街头有一家炸油糍的，此前我从没吃过油糍，老板娘握着挂面杆一样长的筷子，在滚热的油锅里扒拉着，模子里的油糍呲呲地响，盖过了我肚子的咕噜咕噜声。

1毛钱的油糍从此走进我的内心，它是那么诱人，又是那么折磨人！我与它的距离那么近，身无分文的我与它又那么远。

我不记得后来偷偷去看过几回，给家里买盐我攒下1分钱的时候去看过，打酒攒下2分钱的时候去看过，称肉攒3分钱的时候去看过，我卖掉所有小学的废书废纸，终于攒足1毛钱。起个大早，换来心心念念的油糍，三口两口没了，什么味？没吃出来，再买？没钱了。

小小油糍如同一道试题，我刚做完这题目，嘴说满分，喉咙说满分，肠胃也说满分。满分是什么味，我不清楚。

1毛钱的油糍我吃出了百元大餐的感觉。

当我再次站在井边矿街道上，已是20世纪90年代，井边矿二度辉煌，南来北往的，卖鸡蛋的、卖茶叶的、卖躺椅的……小吃也多，锅贴饺、青椒肉丝面、包子馒头油条大饼，唯独没有卖油糍的。我曾多次偷偷光顾的小吃店已不营业。

井边矿的油糍究竟是什么味，我已没机会再品尝了。

虽然没能尝到油糍，在另一个地方我却收获了一场胜利，一场跟油有关的胜利。

那是本班304和兄弟班303的一场比赛，加油声此起彼伏，比赛进入白热化，我班的王奇突然喊出"303班漏油"。喊之前好像看了我这个班主任一眼，还没来得及制止，全班同学已齐声呐喊："303班漏油，304班加油！"

那场比赛竟然喊口号喊赢了！

直到今天，我还反思当年为什么没制止呢？

三

光正中年丧妻，独自一人拉扯俩孩子，上面还有位 90 多岁的老娘。

光正爱好古法木榨，生活的木榨曾经使他喘不过气来，从"半桶油"到"老油条"，再到"油鬼子"，如今已经是非遗传承人。木榨已将他的多余的匪气、不正的三观榨得一干二净。

"您是非遗传承人，为什么工钱开那么低？"我向光正提出第二个问题。

"先交代，后买卖。开榨前就说好的工资，搞钱了要干，折本了也要干！"光正认认真真地对我说。不因为自己是非遗传承人就拿捏，不因为自己是领头人就耍滑，他还说打榨看起来累，但比打零工自由，一天打一榨可以歇早功，好得很。人不能做一只油里滑、滑里油、掉到油缸里不沾油的老鼠。

光正在慢慢地说：现在老了，每个人年轻时白头发数的清，年老后黑头发数的清，现在黑白头发都数的清！人要活的清楚，活的光明，不把话给别人说！

我静静地听，心中渐渐充满阳光；油糍的味道我心中已有答案，那是阳光的味道！

探亲假

钟小华

风雪晚归

"哎，小张，你的假可请好了？"

"哦，李师傅啊，我的假请好了。"

"哪天走？"

"今天就走，晚上 9 点的大轮。李师傅，你呢？"

"我啊，假也请好了，明天早上的火车。"

问的，答的，都喜笑颜开。

这发生在 1984 年元月，农历癸亥年腊月底，古铜都一座以采选铜矿石为主、兼采选金银等伴生金属的铜矿。这座铜矿有近 5000 名正式职工，来自五湖四海，时任矿长就是东北那疙瘩的。他们很多人的家不在矿区，也不是如矿长的家在矿区西边 10 公里外的市区。他们的家在哪里？当然在五湖四海。这些家在五湖四海自己在矿山的矿工就叫单身汉，大多数集中住在铜矿以假五楼为代表的单身宿舍楼。假五楼，依山而建，地势低的东边是 5 层，中间平缓部分是 4 层，西侧靠山边地势高的是 3 层，比其他几栋规规矩矩的 3 层单身楼有特色。

单身汉分两种，一种未婚，一种已婚。不管是未婚的，还是已婚的，腊八粥一喝，心就像怀春的少女开始萌动了，腊月二十三或二十四小年一过，更是骚动不已猫抓似的：回家！回家！屁颠屁颠地张罗着请探亲假、购买礼品等事宜了。年龄小、个子小的小不点矿工，不能确定是腊月二十三还是腊月二十四过小年，皆因为单身汉们有争议，脸红脖子粗地争，拍桌子打板凳地争，以致后来到退休，这些人也没有争出个所以然。小不点矿工没有话语权，内心是倾向于腊月二十三过小年的，虽然小不点矿工家乡没有过小年这一说法，但是有腊月二十三吃送灶粑粑的习俗。

未婚职工的探亲假叫探望父母假，20 天，另根据距离的远近，或多或少有几天路程假。小不点矿工的家，地理位置在五湖四海之巢湖流域西河南岸，当时的行政区划是巢湖地区无为县洪巷乡。小不点矿工的家，与小不点矿工所在铜矿直线距离不超过 60 公里。那么，小不点矿工探亲假中的路程假是几天呢？答 5 天。现在看起来赚大了，那时，不一定，顺利的话，一天可以到家或者回得了矿；不顺利的话，如天气不好或者时间没有掌握好，途中就不得不歇旅社或是到附近的亲戚家借宿，反正当天是到不了家或回不了矿的。

已婚职工的探亲假叫探望配偶假，比未婚的探望父母假多 10 天，路程假同未婚职工。那么，已婚职工有没有探望父母的假呢？有的，4 年一次。这不，他们打趣，父母重要，还是老婆重要？很明显，老婆重要呀。

未婚职工请探亲假只允许一次请完，一般都在春节期间请；已婚职工可以分 2 次请，除春节请一半和家人团聚外，剩余一半假可以留到夏天抢收抢种的"双抢"时请，由工人客串农民角色，彰显家庭顶梁柱的本色。请探亲假回家忙"双抢"的职工休完假回矿里，矿里是不允许他们立即到岗上班的，要在安全科学习 2 天，说是学习，也是休息。忙"双抢"人很累，立即到岗上班是疲劳作业，对安全不利。可不是吗，安全第一，预防为主。

请探亲假，首先要班长同意，一般情况下班长都会在请假条上写上同意并签上自己大名的。班长同意了，还需要工区分管领导批准，工区领导批准后，就到考勤员那里，考勤员根据请假条上的请假时间，在考勤簿上打上探亲假。请探亲假期间，不但工资不少，还能享受平均数的奖金。考勤员还会给请探亲假的人，出具一张两指宽的证明，证明单位某某同志，于某年某月某日前往某地探亲，请沿途有关单位（部门）予以购票、住宿云云。

小不点矿工属"矿二代"，当然不是家里有矿的二代，是矿山工人的二代。小不点矿工是这年秋天顶替父亲到矿里工作的，这之前，小不点矿工是个在这古铜都第九中学借读的初中生。临近春节，小不点矿工回家的心情倒不是很迫切，他有点没心没肺，曾经笑话过比自己还大一两岁、同一批顶职上班的小伙伴：没出息，这么大的人还想家？想家就想家呗，还哭鼻子，羞。

小不点矿工大概是到矿里不久，新奇劲头还没有过去，对请假回家无所谓，后来看到很多人请假，单身楼空荡了许多，就对自己说："哎呀，我也要请假回家。"于是，在老师傅的指点下，他办好请探亲假的手续，乘4路车到市里的第一百货大楼买买买，香烟一条、酒两瓶，死贵死贵的桂圆干、荔枝干各一袋，还有各种高级糖果一样来一点和红得发紫的"傻子"瓜子称个三五斤……

回家的这天一大早，小不点矿工顾不上吃早饭，上穿在黑沙河自由市场买的滑雪衫，下着叫裁缝做的喇叭裤，脚蹬在第一百货大楼买的尖头皮鞋，左手戴着父亲出钱托叔叔买的钻石牌手表，拎着大包小包，挤上4路车，在（老）火车站下，又挤上1路车，在终点站横港下，步行100来米到大轮码头，排队买好横港到土桥的船票，票价2毛钱。小不点矿工买的票是加班的安庆开往芜湖的船，不是大轮，是小轮。加班小轮相当于火车的快车，横港到土桥，从长江主航道顺水而下直达，只要45分钟左右，而正班小轮就相当于火车的慢车，正班小轮也是从安庆开往芜湖，不过停靠的码头比加班小轮多。正班小轮横港到土桥，从汉江走还要停靠铜陵县小轮码头，从这里开船后，先是沿着老洲顺水而下，到洲尾后再掉头逆水向上行驶10多分钟，才能到达土桥。还有，从铜陵市里到铜陵县城的唯一的3路公交车终点站，距离小轮码头相当远，需要步行。所以，在铜陵县城小轮码头乘船，不如在横港大轮码头乘船方便、迅捷。还有，小不点矿工借读的第九中学就在横港，有几个同学家在大轮码头边，其中一位女同学，人洋气，英语也学得好，不像他英语考试偶尔得三五分，里面还有卷面整洁的因素，多数交白卷只有零分，要不是作文不错找回面子，哪好意思跟人家说话。小不点矿工心想，在这里溜达溜达，说不定能碰到人家呢。

小不点矿工买好船票后，见开船时间尚早，就将大包小包的行李放在行李寄存处寄存，到港务局办的知青饭店买包子吃。8个月前，小不点矿工上学时，早上从这里经过，还被热气腾腾喷喷香的肉包子勾引得哈喇子直流。如今，小不点矿工上班拿工资了，吃几个肉包子还不是小菜一碟，说实话，矿食堂的包子小不点矿工都已经吃腻了。

隔山容易隔水难。到了开船时间，却不见船来，原来江上起大雾，停航。等到雾散通航，小不点矿工坐上船已经是下午1点多钟了，2点钟在土桥下船后，已经没有长途客车了。小不点矿工算了算，土桥到牛埠15里，牛埠到洪巷15里，洪巷到山东湾大桥8里，从山东湾大桥下公路到家还有1里多鸡肠子小路。

客车没有了，货车有，昆山煤矿运煤到土桥的解放大卡车卸完煤后，返回昆山必须经过牛埠，坐一截是一截，小不点矿工沾光，跟着人上了车，到牛埠十字路口时下了车，这时天空飘起雪花，小不点矿工在路边杂货店买了一双解放鞋换上，又买了一只俗称蛇皮袋的尼龙编织袋，将手里拎的东西尽量塞到蛇皮袋里，将袋口扎好扛在肩上。就这样，小不点矿工手拎肩扛，冒雪从牛埠往25里路外的家走，雪花越飘越大，好在是干雪，身上倒也不怎么湿。

左肩累了换右肩，右手酸了换左手。小不点矿工边走边想起小时候的事，禁不住笑起来，五六岁时，父亲带他走这条路，他走不动时就要父亲扛，父亲没办法，就先扛着行李走一截，把行李放下，再回来扛他，扛到行李处，放下他，再扛行李走一截，父亲累得不行了，又哄自己走。

小讨饭瓜子！小讨饭瓜子！小不点矿工走到靠近洪巷的一个村庄时，几个在路边玩耍的小屁孩，一边喊，一边向他扔雪团。

老子是小讨饭瓜子？小不点矿工冷笑，老子堂堂国营的铜矿工人，你们乡里一般干部工资都不一定有老子工资高，等过几个月老子学徒期满转正，工资不比你们乡长少。

小不点矿工走了3个小时，从山东湾大桥下了公路，踏上鸡肠子小路，拐过伸向河里的山脚，看到家了，一个10多岁的丫头片子站在他家的门口，向他这边张望。小不点矿工晓得，丫头片子是他妹妹。妹妹看见小不点矿工后，没有迎上来，而是掉转屁股，往家里跑，边跑边喊："妈妈，妈妈，大哥回家了。"

此情此景，小不点矿工想起唐诗"柴门闻犬吠，风雪夜归人"，忽地笑起来，比喻不当，大为不当。

辞旧迎新

扎着蓝围腰的母亲，闻声从屋里出来，向小不点矿工迎上去，一边接过小不点矿工肩上扛的手里拎的东西，一边说："华子，回家了。"

在屋里的父亲看见小不点矿工，笑了笑，把小不点矿工从头到脚打量了一下，点点头，说："嗯，个子长了。"忽地脸一变，晴转阴，严肃地说："华子，明天到街上把头发剃掉，大后天就是大年三十了。"小不点矿工一惊，心里说，这老头怎么跟小孩似的，脸变得真快，嘴里却诺诺："爸爸，我头发前天才理的可好？"父亲说："才理的？怎么还怎么长？跟小油子一样。"小不点矿工晓得，这小油子不是什么好话，就是城里人说的小痞子、小流氓。

"华子，赶快把衣裳鞋子换换，吃饭！"母亲拿出棉衣棉鞋递给小不点矿工。

小不点矿工睡了个懒觉，没有去蜀山街理发，父亲的脸就阴下来了。母亲趁父亲不在边上，悄悄地对小不点矿工说："华子，你是个碓嘴头，头毛长了，从后面望，就跟鸭屁股一样，还是剃短了好看。"

是的，小不点矿工的后脑勺比较突出，没少招人笑话。后来住隔壁宿舍矿医院的骨科医生开玩笑，说他这就是反骨。小不点矿工叹口气："唉，人长得丑，又不是我的事，怎么连亲妈也嫌弃。"

腊月二十九，小不点矿工起了个早上蜀山街。蜀山街以前是区公所所在地，现在是镇，比以前是公社所在地，现在是乡的洪巷街，要繁华热闹不少。上街，理发是一件事，还有一件事，这不是有一段时间没吃米粉饺子吗，蜀山街上集体餐饮店的米粉饺子，那可是小不点矿工顽童时代舌尖上的美味。小不点矿工先是买了4只米粉饺子解解馋，接着就到安剃头匠，不，安理发师那里把头发理短了。头发理好后，小不点矿工去办第三件事，到理发店隔壁的新华书店买了对联、年画等。多年后，小不点矿工变成老矿工后，这次理发和买对联、年画，花了多少钱不记得了，米粉饺子，他清楚地记得还是5分钱一个，没有涨价。

多年后，小不点矿工的妹妹在她嫂子面前诋毁他："我大哥，以前在家里就是一个酱油瓶子倒了都不扶的人。"这话怎么说呢？如果是空酱油瓶倒了，小不点矿工大概不会扶的；如果瓶子倒了，里面还有酱油，小不点矿工肯定会扶的。妹妹六七岁、小不点矿工十来岁的时候，一次妹妹拿着一块没有怎么用过的肥皂，蹲在河边一块大石头上洗手，洗着洗着手一滑，肥皂掉河里了，妹妹哇哇大哭起来，他在边上看得亲切，跑过去撸起袖子趴在大石头上，伸手在水里摸，水不深，他的手够到水底，两下就将肥皂摸起来，妹妹不哭了。那两年，他是比较怕妹妹哭的，只要妹妹一哭，妈妈还没有看到人，就说他："华子，你又干吗事欺负小丫头？"

大年三十，家里人都在忙着，小不点矿工也没有闲着，先是跟着父亲焚烧冥纸祭奠祖先，回家后张贴对联、年画，有一张胖娃娃抱着大红鲤鱼的年历画，母亲喜欢，要把这张画贴在东边房门上，东边房是父母的房间。小不点矿工心里嘀咕，不伦不类，胖娃娃年历画适合在年轻夫妻房门上贴，在年龄比较大的老夫妻房门上贴也可以，抱孙子嘛。父母现在一个50多岁了，一个40多岁了，再想个儿子迟了点；抱孙子呢，又早了点，按母亲对父亲说过的话，你儿子还没有人家孙子大。小不点矿工把胖娃娃年历画贴在堂屋东边隔墙上，又不好意思把心里的想法说出来，母亲搞不清楚原因，嘀咕一句："华子，古怪得很。"那时，小不点矿工家里还没有通电，他贴好对联、年画后，把煤油灯加满煤油，仔细擦拭两头细中间鼓的玻璃灯罩。

傍晚，小不点矿工从父亲嘴里拽出香烟，点燃一挂两千响的电光炮。两千响的爆竹，在当时就是大爆竹了，乡俗将长爆竹称为大爆竹，短爆竹称为小爆竹。电光爆虽然个头小，但是威力大，响得很，江西万载或湖南浏阳生产，非家乡严桥、石涧的小作坊土爆竹可比。

一家六口人围坐在一张八仙桌前吃年夜饭，这张八仙桌是榆木的档和腿，松木桌面，挺沉的；父亲用桐油油过几遍，光亮。小不点矿工小时候，这张八仙桌可没有现在这么排场，桌面残缺、起翘，桌腿、桌档黯淡无光。吃饭时，小不点矿工也曾经和姐妹争抢过桌面比较好的一方。前两年，家里拆草屋盖瓦房，剩下的木料打了一架水车、两条板凳，还有就是给这张八仙桌翻新、修复。

年夜饭大餐依然是父母掌勺，菜肴依然是肉、鱼、鸡，配角是黄豆及其制品，青菜、菠菜、芹菜（含芹芽）、芫荽菜、萝卜等时令蔬菜。品种花样比往年并没有增加多少，但是原材料好，肉是自家散养的猪宰杀的，鸡也是散养的，鱼是村里大龙塘里野生的，蔬菜是自家种的，豆腐、干子、生腐等也是用自家种的黄豆，自家加工出来的。父母家常菜手艺不错，烧出来的菜肴很对胃口，好吃。不一会，小不点矿工就揉着肚子说，哎呀，我吃饱了。母亲先是嗔怪，嘴大喉咙小。接着又说，年饱年饱。

吃年夜饭，自然要喝酒的，父亲喝白酒，是小不点矿工买的上档次的好酒，小不点矿工和母亲也喝了点，三钱三的杯子，他喝了3杯后，就觉得脸发烧了。

我的娭毑！小不点矿工母亲娘家枞阳县，大惊小怪起来，枞阳方言愈发重。母亲说："华子不能喝酒吗，喝这么一点酒，脸就红得像猴子屁股。"说什么也不让他喝了。不喝就不喝，小不点矿工起身模仿电视剧《武松》中的武松醉打蒋门神，东倒西歪比画了几下醉拳的招式，惹得母亲笑骂，这小豆子。小豆子，就是小调皮、捣蛋鬼的意思。

大姐、二姐也喝了酒，不是白酒，是红酒，红宝石一般光泽的怀远石榴酒。二姐说，红酒好喝，甜滋滋的。父亲说，红酒也醉人，醉起来更难受。

吃过年夜饭，小不点矿工打牌，嫌妹妹小，不带她玩。小不点矿工和大姐二姐打争上游，父母在一旁笑眯眯地看，小不点矿工也不知道他们看什么，要知道，父母没有读过书，连牌都认不全。3年后的春节，小不点矿工因为单位人员少，春节期间坚持上班，没有回家过年。大年三十的晚上，父母也打起牌来，没有别人，就是父亲跟母亲两个人打，不是打争上游，是玩小孩子才玩的丁钩钓小鱼。小不点矿工后来听大姐说，母亲当时念叨，华子没回家，这心里空落落的，打下牌心里好过些。

大年初一的早上，小不点矿工跟母亲起来最早，母亲准备早饭、做家务，他放开门炮，三千响的电光炮。乡俗，大年初一的早上吃老母鸡汤下米面。母亲的老规矩，小不点矿工跟父亲一人一只鸡腿。

正月里走亲戚，按习俗，像小不点矿工这样的十几岁、不到 20 岁的小伢子，是没有资格坐席的，因为小不点矿工上班当国家工人了，亲戚们高看一眼，于是也就有位置了，不但有位置，还因为辈分高的原因，虽然不坐上席，但也不坐下席，中席少不了的。席间，免不了有人问小不点矿工在矿里干什么。小不点矿工说："我在井下开水泵。"问的人就说："开水泵好啊，推推闸刀、捺捺按钮，那好快活呀。"小不点矿工说："我们那水泵，电动机有我人高，660 千瓦的，电压 6600 伏，电缆有我胳膊粗，能把水从井下负 280 米，直接打到地表正 70 米。"有人啧啧嘴，说："乖乖，不当玩，个（这）好过劲（厉害）。"小不点矿工年纪虽小，也晓得拣好的说，他不说自己三班倒，三更半夜爬起来哈欠连天地上大夜班；不说深一脚浅一脚，使出吃奶的力气清理水仓泥糊；不说随口一句"人小志气大"，招来嘲讽"你一个从农村顶职上来的小巴佬，能有什么志气"……

亲戚该走的也走了，该请的也请了，小不点矿工就闲下来了。小不点矿工有睡前躺在床上看书的习惯，这是他在矿里几个月单身汉生活养成的。正月十五的前两天一个晚上，小不点矿工在堂屋的小床上借着煤油灯一边看书，一边和东厢房的母亲、西厢房的姐姐聊天，聊着聊着，姐姐就说到了 10 年前的小不点矿工那次吃送灶粑粑，吃撑了，趴在床前的踏板上叫唤："妈妈，我肚子疼，疼死了。"小不点矿工说："别讲吃，一讲到吃，我这看书看到半夜，肚子还真有点饿，到时搞一碗鸡汤喝喝那多快活啊。"小不点矿工话音刚落，就听到东厢房窸窸窣窣的声音，原来是母亲起床穿衣。小不点矿工随口一说，母亲当了真，赶紧到鸡笼里抓了一只倒霉的老母鸡。母亲一个人杀鸡、褪毛、清洗，将鸡放进陶钵里，放一点盐加清水淹没鸡，盖好，再将陶钵放到大锅里，大锅里放冷水，当然不能淹没陶钵，这就是清蒸老母鸡，类似名菜汽锅鸡。较之于炖或煨，清蒸老母鸡，做法虽然简单，但是因为放的水少，一只鸡蒸熟后，也就两小碗汤，所以无论是鸡肉还是鸡汤，都更香、更鲜。

点火、烧锅，也就 2 个小时吧，母亲将一小碗香喷喷的鸡汤端到了小不点矿工手里，说是鸡汤，其实鸡汤里还有一只鸡腿一只鸡肫，哦，还有炒米，都是小不点矿工喜欢吃的。多年后，一提到这事，小不点矿工妹妹还是一副愤愤不平的样子说："我妈妈惯我大哥，惯得不成样子。"

月色星辉

夜长天，霜如雪；星辉冷，月色温柔。

小不点矿工回头一望，白天觉得不怎么样的石罗山，月色下竟有了几分神秘、美好。石罗山，是一座东西走向孤独的小山，高 100 余米，长不到 10 里，从北面也就是家的这边看去，呈饺子或元宝形。这座小山，后来多次在小不点矿工的梦里出现。

爱好文学的小不点矿工觉得，月光还有雪花，都是天空馈赠给大地最好的美容品。村庄、河流、田野一片寂静，远处偶尔传来的几声犬吠，打破寂静，之后却愈发寂静。小不点矿工忽然有种情绪涌上心头，惆怅？乡愁？说不清，反正有不想回矿还赖在家里的念头。不过，赖，又能赖几天，还能不上班吗？所以，这也就是个念头而已。小不点矿工也奇怪，自己在矿里是不想家的，怎么在家里又不想回矿？

正月十五过去几天了，探亲假很快到期了，小不点矿工就要回矿了。动身这天的一大早，小不点矿工跟父母都起来了，母亲准备好早饭，是油煎荷包蛋下青菜米面，小不点矿工跟父亲吃了，就带着简单行李出门了。头天晚上，母亲要给他带鸡蛋、炒米糖什么的，小不点矿工不要，母亲的脸拉得老长。父亲劝母亲："算了，你还不晓得他，懒得很，走路都嫌多两个胳膊。"

老矿工送小矿工，父子二人一前一后，走在不曾加固还很狭窄的西河南岸河埂上。在家跟小不点矿工很少说话的父亲，这时点着一根香烟，边抽烟边叮嘱他："华子，到矿里要好好的，一定要注意安全，听领导、师傅的话，跟同事要搞好关系。吃好点穿好点没有关系，千万不能赌博学坏……"

　　小不点矿工回应："嗯，嗯，好的，晓得了。"之后的一段时间里，父子间再也没有言语。

　　"大哥，大哥。"父亲对着渡口一户人家蒙着塑料薄膜的窗户喊。

　　"哪个？哦，是大爹爹吧，我马上就来。"窗户里一个中年男人沙哑的声音回道。在称呼人方面，家乡有的跟北方相反，爹爹是祖父辈，爷爷是父辈。

　　小不点矿工晓得，父亲喊大哥的这个人，年龄不但不比父亲大，反而还小个十来岁，辈分也比父亲矮一辈。家乡习俗，有儿女的人，就跟儿女辈分称呼人，有孙子女的人，就跟孙子女辈分称呼人。小不点矿工认为什么是越活越年轻，这就是。

　　父亲头天已经跟这个本家大哥打好招呼了，今天一大早送小不点矿工过河，到蜀山乘坐到土桥的客车。按说到洪巷也能乘车，因为距离土桥近，车票还便宜些，又方便，因为不要过河。只是洪巷是过路站，不像蜀山是起点站，正月里出门的人多，客车往往在洪巷不停靠，即使有人下车，不是提前就是过了站点，所以在洪巷乘车不靠谱。

　　本家大哥手上拿着一只木桨，果然马上就来了。父亲递了根香烟给本家大哥，还要给他点火，本家大哥忙说："我有火，我有火。"本家大哥划了两根火柴，将香烟点着，吸了一口说："华子大爷今天就走啦！下次什么时候回来？"

　　小不点矿工说："下次回来，就要到过年了。"

　　本家大哥说："还要到过年才回来？不想家吗？"

　　小不点矿工说："不想家。"

　　枯柳岸，晓风拂面。虽然是初春，小不点矿工倒是不觉得冷，皆因为一是出门时吃得饱，二是走了一段路。

　　天寒，水瘦，从岸上到渡船之间是一段河滩。本家大哥和小不点矿工寒暄几句，也没有话了，三人默默地地走过河滩，上了渡船，这是一只木质小船，最多能载十个人的样子。

　　小不点矿工和父亲站在船中间，本家大哥坐在船尾划船。河水流动，有着细微的波浪，月光下，也能波光粼粼了。这时，小不点矿工有点发呆，有点恍惚。

不一会儿，渡船就划到对岸梁家坝了，准确地说，是梁家坝的大河滩。父亲在下渡船时，没有给本家大哥钱，而是递了一包香烟。本家大哥说："大爹爹，你这么客气干什么？"他推让几下后，收下了香烟。小不点矿工明白，本家大哥不是说客气话，父亲是真客气。自己家房子虽然位于洪庄，但是母亲、大姐、二姐、妹妹的户口和责任田都是在荒圩（小不点矿工顶父亲职时，户口已经农转非到矿里了；父亲退休时，户口虽然迁回到原籍，但仍然是商品粮户口，没有责任田。）。荒圩村是渡口，渡船有本家大哥弟兄几个承包，外村人过河收费是每人每次5分钱，本荒圩村的人不收费。父亲给本家大哥香烟，是因为毕竟这是正月里，天还没有亮，就把人家喊起来，过意不去。

翻过梁家坝，走过一段田埂路，就上了马路，向左走了两里路，就到了蜀山车站，等了一会儿，买好车票，父亲对小不点矿工说："离开车还有一段时间，你在这里，我去买几个饺子给你吃。"

小不点矿工说："别买了，我在家里吃得好饱，现在哪吃得下去。"

父亲说："现在吃不下去，等一会儿在车子上吃。"

小不点矿工说："算了算了，饺子冷了不好吃。你要是没什么事，现在就回家去吧。"

父亲说："我没事，等车子开了再走。"

小不点矿工说："你还是先回家吧，你在这里，我反而更着急。"

"那，那我就回家了，你到矿里要好好工作，不能学坏。"父亲丢下一句话，转身走了。

小不点矿工打量着父亲的背影，这也是他第一次有意识地打量父亲的背影，父亲佝偻着背，双手背在腰后，脚步不紧不慢。

这老头。小不点想起不久前学的课文《背影》，嘀咕一句。

回乡记

钱龙宁

我是有故乡的人。我的故乡在安徽，在枞阳。

高中毕业那年，我 21 岁，就离开了故乡，从长江之滨来到了西北边陲。之后，一直在遥远的边疆学习，生活，工作，俨然成为异乡客。

我之所以离开故乡，远走他乡，自讨苦吃，怨不得别人。由于身体原因，高考名落孙山，情绪低落到了极点，但又不想复读。家人很是为我担心，为我焦虑，怕我一时想不开，走极端，甚至可能会变成"疯子"，变成"傻子"。若果真如此，我岂不成了废物，成为亲人的累赘、旁人的笑柄？高中毕业前夕，当我听说初中的两个校友在新疆上自费大学，我给他们去了信，了解他们学校的一些情况，心里便萌生出也去那里上自费大学的念头。我思忖着，先去那里上学，再在那里找工作，对我来说，也许是一条相对较好的出路。我自己心里非常清楚，如果再复读一年，我很可能还会落榜，因为我当时的身体仍然没有完全恢复，体质弱，经常发头晕。此路不通，为何硬要往前闯呢？为什么非要在一棵树上吊死呢？我权衡再三，最后决定去新疆。父母、家人对我的决定惊愕不已，感到唐突，很不理解，坚决反对。"你疯了吗，去那么远的地方？"父亲生气地说，"你一个人去那么远的地方，以后就成了孤魂野鬼，知不知道？"当时，我主意已定，已完全陷进去拔不出来，如何能听得进去他的训斥？虽说我人还在家里，但心早已飞到了遥远的新疆。我是那么迷恋新疆，执着地要去新疆。现在看来，去新疆似乎是我命中注定的。路是自己走的，主意是自己决定的。我怨不得别人，只能怪自己。以后一切都得靠自己，正如父亲说的，我成了孤魂野鬼，还能依靠谁呢？

父母、家人虽说反对，但怕我出事，犯傻，所以最后不得不依了我。那天，天气异常闷热，稻子黄熟、收割之际，我离开了家，离开了小山村。父亲担着行李，担子的一端是一个木箱，里面装着生活、学习用品，另一端是被褥，为我送行。我手里提着塑料袋，里面装着母亲煮熟的鸡蛋，还有水果等，跟在他的身后。走了几公里的山路和田畈路，父亲把我送到乡政府附近的车站。上车前，父亲对我说："以后，你一个人常年在外，要学会照顾自己。你身体不好，平时要多注意休息，不能劳累。"我流着泪，点头答应着。我到了县城，和一个同乡结伴，一同继续前行。坐了汽车，换乘轮船，又坐了几天几夜的火车，经过 6 天 5 夜的一路奔波，终于抵达边城乌鲁木齐，找到了那所自费大学。在乌鲁木齐，上了两年大学，毕业后就留在新疆参加工作。

离开家后，我曾经 6 次回乡。上大学的第二年，学校放寒假，我回家过完春节，又返校。后来参加工作，回故乡就少了，主要是由于路太远，工作太忙，再加上回去一趟花销大。但故乡是生我养我的地方，那里有我的亲人，有我儿时的玩伴，有我的老师和同学，有我的朋友……故乡的山山水水、一草一木都铭刻在我的脑海，我怎能不时常想起它呢！我怎能不经常回去看看它呢！但遗憾得很，我确实回去的很少，父母健在时经常埋怨我回去的少，他们说，知道你在新疆工作，工资不高，路又太远，你回来，我们不图你什么，不需要你的钱，只要你每年都能回来一趟，我们就心满意足了，比给我们金山银山都要好。是啊，一年 360 天，我都不在父母身边。他们怎能不想念我这个远方的儿子呢？他们含辛茹苦地把我养大，又送我去学校读书，养到 20 多岁，我突然远走高飞，他们怎么不想念我呢？于我而言，我又怎么忍心不时常回去看看他们呢？但岁月弄人，好多事都不是按照我们自己的一厢情愿发展下去的。在遥远的边疆，要说一声"回去"多不容易啊！一想到那么远的路，一想到要请假，一想到回去一趟要花不少钱，就不由得心里胆怯，不由得望而却步，渴望回去的熊熊烈火瞬间就被浇灭了。那时候，我在遥远的且末工作，也曾在遥远的和田工作。故乡啊，远隔千山万水，千里迢迢，回一趟家多不容易啊！谁能理解我呢？有时候，我真的后悔，离开父母，离开家，到这么遥远的地方来工作。心想，我要是不出远门，那该多好啊！尤其是随着父母的年龄越来越大，越来越苍老，他们需要照顾，而我又一直不在他们的身边，想给他们尽孝都没机会。想一想，我这个做儿子的是多么的失败，多么的残忍，多么的无能啊！但这又有什么办法呢？自古忠孝不能两全。

我时常想起1991年冬天，我在乌鲁木齐上大学，寒假回家，一张硬座票都很难买上，只好买了无座票。好不容易挤上了火车。车厢里挤满了人，白天只好站着，晚上倒头睡在座位下面的脏地板上，闻着别人的脚臭味，酣然入睡，全然不顾；有时，挤得连座位下面也没地方睡了，就爬到行李架上，在堆满行李的行李架上找个旮旯睡上一觉。睡在上面，高低不平，不仅难受，而且火车在行进时，有时颠簸得厉害，很容易从上面掉下来。但我顾不了那么多。晚上瞌睡死了，不想办法美美地睡一觉，还叫人活不活呀。那种滋味恐怕别人没有尝过，但我亲身经历过，深有体会。在火车上经受了几天几夜的煎熬，终于到家了。这是我离家后第一次回家。离开家前，我是高考落榜生，回家后却成了大学生，说不出是喜是悲。我上的是自费大学，毕业后不包分配工作，未来还是未知数。

那天，大姐悄悄把我叫到一边低声说，我上次离家去新疆，出门不久，母亲就哭着出门，去追赶我。她在山上的小路上一路奔跑着，追赶着，呼喊着我的乳名。她哭得撕心裂肺，非常伤心，哭声久久回荡在小山里。她是多么舍不得我出远门去那遥远的新疆。大姐还说，我离家后的那一周，母亲夜夜睡不着觉，她非常担心我的身体，担心我在新疆的生活。儿行千里母担忧，我的母亲又何尝不是如此呢？

这次回家度寒假，一过完春节就得返校，不得不又出远门，远离家乡，远离亲人。这都不是多大的事儿，最让我头疼，也更让父母头疼的是我的学费问题。家里没有钱，没有积蓄，拿什么给我交学费？父母思来想去，没有更好的办法，只好把目光移到家里的粮仓。他们要把堆在粮仓里的一粒粒饱含着他们辛勤汗水的粮食变成钱，来给我交学费。那天，父亲担着满满两箩筐金黄的稻谷，走在崎岖不平的山路上，非常吃力。我和哥哥也挑着一担稻谷，跟在他的身后，一步一步往粮站走。父亲走路颤颤巍巍，气喘吁吁，每一步都迈得十分艰难，脸上黄豆大的汗珠不时地滚落下来。他常年饱受哮喘病的折磨。此刻，我真的不想看到父亲挑着担子十分吃力的样子，心里非常难受，真不是个滋味，可毫无办法。父亲年纪大了，最怕做的事就是挑担子上山，但为了我上大学，完成学业，他只得继续吃苦，忍受着难以忍受的痛苦。多年之后，每当我回想起当年父亲为了给我交学费，担着粮食，一步步上山时十分吃力、痛苦万分的表情时，就心如刀绞。他最不想做的事，最怕做的事，最不愿意做的事，却为了我不得不做。

1992 年 8 月，大学毕业后，我去了一个更远的地方参加工作。4 年后才回乡。那时虽说工作了几年，但工资低，没有多少积蓄。眼瞅着自己又到了谈婚论嫁的年龄，父母为我的婚姻大事着急，一直操心。眼看大妹结婚出嫁了，小妹也即将出嫁。我不得不考虑自己的终身大事。1996 年春节回家，是我第二次回乡，也是参加工作后第一次回乡，说是回去看望父母，与亲人团聚，实际上主要还是解决自己的终身大事。还在我这次回家之前的一段日子里，由家人牵线搭桥，我与邻乡的一位女孩相识，虽未谋面，但鸿雁传书，一直不断，彼此有了大致了解，感情日渐升温。这次回乡，就是要见一见真人，把婚事定下来。回家后不久，我就去了女方家，与女孩见了面，彼此都互生好感，事情就顺理成章地向前推进。不久，女方家就摆了简单的酒席，算是定亲，实际上也是结婚。因为春节后我就要回新疆了，而且要带着女孩一起返疆。当时，我的经济拮据，婚礼办得很不体面，甚至是简单、草率。我其实也想把婚礼办得体面一点，隆重一些，但当时条件不允许，于我而言遗憾至今。人这一辈子，结婚就这么一次，谁不想风风光光、体体面面地办一场婚礼？我家没摆一桌酒席，没有邀请一个亲戚，只是女方家摆了两三桌酒席，算是把喜事办了。我没给女孩买戒指，也没买项链，只是给她买了几件衣裳，简单得不能再简单了。过完春节，当我要带着妻子返回新疆时，岳父母是多么地不舍啊！我们这一走，不知何时才能回来。岳父真的有些后悔，因为他只有这么一个宝贝女儿。如果有两个女儿，也许他心里还好受一些。这次回乡，返疆途中，令我意想不到、气愤不已的是遭遇了窃贼。在西安火车站转车时，放在贴身口袋里、用针线缝得紧紧的500元钞票被小偷用刀片划开口子盗走了。我和妻子肺都气炸了，欲哭无泪。真是祸从天降、雪上加霜啊！这500元钱还是父亲从农村信用社贷的款。我们差一点流落在西安街头。看着我十分气愤，又十分懊恼的样子，妻子一个劲地安慰我说："生气也没有用，得想办法，我们不如留在西安，先在这里打短工，待一些日子，等挣够了路费，再回新疆。"我说："不行啊，我要回去上班啊。"后来，我和妻子好不容易挤上了开往乌鲁木齐的火车，几乎一路挨饿到了乌鲁木齐。但到了乌鲁木齐，我们只是走了一半的行程，乌鲁木齐到和田还有2000公里呢，这可怎么办啊？在乌鲁木齐火车站下了火车，我们到了和田驻乌鲁木齐办事处，那里每天都有发往和田的长途班车。我向司机说明了自己的遭遇，请求他允许我们先坐车到和田，到了和田，再去单位借钱付路费。司机非常理解，也非常同情我们，点头同意了。我们终于一路颠簸着回到了和田。想想那次回乡途中的遭遇，至今心有余悸。回到单位上班，同事都兴奋地看着我，称我为"新郎官"。而我没有条件设酒席款待他们，以示庆贺。多年之后，当我们有了宝贝儿子，满月那天，邀请他们小聚了一次，以表达歉意。

2002年春节，第三次回乡。我们一家三口，我和妻子带上4岁的儿子，回故乡过春节。那时，妻子有了正式工作，在县上的一所中学附小任教。我们家成了双职工，经济条件明显改善。这次回故乡，父母、家人、岳父母都非常高兴。一是孙子第一次回故乡。二是妻子有了正式工作。那天，三哥、四哥走出村子，翻过前面的小山，前来迎接我们，帮我们挑行李。回去，翻过一座不通公路的小山，走了一段山间小路，再走一段田埂路，就到家了。我们跟在三哥、四哥后面，走在杂草、灌木丛生的小路上。翻下小山坡，快到家时，我远远看见父亲站在屋前不远处的一条田埂上。听说我们要回家，他非常激动，在那里站了很久，眼巴巴地盯着面前山上的小路。父亲一见到我们，就笑呵呵地说："你们回来了，房间早给你们收拾好了。"父母都是第一次见到孙子，非常高兴。母亲抱起孙子，亲个不停。父亲整天带着孙子，到处玩。孩子调皮捣蛋，捡起石头砸别人家的粪缸，拿起棍棒追别人家的鸡鸭，父亲从不骂他，更不会打他，总是护着他，宠着他。母亲更是喜欢得不得了。她说，老家的七八个孙子、孙女都是由她一手带大的，唯独没有带我的儿子。所以，她心里总觉得缺少点什么。她说，如果当初我把儿子送回去，她也一定会把他带大的。可是，我和妻子都舍不得儿子，小时候没把他送回父母那里，就一直搁在我们身边。那次回乡，我们在家没待多久，大概 10 天吧，就返回新疆了。听说我们要回新疆，父亲不解地说："你们怎么这么着急要回去呢？我还有话跟你说呢。"我说："单位事情多，我不能在家久待，有话下次回来再说吧。"父亲不舍地望着我，站在屋前的田埂路上，一直目送着我们离开家。他站了很久，直到我们翻过一座小山，看不见了，才依依不舍地回家。没想到我们返回新疆的第二年夏天，父亲突发疾病，离开了人世。真没想到，那次分别竟是永别。如果早知道是这样，无论再忙，我也要在家多待几天，多陪父亲说说话。但我们这一去，父亲想对我说的话，我是一点儿也不知道了。后来，我每次想起，不禁泪如雨下，后悔自己当初的鲁莽铸成大错，再也无法弥补了。

记得有一年，父亲多么想到新疆来，在我这里住一段时间。我听了也是渴望他能过来。但他已经年迈，身体又很不好，母亲担心他身体吃不消。母亲说："你去了新疆，恐怕回不了老家。"他考虑再三，最后只好作罢。几十年来，他只知道我们一直在新疆工作，但新疆到底是什么样子，他根本不知道。最终他还是没有来新疆。

父亲走了，母亲孤单。我们兄弟姐妹十分担心母亲以后的日子。为了与母亲联系方便，我出钱请哥哥给母亲安装了一部座机，几乎每周我都要给母亲打电话。2009 年夏天，我又一次回故乡，专门探望年逾古稀的母亲。母亲听说我要回家看望她，高兴得几天几夜都没合眼。那天下午，当我一脚踏进家门，却见到因思念我心切卧病在床的母亲，我的眼眶顿时湿润了，母亲也抑制不住泪水失声痛哭。看着饱经沧桑的母亲，我心如刀绞。几天后，母亲的情绪渐渐稳定，恢复了身体。她高兴地领我去菜园子，看她种的白菜、花生、豆角、黄豆等。我用随身携带的相机，在花生地里给她拍了照。那次回故乡，正好赶上母亲 76 岁大寿，我和兄弟姐妹张罗着给她祝寿。母亲感到十分高兴。谁能料到，我回新疆后的第二年秋天，母亲患病，住院一周后匆匆离世。

失去了双亲，故乡于我来说貌似没有了意义，但我的兄弟姐妹都在故乡，岳父、岳母也在故乡，因此故乡是我割不断的乡愁，永远的牵挂。2016 年 5 月，我赴上海作协参加新疆作家班学习培训。上海离故乡枞阳近在咫尺。岳父几次打电话请我回一趟老家，见上一面。我也很想回去看看他。另外，我心里一直还有一个心结，二哥患绝症去世一年多了，他重病期间，我没有对他表示慰问，走时也未能回乡送他最后一程，心想这次到上海学习，何不顺道回趟老家，去他的墓地祭奠，也安慰一下嫂子、侄儿。做出决定之后，在上海学习培训一结束，我没有随团回新疆，就立即赶回了故乡，办完了刚才说的两件事，还去了父母的墓地，祭奠双亲。在父母生前住过的老屋，我久久驻足，仔细查看。母亲生前用过的电饭锅、碗筷、米缸、盐罐以及种菜用的剪刀、锄头、镰刀等，都摆放在屋角，一切都按原样保存完好，好像母亲并没有走远，不久就要回来。回想起母亲在老屋里生活的情景，我的泪水一次次模糊了视线。如今，老屋空空如也，地上满是灰尘，墙角结满蛛网，父母长眠在山上。那些用过的物件仍在，只是不见了主人。在故乡，我只待了几天，亲戚一家也未走动。返回新疆前，我在镇上的酒店设宴款待岳父、兄弟姐妹，在家的亲人悉数到齐，团聚在一起。

2022 年 3 月底，我又一次回故乡。这次回去，不是探亲，而是治病。因为一个小病在乌鲁木齐一家大医院做手术失败，造成严重医疗事故，我不得不转院到合肥进一步治疗，最后顺利地做了手术。在故乡治病、养病，前后将近 2 个月。由于妻子和年已古稀的岳父、岳母悉心照料，我术后恢复较快。在岳父家养病期间，我拄着木棍，在妻子、岳父的陪同下，来到父母的墓地，祭奠他们，然后，又来到父母生前住过的老屋，久久徘徊，思绪万千，心里感到无比的凄凉。

树高千尺，叶落归根。根在哪里？根在故乡。故乡，永远都在我的心里。它像磁铁一样，一直吸引着我，召唤着我。离开故乡的这 30 年间，我先后痛失三位亲人。父母在，我思念着故乡；父母走了，我依然思念着故乡。无论我走到哪里，无论何时，故乡永远是我的思念，是我的牵挂。

人生边上

刘　芳

自　由

世人总羡慕天上的浮云，自由自在，无拘无束，所谓闲云野鹤，备受人们推崇。可没有风的时候，它可以去见另一片云吗？疲惫的时候，它可以随时回家吗？云所谓的自由，不过是借助风力。

凡事一旦依赖某种力量，便会受制于此，世间万物概莫如此。

一座大山，面对风的挑衅，雨的攻击，不辩解，不反击。雾围绕着山，得意地炫耀自己的妖娆，试图掩盖山的气势，山却因此显得更加神秘迷人。风停了，雨住了，雾散了，山依然，不被外界的干扰打乱自己的节奏，默然而泰然。

山是自由的。

爱　情

曾经以为，爱情只是琴棋书画，无关柴米油盐。后来才明白，爱情更是细水长流的相知相惜，是风雨同舟的不离不弃。

曾经以为，婚姻一定要"把一块泥，捏一个你，塑一个我，将咱们两个一齐打破，用水调和，再捏一个你，再塑一个我，我中有你，你中有我"。后来才明白，人和人的关系，一旦模糊了边界，便容易积怨。婚姻也不例外，你依然是你，我仍然是我，生活才有底气，日子才能坦然，少一份抱怨，多一份从容。

曾经以为，爱一定会地久天长，恨一定会绵绵不绝。后来才明白，时间虽是无情，光阴却最温柔，它将曾经的五味杂陈，都变得云淡风轻。看一朵花，会想起一个笑脸；听一首歌，会勾起一段过往。那些沉淀在记忆里的只剩下美好，像淡淡的花香。

曾经以为，一辈子很长，可以做很多事，可以读很多的书，走很长的路，看很多的景。后来才明白，一生很短暂，有的人来不及好好去爱，就已经在人群中走散；有些事来不及认真去做，就已经力不从心。欣赏眼前景，珍惜身边人。

留　白

爱上一座城，人就被城所困；爱上一个人，心就被情所扰；爱上一个名，身就为名所累。

每个人都是世间孤本，没有人能与你真正地感同身受，人注定要孤独地走过一生。纵使宠你的父母，爱你的伴侣，孝顺你的子女，他们也无法替你爱，替你痛，自渡自己是毕生的修行。

什么都想带，你的背包就会变得很沉；什么都想要，你的人生就会变得很累。虽然前者让你的旅途更加方便，后者让你的人生更加辉煌。所谓"舍得"，有时候，"舍"本身何尝不是一种"得"。

给自己的生活留白，就像我们的日子需要节假日作为分割，需要纪念日作为仪式。尽管每天都是同样的日出日落，但生活却因此有了不同的意义。

人和神的区别在于，人有肉体需要供养，饿了要吃饭，困了想睡觉。人还有情感无法摆脱，有父母就有牵挂，有儿女就有软肋。可以追求神的完美，也要宽容人性的弱点，人永远不可能成为神。

人　生

人生如舟，不抱怨风高浪急，不祈求风平浪静。风没有义务为你的人生牺牲自己的梦想，请练好搏击风浪的本领，再来江湖闯荡。

人生如水，不故步自封，不固执己见。坦然接受生活中的改变，为小溪而不自卑，成瀑布而不自大，可沸腾，可结冰。随遇而安，不慎不怒。

人生如花，鲜花着锦，终究会成过眼烟云。守一颗平常心，待一生平凡事，看淡尘世的纷纷扰扰，享受世间的云淡风轻。

人生如路，有的蜿蜒，有的平坦，不同的道路，不同的风景。长长的路慢慢地走，悠悠的景慢慢地寻。或许你一心想逃离的地方，正是他人的远方。

人生是一场孤独的旅行，孤独地来，孤独地去，没有人能真正地与你感同身受。感恩那些相遇相知相伴的日子，让我们的旅途不再孤单，生命更加丰盈。

所有的路过都是风景，所有的遇见都是缘分。日子很短，天涯很远，梦想很美，现实很酷。愿人生的旅途充满阳光，愿闲暇的光阴慢慢流淌。

执　着

办公室的洗手池周围总活跃着一群蚂蚁。我用开水烫，用杀虫剂喷，十八般武艺都用上了，但收效甚微。渐渐地，我就忘了此事。直到有一天，看到新来的保洁员在擦水池，我才想起似乎很久没有看到蚂蚁了。

我跟她说了蚂蚁的事。她笑着说，蚂蚁和人一样，执着于某一种行为，往往是利益驱动。我刚来时也看到蚂蚁了，那是因为水池太脏，蚂蚁有东西吃。有东西吃，它们就顾不得许多，这是本能。现在水池擦干净了，它来了什么都得不到，自然就不会再来。

放 下

不知是谁家汽车报警器出了毛病，就那么不知疲倦地报警。我可以"放大"它，冲下楼去把车推走；也可以"缩小"它，试着自我习惯；我还可以"屏蔽"它，专心致志地工作，对它充耳不闻。

当有些事情令我们百般纠结而又无能为力时，不妨换换思路，转移一下注意力，会有意想不到的收获。

烦恼其实如同皮球，你越用力摔它，它弹得就越高，不得消停。而当你轻轻地放下它的时候，它很快就安静了。

呢 喃

妈，我不想去幼儿园。

宝贝，幼儿园有许多小朋友和你玩，还有许多家里没有的玩具，可好玩了，妈妈下了班早早就去接你哦。

那一年。女子5岁。

妈，我是不是比别人笨，为什么总考不到第一呢？

孩子，每个人都是这世上唯一的版本，没有可比性。努力是让自己站得更高，走得更远，看到更美的风景，体验更美好的人生，而不是和他人比较。人要有自己的目标，走自己的路。

那一年，女子15岁。

妈，我要上大学了。

闺女，在外照顾好自己啊。记住，想要得到东西最好是配得上它，不能贪图便宜甚至免费享用。上帝送给人的每一件礼物，都在暗中标好了价格，不要心存侥幸。

理想的生活应该建立在这样的基础之上，经济独立，人格自由，不攀附，不依赖。

那一年，女子 19 岁。

妈，我准备结婚了。

闺女，妈祝福你，希望你遇到一个尊重你心疼你的人。但选择就意味着放弃，你要接受选择带来的不同结果。我们无法穿越历史，也不能坐享未来的美好，能做的只能是，在现有的环境中，选择一种生活方式，较好地平衡各个方面。人生有选择，就有担当。

那一年，女子 29 岁。

妈，我不想和他过了。

闺女，没有爱情的婚姻固然不道德，但仅有爱情的婚姻也是不靠谱的。爱情如果不落到穿衣、吃饭、睡觉、数钱中，是不会长久的。女人在婚姻中的挫败感，大多源于对婚姻期望值太高，这应该多向男人学习，不要把婚姻当成人生的全部，该工作去工作，该学习要学习，该社交就社交。如是，即便婚姻失败了，人生也不会满盘皆输。生活中真正的勇气是，即便整个世界都辜负了你，你依然不抱怨，不放弃，有信心继续前行，有能力拥抱美好。

那一年，女子 39 岁。

妈，我的记忆力、行动力越来越差了。

闺女，皮囊每天都在老去，灵魂却可以保持年轻。人生的每一程都有不同的风景，很难说哪一种风景更美，只是看风景的心境不同罢了。人在年轻时，肉体的痛苦虽少，然心里想着远方，肩上却扛着责任。老了，肉体的苦痛会增加，但灵魂的纷扰却在减少。既然不能改变，何不坦然接受，享受自己能享受的那部分。

那一年，女子 59 岁。

妈，我真的老了，我好后悔没有在你的晚年多陪陪你，像你在我小时候陪我那样。我现在才体会到，生命的轨迹犹如一条抛物线，中年是抛物线的顶点，以后便逐渐下行，人越老就越趋近于年幼时的状态，依赖性增加，自信心降低。幼而无助，固然凄苦，然老而无依，则更加悲凉。妈，你在天堂听得到吗？

那一年，女子 79 岁。

枣

周筱青

大地经过一夜沉睡，变得活泛起来。小草和绿叶越发耀眼，有的闪着晶莹透亮的露珠，有的还蒙上一层朦胧面纱，树丛间不时传来脆生鸟鸣，一派生机盎然。

习惯晨间在小区里漫步，呼吸自然清新，时不时将映入眼帘，悦动于心的刹那画面定格。那日，一如往常，一边听书，一边放逐视野。忽然，那熟悉又遥远的东西闯入眼帘，定睛看去，确信无疑，移步靠近。一棵高大的银杏树下，杂乱的绿植间，看到久违的枣树，挂满累累果实。有的红如玛瑙，青如碧玉，有的半红半青，如一盏盏小巧别致的灯笼，高高悬挂枝头，惹人疼爱，和老家院里的枣一个品种。我兴奋地拿出手机靠近拍摄，思绪飞向远方……

前几年去北京，哥嫂带我去北京植物园游览，在曹雪芹纪念馆附近，见到多株枣树，几十年不见的再见。当时正值枣花盛开，一排排一串串密密地挂满金黄色的小花，与枣树的绿叶连缀一起，在湛蓝的天际下，高朗清明，透出甜丝丝的醇香。嫂子见我对枣树如此青睐，一脸茫然，她哪知我如见"故人"。

儿时的家乡，沟左河右，山坡路旁，院落前后，到处都有它枝影婆娑。每年的五六月份，枣树绽开淡黄的小花，点点金黄随风在绿叶丛中摇曳、躲藏。清香弥漫，蜂舞蝶绕，一树嫩黄，一树甜香。那时家家户户房前屋后，除了栽种枣树，还有桃树、杏树、李树，那是我们一年里，所有水果的滋味。记得有一年生产队桃子大丰收，家里分了不少，妈妈让大哥挑了两箩筐到圩区舅舅家，换回好些毛芋，那毛芋的美味至今唇齿留香。

到了吃枣的月份，乡下所有的瓜果基本谢幕，它便成了孩子们解馋之物。我家院内除了桃李树，还有棵枣树，院外西侧一棵，东北角一棵，皆是别家的。那两棵枣个头大，寸把长，叫寸奶枣，呈椭圆形，熟了也一身青色，味道寡淡。我家的枣小巧玲珑，半青半红已脆甜，更别说熟透了的红枣，甜如蜜。院里的瓜果相对安全些，毕竟有围墙阻隔，但也不乏有调皮的大男孩翻墙采摘。

院外那两棵枣，多半非枣主人享用，都入了村上一群调皮捣蛋的男孩口中，包括二哥。二哥比那帮孩子大，可那帮熊小子就喜欢做他的跟屁虫，但他们做的那些偷窃之事，并非二哥唆使。记得有一次，几个捣蛋鬼趁着朗月浩空，轮番摇晃枣树，然后蹲在地下摸找，却捧回好些"残枣"，基本破碎。逢到这样，打道返回，哧溜上树，麻利如猴，三下五除二，大小口袋鼓鼓的，走起路来拽拽的，就像打了胜仗回来。二哥警告他们，下次别偷了，免得焦老太骂人。第二天看到垃圾堆旁，咬一半的枣不少，这哪是吃枣，分明浪费，好玩。果不出二哥所料，一早，邻家老太就骂上了，"砍头的，那么馋啊，还没长好就偷，吃了肚子疼……"她家有棵桃树，也在我家门前，没少被偷，更没少听到骂声。

其实，在我们乡下小孩偷吃瓜果，大人们一般不会计较，觉得孩子是调皮捣蛋，贪个嘴，不为偷。焦老太例外，不怕得罪人，她丈夫是生产队队长。

苦涩的年代，有个瓜果解馋，亦然自足。院里的枣寡淡无味时，能够得着的地方，多半被我摘了。尽管妈妈一再说没熟的枣不甜，但我仍没耐住那份等候。最好吃的枣，长在树顶，真正熟透了的，也是难以弄到手的。每当妈妈喊："筱青，快拿篮子，我打枣给你吃。"我比兔子跑得都快，迅速窜到树下，仰望那玲珑可爱的宝贝们，终于可以入得口来，那叫一个兴奋。只见妈妈拿根长竹篙，连敲几下，枣子劈头盖脸砸下，砸得头上、背上嘣嘣响，也顾不得痛，跟着枣子翻滚的身影奔跑。我边捡边往嘴里塞，妈妈见状叫喊：

"你这丫头，洗干净了再吃呀，那么好吃呀。"我冲妈妈做了鬼脸，塞满口袋，飞奔找小伙伴们分享……一切恍如昨日，已成过往。

喜欢院里枣花盛开时，搬把椅子，在枣树下看书，任簌簌的枣花雨落满书本，闻了又闻不忍拂去。那份宁静和优雅，留给我的是一种意韵绵绵的梦境。幻化天边的云彩，憧憬山外的世界……

当林立繁华拥挤了心灵，便渴求平实简约；当青葱沉淀成岁月，又向往懵懂清欢。

山村，小院，亲人，悠悠枣香……

火车上的二三事

臧玉华

一

雨是忽然下的，且急躁，让人招架不了。

彼时，我和儿子小胡以及他的朋友小灵三人正逗留在五渔村，在意大利北部。坐在街边遮阳篷下，面前是大盆的海鲜面，雨的造访，让这顿寄予厚望的午餐颇有些狼狈。

雨恐怕一时停不了。我们冲进迷蒙的雨中，往最近的杂货店跑，买了雨披，脚步才从容起来。五渔村很美，那天的形象却打了折扣，想必周围大同小异，便决定返程。

前一晚到达拉斯佩齐亚小镇，第二天早晨在火车站买通票，依序游玩坐落在悬崖上的五个村庄。走过一村和二村之后，就到了正午，便直接去了最末一个村。之所以临时更改，是以为五村那儿相对开阔，又最为富有，餐饮选择余地大，且有家海鲜馆让小胡念念不忘。

三个人湿漉漉地登上火车，我被小胡一把拉住，意思是别坐了，会弄湿布制椅套。不仅不让坐，还限制我放开嗓门说话。在火车上说笑，小胡不止一次提醒过我，每每压低声音，好似在散布一些见不得人的绯闻。

在意大利五年，小胡的变化令人欣喜，又莫名觉得，变化的背后隐藏着些许的忍辱负重。

我们一直裹着雨披，站在靠近车门的地方，这时，有身着车站制服、身形魁梧的男人朝我们走来。说的什么？我听不懂。小胡脱了雨披，卸下双肩包，掏出三张火车票，那男人一把夺了去，瞥了一眼票，在手上刷刷甩着，声音随之高亢起来，神情洋洋得意，好像捕鱼者看到了一条兴奋的大鱼。我不懂，一句也不懂，但从小胡的据理力争中得知，我们遇到了麻烦。果然，男人要罚款，此次"事件"要当逃票处理，因为没有在票上签署姓名和日期。

这可能是小胡的疏忽，我们认罚，但男人开出的数目是票价的 10 倍。小胡的脸顿时涨得通红，手不住地抖动，看着真让人难受。我心疼的是小胡，小胡心疼的是钱，钱来之不易，是他每天往返 24 站地铁、8 站公交车、勤工俭学挣来的。

男人再次将小胡手上的现金一把夺去，并拿出 POS 机，大部分余款将从信用卡上扣除。男人实在蛮横，完全不听解释，而此时小胡的意大利语又明显处于弱势。

那些现金男人会上缴吗，或中饱私囊？也说不定呢——忽然有此念头，促使我去夺回本属于我们的欧元。男人原本个高，我只揪住他的胳膊，却捉不住手。我很想撕破他的衣袖，甚至抓烂他的秃顶，我觉得自己的泼辣劲快要上来了，就差一杯烈酒。而理智这时悄悄地阻止了我，人家的地盘，未必有理可说。

男人指着自己的胳膊，朝我发狠。我之后得知，罚款数额又增加了，是对我的行为给予的处罚。

语言不通真是要命。愤懑、冤屈，通通堵在喉咙以下。不过，这些我都扛得住，我还是心疼小胡，心疼他涨红的脸和抖动的手。

小灵说，他们美院校长和秃顶男人年纪相仿，一贯不待见中国人，年轻的教授都挺友好的。

这让我想到固有的"成见"和"傲慢"，而对于他国的崛起，不是不喜欢，是感到深深的不安。

火车到站了，把我们三人扔回到拉斯佩齐亚小镇。小胡把我欲耍泼的"行径"通过微信告知他父亲，说妈妈实在丢脸啊。他又担心我的入境记录，求助佛罗伦萨中国领事馆，详细叙述事情原委，得到的回复是，领事馆无权干涉意大利公务，至于签证上的不良记录，若有，完全可以处理。他们也觉得罚款数目高得离谱。

二

帕多瓦，是个城市，和威尼斯相距不过几十公里。我曾借宿在那儿，一位朋友的父母家。其实，那次要去的地方是威尼斯，而威尼斯正遭受严重水灾，能不能进城，要看第二天的运气。

当然，这不是我要叙述的重点，我仍然想说一段和火车有关的事，帕多瓦也罢，威尼斯也罢，都不过是一剂"中药"的引子。

第二天运气还不错，雨暂时停了，威尼斯城的大部分地域对游人开放。走马观花一遍，便匆匆赶往帕多瓦火车站。朋友的父亲和弟弟一路相送，到车站时，弟弟丢下我们，继续开车送一位友人。

朋友父亲指着开过来的火车说，你就坐这趟车。刚上车，总觉得哪里不对，我怀疑坐错了。怎么是双层呢，怎么会提前五分钟？可是，没等转身和老人道别，车就急吼吼地驶出车站。当时并不知道，这位70多岁和我一样不懂意语的老人也看出车次不对，还跟着火车追了一截，并使劲拍打车厢的窗户。

在意大利的那段时间，我有过坐错车的经历，但毕竟是公交车，即便错了，也就方圆几公里内，发个定位，有人就会告诉我，怎么去纠正错误。

此刻，我不知道这趟列车将去哪儿，完全不知道。我朝一位女孩走过去，给她看手机上的车票信息。她一字一顿地说，又比画好一阵。我启用谷歌翻译器，皆是徒劳。无奈，只有请"第三方"介入——向小胡发起远程求助，由他们去商量如何安排我。

那女孩一直设法说服小胡，她想把我带到拿波里（那不勒斯），意大利的南部的一个城市。我们此刻还在这个国家的北部。她说，她将从那儿送我登上罗马的火车。而在此之前的几天，拿波里的中国城被国际盗窃团伙持枪洗劫。另外，据我所知，拿波里还驻扎了不少黑手党。

　　小胡当然不会同意，他认为最简单安全的办法，是尽快下车，原路返回，再赶下一趟。由此想到跳棋，掷了多次骰子，跳了很多格子，旁边文字提示，请回到始发地。可是，人在囧途，不识路，不认字，手机电量又不足，该如何回到始发地？直到此时，我才意识到事情的严重性。

　　女孩不再说话，把我交给年轻漂亮的列车员。

　　这时，火车已放慢速度，表示即将到达某站。是哪个城市？我至今浑然不知。只清晰记得，乘务员用对讲机交代一番，即刻送我下车，步入地下一层，从另一头出地面，指给我看不远处站台上的"1"，和我打了飞吻，旋即离开。

　　小城的 1 号站台，冷清得很，不过寥寥几人。才下午 5 点多，因阴雨天气，已是夜色，随之暗沉下来，还有我惶惑不安的心。小胡让我就近找人帮助。一个面善的男人十分热情，他旁边依偎的黑人太太更是热情，只是叽里呱啦半天，我仍不知所云。见他还握着我的手机，赶紧一把夺了来。我不想再失去手机，手机是我最后的"护身符"，是我在这座陌生的看不见一个中国人的城市里通联世界的唯一可能。

　　一位女人走近我身边，皮肤微黑，可能是个混血儿。我求救般把手机递给她。那里面有小胡，他比我还着急。女孩首先给了我一个拥抱，婉转传递的信息是，你完全放心，有我呢！

　　车到帕多瓦。朋友的父亲和弟弟等候已久。

　　再登上去罗马的火车。4 小时后，透过玻璃窗，见小胡在站台正无聊地张开双臂，舒展身体。很想即刻就拥抱他。

归途即方向

袁本友

立春刚过，田野里还看不到一丝的绿意。我透过车窗的一角，望着越来越近的故乡，一丝清凉的风，穿过车的缝隙，让人不禁打了一个冷战。酝酿好久的雨，终究还是来了！

年味尚存，空气中迷漫着硫黄的气味，这正是我所喜欢的味道。仿佛我的脑海中，还回响着爆竹彻夜不息的声音。儿时，每个除夕的夜晚都伴随着爆竹声无眠，这是一种幸福的无眠！

闭上眼，半倚在车内，体味着这种幸福。在心里默默地猜测着现在车到哪儿了，然后睁开眼求证，那种猜中的喜悦无以言表。我上过的小学、我玩耍过的花园、我放过牛的杉木林、我登过顶的大乌干山……我像孩子一样，乐此不疲地玩着这个游戏，每一次都能准确地猜中，然后呵呵地傻笑着。

近乡情更怯。时间抹去了故乡更多的残痕，让人有点猝不及防。曾经热闹的商场，变得空无一人；曾经喧哗的菜市场，变得只余一家商户；曾经颠簸的石子路，变成了通往家家院门口的水泥马路；曾经低矮的篱笆，变成了高高的围墙。曾经的记忆，被如今太多的陌生而代替。那些随着时间而慢慢长大，变得陌生的脸庞，那些随着时间而慢慢流逝，变得陌生的环境，让人内心生出一种格格不入的感觉。于故乡而言，我真的变成了一个过客，匆匆地来，匆匆地去，于是，故乡就成为我内心记忆中的模样，而它的改变，我却只能袖手旁观，然后用一个过客的目光来感叹。

好在，祠堂的那扇大门，还是我记忆中的样子。厚重的门板，粗糙的纹理，摸上去有一种扎手的感觉。就是这一种刺痛感，让我感觉到我的真实存在。推开祠堂的门，我牵着儿子的手，走进去。在一进堂处有一个侧门，那是我们家老房子的所在，我就出生在这里。

老房子早已改造，不见记忆中的模样，只能凭着那些残垣断壁，来鉴证它的曾经。那些土砖砌成的墙，早已化作尘埃，消失在岁月里。侧门边上的那一扇窗户，窗棂是一根根刨得很圆很圆的木头，如今也已腐朽不堪，但还是保留着儿时的模样，让人惊喜不已。那条用整块条石做成的门槛不知淹没在何处，到现在都觉得它是那么的高。儿时最大的愿望就是能爬过门槛到外面的世界里去，现在最大的愿望就是能躲在门槛后永远不出来。牛栏已经坍塌，猪圈也已倾倒，那一棵长在牛栏门口的芭蕉树依然还在，蒲扇般的枯叶，坠在树干上，仿佛在诉说着岁月的无情。当年，围绕着祠堂的那些土墙瓦房，终于消失得一干二净，只有祠堂四周的竹林依旧。风过竹林，沙沙作响，仿佛在无言地诉说着。

儿子虔诚地跪地祠堂里，伏在地上叩头，看着儿子，我突然有一种莫名的感动。

多年前，母亲对着那条出村的路，给我指出了一个方向。多年后，母亲成为一个名字，坐在这里，成为我归家的方向。

逝者如斯夫，不舍昼夜！

故乡是来时的路，亦是归时的途。这里是魂梦所系，这里是心灵所依。

唐诗是座山

王雨婷

有人说，唐诗是山顶。

不，唐诗就是那座山，盛唐才是山顶。

唐诗在中国人心中，以"喜欢"形容似有不足，论"习惯"倒更妥帖。鲜有不读唐诗的人吧，从"绿水红掌""鹅鹅鹅"到"低头思乡白月霜"，诗风穿肠，徘徊于唐，既烟火，又孤洁。

岁月更迭，跋涉千年，你我不就这样从一首首激涌的唐诗文脉中走过来吗？

"红豆生南国，春来发几枝"，采相思，数不尽。

"绿蚁新醅酒，红泥小火炉"，风雪至，更一杯。

阳春白雪，一代唐人清丽工细的风流情趣。

"英雄一去豪华尽，惟有青山似洛中"，血水里滚滚。

旷古绝伦，一代唐人幽冷奇峭的沧桑落寞。

唐朝诗人以一种沸腾的气场，创造出一个令人目眩的世界，让我们一生浩如烟海的经历，都在唐诗里找到了归宿。

香衣丽影，兴之所作，一经传颂，万古流芳。"五陵年少金市东，银鞍白马度春风。落花踏尽游何处，笑入胡姬酒肆中"，古人情厚，写字却简，仅四句的短诗，把整个盛唐都画完了，又古朴，又耐久，朝朝暮暮间成就了中国文化和中国文人的颜色。

我见唐诗，真如薄雾中的日出，是隐形的精神，枯木亦将逢春。

大唐把诗意的河道挖凿得太深了，作为历史上难能可贵的艺术明珠，与时光交融在一起，在诗与史的交界处，流淌出清亮、厚重、琉璃色彩的光芒。但问题是，为什么是唐？为什么它的诗人能有这样得天独厚的好运和福气？

观唐史，诗如星火，与天地同谋。

以经济开先河，以民族融合为辅，以兼容思想超前，如儒释道三教并存等，加之政治统治所创立的科举制度等手段，方知种因得果，黄金时代促使诗坛群星辉映，繁荣、开明、多元，成就了后无来者的大唐风味。

与之一并丰盈的，是唐诗的文脉。

庙堂之内，皆通音律文字，平民白丁，亦晓寓意渊源。太白桀骜飘逸，"绣口一吐，就半个盛唐"；子美悲悯仁爱，笔下流淌着隐晦的温柔；鬼才长吉呢，描摹的鬼神境界虽然怪异，但总有可爱之处。哪怕是一个被命运击溃的诗人，哪怕晚唐短暂而易碎，亦端雅盛大地歌一番"夕阳无限好，只是近黄昏"……

诗者，志也。笔笔情深。

鲁迅也说："我以为一切好诗，到唐朝已被做完，此后倘非翻出如来掌心之'齐天大圣'，大可不必再动手了。"可见，唐诗极高的文学维度，允许普罗大众摘嗅其香，已幸运之至。

唐诗还是有脾气的。盛也倔强，败也倔强，正是如此，才写就了汪洋恣肆、齿颊留香的诗章。得意够轻狂，失意够畅快，人间真情味，就连中晚唐的不太平态势出现了，也只像是"虎落平阳"。

这种脾气，在近处很难发现，从远处瞻望，一条条倔强的山脊所连成的天际线，我们方才擦亮眼睛，点亮记忆，慨叹呼唤："看，大唐！"

莽莽原野，倔强的大唐已经活得像河流一样深情，换了人间，它就跟万物一起"冬藏"起来，越活越平静、辽阔、深厚。

诗仍是流动的，没有停止，笔杆的雀跃也是真实的，人与诗仿佛天作之合。

世间最美的风景，就是真的存在着那么一群人，透露着敏锐的感知与清醒的悲喜，把烟火中的美与趣、情与愁皆蕴藏一字一句间，引人遐思，后人亲启，则梦回大唐，惊天动地的智慧与诗意都将复苏。

一卷大唐一帘梦，一捧不可亵渎的白月光。

每一个人，每一首诗，都是一个传奇，一段故事。

在唐诗里，你可以有两种现实，一种是你当即感受到的艺术表象，另一种是文人身后隐藏的半风化的故事。从辉煌到消亡，他的生平，他的时代，他的心潮夹着氤氲湿气向你倾诉的声音。

在这万物冬藏之中，诗意脉脉生长出来。

语尽而意不尽，意尽而情不尽。有中国人的地方，唐诗就无处不在。

鹿泉行吟

王陵萍

一

得知我要去石家庄鹿泉参加全国报纸副刊年会，铜陵学院的刘教授给我讲了他爱人刘美华与鹿泉的故事。

鹿泉那时叫获鹿，是一个县城，战争时期，我岳父刘治珠和岳母张秀英，由山西老区根据地派往河北石家庄开展革命工作，他们将刚出生的女儿刘美华寄养在获鹿一谷姓农户家，养父母给起了个名字叫谷喜梅。1949 年，已经 6 岁的刘美华死死抱住养父母，说什么也不肯随亲生父母走，养父母只好抱着她赶往石家庄火车站，硬是在火车启动时将她从窗口塞了进去……嗨，车上车下那个撕心裂肺的哭喊啊……60 多年过去了，直到今天，刘美华还一直对人说她的故乡在河北，在鹿泉。

我是在日落时分到达美华大姐的襁褓之地鹿泉的，果然，抬眼就看见她记忆中宛若盏盏红灯缀满枝丫的柿子树。隔着 60 多年的时光，我仿佛看见一个荒寒的农家院落里，一个 6 岁的小姑娘正努着小嘴吸溜柿子的快乐模样。但眼前目光所及的地方，都是高大富丽的建筑，都是暖气融融的家园，更远的天际处，有座看上去并不巍峨的山峦，听说那就是著名的太行山时，我清楚地听见我怦怦的心跳声，脑海里迅速闪现出"母亲叫儿打东洋，妻子送郎上战场"和用乳汁和生命保护革命后代的"太行乳娘"等一幅幅蒙太奇，我的耳畔响起一支歌"兄弟姐妹都是英雄胆，父母就是太行山"……

当晚，顾不上旅途劳累，我急切地翻阅着会议赠送的丛书《走进鹿泉》。果然，在《红色鹿泉》这本书的第81页《儿童团长张麦收》这篇，我惊喜地发现了刘教授岳父的名字。我立刻拨通刘教授电话，询问他岳父可曾说过这故事，刘教授回答："说过，很多次。每次说都很动容，说小英雄将他藏在了一个猪圈的高粱秸里，说太行山没有孬种，都是顶天立地的英雄汉！"

二

当战争的硝烟散去，鹿泉，这个因"鹿"而得名，因"泉"而神奇的冀之古邑，开始向每一个走进她的人展现她美丽多彩的面貌和文化厚重的底蕴。

或许因为美华大姐对鹿泉的深切依恋和绵长的怀想，鹿泉的历史传说人文风景，总让我品读出情深义重的内核。有关鹿泉这个名字的诞生，流传甚广的是白鹿刨泉的民间传说：韩信带兵攻打赵国。大军驻扎在这一带。正逢旱灾，大地干裂，百姓和士兵都为缺水所困，出去找水的士兵全都一无所获。于是，韩信派出屡建奇功的得力干将胡申前去寻水。胡申骑着白龙马从日升到日落，翻山越谷，还是遍寻不着。想到韩信元帅对自己的信任和期望，胡申面对群山扑通跪下：愿以性命相许，保佑我主帅找到水源。韩信梦中听得胡申禀报水源已找到，大喜过望，醒来却见一只白鹿在帐外守候，指引韩信策马来到一座山脚下，白鹿两只前蹄急切地在地上刨着，韩信弯弓搭箭，白鹿无影，雕翎箭下已是水珠进射……白鹿泉边的一棵柏树下，胡申大将已自缢身亡。

神奇美丽的鹿泉地名，与白鹿泉水一样流淌了上千年。鹿泉有文字记载的历史达4000多年，隋朝时设立鹿泉县，唐朝时因在此擒获安禄山，改称谐音获鹿县，石家庄曾是获鹿县下辖村庄。1994年撤县设市，2014年撤市设区。近年来，鹿泉区委区政府以白鹿奋力刨蹄出泉的姿态，以"壮士断腕"的决心与信念，不断挖掘鹿泉悠久丰厚的旅游资源，向世界展示一"鹿"走来，"泉"是风景的山水画卷。

丰富优质的石灰岩资源，赐予了鹿泉这块土地流淌千年的甘洌清泉，也让鹿泉在追求经济效益的发展中，失却了清秀的容颜。20世纪七八十年代，鹿泉的小水泥厂亦如白鹿泉水"飞珠喷射"，快速发展的水泥企业，让鹿泉赢得华北地区最大的水泥生产基地桂冠的同时，也让人尝到"鹿泉人均二两土，白天不够晚上补"的苦涩滋味。

"君子弃瑕以拔才，壮士断腕以全质。"走进鹿泉，走进金隅鼎鑫水泥有限公司，我看见高大的厂房白墙上巨大的红字标语"政府好帮手、城市净化器"，看见洁净的厂区大道上的绿树红花，我看见蔚蓝色纵横交错的生产流水线，看见国家工信部颁发的"国家绿色工厂"等众多荣誉奖牌；走进君乐宝乳业集团，我看见绿草茵茵的优质牧场，看见人性化饲养的各色奶牛从检测、消毒到挤奶的全过程，看见"让祖国的下一代喝上好奶粉"的企业座右铭；走进神玥软件、科林电气，西部长青等支撑起的"绿色GDP"的四梁八柱里……我当然就看见了鹿泉关停并转逾百家水泥厂的果敢，看见鹿泉创业优化升级的智力结晶，看见鹿泉着力打造"绿水青山·多彩鹿泉，都市桃花源·活力新鹿泉"的豪迈激情。

三

远远就看见一座巍巍的炮楼灰色的砖墙周身刻有红色的"土门关"字样。苏东坡的"千峰石卷矗牙帐，崩崖凿断开土门"的意象，只能在想象中找寻了。然关门楼正匾上至今刻着的"三省通衢"的醒目大字，昭示着它是山西、陕西从古驿道通往华北的必经之路，是历史上的咽喉要地。

怎么也不敢想象，我们一路走过的散发着热豆花、蓼花糖、熟梨糕等生活甜香气息的土门关驿道小镇，在铁血江山杀戮历史中，竟然步步惊心：229年，"秦始皇病死后置尸车中，密丧不发，经石邑土门关返咸阳"；颜真卿满怀悲愤写下的《祭侄文》中两次提及土门关……最广为人知且证据确凿的是《汉书》和《史记》的记载：土门关是韩信创造世界战争史上3万胜20万辉煌战例——背水之战的古战场。晚年来鹿泉定居的金元诗人元好问曾写道："土门西边井陉渡，野日荒荒下汀树。秋夏众壑会鹿泉，浩浩湍声泄余怒。"

可见，当时土门关这一带有宽阔的河流，韩信命令士兵背水列阵，既是迷惑赵军，让他们以为是自断退路自取灭亡，也是在激励自己的军队"陷之死地而后生，置之亡地而后存"，这是身经百战、足智多谋的韩信展现中国古代杰出军事家的大智大勇。

我们入住的国山宾馆对面就是韩信当年的屯兵处——抱犊寨。同仁们三三两两利用午休时间坐索道去登山怀古。抱犊寨因古时山下村民抱牛犊上山避乱而得名，山如刀削斧劈，只有南北鸟道可通山顶。抱犊寨现建有全国最大的山顶门坊南天门，当然，也有全国最大的韩信祠。站在高高耸立的烽火台上，凛冽的寒风将我们的头发吹成猎猎战旗，韩信井、韩信点将台以及依山就势蜿蜒起伏的青砖长城，再一次激起我对古代那位战神用兵如神的想象：原来，在列背水阵前，韩信已令两千轻兵，人手一面红旗，攀登藏匿在这抱犊寨。开始佯攻后，赵国的军队都往外追，韩信又往回跑。这时，藏在抱犊寨的汉兵就把红旗插到山下赵军的营垒。赵军将士回头一看，漫山遍野都是韩信的旗帜，立刻军心涣散，以为被打败了，这就是背水一战的真相——在兵力悬殊、地形不利的情况下靠智谋取胜。

所有的辉煌和悲怆都已成过往。作为古战场的抱犊寨，而今已成市民休闲旅游的抱犊福地。我以为，真正的人文风景，永远是人民向往美好生活的生动图景。从鹿泉对抱犊寨景区的游览规划主题来看，地质科普、楹联文化、山顶园林、文物古迹、登山健身等，这些都是这天下奇寨魅力无限的泉流。

四

1250 年，年过花甲的元好问来到鹿泉定居，直至 1257 年他 68 岁时在白鹿泉病逝。

元好问与今天的鹿泉隔着一条 700 多年的时间长河，但鹿泉人显然对这位第一代元曲创始人和教育家遗山先生并不觉得遥远和陌生，作为金元易代之际的文坛巨匠，元好问这样一座中国文化史上的思想危峰和文化高标，因为他的《鹿泉新居》《游龙泉寺》等诗歌，让我想到了他风雨飘摇的人生最后时光的祥和图景。

元好问晚年在鹿泉的故事，如写春联、宴请乞丐、题扇、讲学等依然在民间流传，但故事中他住过的吕氏庄园和修建的野史亭我们并没有见到。采访期间，我们听到最多的是——

天南地北老翅几回寒暑

只影向谁去

欢乐趣迷绝多少儿女

天也妒双飞羽

君应有语万里层云堪破

千山暮雪飞度

问世间情为何物

直教生死相许

奈何痴心难解离别苦

……

这是根据元好问 16 岁时写下的咏物抒情名篇《摸鱼儿·雁丘词》改编，毛阿敏演唱的《新雁丘词》。

比毛阿敏的演唱更撞击我心灵的，是在下聂庄一户农家小院里听到的丝弦，奔放激越又哀伤敦厚的唱腔，如同京剧唱腔里的二黄，呈现一种旷世的苍凉。据悉，根植于鹿泉的丝弦，源于元好问对元曲的倡导而兴盛，这野生野长的剧种，与这片土地的历史和命运紧紧缠绕，也唱出了这片土地的沧桑气质。1957 年，鹿泉的丝弦剧团进京演出《空印盒》，多次受到党和国家领导人的接见，1960 年，还被拍成电影在全国放映，让古老的丝弦剧种为全国人民所知，填写了丝弦史上辉煌的一页。

不知为何，那天在下聂庄，是遗山先生的千古绝唱？还是丝弦逼人肺腑的音腔？我清楚地记得我怦怦的心跳声，我的眼前反复迭现 6 岁的谷喜梅，被养母硬塞进火车的情景：小姑娘在生父怀里拼命挣扎着扑向车窗、呼喊着养女的名字拼命与火车赛跑的养母……听刘教授说，此后美华大姐就再也没回过她的这片血衣之地，年少时她自己没条件去，成人后忙工作，退休后倒是想去，却没有一点养父母的信息了……

问世间情为何物啊，问世间情为何物？我突然就懂得美华大姐为何一直认定鹿泉是她的故乡，我想起刘亮程的话：身体之外，唯有黄土；心灵之外，皆是异乡。鹿泉之于她，已经不仅仅是一个地理意义上的故乡，而是此生铸就的与她血肉相连的地方。

冬日印象

黄海霞

岁末，大雪将去，冬至将至。晴了许久的天气不晴了。雨落在晒衣杆上，一颗颗的水珠，像泪水，就像伤春悲秋的泪，蕴藏着生命中的多情与生命的丰盈。我喜欢这样晶亮的透彻。

晒衣竿上晾晒着的衣服彻底湿了，原来自己都忘了我们生活的地方还会有雨，都已习惯了响晴的天气。今年秋天的雨很少，冬天的雨也很少。因少而为贵。不过这样猝不及防地到来，还是让我好一番的忙碌。

我走在偌大的园中，周围是浩浩荡荡的人群。我在人群的浪潮里来了又往。我们似乎都有一颗朝圣的心。这里有别样的风景，也是我日日走过的地方。微雨，有寒无风。天色刚黑，有亮着路灯的昏黄。路面潮湿，有银杏叶的零落，一片是明黄，两片也是明黄。即使是在雨中的潮湿里，依旧看不出它的仓皇无措。那样冷静淡然地在冬里辞别这个世界。如果雨在悲伤，它也不愿凄美。春生秋枯，又是一度的轮回。千年的旧梦，还停留在千年。我没有俯身拾起一片，因为不知该怎样安放它的灵魂，只是眷恋那样生命本质的高贵。我的脚步放缓了一点，看了一眼，又看了一眼，近处的，远处的。这里人迹匆匆，只愿脚步不要踏过它沉静的灵魂。

"离冬至越近，天黑得越早。"他看着黑下来的天色，与我闲聊着。

"冬至过了也就日长一线了。"我接过他的话，似乎看到的是渐走渐近的春。生命中总有太多希望的向往，即使生活窘迫得想逃离，也还在原地安放自己一颗向往草木自然的心。

一日是雨，两日也是雨。

我走在路上，听见枝上有鸟儿啁啾，有点欢快。抬眼寻了一会儿，还是只闻其声，不见其形。也许我并不只为寻它，而是寻一点快意自然，像春一样的情怀。不知这细雨里，是不是让鸟儿都一时神思恍惚，忘了是冬季。

雨中的香樟是湿润的绿，远远望去，枝间结着串串黑色的小果子。想起了香樟树在春夏时开过的浅绿小花。花开花落，都只是悄然。如果在春夏的某一日黄昏，突然有幽香随风流转，不是桂花，缘是香自樟树来。

江南的冬，连雨也是微微寒的，就像婉约的宋词小令，不忍惊了人们蛰冬的心。

这样的天气正好。暗淡的色调，天地浑然。如果室外是风雨泼墨，烟火也沉寂。那么室内伊人眉眼若蹙，行也成诗，坐也是诗。

这样的天气正好。可以围炉读书。书是古书，可以是《诗经》，也可以是《楚辞》。在纸上墨间，就可穿风度云，去了墨上的青城。那里有世间的至善至美。

在一个春和景明的日子，河畔采摘荇菜的女子，她挽着蓬松的发髻，明眸善睐，一个无意的背影，就惹了谁的情愁。

且唱清歌曲，以慰思慕心。

关关雎鸠，在河之洲。窈窕淑女，君子好逑。

……

曲调轻缓，悠扬，清远。

不知千年后的爱恋是否还有这样的一唱三叹，是否还有这样的婉转深情。

每一座山上都住着一个山鬼，从屈原生在楚国开始，背着薜荔、带着女萝的山鬼，乘着赤豹带着文狸去见她心中所恋的灵修。灵修不见，心思彷徨。即见灵修，载笑载言。我在墨上遇见的是楚时山鬼。如果有一日，我独去山深处，不知可否遇见烂漫情深的山鬼。

若是丢下书本，也可以在灯下学做一双千层底的棉鞋，或者只是看着，都觉得温暖也宁静。古老的旧时光就藏在一针一线的温情里。我在端看着李子枭在静美的画面里，以一张纸、一块布、一把剪刀、一碗面糊、一捧棉花，一针一线地纳着千层底的棉鞋，我的内心也在这样温暖的地方找到了自己来时路上的感动温情。心的宁和就在这些古老的苔痕一样的苍绿里。

我决定明天去楼上请教那位奶奶，她已做了许多双冬棉鞋。不过不是千层底的，那也无妨。

冬季的时光很慢，慢得可以数尽自己的心底事。可以是故里颓垣沧桑却依旧泊着灵魂的归处，可以是千帆过尽之后的空空眺望，可以是诗里人间、词里天上的心思百转，可以是烟火流转里的悲欢事情意长……雪花未落的时候，是雨，是晴，是光秃的枝丫遮不住远山的朦胧。雪花落时，是春来，是花开，是疏影横斜，是暗香流转，还有一痴缠踏雪人。

雨还在落着，我在看雨的迷离荒芜，茫茫四空沉郁着青黛的色调，唯有温暖的炉火可以与它相持。我希望雨落着落着，就飞成了花，飘成了雪，白了相思，也解了肠深。

在江南的冬季里，雪不落，梅不开，春不来。画一张九九消寒图，梅有九朵，朵朵有九瓣，梅花开遍，春已如烟柳生。

铜草花

朱永宽

我们古铜都有着 3500 多年的青铜历史，曾经以铜立市。2019 年 9 月，市政府决定在主城区东南侧毗邻大铜官山公园建立"铜草花"主题公园，目前景观建设工程已经进入设计阶段。听到这一消息，我们老矿山人的心情都很激动，几十年我们与铜草花做伴，没想到这个"长在深闺人未识"的小天使，竟然能冠冕堂皇地登上大雅之堂迎接四面八方人民群众的青睐。届时铜陵市"铜草花"主题公园，将成为我们古铜都乃至中国独特的一道靓丽的美丽风景线。

几十年的矿山生活中，我们矿工与铜草花有着不解之缘。40 多年前我在凤凰山矿宣传部门工作，有一天下午，陪同有关部门的人员来到凤凰山东侧的万迎山，察看评估矿山大爆破造成的损失。在这里，且不说这里曾留下了我们祖先冶炼铜矿的矿渣层和几块薄薄的印纹陶，不说那千年风雨飘摇中残存的古采矿遗址，也不说 20 世纪 70 年代夺铜大战那大爆破留下的巨大坑口，单说那遍地开着的深蓝色的小花就使我驻足良久。只见它密密匝匝地匍匐在厚厚的矿渣层上，蓝艳艳地摇晃在早已封闭的矿井边，高不过五寸，微风吹拂倒卧在荒凉的小丘上，把根紧紧地扎进矿石的隙缝里，向我们展示那蓝色的喜滋滋的微笑。

这不是铜草花吗？同行人中有当时在矿山安全部门工作的考古爱好者朱益华先生，他说山里这是一种特殊的野草，能从土里吸收铜，花能提炼铜，人称"铜草花"。益华先生扯了路边一株小花轻轻地呼唤着。我情不自禁地蹲下身子，深情地摘了一株小花端详，顿时觉得自己的知识太浅薄了，甚至于无知。在矿山工作20多年，曾经拜读过铜陵文联出版的《铜草花》的诗集，我也多少次读到讴歌你的文字，却多少次与你擦肩而过，无缘感受真实的你，目睹你的音容笑貌。

铜草，今天才见到了你，认识了你，却不料你是这样卑微，这样微不足道。稍不注意人们还以为你开在荒凉的小丘上的一种名不见经传的小野花。人们走过你的身边，连看也不看一眼，甚至会把你踩在脚下，践入泥泞。

铜草，我今天才认识了你。你这么执着地留恋脚下嶙峋的石块，你经受了狂风暴雨的侵蚀，毅然昂首蓝天。铜草，是铜矿石的养分滋养了你，是古老的雄风抚摸了你，你茁壮峥嵘，舒茎展叶，繁衍生长。蓝色的花茎，蓝色的花冠，还有你那蓝色的孤独，蓝色的微笑，把生命和爱情揉进了你那不屈不挠的湛蓝的灵魂！也许是我们的祖先冶炼铜矿石时洒下的汗水所凝成，你才世世代代散发出蓝色的火焰吗？

我在《辞海》中查找，没有找到铜草这个词条。百度搜索，有关资料记载：铜草花学名香薷，外形像牙刷，又称牙刷花。它是地球上已知独有的能够比较准确地显示铜矿藏位置的特色植物。在古代探矿技术不发达的时候，人类依靠它的指引来开采铜矿。

铜草花是盛产铜矿的铜陵最具铜文化韵味的植物，以前遍布铜官山、笔架山和凤凰山的万迎山药园山等矿山。现在已经不多见了。我现在才明白，为什么只有在铜矿石的地方才能生长，你生长的地方必定有铜矿石。铜草花，你那么无怨无悔地生长在贫瘠的土地上却默默无闻，原来你把生命托付给了铜矿石，与矿工一起分享日月星辰喜怒哀乐。

我站在万迎山上，鸟瞰山下一排排框架结构的房子，这里居住着我们的矿工和他们的家属，他们深深懂得只有靠自己勤劳的双手才能缔造幸福的生活，他们夜以继日地奋战在地球深处，像铜草那样恋着矿山。望见这些朴实无华勤劳的矿山的主人，铜草，我才真正懂得了你。

谁也不会想到，这种小花竟然引起人民共和国伟领袖的注意。与我们铜陵地理坐标的经纬度相同，地处长江沿岸的湖北大冶铁矿的山上到处盛开着铜草花，一团团、一簇簇，天蓝色的、紫红色的，令人心旷神怡。1958 年 9 月，铜草花开得特旺盛，迎接毛泽东主席的到来。9 月 15 日，毛泽东主席一下车就问陪同的同志："这里有没有铜草花?"毛泽东主席学识渊博，知道铜草是喜铜植物，长铜草的地方，地下面一定有铜矿。毛泽东主席一问铜草花，工人师傅马上跑去摘来一束，毛泽东主席一边观赏铜草花，一边说："矿里有铜，开一个矿等于开几个矿，综合利用就好。"

　　毛泽东主席视察大冶铁矿已经过去了几十年，矿山人永远铭记他到矿山的那一天，除了在黄石国家矿山公园竖立 9.15 米高、58 吨重的毛泽东主席石雕像，经常瞻仰外，每当铜草花花开的时候，老一辈矿山人就想起毛泽东主席到矿山视察的那一天——9 月 15 日，就会到山坡摘一把铜草花，摆放在毛泽东主席画像前。

　　中国几代的矿山工人都是用这种最原始的方法，来表达对党和人民领袖的浓厚感情，铜草花也生机勃勃、永不枯萎、芳香四溢、暗香浮动。

登泰山

金 忠

泰山是集美丽的自然风光与丰富的文化内涵于一体的山。有人说它是"一览众山小"的高山，有人说它是"祭天封禅"的帝王山……我觉得登泰山要找到自己、找到真正属于自己的感觉，那才算没白来。

年轻时几次路过泰安市，想登山又没登。不是怕累，而是怕登山看不到自己想要看到的自然风光，感受不到自己想要感受的文化氛围。退休后心境更平和了，2022 年秋天我跟水露云间户外群夜登泰山，希望能看到日出，能领略到帝王之山中具有平民色彩的文化。

为了看第二天早上的日出，我们头天晚上 10 点半开始从泰山最低处的红门景区入口开始登山。当地人告诉我们，这条路上山下山加起来大约有 17 公里，夜路登山一般要四五个小时，慢一点要 6 个小时。黑夜里我们拾级而上，借助手电筒，依稀看到了著名的人文景点"孔子登临处"。心里猜想，孔子当年"登泰山而小天下"走的也是这条步道吗？沿途还隐约看到了斗母宫和一些摩崖石刻，大概是在早晨 4：00 之前我们到达了山顶。我们从昨天晚上 7 点到现在不知不觉已经连续 9 个小时没吃东西了，我的内衣已经汗透，山风一吹又冷又饿，但心情很好，现在离早晨 6：10 左右的日出时间还有 2 个多小时。

日出是泰山著名且壮观的自然景观之一，古代人崇拜东方，泰山是中国东部地区最高的山，是第一时间看到太阳升起的地方，也是人与天最近距离沟通的地方。古代帝王到泰山祭天封禅，其中有一项内容就是炫耀"皇权天授、威凛天下"的意思。早晨6点不到，气象塔下面的观日广场就聚集着数以千计的人在等待日出，我也在。大约6点10分，在天际划出了一条几十公里长、以红黄蓝为主色调并夹着其他各种色彩的色带，手机拍摄要用全景模式才能把这条长长的色带收录镜头。色带在太阳快要出来的地方拱起了一个巨大的弧，像是一个巨大的彩虹门。接着是一个丁点大的红点（因摄温原因，太阳在镜头里是白点）往上蹿，霎时间天红了，山红了，人沐浴在红色的晨光里。泰山日出最显著的标识就是那块拱北石，角度选的好，就能看到太阳从石缝里喷射出的万道光芒，漂亮极了，仿佛在演绎着孟子赞美孔子的一句话："日月有明，容光必照焉……"什么意思啊？用现代汉语表述就是"太阳、月亮有光辉，必然照亮每条缝隙的……"

我跟一位朋友曾经聊过一个观点：在电子通信和摄影技术高度发达的今天，游记很难写。因为自然风光常常就是"形象的直觉"，再简洁再优美的语言也不如几张照片或一段视频或者一个延时摄影来得直接清晰明快好看。我想这大概也是融媒体具有强大的生命力并迅速崛起的原因吧？

石刻是泰山的显著特色。泰山的石刻和碑碣，真草隶篆诸体俱全，颜柳欧赵各派毕至，所谓"集中国书法艺术之大成，乃中国历代书法及石刻艺术之宝库"者是也！看过日出我们就从观日广场向玉皇顶漫步，这途中有许多震撼人心的巨大石刻，如"五岳独尊""擎天捧日""与国咸宁""体乾润物""置身霄汉"等，玉皇顶还有"古登封台""泰山极顶"等出自皇家的笔迹，我们一路走一路看一路聊，还有意去寻找"一览众山小""虫二"等石刻。我心里明白这些石刻都蕴含着深厚的传统文化，都潜藏着传说和故事，有的还透露着"三皇五帝神圣事"，虽然震撼人心，虽然穿越千古，但是艺术毕竟是作用于个人心灵的。艺术之所以是"艺术"，就是因为它有时能为一个字的取舍而锱铢必较，看重世俗所看轻的；有时候又视金钱如粪土，摆脱利益羁绊，看轻世俗所看重的。我已经退休，面对这些宏伟庙宇壮观石刻神圣史迹心里木木的，什么内容的石刻，怎样的题字才能表达此时此刻我的心境呢？出了南天门是一条宽阔的石阶下山路，我们依然边走边看，接近中天门时有一个全石结构的亭子,有人坐在里面歇脚。亭子看去很一般,叫"泰山观瀑亭",看点是柱子上的楹联,里里外外有 5 副,其中一副引起了我的注意。

> 风尘奔走,历经艰辛思跪乳;
> 因果研究,积成功德敢朝山。

这副楹联的款识是"宣统元年梅月吉日,玉田士隐刘振声撰并书"。

不知什么原因,看着观瀑亭石柱上的这副楹联,心里陡然起了波澜,感觉它表达的就是我此时此刻的心境!我想到了自己的母亲在世时对我的养育教诲和殷殷期望,想到了自己在职业生涯中始终坚持积极工作、努力奉献的意义,似乎也找到了年轻时不敢忘情山水以致多次路过泰安也没有登泰山的原因……

记得 2014 年有一天,我跟一个朋友一道吃饭,那时他父亲去世不久,我母亲也刚过世。看着饭菜他说了一句我至今都忘不了的话:"早知道老人这么快就走了,我一定会请几个月的长假,好好陪陪他。父亲去世前,特别恋我。"他说话时,我从他眼里闪动着的泪花中看到了我自己的酸楚,真所谓"心有戚戚焉"!

在观瀑亭前我盘桓了很久,艺术,就要触动人的灵魂,就要引起观赏者的共鸣。我不知道刘振声是谁,在泰山景观中,观瀑亭也谈不上雄伟壮观,但是,这副楹联却深深的楔进了我的记忆。

快到一天门时已是午后时分,我又清晰地看到了红门附近"孔子登临处"的石坊,这是明嘉靖年间修建的四柱三门式跨道石坊,沐浴在阳光下,古藤掩映、典雅端庄,石坊两侧分立着两个碑,东边的是明嘉靖时济南府同知翟涛题的"登高必自"碑,西为巡抚山东监察御史李复初题的"第一山"碑。北侧为两柱单门的"天阶"坊,额题是"孔子登临处"五个大字,柱子上刻的楹联是:

素王独步传千古

圣主遥临庆万年

翟涛题的"登高必自"是什么意思？我一时想不起来，同行的驴友有文化，解释说，这句不完整的话，借碑谐音。语出《中庸》："君子之道，譬如远行，必自迩；譬如登高，必自卑。"

中国古代文人有"代圣人立言"的雅好，把这句话刻在"万世师表"孔夫子的名下，真是恰到好处！远行，要从最近处开始；登高，须从最低处起步。这是一种教诲，讲的是做人做事最基本的态度和方法，这不也正是我辈在生活和工作中尊崇的态度和方法吗？《中庸》把它提升为"君子之道"！

在八宿的夜晚

吴福堂

随铜陵"行者自驾·拉萨朝圣之旅"车队从云南进入西藏的第三天，我们按计划在昌都市的八宿县入住，晚餐自理。这里海拔已有 3200 米。身体没有出现传说中的"高反"，我有点自得。奔波了一天，本想晚上饮点小酒解乏。可领队一再告诫，不要喝酒，不要做剧烈运动，以免影响团队第二天的行程。任重道远，更艰难的征途还在后面。团队活动，遵守纪律是最基本的素质。好吧，听从指挥。

既然不喝酒，晚餐就简单点。不敢寻觅美食，怕它们把压抑住的酒瘾给勾上来。于是就在宾馆附近随便找了一家小餐馆，草草吃了一碗牛肉拉面。入睡时间尚早，有车友邀我去附近的居民区转转。日行几百里，在车内蜷了一天，腿脚都快僵了，甩甩腿正好可以放松。便欣然应允。

暮色初临。沿着一条细窄的"村村通"公路，我们向住房集中的地方前行。村口是一座学校。几栋平房合围成一个四方的院子。校门前竖有国旗，入口处有门卫把守。我们在墙外向里面观察：大多数教室是黑的，学生宿舍的灯基本亮着。一间像礼堂的屋子灯火格外通明，这里聚集了 100 多人，人声喧哗。有大人，也有孩子。台上，一个教师模样的人正在慷慨陈词。这场景，我估摸是在开家长会吧。台上的老师（或校领导），声嘶力竭，像是在训斥；台下的家长和孩子大多则交头接耳，纪律有点乱。他们说的都是藏语，我们趴了半天墙根，一句也听不懂。

正要离开，一个 10 多岁的小女孩迎面过来，主动与我们打招呼："叔叔、阿姨，你们是从哪里来的？"借着教室窗户射来的灯光，我打量着她，小女孩学生装束，背着书包，戴着一顶太阳帽，帽檐压得很低，遮住了差不多半个脸。光线有点弱，眉目看得不是很清楚。虽然没穿民族服装，并且说着汉语，但看她的长相，基本可以断定是一位藏族女孩。"我们从安徽来，你知道安徽在哪里吗？"我答完以后反问她。小女孩摇摇头。我跟她解释说："你们课本上有中国地图吧，我们国家的地图像只大公鸡，安徽就在'鸡肚子'那里。"小女孩笑了，露出两排洁白的牙齿。

"你是这个学校的吗？里面在开会，你怎么不参加？"我好奇地问。她说，开会的都是寄宿的学生和他们的家长，家住镇上学校附近的学生不用住校，晚上回家睡觉。

"天都这么黑了，放学这么晚？"我的好奇还在继续。她告诉我，晚饭在学校吃，做完作业才回家的。

"吃饭要不要交钱？"

"不用的，一天三餐都在学校吃。"

"学校的饭菜好吃吗？"

"好好吃，比家里的好吃。"小女孩一边点头，一边还用舌头舔了舔了嘴唇，一脸满足的样子。

"那你们可比我们内地的小朋友还要幸福。我们家的孩子上学都是回家吃饭。"身边的车友有点羡慕地说。

我们交谈正欢。这时，又陆续凑过来三个小女孩，个头一个比一个矮。她们也是刚放学回家，分别上小学一二三年级。我们和她们一一招呼寒暄。她们见到陌生人，也格外兴奋，天马行空地问了我们好多问题。出于爱好摄影的习惯，我下意识地掏出手机，想抓拍几个镜头。谁料那个起先与我交谈的女孩突然用双手捂住脸，迅疾地躲到路边的一辆泊车后面去了。一面躲还一面叫："叔叔不要拍！叔叔不要拍！"那极不情愿的声音，像是受了惊吓一般。几个年龄小点的女孩也仿照她，像小鸟一样"唰"地躲闪开了，且都用双手蒙住了脸。

只是拍照啊，难道冒犯了什么民族禁忌？我一头雾水，又有点不甘地："你们不要紧张，叔叔是摄影家，一定会把你们拍得很好看，保准让你们开心。"

可她们一点不通融："不行的，不行的，学校要求我们，不许随便让陌生人拍照！"原来是这样。我只好作罢。见我收起手机，女孩们才放心地慢慢又围拢过来。

我和同行的车友私下议论，学校为什么这样要求孩子？我从一个新闻人的职业揣摩，可能是西藏这地方比较敏感，常有别有用心的西方记者进行歪曲性的恶意报道。不让陌生人随意拍照，或许就是为了防止"挖坑"采访吧！车友说："老师也有可能是担心某些人擅自把孩子的照片晒到网上，或者用于商业宣传，这都会对孩子成长产生不利影响。"不管出于什么原因，我们都相信，学校的要求，肯定都是从爱护和保护学生的角度出发的。

夜色越来越深了。这时，其中一位女孩的家长骑摩托车路过这里，他用藏语与自己的孩子嚷嚷了几句，大约是催她早点回家吧。我们友善地与家长点头示意，他笑了笑，挥挥手，一踏油门先行离开了。

"阿姨，我给你取个藏语名字好不好？"个头大一点的女孩，与我们的女车友有一种天然的亲近，主动提出这个建议。"好呀，好呀！"女车友喜出望外。小女孩歪着脑袋，沉思了一会儿，说："那你就叫泽娜卓玛。""泽娜卓玛，好好听哟。"女车友开心地学念着，重复了好几遍。我假装吃醋地要求："快给叔叔也取个藏族的名字。"个头最小的女孩子像是准备好了似的脱口而出："你叫洛桑茨仁。""洛桑茨仁，洛桑茨仁。"我反复学念了几遍，想拼命记下来。我不知道这个发音在藏语里是什么意思，但出自天真无邪的孩子之口，我笃信，它的喻义一定吉祥美好！

"你好，泽娜卓玛！""你好，洛桑茨仁！"我和女车友相互之间用名字打趣。不标准的藏语发音，惹得几个女孩笑成一团。

该打道回府了。女车友意犹未尽，临别，又让几个女孩子再教一句藏语"再见"怎么说。"庆拢卓""庆久 bia""嘎莫斯得悠久 bia"，几个女孩一下子给出了好几个答案。

"这些都是再见的意思吗?""是的,是的。""那好吧,谢谢你们!庆拢卓,庆久 bia,嘎莫斯得悠久 bia!"我们笨拙的学舌,惹得女孩们笑个不止,前俯后仰、东倒西歪的样子,像被春风吹拂的几株小树苗。

趁她们不注意,我还是没忍住,悄悄取出手机,抓拍了几张图片。光线有点暗,图像有点虚,但这又何妨。我知道,此刻,孩子们的开心笑容,是发自内心的,是灿烂的,明朗的,它足以打动我,感染我,并且,会让八宿这个温馨的夜晚,在我心中留下深深的烙印。

孩子们,请原谅我的冒昧。我要把你们的笑脸定格在手机里带回家。你们要相信,在中国地图"鸡肚子"方位的"安徽",一个叫"洛桑茨仁"的大叔,衷心地祝福你们,永远这么快乐下去!

行走在青藏高原

吕达余

3月初游西藏，有人说不好，天寒地冻的，南方人不适应。从青海西宁登上到西藏拉萨的列车，沿途果然雪山皑皑，草原一片洁白，不少冻河凝流，一片西域的苍茫。时见牛羊在雪地中觅草，引得旅客们惊呼起来，纷纷拿出手机拍照。

第二日的清晨，因为时差的关系，天色尚黑，拂开列车的窗帘，在车站车灯的映照下，见雪花密集纷飞。我吟了一句诗："胡天八月即飞雪，绵延三月还未歇。"见到这般的景象，不能不想起古代边塞诗人的诗句。唐诗人王之涣的《凉州词》就说："黄河远上白云间，一片孤城万仞山。羌笛何须怨杨柳，春风不度玉门关。"春三月，在南方已经是春意初现，而在青藏高原却没有一点春的迹象，依然沉浸在隆冬的氛围里。就在这些寒冷荒凉的土地上，古代的戍边的士兵，却有着自己的豪迈："青海长云暗雪山，孤城遥望玉门关。黄沙百战穿金甲，不破楼兰终不还。"这是唐诗人王昌龄在《从军行》中所吟。而唐代著名的边塞诗人岑参，在他的《白雪歌送武判官归京》中，对北地风物与人情的描绘，更是十分生动而感人的。"北风卷地白草折，胡天八月即飞雪。忽如一夜春风来，千树万树梨花开。"虽然春风不度玉门关，且将零乱雪花作梨花吧。至于戍边官兵的艰辛，在诗中更有生动表现："散入珠帘湿罗幕，狐裘不暖锦衾薄。将军角弓不得控，都护铁衣冷难着。"有军中人归去京师，留守者送别之情甚是难抑："轮台东门送君去，去时雪满天山路。山回路转不见君，雪上空留马行处。"中国的版图能有今天之辽阔，历代戍边官兵是功不可没的，多少人的身骨埋入黄沙雪域，成为长安城中春闺梦里人。

　　不过今天青藏铁路的通车，却将古代西域与内地遥远的路途，变得数十小时即可抵达之地。听说唐文成公主远嫁西藏吐蕃王朝赞普松赞干布，从长安城出发到达拉萨，进藏行程历时竟达 2 年之久，在今天真是不可想象之事。今天这条铁路被汉藏人民称为"天路"，歌唱家韩红高亢的歌唱使之为人们广为传颂，这真是汉藏人民幸福与团结的"天路"呵！青藏铁路分两期进行建设的，一期工程东起西宁，西至格尔木，1958 年开工建设，1984 年 5 月通车；二期工程，东起格尔木，西至拉萨，2001 年 6 月开工，2006 年 7 月全线通车。沿途建设了 34 座车站，像 34 颗明珠将内地与西藏联结起来，国家用于西藏发展的重点物资绝大部分通过这条"天路"运送的；旅游业现已成为西藏的主要经济支柱，而这正是得益于这条"天路"的开通。青藏线海拔 4000 米以上的地段占全线的 85%，年平均气温在 0℃ 以下，大部分地区空气含氧量只有内地的 50%—60%，被称为人类生存极限的"禁区"，可见这条铁路的建设与日常维护之艰难。曾经有一位美国旅行家保罗·索鲁在《游历中国》一书中写道："有昆仑山脉在，铁路永远到不了拉萨。"中国建设者的努力，让这位预言家的话成为笑柄。当我们沿途观看着唐古拉山与可可西里优美的西域风光，不能不由衷地向"天路"的建设者表示崇高的敬意。

　　进藏一游自然览胜甚多，曾在微信朋友圈做过发布，算是一种有益的分享吧，引得不少朋友的惊羡与赞美。布达拉宫的雄伟庄严，林芝地区的小江南风光，羊卓雍湖的浩荡碧色，还有路途不时可见的草原湖泊，都给我留下了很深刻的印象。但给我以震撼的还是西域的雪山。自从登上西去的列车，从车窗向外不断望去，一帧帧雪山图不时掠过眼帘，用手机与单反拍了很多图片。辽远的蓝天下，雪山上总是飘浮着洁白云朵，像一幅挂在天空的大幅油画，让人心怀空阔与明净；而在铅灰的天空下，雪山则更显得苍远，绵延的雪山轮廓，给人一种凝重之感，色调呈现水墨画的效果。到了去观看雅鲁藏布大峡谷，与在车窗里看大小雪山不同，雪山是真切切地呈现面前。这里的雪山雪线低，而且终年不化，其山峰或尖如铁锥，或薄如刀锋，或敦厚如塔，一座座相连丛立。山峰一派晶莹洁白，旗云在山顶飞扬，在蓝天的映衬下，甚是赏心悦目；至于连绵的山峰，则高低错落，雪光耀目，太阳勾勒出刚硬的线条，很适合作画和摄影。在拉萨的酒店里的墙壁上，我就看到不少这样表现雪山的摄影作品。青藏高原雪山是很多的，在西藏游览行程中不时有雪山进入眼帘，左右环顾，览胜不尽。我不时打开车窗，将单反镜头伸向雪山，将雪山拉入自己的眼前，而我的心灵也在为之震颤。

众多雪山是西藏大小湖泊的来源，雪水形成的湖泊真的与内地不同，那水流远望碧如翡翠，近看清澈见底，在平坦的地面蜿蜒行进，漫流在西藏这片辽阔的土地上，养育着历代的藏族人民与培育着藏族的民族文化。所以，雪山在藏族人民心中都是神山，湖泊则是圣水，是顶礼膜拜而不容亵渎的。其实青藏高原的雪山，也是整个中华民族主要水系之源，长江、黄河这两条祖国的母亲河，其源头皆可上溯到青藏高原。今天，我们终于来到这两条大河的源头，见其源流之清澈，不禁令人感慨万端。当青藏铁路将内地的人流与物流载入西藏，我真有点担心时间久了会不会污染这片圣洁的土地。现代文明发展的轨迹延伸到那里，几乎就将环境污染与文明同化带到那里，这是不容否认的一个事实。世界上很多古老而传统的文明，都是在现代文明的侵蚀下趋于消亡的，使这个世界日益显得单一与物质。我想我们是不会走这个路的，我们应该保护好这片藏族人民心中的神山圣水，还有这里的民族文化，为我们中华民族文化保留一种多样性。所幸运的是，在我来到的这个时刻，西藏几乎还是原本的西藏，这里还有着1300年前的布达拉宫，还有着香火鼎盛的唐代大小昭寺，还有摇着转轻筒、捻着佛珠、念着佛经的信众，还有公园里围拢着跳着锅庄舞的人群……面对这片神山圣水与古老的文化，我们这些所谓现代人，应该弯下自己的腰身。

据说，西藏现存寺庙有1700多座，藏族人民70%信奉藏传佛教。在西藏林芝市游历时，导游带我们进入一藏家访问。主人是一位30多岁的卓玛（藏族人称女性统为卓玛，男性统为扎西），主人向来宾道一声"扎西德勒"，给每一个人献上一条洁白的哈达，并请我们喝家制的酥油茶。在游著名的大昭寺时，藏族人礼佛场面十分盛大，在大昭寺广场前，伏满了叩长头的信徒。

长头动作幅度比较大，先是双手合十于胸，身体向前笔直伏倒，然后人在地上双手前伸，再收膝起立继续进行。

藏族人以和善为人生指引。他们多数心灵善良，性情纯朴，没有心机。本次旅行第一天到达拉萨，在一家宾馆先行住下。为减缓游客的高原反应，根据地方导游的精心安排，先去低海拔地区游玩，第二天即赴林芝市游览，两天后重回这家宾馆住宿，再游览拉萨市周边高海拔地区的风景。为避免旅途劳顿，导游建议除日常需用物品，大件行李可寄放在这家宾馆。寄放时不收取任何费用，大堂服务员只是吩咐将行李自行放于服务台内，没有任何凭条与收据之类，也没有专人进行收存与盘点。两天后我们回来，各自在原处拿回自己的行李，没有人来过问与盘查，也没有短缺与错拿之事。我们原是有几分担心的，现在将担心都收了回去，不由赞叹这里的民风古朴。同样的一件事情，管理在内地要比这里严谨得多，寄存行李必须是有凭条的，以保证不会互相拿错；必须要有专人管理，专门场地封闭存放的，以免客人的行李被盗。然而在这个地方，事情竟然变得这样的简单。我们原本复杂的思想与顾虑，在这里竟然全成了无事自扰。我想起了一个词，叫轻松。在这里生活的人，是轻松的。在西藏高原上行走，你看到藏族人行走是悠然的，步履缓慢而且头颅微低，几乎看不见挺胸拔背、快步行走的人。这与内地的景象形成巨大的反差。我不是劝导人们信奉宗教，我只是想说，人要有信仰，有敬畏，有戒律，并视人生精神的满足高于物欲的满足，把物欲的满足看成是低下的，那么，我们的心灵也许会更为自由，人际关系会更为和谐，生活本身会更为简单。

久违的江南牡丹园

周　庆

江南的春天像任性刁蛮的公主。

当大地还在冬眠中沉睡，它冷不丁地从寒天雪地里跑出来，对你报以火热的温存，忽然又转身将冷若冰霜的孤傲甩给你，让你欲罢不能，却无可奈何。

如此三番五次地折腾之后，小公主逐日长成，雍容贵淑之气日趋丰盈。

牡丹花就要开了。

江南的牡丹花开得早，约在清明之前。

无论怎样的春雨绵绵，无论怎样的春寒料峭，只要天一晴，春光立刻就明媚起来，暖暖的春意中，目之所及，到处是花枝招展，姹紫嫣红。

此时，估计牡丹园的花已经开到七八分了。

昨天晚上，牡丹书画院的杨老师通知今天上午去牡丹园写生，我当即收拾好全套家什。说实话，我对这次活动颇有几分期许。我在天井湖公园工作过，对牡丹园是熟悉的。

江南牡丹园，偏安于天井湖公园的一角，养在深闺，只有花开季节才对外开放。其贯以江南之名，绝不是为了哗众取宠。

园子建在一个小缓坡上，面积有 10 多亩，栽的多是宁国的品种，少许洛阳、菏泽品种，显得色彩斑斓。在这里，宁国品种的适应性好，比较耐温湿。洛阳、菏泽的品种表现差强人意，似乎只能开上一两季，数年后就要退化，只能做些搭配了。

而铜陵本地的凤凰山一带所盛产的凤丹，开白色单瓣花。当地药农为了养根，每到花期，都要将花蕾掐掉，防止养分流失。《本草纲目》里有记载，说最好的丹皮就产生凤凰山。当地人一直呼凤丹曰丹皮，并没有跟牡丹联系起来。

20世纪90年代初的这个季节，林科院的洪涛教授来此搞牡丹种质资源调查，特意考察了凤凰山的凤丹。洪涛教授是植物分类学家，一眼就看出这是紫斑牡丹品系。他解释说，凤丹花瓣的基部呈紫色，与甘肃临洮、陕西延安、河南洛阳、山东菏泽的牡丹都有亲缘关系，而且白色单瓣是保留了原始性状，实际上很接近野生种，在遗传育种方面有很高的科研价值。

洪涛教授当时是带了两个外国专家来考察的，其中一个是国际树木学会的副主席，意大利人，年龄很大了；另一个德国人大概是植物摄影师，比我年轻。还有一个是中信公司的于经理，全程陪同。这个项目是中信公司资助的，当时中信公司的老板是荣毅仁。

于经理比我大不了几岁，但他当过驻法使馆的武官，英语和法语精通，实际上兼任翻译。

洪涛教授一行在铜陵逗留好几天，离开的时候，接待办特地安排了一号接待专车送行，而我被指定一路随行。

这是一部丰田面包，很宽敞。司机是部队汽车连转业的，技术非常娴熟，即使在七拐八弯的坑洼密布的马路上，车也跑得十分平稳顺畅。中午到达芜湖，在五香居吃饭时，德国人比画着手握方向盘超车的样子，嘴里学着喇叭叫，向师傅跷大拇指，逗得大家哈哈大笑。

我也试着用蹩脚的英语和他们交流，紧张得语无伦次。于经理鼓励我，说德国人和意大利人的英语也不怎么样，彼此彼此。我顿时胆大了许多。

过了长江轮渡，翻过太湖山，到巢湖银屏山脚下，已是下午四五点钟。

银屏山的牡丹长在悬崖上，记载有400多年的历史。这株牡丹的神奇之处，在于每年开花的朵数能预测当年的旱涝，实践证明十分准确。至于这么高的峭壁，花怎么种上去的，传说颇为神奇。

看花的人很多，还有善男信女虔诚地敬香许愿。两个外国专家很兴奋，长炮对着半空中的仙子一顿猛拍。我和于经理试着数花朵，但距离太远，肉眼无法分辨，更弄不清是单瓣还是复瓣。

还是洪涛教授经验丰富，他直接走到悬崖的底部，想找一找有没有花瓣落下。旁边一个工作人员似乎看出了洪涛教授的意图，上前来问他要不要看花瓣。洪涛教授连声说是，工作人员就引我们进值班房，拿出一个蓝布包，摊开来，里面是用草纸小心包好的花瓣，白而润，象牙的质感。他问我们要不要买，于经理说可以买。但洪涛教授说保存不了，能不能让我们拍一下？工作人员很爽快地同意了。于是，又是一通咔嚓声，德国人更是找角度让工作人员不断地变换姿势。工作人员很配合，也很开心。那时，能看到老外很稀奇。

准备上车出发的时候，德国人看到一个扎着羊角辫、穿花衣服的小姑娘，就蹲下身，举着镜头凑到她脸上，可爱的小姑娘猝不及防，被吓得一激灵，哇哇大哭。他胡子拉碴，几根稀疏的黄毛在山风中乱飘，在夕阳的逆光下像个野人，狰狞可怕。我们哈哈大笑，赶忙向小姑娘的家长道歉。

一路颠簸，到合肥的时候已经8点多钟。省林业厅的周厅长在等我们吃饭，可惜原来预订的饭店下班，只在小巷里一个极简陋的餐馆里凑合了一下。

有了洪涛教授等国内国际权威的背书，铜陵牡丹的知名度很快提高。政府很想在牡丹产业、牡丹文化方面做些文章，于是申请了中国花协牡丹芍药分会年会的主办权。

这个建在天井湖公园里不大的牡丹园就忙碌起来。

首先是土壤改造。原来的黏盘黄棕壤一筐一筐运出去，凤凰山的沙土被一筐一筐地运进来。

其次是白蚁防治。挖出白蚁的老巢，再挖走招白蚁的香樟树林。

为了彰显牡丹文化，一尊汉白玉雕塑的牡丹仙子从河南南阳千里迢迢地被运过来，安放在牡丹园的中心位置。雕塑3米多高，在安装过程中，辘轳的麻绳断了，把仙子的脸部身体摔裂了。虽经修补，但仔细看还是能发现隐约的裂纹。

布局既定，地形整理好之后，凤凰山的凤丹被从农家移植进来。专家们认真精选比对，整理出了本地品种有 11 个，开起来白茫茫一片，普通人根本无法区分。

既没多样性，也缺少美感。

于是，有人提议再栽些芍药。芍药与牡丹同科，牡丹古称木芍药，但芍药的花期与牡丹不一致，要晚一个多月。这个意见被折中，腾出一小块地方种芍药，具体什么品种不得而知。

想增强观赏效果，还只能引进洛阳、菏泽的品种。

虽然费尽周折，但这次年会开得很成功，肯定了凤丹作为江南牡丹品种系列的基因价值，并做了决定，命名牡丹园为江南牡丹品种基地，授权天井湖公园为江南牡丹品种鉴定单位。还授权印制了专属申报表格，今后江南区域发现或培育出新品种，要申报鉴定单位予以审定。这些表格后来一直没用上，但江南牡丹园的称谓自此有了权威的解读。

在年会上，洪涛教授发表了他的研究成果，铜陵的凤丹在遗传育种上有着十分明显的优势。洛阳、菏泽的品种在长期的栽培驯化中，雄蕊瓣化、雌蕊瓣化、萼片瓣化，才形成重瓣甚至起楼。正因如此，结不了籽，只能进行无性繁殖。无性繁殖的后果，是品种逐步退化。这些品种在繁育的过程中，几乎都是用芍药作砧木嫁接完成的。但芍药毕竟是草本，嫁接成活率低，成苗后长势抗病性等也有问题。

自从证实了凤丹与这些品种的直系亲缘关系，洛阳与菏泽都开始从凤凰山采购大量的凤丹来作砧木。没想到，不仅嫁接成活率极高，品种长势良好，偶尔还有令人惊喜的变异。

更没想到，凤丹的适应性超强，不久之后，这几个地方凤丹的种植规模远远超过了凤凰山。

还有一个没想到，就是若干年后，南洋地区中成药销量急剧下降，丹皮滞销，花农的积极性顿时没了，许多花地改种了油菜，凤凰山漫山遍野的凤丹白变成了金光闪闪的菜花黄。

尽管如此，牡丹之乡的概念在铜陵人的脑海里已经生根发芽。牡丹花是国瑞，铜陵人以盛产牡丹为荣。江南牡丹园也被打理得越来越精致，专家们通过不懈努力，终于找到了宁国牡丹的供应源，而且这些品种的观赏性比起洛阳、菏泽地区的毫不逊色，不是搞栽培出身的人很难分得清。同样的花大色艳，是足以饱人眼福的。

牡丹是富贵花，是曾经的王谢堂前燕。如今栽到公园街头，已被人民群众喜闻乐见，从一个侧面反映了社会的巨大进步。

牡丹花期短，花事盛放、正式开园的时候，牡丹园里总是人满为患。

但这次牡丹书画院搞的写生活动，提前联系，赶在正式开园之前，所以开展得很顺利。

我自工作调整之后，已有许多年没来过牡丹园了，但对牡丹的喜爱却没有停止，甚至连评职称所撰写的论文都是以牡丹为题。

一个偶然的机会，我加入了牡丹书画院，从栽到学画牡丹，换了个姿势，依然致力于弘扬牡丹文化，也算初心不改吧。

中方寺桐花

何愿斌

霜降，重阳，落叶飘零，日子珍贵如黄金。

花山红了，比春天更盛。麻石条铺陈的上山路口，银杏这个黄毛丫头浑身通透，果实掉在地上，菱角一样白的杏仁袒露，无人撷拾。七只灰喜鹊匆匆飞来，鸣啾，落脚，弃去，落果纷纷，沾满砂砾，散发出果肉混合尘土的气息。

地生气，气育人，龙山凤水的大地上，中方寺曾是一颗明珠，明熹宗皇帝赐名，何芝岳相国、吴观我太史护法，高僧古心设坛，时"坛殿放光，五色霞彩直冲霄汉，夜明如白昼，三日不散"。举目仰望，霄汉在，云霞在，湛蓝的晴空下山色斑斓，呈现深秋向初冬过渡的断桥之美。保持仰望，你会发现，白云和青松相亲，枫林和岩石相亲，枯枝和残叶相亲，相亲是自然的常态。保持仰望，你会发现，圆溜溜的野柿子挂在枝头是美的，悬空荡悠的紫藤是美的，没有亲戚的水丁香是美的，美是瞬间的永恒。保持仰望，你还会发现，这无言厚重的沃土上方，始终有一片何其轻盈寥廓的白日青天。保持仰望，浮沉之心也会跟随山岚高处的苍鹰盘旋，搏击而不虚空。

拾级而上，百亩茶园正飘逸着淡淡的馨香，不是茶香，是茶花的香气。花山本茶是原生态有机茶，不施肥，不打药。白色的茶花朴素像我的童年，我在故乡的山巅摘过野茶，收集过栗色的茶果，我还写过山茶花的稚嫩小诗，淡淡茶香浸入了我的骨子，拾起它，我仿佛也是走在故园的乡道。一片亲近佛寺的山茶，幽深安静，它的茶香里必定多了一份禅心。

甬道两旁孔雀草盛开，像金色孔雀展开温暖的翅膀。在翅膀背后，在青山环抱中，中方寺闪闪发光。新建的大雄宝殿坐落中正，依山傍水，布局规整，屋脊如铁线，飞檐向蓝天。

这庄严俊美的建筑在自然面前又是谦逊的，一草一木嵌入其中，彼此包容，相互映衬，寺有树，树有花，花有草，草有石。"微风动宝树，朗月映花池。"天地有大美而不言，宛若龙池圣泉，四时不绝，可滋润五谷，可沉淀朗月。在花池周边，我寻觅到宝树，树形如柳，数枝并立，低处的叶片已经凋谢，从干瘦的枝条上抽出一簇簇稻穗，一半青葱，一半枯黄。据说这神奇的树种可以预测来年，五谷为丰，鱼蟹为歉，如果结出棺材，会预示灾患。诗云："种自西洋来，佳名五谷树。但看树婆娑，便知丰歉岁。"五谷树已有170年历史，它见证过的繁华和沧桑都已注入虬枝，融入初夏如雪的繁花。庚子岁艰，所幸宝树结出的依然是稻谷。民心祈愿，年年五谷。金龟殿建于龟石之上，掩映于翠竹碧林，阳光泼洒幽径。青青竹笋带着寒露，在冬天里生长。

伫立中方寺，"登山远眺，枞阳为案，大小龙为屏，鹿湖梅岭诸湖汇之，七十二螺点缀"。20世纪40年代，中方寺保存过安徽省立图书馆珍贵史料。20世纪50年代，最后的主持出走中方，不知去向。重建中方寺是近十余年的事，凝聚着一大批建设者的汗水和慧心。花山常在，明月常来。返程途中，我欣然看到一棵桐树，桐叶近干枯，而顶端的细枝上赫然绽放着数朵紫色桐花，花蕾昂扬，朵朵凌空。在向阳的山坡，一棵桐树忘却时令，将春天的花瓣带到秋天绽放。岁月的长河里，今日中方寺也是一朵幸运的桐花，绽放在秋日温暖的重阳。

花信风，花信封

黄琼会

　　这个春天和往年春天一样，也没有太多不同。立春过后，便开始阴雨连绵，过了惊蛰，依然乍暖还寒的天。前些天梅花还开得正好，可一转身就慢慢落了。只有风无处不在，一日大似一日。

　　不过，春天终是来了。它总在某个不经意的时候，悄悄降临我所在的城市——昨天清晨走在上班路上，突然看见那棵山樱，又静静地开满了花。那些粉白、素雅的花，仿佛一夜之间就醒过来，一朵朵乍然盛开，直缀在去年秋天就落光叶子的枝头，有种说不出的静美。

　　这棵山樱，临近一面灰扑扑的爬山虎墙壁，一年四季，老墙是它的邻居、它的映衬、它朝朝暮暮的知己。特别在秋冬季，它们都有一种灰色调的安静。这两年，我上下班的时候，总会经过这里。都说万物有灵且美，我想这棵山樱定是认识我了，当我一次次走近，它一定会感知到一个女子细碎的脚步，平静的呼吸，以及心底对它的那份珍爱，与怜惜之意吧。

　　单从这棵山樱身上，便可感知到四季轮转，时光更迭。比如今天这一树忽然盛开的粉白花朵，只要遇见，便是春天了。它，一下子点亮这隅灰色的角落，让人心生欢喜。山樱和杏花、迎春花、玉兰花一样，都是早春的花信。及至暮春晚樱盛开，它已经满树新枝新叶，且挂满一簇簇晶莹的小樱桃了。

　　相传民间，自古有"二十四番花信"的说法："自小寒至谷雨，凡四月八气二十四候。每候五日，以一花之风信应之……始于梅花，终于楝花。"也就是说，从小寒起，梅花是第一番花信，而到谷雨，最后一信楝花开罢，春天也就要过去了。此后便是立夏，盛夏即将来临。

你相信吗？每年的花信风，从小寒就开始了。却原来那最寒冷的季节，最凛冽的寒风里，竟然带着花的消息——这是一件多么美好的事情！我们的先人，真可谓诗意地栖居，将每一个日子，都赋予一种诗情画意的境界。生活不过简单的布衣蔬食，但不失清平田园之乐，且每一天都有花信至，都有花应时而开。他们总在最冷的时节，以一份执着柔韧的心、一份朴素浪漫的情愫，以一种我们今天梦寐以求的慢生活姿态，畅想着花事，静候着花事，对春天生发出满满的愿景。而那阴晴冷暖的风，那绵延不绝的雨，那落在梅枝上的雪，都是一种自然的好，都是季节与花信必不可少的一部分。

一番风来，一种花开。一候梅花，二候山茶，三候水仙……从小寒到谷雨，花信风就在这段时间里，一天天吹拂着，绵延着花开的消息，弥漫着诗意的芬芳——风有信，花不误，岁岁如此，永不相负，这样的风就是"花信风"。只是，不知是花应风而开，还是风应花而来，哪一个更有信赴约，莫失莫忘？

花信风，花信风，它从远古遥遥地吹来，又拂向未来的时光深处。花信风，花信封，原来所有花的信息，都装在风的信封里。如果今夜你的窗外，有风自远方而来，有雨在轻轻洒落，那风一定是花信风，那层层风声，是时光的邮差，为我们寄来春暖花开的消息；那雨一定是杏花雨，那细细雨点，总会激起我们内心有关江南的回忆或想象。这二十四番花信，是一面永恒的、不离不弃的风。它以梅花为封面，楝花作封底，其中一页页、一候候，无不贮满了花的信息，写满了光阴的美好与蕴藉。

没有一朵花，会错过自己的那番花信风。

这二十四番花信风，懂得所有植物的梦想。就这样一年年，坚守着与每朵花之间的约定，就这样带着二十四番等待、二十四番温暖、二十四番深情，一遍遍唤醒沉睡的花朵。如今我们，可否给自己一方安静，且听取花信风，来细述这四个月间的番番花事呢？

我知道，在明天清晨上班的路上，我还会遇见那棵美丽的山樱。那一树粉白素雅的花，宛若一纸旧信笺，总是那么安静无言，一如昨日从前的时光，与我不弃不离。

茶香满园

左克友

　　春姑娘，手持着季节的请帖，拖着一袭绿纱裙，粉面含羞地走来。绿裙染绿了柳叶，染青了茶芽。近看山花灿灿，远望花团锦簇。

　　又到了新茶上市，茶叶飘香的季节，晨起，吸一吸鼻翼，满是清香，我知道是茶叶香了，不觉心生一睹茶树芳容的念想。刚巧茶场负责人相邀，使欣然前往，来一场随心所欲的自行游。

　　沿着宽阔的水泥路，徐行 20 分钟，便来到了钱铺白山脚下——白山水库。站在人工堆积的水库大坝上，眼前美景尽揽怀中。放跟东望，远方的青山，整齐划一的村落，纵横交错的道路，浩荡的涧水构成了一幅绝美的油彩画；向西近观，水库中的水波荡漾，水色青幽，青光逼人的眼。水鸟自由滑翔，在水中玩起了芭蕾舞蹈，真有一种水天一色，群鸟齐飞的奇境。古老的水库大坝与远处穿境而过的合铜黄高速遥相辉映，是现代科技和古老人力杰作卜完美融合。如果说高速公路展示的是现代都市女郎的风采，那么水库大坝则有村姑掩不尽的娇羞。

　　"远山寒山石径斜，白云生处有人家。"进山的小路崎岖，曲折，爬起来也挺累人。好在小径旁古木葱葱，荫翳蔽日。树底下，溪流潺潺，叮咚作响，树丛中鸟声阵阵，婉婉动人。时不时一两株野花吐蕊怒放，香艳四方，一路劳累，一路风景，景美情怡，人在画中游。爬上半山腰，我大汗淋漓，一片开阔的茶园展现在眼前，从茶林里吹来的风，柔柔的、凉凉的，吹去了热气，带来了清爽。我稍憩片刻，便钻进茶园。

茶树上一颗颗幼芽探头晃脑正咧口嘴笑了。成群结队的采茶姑娘挎着竹篮，背着茶篓，慢步于茶树之间，心灵手巧，左采右摘，哼唱着醉春人的采茶曲。我同一个长相甜美的采茶姑娘交谈起来，问她累不累，她笑着说要说不累是骗人的，但我们用自己的双手创造生活，累并快乐着。这些采茶姑娘在绿意盎然的背景下，在悠长绵柔的采茶调里，是那样的健美和可爱。

茶场负责人发现了我后，热情邀我进屋坐坐。一进茶屋，只见屋内清香浓浓，沁人心脾，原来是师傅在做茶。我连忙散烟给做茶师傅，但都被他们拒绝。我不解，友人解释说，茶性很刁，怕烟味污染。在采摘和做茶过程中，工人们是不允许擦脂抹香的，以保茶叶之本味。做茶是一道技艺活儿，茶叶采摘后，要及时分拣、杀青、打把、烘烤，过程中既不能急于求成，也不能慢条斯理，方能制作出色香味俱全的好茶。将一撮茶叶注入杯中，用烧开的山泉水慢慢注入，将第一遍茶水倒掉，这时片片绿叶在水中上浮下沉，一股清香扑面而来。

钱铺白山茶园地势高峻，云雾缭绕，土质富有多种微生物，做出来的茶，茶色碧绿，茶味浓烈，愈久愈香。白山青峰现已成为茶叶行中一个响当当的品牌，一到茶叶上市季节，买者络绎不绝，产品供不应求。饮者纷纷赞到，白山茶叶，味浓而不腻，色清而不迷，香正而不妖，饮一口，神定气清。"白山青峰"享誉内外，这得益于乡村振兴战略，是实施一村一品战略的典范操作。

岁月如酒，壮怀激越；人生如茶，越饮越淡。羡慕做茶人，不如做一名品茶者，在茶中品出阳光，种进淡适，收获幸福。

第二辑

小 说

一碗没有葱花的面

何荣芳

1

咕噜咕噜咕噜，一只粉色的行李箱行进在四矿住宅区逼仄的甬道上，拖行李箱的女孩一身混搭装，过臀的白色短袖 T 恤异常宽松地罩在上身，细得让人担心的黑色铅笔裤紧紧地裹住双腿，灰色的棒球帽低低地压在眉毛上，帽下一头柔顺的长发被风撩得飞舞。

苗春回来了。

一会儿，六栋最西头的一楼庭院里，便响起了"母老虎"施青杏咋咋呼呼的惊叫和多少有点夸张的笑声。"我女儿回来了。哦哟，皮都晒脱一层了，怎么不知道打把遮阳伞？苗夏，滚过去，把电风扇让给你姐吹。春啊，午饭还没吃吧，妈给你做碗葱花面。"

苗春确实还没有吃，午饭时间是在动车上，动车上吃一份快餐的钱，能在学校食堂吃三餐。三餐的伙食费花在一餐上，不仅让她舍不得，还让她有一种犯罪感。下了火车，本来想买一个馒头垫垫肚子，想想坐半个小时公交车就到家了，还是忍了。

施青杏很快就给苗春端过来一碗面条，兰花海碗，袅绕着热气的面汤上，闪烁着几粒褐色的麻油珠珠和一层翠绿的葱花。食欲像蛰伏的冬虫被春雷唤醒，苗春立即坐到桌边拿起了筷子。但她很快又放下筷子，她想到了秦染染的建议，立即打开行李箱，拿出了做直播用的三脚架，架上手机，点开"多群直播"的软件，这才又坐到桌边准备开吃，尽量不把全脸露在镜头中。她轻声说："我回家的第一餐饭，我妈给做的葱花面……从小到大，我都爱吃这一口，如果我估计不错的话，里面还卧有两个煎蛋。妈妈自己和苗夏的面碗里从来没有煎蛋，为了方便辨识，妈妈总是在有煎蛋的碗里撒上细碎的葱花。久而久之，就养成了习惯。"苗春用筷子一划拉，果然两个姜黄的煎蛋露了出来，她夹起一个煎蛋，举起，想给一个特写镜头。

"我要吃煎蛋。"苗春刚要把煎蛋送到唇边，高大威猛的弟弟苗夏便扑了过来，一只手抓了苗春筷头上的煎蛋就塞进了自己的嘴里……

苗春站起身想换双筷子，苗夏的手又伸进兰花海碗里抓起了另外一个煎蛋，但煎蛋随即就被抛了出去，砸在白色墙壁上，留下一幅抽象画，啪地落到瓷砖地板上，而苗夏则捧着一只烫红的手，在地上极速地跳着，口中嘶嘶，只吸凉气。

苗春赶忙关了手机直播软件，看着碗里的面条，吃也不是，不吃也不是。妈妈施青杏早抢起了一把笤帚往苗夏的背上抽了两下，口里骂道："你是饿死鬼投胎的？你午饭没吃吗？"苗夏曲起一只胳膊挡开妈妈，弯腰抓起地上的那块煎蛋，猴急地塞进嘴里，生怕被别人抢了去。

施青杏只得给女儿重新做面。苗春坐在桌边，一手托腮，斜眼看着弟弟。17 岁的少年，有着一副与他年龄不相称的魁梧身材，短短的额头布满沟壑似的抬头纹；眉毛连成一体，像谁恶作剧般涂上的墨渍。眼神电力不足，两腮肆意膨胀。这个丑陋的男孩和苗春似乎没有相同的基因。苗春上了全国最好的大学，而苗夏一个大字不识。他会说话，能思考，回答别人的智力测试题时，总说，妈妈 13 岁，我 20 岁。

没等施青杏把面条再端上桌，苗春的手机就唱起："两只老虎，两只老虎，跑得快，跑得快，一只没有眼睛，一只没有尾巴，真奇怪……"苗春以为电话是室友秦染染打来的，拿起手机一看，才发现是苏志南的。

"怎么回事？他是你家人吗？"

"是的。我弟。"苗春垂下眼皮，轻声作答。她知道苏志南刚才看她直播了。她之前没有跟他说苗夏的事，不是想刻意隐瞒什么，她压根就没想要和苏志南走多近。

苏志南在电话那头踌躇，好像要说什么话，苗春这边轻喃了句拜拜就挂了机。而手机上已经显示有 27 个未接电话。她回拨了秦染染的，还没问话，秦染染那边便急切地嚷嚷："继续啊！为什么要停止直播？就刚才这一节，我给你转播的，已经有好几千元的打赏了。快继续！"

苗春不想继续拍了，电话还在不断地打进来。她不想跟大家解释，干脆关了机。

2

苗春需要钱，需要很大一笔钱，如果摆到施青杏面前，那就是很大很大很大一笔钱。施青杏要是知道这个数字，会像苗石化一样住进医院的。

苗石化是施青杏的丈夫，四矿久负盛名的苗工程师。他的久负盛名，不是来自他对矿山的贡献，而是来自他有故事的人生。苗石化是才子，是四矿来的第一批大学生，不仅懂工程设计，还会吹拉弹唱。他的青春之歌在一场懵懂的高攀恋情中拉断了琴弦，从此精神上出了问题，每到百花吐艳的春天，就要去三院（精神病医院）闭关一段时间。最近几年，矿区经济效益好，苗石化就常年在医院安享福利。

施青杏常常埋怨娘给她起的名字不好，娘怀她时是 6 月，什么都不想吃，就想吃一口杏子，那种刚刚脱了绒毛、青中泛一点黄的杏子，想一想就要揾了嘴吞口水的那种青杏子。好而不得，就给女儿取了青杏这个名，使她的一生都浸泡在酸涩中，只是这种很宿命的理由摆不到桌面上来。施青杏做姑娘时，像苗春现在一样靓丽可人，有照片为证，就是没有像苗春这样多读书。家里姊妹多，轮不到她上学，七八岁就开始帮爹娘干农活了。等到她长成了大姑娘，不仅媒人踢破了她家门槛，有些胆大的男青年，也主动给她送丝巾或花露水。同村有位读过高中的小伙子，还给她写过诗。施青杏心气高，一心要嫁个城里人。在四矿子弟学校当代课老师的表姐，帮她实现了这个梦想。

表姐说，苗石化不仅是城里人，还是个大学生，还生得一表人才。他一个月的工资抵得上你在田地里扒拉一年的土疙瘩。他夭折的初恋以及由此造成的恶果，表姐并没有隐瞒她，只是说得有点轻描淡写。表姐对苗石化是同情的，说他的病正好证明他是一个重情重义的人，新的爱情会像强力黏胶一样黏合并修复他破碎的心灵。照说施青杏不应该对苗石化的病选择性地进行忽略，但她就是忽略了，一则她轻信了表姐的话，二则一嫁改变人生对她太有诱惑力。等到见到苗石化这尊真神，她就被他英俊儒雅的外表和温和的谈吐彻底征服了。

嫁到苗家后的日子，烽火连天，阴雨连绵。婚后她并没有感受到多少爱意，夫妻间争争吵吵便成了家常便饭，最让施青杏不能忍受的是，丈夫苗石化在女儿苗春出生后的第二个春天又开始犯病。一犯病，他就离家出走，漫不经心地走，随心所欲地走。春天雨水多，他淋着春雨，一路上寻寻觅觅，然后就是感冒、肺炎。施青杏只得抱着女儿到处寻找，一边寻找一边哭泣，免不了也会诅天骂地。苗春从小就常听妈妈一边哭泣，一边对她的"失足"做着总结，她说她嫁给苗石化是被猪油蒙了心，是瞎了眼。总之，她嫁给苗石化的原因有两个，一个是被骗，一个是自欺。

苗夏的到来是一场暗算。那时二胎政策还没有出台，如果生了二胎，苗石化的工作就有可能不保。但施青杏太想有一个男人帮自己撑起一片天，她怀孕了，并且做了很好的伪装，如愿生下了一个男孩，希望他像夏天的植物一样苗壮，取名苗夏。等到四矿相关负责人找上门来，苗夏都已经满月了。他们不敢拿苗石化怎么样，生怕一不小心又让他犯病。他们跟施青杏说，罚款还是要交的。施青杏鼻涕一把泪一把，"我们娘仨都指靠苗石化一个人养活呢，我拿什么来交罚款？我也没想生这小兔崽子，鬼知道他怎么就来了。正愁养不活呢，你们抱走好了……"哭哭啼啼，骂骂咧咧，她一边把襁褓中的苗夏往领导怀里塞，一边把眼泪鼻涕往人家身上蹭。相关领导脱不了身，不仅没再要她交罚款，还给她买来了牛奶、鸡蛋和红糖。

施青杏怎么也没有想到，她却被自己暗算了，苗夏的到来是一场灾难。苗夏长到1岁还不会笑，长到3岁才会喊妈，长到17岁，才只有四五岁孩子的智商……他的成长史就是施青杏的血泪史。要经管一家人的吃饭穿衣，要服侍生病的丈夫，要不时地寻找他们父子，要保护儿子不受伤害，要时常跟作弄儿子的人作战……她不得不让自己成为一个高能战士，并迅速赢得了"母老虎"的称号。

好在女儿苗春懂事乖巧，聪明伶俐，使她的生活还有阳光照耀。

3

苗春是个聪明又用功的女孩，她是施青杏的骄傲，是她唯一可以抬头大声大气和人说话的骄傲。苗春上的大学，是四矿子弟上的大学中最好的一所。她大学期间的生活费基本上没让施青杏操心，每学期她都能拿到学校最高的奖学金，学习之余，她还参加勤工俭学。现在已经完成本科学业拿到学士学位的她，又拿到了国外某知名大学研究生的录取通知，等到秋季就去那里上学，现在她急需一笔不菲的学费。

苗春同寝室住着四个高智商女子，除了苗春，另外三位分别是秦染染、孙美丽和张珊珊。外貌方面，拿秦染染的话来讲，孙美丽属于恐龙级别，秦染染自己和张珊珊属于装潢才能达到美女级别，只有苗春属于纯天然美女。四人中潜心学习的只有苗春，另外三人正业之外都另有追求。秦染染有教科书般的演技，多才多艺，喜欢直播。她直播上瘾，除了上卫生间不直播，其余像吃饭、走路、学习、就寝，甚至刷牙都要一一向观众展示。秦染染奢侈的生活和出手的阔绰，无疑对另外两位室友造成了很大的影响。张珊珊大三时攀附了一位地产商，现在正和那男人的正室斗智斗勇。被秦染染边缘化了的孙美丽，为了买一条和秦染染一样的围巾，在无良网络贷平台贷了一笔6000元的款子，现在这笔初始6000元的款子已经利滚利、罚加罚地变成了8万多的债务。那条奢侈品围巾成了勒紧孙美丽脖子的绳索。苗春去年报考雅思时手头紧，孙美丽那时还劝她去网络平台贷款，苗春知道天上不会掉馅饼，对网络贷她聪明地选择了禁足。后来是秦染染帮她解了燃眉之急。

秦染染劝苗春用直播方式快速挣钱，苗春的直播设备有限，秦染染愿意用自己的账号为她转发视频。苗春不会吹拉弹唱，不会跳舞，不会做美食，那副贫贱不能移的臭脾气，使她更不会去陪人闲聊。要想提高收视率，多得到打赏和广告费，还得另辟蹊径。秦染染说大众对千篇一律的网络直播弄得败了胃口，他们更喜欢看原汁原味的生活状态。这种生活状况对他们应该有一种陌生感。和家门口不一样的景色才能称为风景。她认为苗春不仅有直播平台网红主播的靓丽外表，还有她们没有的内涵，一块响当当的名校法学专业毕业的牌子就足以吸粉，何况苗春还有别人没有的生活资源。

秦染染的潜台词苗春岂能不明白，不就是说苗春的家庭状况很特别吗？这种特别之处是容易招引围观的。苗春对秦染染的劝导起初是反感且抗拒的，谁愿意向别人展示自己生脓的疮口呢？她是宁愿出去打工也不愿意做什么直播的。这学期，她已经做过 4 份工作了。她做过两个月的专业实习，给一位有名气的律师做助理。每天写起诉状、整理案卷、查询相关法律法规及政策文件、陪同调查取证……忙得连上厕所的工夫都要挤，工资一个月也只有 2000 多元。回校做完毕业设计和论文答辩后，她想去找更能挣钱的工作，结果转了 3 个省，换了好几种工作，拿的最多的一份工资一个月也就 3000 多元。按照这个挣钱的速度，她去国外留学的希望只能成为泡影。同学苏志南劝苗春和他一样就在国内读研，将来一起开个律师事务所。苗春不甘心，最终，她还是走了秦染染为她设计的路线，回家来了。

苗春回家后的第一次直播虽然中断了，但收视率还是不错的，收入比秦染染估计的还要高。秦染染一直催促苗春继续，苗春虽然仍在抗拒，但她知道，她的这种抗拒一点力量都没有。她开始策划，想有选择性地展示一些内容，就像展示一块破抹布的边边角角，躲过它最油腻最污渍的地方。

她把镜头对准了妈妈施青杏。

4 点钟的闹铃像从高坡上极速滚下的铁环，哐哐当当把全家全都吵醒，也许吵醒的还有楼上的邻居。施青杏穿着一条大裤衩站在卫生间的镜前刷牙……

洗漱干净了，她换了一套干净的花绵绸衣裤，短发用一根黑色的发箍约束着，开始烧水烫粉，每天早上她都要做米粉粑到小区大门口去卖。烫过的粉盛到一只大木盆里，手裹了一条毛巾开始揉粉，人就浮在热气里。施青杏一边用力揉粉，一边被烫得嘶嘶吸气。

"你就不能等粉凉一点再揉吗？"苗春问。

"不能。要趁热揉才能揉得筋道。"施青杏扯了脖子上的毛巾擦额头上的汗。苗春把电风扇从房间里挪出来，对了妈妈扇。

"莫要扇哦。粉吹干了起皱，不好做粑了。"

粉揉好了，施青杏从冰箱里端出一盆炒香的菱角菜，这是米粉粑粑的馅。平常日子，施青杏一个人揉粉，一个人打坯子，一个人包馅，一个人把装了馅的米粉粑放到木模中拓出花纹。今天有女儿帮忙，速度快多了。施青杏一边做粑粑一边自得地说："他们都喜欢买我家的粑粑当早点。菱角菜不打农药不施肥又好吃，就是炒时太费油，要买了肥肉一起炒才香。"

"一个能赚多少钱呢？"

"大概4角钱的样子，每天早上我只做100个，一早上能挣40元也不错了。"施青杏告诉苗春，小区里只能消化掉这么多，再多了就卖不掉。如果去街上卖肯定要好些，但门面房要租金啊，不如就在小区门口卖。

6点钟时施青杏开始准备出门，做好的粑粑放在大盆里用洁白的纱布盖了，放到了门外带蓬的卖货推车里。液化气罐、灶具和油都已经在里面了。到小区门口时再开火煎烤，烤好的粑粑两面焦黄，又香又脆，很快就成了别人口中的早点。施青杏临出门时又去洗了把脸。苗春说："你出门也不穿胸罩？"

"带子老是往下掉，干活不方便。"

"那是你舍不得买好的。"

"一个好点的要五六十块钱，能买几斤猪肉了。"

"那你也得买呀。"

"都老了，穿给谁看？"施青杏低头看了看自己的胸部，又在短袖衫外套了件褂子，这才出了门。苗春则回屋去看书。苗夏翻了个身又睡着了，鼾声汽笛一样满屋子窜来窜去。

9点多钟，苗春的神思被一阵高亢响亮的骂声拽出了书本，是妈妈在骂人，看样子她的米粉粑粑已经卖完了。妈妈总是骂人，骂楼上把垃圾丢进她院子的住户，骂那些怂恿苗夏干坏事的闲老头，骂欺负苗夏的学生娃，骂苗夏投人胎就是来向她讨债，她也骂自己前世欠了苗家的债，这辈子就是来做牛做马的。苗春听见妈妈的骂声，犹豫了一会儿，还是拿了手机出去了。

手推车还没有推进院子，放在楼房前的甬道上，施青杏一手叉腰一手抓了条擦汗的毛巾。苗夏蹲在她脚边玩蚂蚁，几个四五年级的小男孩站在马路的另一边，神情肃然地看着施青杏。

"你们这群小狗日的，放假了不好好待家里做作业，跑出来祸害别人。下次再看见你们欺负苗夏，看我不打断你们的狗腿。"

"是他先用泥块砸我们的。"一个高瘦的小男生试图替他们作案的群体辩解。施青杏说："你们要是不惹他，他能砸你们？"施青杏扯起苗夏，叫他滚回家。苗夏喜滋滋地推起小推车，一溜烟地往家跑，小推车上的锅碗瓢盆碰得哐当乱响。"砍头鬼，小心……"施青杏的话还没有说完整，煎粑粑的铁锅便从小推车上飞出来，咔嗒摔到了水泥地上，听声音就知道出乱子了。马路对面的那群小男孩幸灾乐祸地哈哈大笑，然后齐声高喊："苗夏，大傻瓜！苗夏，大傻瓜……"

4

苗春把上述镜头直播出去后，晚饭前已经收到了4000多元的打赏。手机电话一个接一个打进来，"两只老虎，两只老虎……"的彩铃声响个不停。观众都说苗春拍得好，很有电影感。有不少外地人问，想吃施妈妈做的米粑，可以快递吗？苗春说："这是夏天，我们没有技术保证它不变质，等到冬天再说吧。"很多人都催促她多拍苗夏，说苗夏太有趣了，比喜欢装疯卖傻的XXX演得小品还好看。"快拍呀，我们还想看！"他们说。

苗春把目光移向苗夏，苗夏坐在地上，勾着脑袋在玩猫，口里荒腔走板地唱着"两只老鼠，两只老鼠，跑得快，一只没有尾巴，一只没有眼睛"，苗春感觉到他真聪明，竟然学会了她手机彩铃中的歌，只是把"老虎"唱成了"老鼠"。在他的世界里，应该是没有老虎的，而老鼠却见得多了。苗春还记得苗夏七八岁时，曾拎着一只死老鼠回家，说是鱼，让妈妈烧烧吃，妈妈知道是有人撺掇苗夏这样干的，站在门口大着嗓门骂了半天街。

苗夏的有些日常生活是不能直播出去的，拿那种视频去卖钱，无疑是拿苗夏和苗家的尊严去卖钱。苗春打心底不想去迎合那些低俗的胃口，更不想丢失自家的尊严，但她太需要钱了。她打算打擦边球，对苗夏不做直播，只拍合适的视频。拍过的视频编辑过后再发。

下午 2 点钟，正是一天中最热的时候，施青杏准备出门去天境湖捞菱角菜。苗春想跟着去，妈妈下湖捞菱角菜也是一个不错的直播材料。施青杏呵斥道："太阳能晒死人，你跟着去找魂啊？在家替我看着苗夏，省得他又出去害人。"

"苗夏又不是小猫小狗，我能看得住？"

"你让他别出院子就行。"施青杏骑着电瓶车出了院门，还不忘让苗春把院门锁起来。苗家的院子是全小区唯一一处违章建筑，砖是施青杏从拆迁工地上一块一块捡回来的，也是她一块一块用砂浆砌起来的。围墙只齐胸高，不整齐，不光滑，像一个货真价实的违章建筑。物业当然要她拆掉，但施青杏有的是借口，家里的特殊状况，放出去出了事谁负责。谁也不敢负责，所以院子就保留下来了，开垦成了菜地，也成了苗夏的游乐场。苗夏除了在妈妈的指导下翻垦泥土，浇菜施肥，还在这里逮蚂蚁、捉蝴蝶、和泥玩。苗夏去院里玩时，苗春在房间看书。

施青杏的叫骂声再次响起时，已是 3 个小时以后。苗春赶忙丢下书本拿了手机跑出去，见苗夏扯了墙角的南瓜藤，把自己武装成了一棵常青树。施青杏身上的衣服已经干了，满满一蛇皮袋菱角菜还堆放在电瓶车上没来得及卸下。她正拿了一根树枝抽苗夏，"你这个要死的，我叫你害事！叫你害事！"

苗夏疼得嗷嗷乱叫，一边披着南瓜藤在菜地里跳来跳去，躲避着妈妈的抽打，西红柿、辣椒被他糟蹋了一片。施青杏越发气了，跺着脚喊："你这个要死的鬼，你什么时候才能让我省心啊？"

苗夏哭道："是他们叫我扯的，不是我要扯的。"

施青杏明白了，一定又是物业那些吃闲饭的撺掇的，他们上门来过几次了，说南瓜藤蔓延得到处都是，有业主投诉。施青杏要去物业找人算账，被苗春死死拉住。

这天的晚餐，施青杏做的是南瓜宴，桌上摆放的几盘菜分别是：炒南瓜头、炒青南瓜丝、烀黄南瓜片。

这天晚上，苗春反复看她下午拍到的视频，拿不准该不该把它发出去。后来，秦染染打电话问她直播的进展，苗春就把下午院里发生的事拍了视频说了。秦染染说："你传过来，我做直播时搞个专栏，帮你把视频发出去，题目我都想好了，就叫《我闺蜜家的那些事》。"苗春还在犹豫，秦染染便连珠炮似的发问："你拍的视频黄吗？不吧？毒吗？不吧？咱不黄不毒的怕什么？快发过来……"

视频被秦染染传出去了，一下收到 6 万多块钱的打赏。苗春看着秦染染转账过来的钱数，惊得下巴都要掉了。欣喜之余，她心里又有些说不出的不安。临睡前，苏志南的电话又打了过来，问她过得怎么样，他工作的单位还需要人手，问她愿不愿意过去。苗春问了一下待遇，就含含糊糊地说："过几天再说吧，我先陪陪我妈。"

5

第二天下午，施青杏自然还要去捞菱角菜，苗春自然还要看书兼看管苗夏。因为菜地遭劫的事苗夏受到惩罚，不让去院里玩了，他只好坐在客厅地面上玩打仗。打仗用的马车、积木和变形金刚，都是别的孩子不要了，使唤苗夏替他们做事后的报酬，等于苗夏卖傻交换来的。他们让苗干的事情五花八门，比如叫他骂路过的女孩，让他摸一摸某条流浪狗的脑袋，让他去小区对面的水果铺里偷一挂葡萄，上树去替他们摘挂住的风筝等。当然，多数时候是只有威逼没有利诱的。

苗夏在家打仗打得正起劲，有人在院外小声喊苗夏。原来还是那群小学生，无聊了要带苗夏一起玩。苗夏坐不住了，他向苗春请求："姐姐我想出去。"苗春也想拍视频，就开了院门上的锁。那群孩子见苗春出来了，呼啦一下跑远。苗夏撒腿就朝他们跑的方向撵过去。

苗春拿了手机悄悄跟在他们后面。他们聚集在小区中央小广场的树荫里。苗春隐藏在一棵夹竹桃后面偷偷拍摄。小男孩们把苗夏当马轮流骑了一遍，也许天太热的缘故，也许是"马"配合得不够好，他们疯闹了一阵，开始做别的游戏。

他们的游戏叫"点外卖"。小男孩们认为只有成年人才会点外卖，苗夏块头大像成年人就充当了点外卖的吃货。几个男生在"生产车间"用树叶和青草做成"快餐"，用广玉兰树的叶子打包。苗夏坐在甬道这边的香樟树下，按一下树皮对着大树说我要吃饭，甬道那边的草坪上就会过来一个"快递小哥"，踏着滑板车把苗夏要的"快餐"送过来。苗夏对着一张大树叶上的青草和野花，张大口啊呜啊呜叫唤了两声，象征性地吃完。送外卖的男孩不依，要求他真的吃下去。苗夏不吃青草，说猫才吃青草。那孩子认真地跟他辩驳，说猫又不是兔子，怎么会吃青草呢。苗夏认定猫就是会吃青草，他说他亲眼见过。

游戏玩不下去了，孩子们坐在草地上玩，只有苗夏还坐在香樟树下认真地扮演他的角色。一个胖乎乎的小男生把兜里的奶糖拿出来分给大家吃，苗夏在这边看见了，对着大树喊了一嗓子："我要吃糖。"分糖给大家的小胖子犹豫了一会儿，还是拿了一颗糖给"快递小哥"，"快递小哥"踏着滑板车把糖给苗夏送了过来，苗夏剥了糖纸把糖块倒进嘴里，几下就嚼了、咽了。"我要糖。"他又说，伸长脖子朝草地上那群孩子张望。过了一会儿，"快递小哥"又踏着车子过来了，嘻嘻哈哈地把一块糖递给苗夏，苗夏伸手接时，他又把手缩了回来，举起那块糖果在空中晃动着，紫红的玻璃纸在阳光下闪烁出一种迷惑人的光芒。苗夏一下站了起来，抢了那块糖，剥了糖纸，看也不看就倒进了嘴里。但他很快就吐了出来，还呸呸呸地连吐口水。"快递小哥"迅速踏了滑板车跑到孩子群里，那群孩子笑得在草地上打滚，而这边苗夏却抱着双臂坐在地上伤心地哭起来。

苗春走了出来，孩子们一哄而散。她去哄弟弟，知道孩子们对他恶作剧了。但走到弟弟身边时，她发现弟弟刚才吐出来的不是她以为的泥块，而是一节半干的狗屎，苗春哇地一声吐起来。

这天拍的视频，苗春不愿意再看，等到秦染染催着要时，她毫不犹豫地把它删除了。那块紫红玻璃糖纸一直在她眼前晃来晃去，她喝水时它在她眼前晃，她吃饭时它还在她眼前晃，这使她突然想到网络上看到的一个词——"易粪相食"。自己拍的这些视频，跟网络上传播的那些垃圾有什么两样？直播也好，视频也罢，自己拍的内容对别人有意义吗？苗春决定，以后再也不去拍了。

这天晚上，苗春睡不着。睡不着时就会想人，想到了她一直躲着避着的苏志南。苏志南是她的同学，是那个常常在图书馆替她占座的同学，是看她时眼睛中就有星星闪烁的男同学。苗春是喜欢他的，但悬殊的家庭背景压得她抬不起头来，使她不敢接他的目光，更不敢把相同的目光投射到他身上。这是一种煎熬，苗春想去国外读研，就是想摆脱这种煎熬。

嘟，微信提示音响了一下，仿佛心有感应似的，苏志南送来一杯"咖啡"。

"你也没有睡？"她问。

"在想一个人。"他说。

她抿嘴笑了，说不早了，快睡吧。

6

苗春花了 600 多元钱，给施青杏网购了两只文胸。快递到时，已是午后。施青杏正准备出门去天境湖捞菱角菜。

"多少钱一只？"施青杏拿了文胸问。

"不贵，30 多块。"苗春知道，说实话的话，她就舍不得穿了。不一会儿，施青杏就从里屋出来了，低头看着被文胸托起的胸部，说挺好。

"不洗洗就穿啊？"

"先穿了再说，洗澡后反正要换的，一起洗省水。"

隔了几天，苗春又在网上买了一台空调挂机，师傅带货来安装时，施青杏以为师傅走错了门。苗春说："是我买的。"施青杏看着苗夏欲言又止，等到苗春把师傅引进施青杏的房间时，施青杏又大呼小叫起来。"哎哟，钱花丢了，这家伙你买得起我用不起，耗电费呢。装客厅吧，装到客厅大家一起用。"

在施青杏的一再坚持下，空调装到了客厅。师傅忙活时，施青杏已经站到院里的菜地里，大声跟楼上的邻居显摆。"我女儿买的空调，就晓得乱花钱。一楼凉快，哪里需要空调的?"

邻居夸她好福气，养了个好女儿。施青杏咯咯咯地笑了，又脆又亮，带有一种铜质。苗春还是第一次听到妈妈这样笑，妈妈的笑声原来这么好听。

早上再做米粉粑粑时，施青杏把"战场"从厨房挪到了客厅。客厅里有空调，凉快。苗夏还睡在客厅的沙发上打鼾，苗春推了他几下，叫他起来帮妈妈干活。施青杏说："让他睡吧，不能让他做。要是大家知道粑粑是他插手做的，谁还敢买?"

"不碍事，他又没有传染病。一定要培养他干活，谁都不能养他一辈子。"苗春把苗夏叫起来了，苗夏坐沙发上揉眼睛，不肯替妈妈揉粉。苗春说："你帮妈妈做粑，干完活给你买冰棒吃。"苗夏这才懒洋洋地站起来，走到桌边。苗春说，先去把自己洗干净，戴上口罩再干活。

这天的粑粑做得特别快。苗夏其实还是挺能干的。

施青杏卖完粑粑回来，进屋立即站到空调底下，一边贪婪地吹凉，一边喜滋滋地告诉苗春，今天的粑粑一个都没有剩。有人说在手机上看到我家粑粑做的过程了，特意绕了半个城寻来买的。还有人说，街上的早点都已经涨价了，叫我也涨价。

苗春说："米早就涨了，论说粑粑是能涨价的。"

"人不能太贪。我明天早上多做50个，要是每天能多卖50个，我一天要多赚20多块钱了。"一想到每天能多收入几十块钱，施青杏的整个身躯都胀满了幸福感。她正准备去厨房做午餐，苗夏被蜂蜇了似的一头撞开院门，嗷嗷叫着狂奔入门。

"你是不是又招人揍了?"随即，施青杏就看见了儿子右脸红肿的指印，赶忙问，"谁打你的？告诉老娘，老娘替你去收拾他。"

"血！血！"苗夏眼睛惊恐地瞪大，语无伦次。

"什么血？还没流血呢，谁打的？"

施青杏还没有从苗夏嘴里问出个子丑寅卯来，扮演过"快递小哥"的黑瘦小男生跑进院子，报告苗夏打死人了，血流了一地。施青杏一听立即紧紧抓住苗春，浑身筛糠似的抖起来。

苗春短暂地惊愕后，立即询问小男生到底是怎么回事。小男生用小女孩一般的腔调说，苗夏在小超市里吃冰棒，鞋匠老头说吸冰棒没味道，叫苗夏去吸改改妈妈的咪咪，苗夏掀改改妈妈的衣服，被改改妈扇了一巴掌，然后苗夏就拿了一块砖头，砸到改改妈妈的脑壳上，把改改妈妈砸死了。

"改改妈妈现在在哪里？快领我去。"施青杏说。

鞋匠老头拦了一辆黑颜色的车，把改改妈妈送医院了。

小男孩说的"改改妈"，是在小区大门口卖卤菜的外地女人，据说是单身，带着读高中的儿子改改过活。和鞋匠老头的领地隔了一扇小区的大门，两人经常打情骂俏。施青杏风风火火地领着苗春赶到小区大门口时，鞋匠摊子和卤菜摊子确实都无人看守，地上有血迹。好奇心没有得到满足的几个大妈还站那议论，见施青杏跑了来，那几个女人就主动迎了过来，说不得了了，这回你儿子把祸闯大了，恐怕要花不少钱了。人死是不得死，成植物人的可能性会有，现在植物人多普遍。就是没什么大事，人家恐怕也会讹上你的，她卖卤菜总是短斤少两，不会是好说话的人。也不知道鞋匠把她送到哪家医院去了。大家七嘴八舌，说得施青杏胆战心惊。

施青杏魂不守舍地走回家，看见苗夏气不打一处来，抢起扫帚就开始抽打苗夏。苗夏跳着脚嗷嗷大叫，却不知道躲避。苗春拉开妈妈，说："你打死他也不能解决问题。"施青杏这才扔了扫帚，喝令苗夏去沙发上罚跪。苗夏用胳膊擦了泪，抽抽搭搭地面对着墙壁跪在沙发上。

施青杏不知道该干点什么，在屋里转了几圈，才想起来应该烧午餐了。她点着了火，给苗春煎了两个鸡蛋，开始烧水下面。她一边干活，一边数落苗夏这些年给她带来的麻烦，数落苗石化害了她这一辈子，越数落越窝火，越数落越伤心，后来竟捂住脸呜呜地大放悲声，连面锅噗了都不知道。苗春走进厨房劝慰妈妈，顺手揭了锅盖，关了火。施青杏说："你回房去，莫管我，我哭一会儿就好了。"苗春转身走出厨房，远远地站着。她见妈妈麻利地把面捞进盛有煎蛋的碗里，并顺手撒上碧绿的葱花。她又拿起一只面碗给苗夏捞了一碗，她咒骂苗夏吃人饭不干人事，不知道要害她到哪一天？骂着骂着，她突然拉开厨房的柜子门，从里面找出装家里常备药的茶叶筒，在活血止痛膏和眼药膏、退烧药中间扒拉了一阵，扒拉出一只小药瓶，把里面几十粒小白药全倒进了苗夏的碗里。"我叫你还害人！我让你害不了人！"她用筷子胡乱地拌了拌，扔了筷子跑进她自己房间，又开始呜呜地哭泣。

苗春走进厨房，把没有葱花的那碗面用开水漂洗了，重新加了盐。她把自己碗里的煎蛋翻出来，一只埋进苗夏的碗里，一只放进面锅里。

施青杏哭够了，出来时面早已坨了，她麻利地把大碗中的面条倒进垃圾桶，她不知道她给拌的药，只是苗春用来增白的维生素 C，她也不知道苗春已经把面漂过了。她又拿了只干净的大碗把锅里的面条盛了，那枚焦黄的鸡蛋知道是苗春心疼自己放下的，也毫不犹豫地盛进了大碗里。施青杏端了面碗撴到客厅的饭桌上，冲着依然老老实实跪在沙发上的苗夏喊："小祖宗，来吃面！再出去惹祸，看我不打断你的狗腿！"

午后，苗春出去了一趟，从鞋匠那知道改改妈已经回出租房了，头上缝了 6 针，捆了一圈白纱布。苗春找到改改妈，给了她 1000 元钱，替苗夏道歉。然后她又打车去了一趟三院，看望住院的苗石化。苗石化养得白白胖胖的，认得女儿，却没有父亲见到女儿该有的兴奋和热情。苗春说："爸，你早点好啊，你要是能回家给妈帮帮忙，她的米粑说不定能卖到省外去，我知道你会有办法的。"苗石化淡淡地笑着，淡然地看着苗春，像六大皆空的世外高人。苗春突然捂着嘴哭了。

回到家，苗春开始整理行李箱。收拾好衣服和书本，她又坐到亮着的笔记本电脑前，把母亲做米粉粑粑的视频发给秦染染，希望她做直播时能给苗家的米粉粑粑带货。她又移动鼠标，翻出国外某高校的录取函，点击，删除，仿佛删除一个错误的标点符号，然后从容地关机，拔了插线，把它们一股脑地放进了行李箱。

苗夏拖着行李箱出来时，挨过打的苗夏已经忘记了疼痛，正坐在客厅瓷砖地面上，一边玩玩具，一边哼唱"两只老鼠，两只老鼠，跑得快，跑得快，真奇怪，真奇怪"。她很想纠正一下他的唱词，又觉得没有必要做徒劳无功的事。

苗春拖着行李箱走了。咕噜咕噜，万向轮在水泥路上拖出一长串的声响。她要好好去找份工作，她想好好谈一场恋爱。

起蛟图

曹应东

那是一幅名曰《起蛟图》的画。首先跃入板田一郎眼帘的是高崖巨石，老树参差，杂草偃侧。转眼又见崖畔两人，想必是一主一仆。仆人弯腰佝背，惧怕万分；主人衣带飘扬，惊惧回首。空中乱云翻滚间，分明是一条蛟龙正风驰电掣般腾空而来。一股浓浓的杀气从画里迎面袭来，令板田一郎不由得打了个冷战。

后来，我通过互联网更加深入地了解了一下这幅画。此画采用的是对角线分割构图的笔法。画中的树木姿态怪异，描绘树石用笔简率，但豪放不羁，墨气古朴浑润。画面着重描写了在风云变幻中蛟龙起蛰的惊人情景：但见蛟龙腾飞，踔掉于空中，一道道电光叱咤苍穹，一阵阵狂飙席卷大地，天地瞬间昏暗。接着，雷电交加，一场猛烈的暴风雨呼之欲出。树木杂草在风中摇摆，似有连根拔起之势。山路上，那一童一叟正在匆匆赶路，急速地奔至峭壁之下。长者边奔跑边回首，惊望空中蛟龙，奔跑中帽檐随风飘拂。幼者惧怕之极，俯首低身，不敢去看周围发生的一切。整个画面烟云笼罩，幻化万千，犹如一个神妙冥茫的迷雾世界。

板田一郎静默良久，神情忽喜忽忧，变化再三，方才开口问道："这是刘先生临摹的？"

见爷爷点头承认，板田一郎由衷赞道："先生的摹品竟有如此神意！"稍一停顿，竟突兀地请求道，"能否有幸向先生借真迹一观？"

爷爷的目光仍停留在画上，神思分明飘然走远，面露惋惜之色，片刻后，才答道："兵危战乱，真迹想来已经毁于战火之中了。"

爷爷的身材高大清瘦，和身形矮胖壮实的板田一郎形成鲜明的对比。板田一郎抬起头，用镜片后的两只小眼睛怀疑地盯了爷爷半晌，才喟然发出一声长叹，叹息之后用低沉的语音说，"是我板田一郎命薄，难见真迹。"说到这里，稍做停顿，语声突然又高昂起来，"但板田一郎有幸，得遇先生，总算目睹了传说中起蛟的风采。如蒙先生不弃，还望能追随先生学习博大精深的堪舆术。"说完，"啪"的一声向爷爷敬了一个标准的军礼。

那时，雨从空中倾盆而下。父亲亲眼看到，板田一郎手下的 120 个士兵笔直地站在门外院子里，荷枪静立，似乎也成为院子里的树，任凭雨点瓢泼似地落在身上，没有一个人躲避，更没有发出一丁点声响。不是亲眼所见，任谁都以为这院子里空无一人，滂沱大雨之下必是空空如也的院落。但板田一郎绝对没有想到，即便是这样大的一场雨，也只能算是后来那场暴雨的序曲。

也就是在那天，板田一郎提出要在大青山择一处高地建碉堡，并就此征求爷爷的意见。板田一郎说："在下认为，只有高处碉堡和平地军营分开驻军，互为掎角之势，方能策应得当、攻守自如。"

爷爷沉吟片刻，大袖一挥，手指大青山说："蛇首山。"

我一直无端地认为，在那一刻，爷爷的身上一定隐隐散发着几分三国时诸葛卧龙先生的风采，谈笑间，天下大势已定矣。

于是，不久之后，蛇首山上便有了一座碉堡，10 个鬼子扛着几门迫击炮驻扎了进去。按照板田一郎文绉绉的说法，掎角之势已成了。

也就是从那时起，挑水上山的任务落到了父亲的肩上。当年，父亲也就十一二岁左右，因为长期营养不良，比同龄人瘦弱了许多，挑水上山这份活计对他而言，也确实是重了点。但父亲却别无选择。板田一郎说："最合适的挑水人选只能是 10 多岁的孩子，稍大一点的都不行。"板田一郎这话虽是对爷爷说的，目光却是直勾勾地盯着父亲看，那意思已经再清楚不过了。爷爷只好叹了口气向板田一郎推荐了父亲。使用未成年人从事重体力劳动竟然能如此的理足气壮、明目张胆。

从深潭到碉堡是一段相当长而陡峭的山路，即便是空着手来回一趟至少也需要 1 个多时辰，何况是挑着一担水呢？父亲每天起早摸黑累得全身骨头都快散了架也只能挑 10 多担水上山。

父亲说，那时，只要他登上蛇首山刚歇下肩上的担子，气未喘平，汗未擦尽，就会有个鬼子像幽灵一样从他身旁冒了出来，手里照例拿着一只八成新的葫芦瓢，像刺刀一样的目光在那两桶水上刺来刺去，像极了一个凭运气在做选择题的学生。

水是从山上流下的山泉水，在山林灌木抑或山石泥土间千回百转后，终于在蛇首山畔的悬崖下方汇成一方深潭。潭水真是清澈见底，游鱼碎石，历历可见，是百分之百的山泉水。板田一郎竖起大拇指赞叹道，这水大大的好。如果是现在，板田一郎的这句话就算是广告词了。不过，这句广告词水平委实不算高，和"农夫山泉有点甜"相比，显然不在一个档次。

那段时间，天不亮父亲就得出门到深潭挑水上山，待到回家，已经明月当空了。

本来，碉堡里也就 10 个鬼子，根本就用不完 10 担水的。可是鬼子每次都只留下父亲身前的那桶水，让父亲把身后的那桶水倒掉，说那桶水里有父亲放的屁。这样一来，10 担水就少了一半，变成了 5 担水了。按照鬼子的逻辑，两桶水应该都要倒掉的才对，因为一路上父亲也不知道换了多少次肩，每一次换肩两桶水前后位置都会改变。每次提起这事，父亲还情不自禁地学着鬼子的样子，抬起右手在自己的鼻子旁不停地扇动，以此驱赶那飘浮在想象中的臭气。不仅如此，还每次都要拿那只葫芦瓢从留下的那桶水舀上半瓢，让父亲当着他的面喝下。那意思是担心水里有毒。这不由得让我想起吃河豚的事来。每次上河豚这道菜，做河豚的厨子要当着客人的面自己先尝一口，如果厨子没有中毒，客人才动筷子。父亲俨然就是那个以身试毒的厨子。我戏谑对父亲说，经鉴定，那是 10 个内心始终处在忐忑不安状态的鬼子。

父亲对我的鉴定十分认可，他说，确实如此。那时只要山下稍有风吹草动就打炮。别看迫击炮体积小巧，但打出的炮弹在空中发出凄厉的啸叫声却不小，炮弹落在地上爆炸的声音就更是地动山摇，煞是惊人。

最厉害的那次，山上山下炮声震耳欲聋，接着又是机枪、三八大盖响成一片，乱哄哄地一直闹腾到天亮才渐渐地停歇了下来。

大青山地方志对这件事也是有记载的：是年初夏，我方游击队于深山中潜出。敌觉。一时枪炮齐作，山上山下日寇皆出，互为策应，沿山脊疯狂尾追我部五十余里。撤退时，有战士布鞋脱落，赤足奔于山石荆棘中，皮肉尽失，深可见骨……

蛇首山是大青山外形最为奇特的山峰。大青山整体山势已经相当奇特了，山有五峰，五峰朝向蛇首山这个方向是平缓隆起，而另一侧却夸张地倾斜成接近80度的角，看上去让人总感觉这五座山峰存在着随时崩塌的可能。正是由于这个原因，那一侧的山脚下从来就没有住过人家，甚至很少有人去登上山顶，或许是担心自己成为最后的那根稻草吧。完全可以想象这种一边倒的山形是何等的罕见。正因为如此，大青山的五峰也就成了拱卫蛇首山的天然屏障。是啊，又有几个人能有这样的身手，可以从如此陡峭的山峰上攀登上来呢？蛇首山呢，更是奇特中的奇特。它仿佛是在平缓蔓延的山脉间突兀昂起巨蟒的头颅，高逾数百丈。从外形上看，全山为一整块巨石，山巅平坦处约有五亩地大小，四周均为悬崖，仅有一条小路蜿蜒其间，在没有重型武器攻坚的情况，这样的地方当真是一夫当关，万夫莫开。何况上面还驻扎着10个武装到牙齿的鬼子！

大青山曾经也是一座正常的山，一山一峰凌空耸立，不偏不倚，和其他山看上去一般无二。据说，改变这一切的是地藏王。民间流传，地藏王欲寻一处道场，途经此处，看中了大青山的灵秀，便落足于山巅。可惜山下仅有一条龙，不足以承载地藏王，震天巨响后山体顿时变形。地藏王匆忙收脚离山，大青山已然一峰破碎成五峰，山体往一侧倾斜，望之已是摇摇欲坠了。不仅如此，潜伏在山底深处修行的龙遭此踩踏，负痛狂吼一声，从山底游出，探出龙头，千年道行，一朝尽失。于是，就有了今天的蛇首山。

板田一郎听了爷爷的叙述，不由哈哈一笑，肃然道："凡事皆有因果。原来蛇首山早就在这里等着我板田一郎的到来了。我大日本皇军有地藏王的庇佑，何愁建不成大东亚共荣圈？"

也不怪板田一郎如此高兴。碉堡建在蛇首山，就彻底切断了进出大青山的路。游击队如果强行突围，势必受到来自山上山下双方夹击，以游击队土枪和长矛对付长枪大炮，受困是必然的事。一旦鬼子驻扎在附近的大部队赶到合围，恐怕就逃不掉全军覆没的命运了，所以游击队只能撤退到更为隐蔽的山里，与外界失去了联系，成了聋子和瞎子。时间长了，最终还会活活地困死在深山老林里。

碉堡建成的那天，板田一郎特意安排从蛇首山上往下打了十几发炮弹。这既有试射的意思，又有庆祝的意思，更有立威的意思。游击队几次想绕过碉堡突破封锁，但每次都是无功而返。此后，只有按兵不动，等待时机了。

到现在，在大青山的山洼处还能依稀看到当年留下的弹痕。小时候，父亲不只一次地带我去过那里。不懂事的我，在布满深浅不一弹痕的青石上欢呼雀跃，蹦来蹦去，而父亲凝望着那些弹痕，默然伫立，久久不语。在我如今想来，那一刻，他的目光一定是穿透了历史的烟云，已然回到了那遥远的却永远铭刻在他心灵深处的过去。

其实，在讨论碉堡选址的间歇，板田一郎和爷爷谈的最多的还是《起蛟图》。

南北朝志怪笔记《述异记》记载："虺五百年化为蛟，蛟千年化为龙，龙五百年为角龙，千年为应龙。"这里只记载了蛟化为龙所需要的时间，殊不知其过程却是更加不可控。因为民间传说，由蛟化龙不仅需要忍受 1000 多年漫长而寂寞的时光，更需要渡过天地人三劫。天劫便是雷劫，必须承受天雷焚身之苦，承受得住，才有可能化龙翱翔于天际，承受不住，便灰飞烟灭；地劫便是走蛟之劫，在道行圆满之际，破山而出，卷起千层巨浪，然后顺流而下，才有机会入海化龙；人劫就是向人讨封正。什么是讨封正？倘若一只蛟正在兴风作浪，看到的人突然说了一句：好大的一条龙！这句话便是封正。也只有熬到这里，这只幸运的蛟才能化龙无虞。否则，这只蛟的一身修为便就此废了。这再一次证明，这世上哪有什么随随便便的成功？

爷爷对板田一郎说："人为万物灵长，又被称为'地行仙'，所以也只有人才具有封其他生灵的资格。"

板田一郎推断说："这幅画上的蛟想必就是在向一老一少讨封正。只是以这两人惊恐之极的状态，想必连一句完整的话也说不出来了，更不用说去封蛟为龙了。"

说到这里，板田一郎随之下了结论说："中国人都是胆小鬼。"话一说出口就马上意识这个结论存在着明显的瑕疵，赶紧又解释说，"当然，刘先生您绝对是个例外。"

以现代地理知识看来，大青山处于板块交界处，地壳运动活跃，岩石破碎，地形起伏大，受季风气候影响，多暴雨，再加上植被破坏严重，因此才常有崩塌、滑坡、泥石流现象发生。无论是哪一种自然灾害，巨石泥沙所过之地无处不是房屋倒塌，人畜皆亡。那时候能识文断字的人都没有几个，就不用说地理知识了，认为造成如此巨大灾难的始作俑者只能是蛰伏于山中的蛟。堪舆术应运而生。堪舆术是风水术中的重要内容，涉及住宅、村落甚至墓地的选址朝向等。说白了，就是借助堪舆术来避过起蛟所带来的无妄之灾。在这方面，爷爷是大青山地区当之无愧的堪舆大师。

那时，板田一郎有事没事总是主动和爷爷讨论《起蛟图》，想来无外乎有两个目的。一是通过《起蛟图》研究堪舆术用于山地作战。板田一郎虽未亲见起蛟，但清楚确有其事。通过归纳总结，板田一郎得出蛟行必走低洼处的结论，因此选择在蛇首山一带高处安营扎寨是符合堪舆术逻辑的，也是理论和实践相结合的具体体现。二是通过《起蛟图》摹品找到真迹的线索。板田一郎知道，这幅明代汪肇所作的绢本墨笔画价值连城。如果在打仗的同时，也能成功地搞点有价值的收藏，对他来说，那绝对是事业和爱好双丰收，又何乐而不为？

当板田一郎听到爷爷要上山时，镜片后的小眼睛宛如装上了电动马达，情不自禁地连续眨动着，频率快得不可思议。每次他需要迅速做出反应时，他的眼睛便会配合着出现这种动作。毫无疑问，他在思考爷爷上山的目的。

然而，父亲红肿的双肩让板田一郎停止了眨眼，而是在瞬间睁圆了双眼，一眨不眨。从极动到极静，板田一郎转变得相当快捷。这符合他作为军人的身份。

父亲站在初夏的风里，双肩裸露。在清晨明亮的阳光下，板田一郎清晰地看到那双稚嫩而瘦削的双肩又红又肿，局部还呈现着青紫色，甚至渗出了鲜红的血，整体看上去，双肩上仿佛多了两团有着奇异色彩的发酵面团。板田一郎多少有点好奇地上前一步，这一步一下子就拉近了他和父亲的距离，这个距离足够让他抬起右手能触碰到父亲肩膀上的红肿。但父亲并没接受板田一郎的好意，后退了一步，恰到好处地避开了那只伸过来的手。父亲很清楚，那是握刀的手。这种手是用来制造伤口的，并不适宜抚摸伤口。

爷爷平静地对板田一郎说："这孩子需要用一些草药。"这个理由让板田一郎无论如何也是无法拒绝的。

采那些草药一定是又费时又费力。到了黄昏时分，爷爷才带着一身疲惫从山上返回。

爷爷并没有去休息，而是细心地将那些采来的草药加工成外敷所需要的泥状。当然，和爷爷一起上山的两个鬼子也没有休息。他们在向板田一郎汇报爷爷采药的详细过程。根据要求，这个汇报必须详细，越详细越好。所以，这个汇报显得相当的冗长和啰唆。

等爷爷加工好草药，并敷在父亲的双肩时，板田一郎终于不耐烦地打断了两个手下饶舌一般的叙述。其实，将他们翻来覆去的叙述归纳成一句话，那就是一切正常。在整个采药过程中，既没有发现爷爷有什么不轨之举，也没有发现爷爷和任何其他人发生过任何形式的接触。这无疑让板田一郎既高兴又失望。在年复一年的征战中，机械似的杀戮已经激发不了板田一郎的热情了。爷爷的出现让板田一郎看到了一些与众不同的东西。是那幅可能存在的《起蛟图》真迹？抑或是爷爷匪夷所思的堪舆之术？或者是爷爷还有着其他不为人知的身份？所以，高兴的是，倘若爷爷真的就是这么简单的人，倒也不妨交个朋友；失望的是，板田一郎自认为自己是个不简单的人，不简单的人当然还是更喜欢和不简单的人打交道的。所谓英雄惜英雄，大约就是如此吧。

后来，爷爷又上了一次山。

有了草药的医治，再通过一段时间的锤炼，父亲肩膀承受重压的皮肉死了又活，活了又死，终于长出一层厚厚的老茧来。隔上几天，爷爷就用在火上消过毒的剪刀修剪那两处老茧，小心翼翼地将那不规则的老茧剪掉，防止在挑担换肩时扯伤与老茧相连的皮肉，造成新的创伤。

即便如此，这样的创伤有时还是难免的。所以，爷爷决定给父亲做一个搭杆。关于搭杆，爷爷对板田一郎解释说，搭杆是扁担最好的搭档。

其实，搭杆就是一根高逾肩头木棍。木棍顶部钉着一个月牙形的凹状木块，扁担正好能卡在里面。木棍下部因为要接触地面，则采用铁环套紧。如果需要歇息或者换肩，就找准合适的支撑点，把搭杆撑在扁担下面，保持两头货物重量的平衡，这样既省力，又可以让承压的肩膀多一些恢复的时间。这搭杆甚至在挑担时也能派上重要的用场，在另一个肩膀架上搭杆，则可以通过搭杆撬起扁担把一个肩上承受的压力适当分配两个肩上。这样一来，在不停下来休息的前提下，同一个人挑同样的担子就能走得更远。

爷爷对板田一郎说："搭杆必须既要坚固耐用，又要轻巧易拿。同时符合这两种要求的只有紫荆木，而这种木头只有大青山上才能找到。所以，我必须上一次山。"

板田一郎尽管对搭杆这个词很陌生，但听了爷爷的描述，也对这个物件构思设计赞不绝口。所以，对爷爷提出再次上山的要求，很痛快地答应了。当然，还是继续派出那两个鬼子荷枪实弹贴身保护着爷爷。

即便是现在，使用搭杆的情形在江南的山区还是偶尔能见到的。特别是在山势险峻的地方，不时会在看到挑山工或用搭杆撑住担子在路旁拭汗小憩，或娴熟地用搭杆撬着扁担，在崎岖陡峭的山路上一步一步稳稳当当地往上走。他们走得并不快，你分明远远地把他们甩在后面了，然而，你喘着气在休息时，却突然看到他们又一声不响地从你身旁走过，又走到了你的前面。我想，这其中搭杆一定也是有着分量不轻的功劳的。

据父亲描述，爷爷亲手做的那根紫荆木搭杆委实质地优良，做工精细。

紫荆木是大青山的特产，这种树生长极其缓慢，长成手臂粗细，至少需要百年的时光。经年累月萃取天地日月精华，所以木质坚硬且富有弹性，一般人即便手握刀斧，要想砍断它，恐怕刀斧的刃口也会变成锯齿。对于一种树来说，这种韧性强大到让人无法理解。爷爷选择的这根紫荆木一握粗细，笔直无弯，再加上爷爷一流的木工手艺，用桐油浸润后，通体光洁如玉，触手温润，似金似木。一根普普通通的搭杆，在爷爷的手上几乎成了一件完美的艺术品，让人叹为观止。

直到很久以后，一次偶然的机会，我在参观省城的抗战纪念馆时，惊喜地发现竟然有一根搭杆挂在墙上展览。那根搭杆虽然伤痕累累，却依稀能看到它往昔的风采。我不由得想，这会是爷爷亲手做的那根搭杆吗？

必须要提到大青山的雨了。大青山位于江南腹地，此处的雨毫无疑问是属于江南雨范畴的。提到江南的雨，很多人都会和板田一郎一样在第一时间想到戴望舒那首脍炙人口的《雨巷》，认为江南的雨就像诗里描写的那样缠绵悱恻。这样的雨最适宜去看，可以去看湿漉漉如同一串串珍珠的雨滴在诗里纷飞，也可以去看丁香一样举着油纸伞满腹心事的姑娘；这样的雨也最适宜去听，可以听雨楼台，可以听雨客舟，可以听雨西窗，也可以听雨檐下。

然而，倘若你和板田一郎一样真正见识过一回大青山的雨，必定也会目瞪口呆，也会彻底颠覆对江南雨的感受。暴雨未至，狂风先起，那是怎样的狂风！那风是从江面生成，又从山巅刮来，摧枯拉朽，有横扫一切之势。顷刻间，狂风卷起乌云，瞬间完成了从明亮进入黑暗的过程。在你眼睛刚刚还没完全来得及适应，闪电划破长空，那骤然出现剧烈的光亮似乎要刺瞎你的双眼，此刻，巨大的雷鸣仿佛就在你的耳边炸响，炸得双耳嗡嗡作响。这时，省略了所有的过渡过程，在猝不及防中雨瓢泼似的落下，任何人置身在如此的狂风、闪电、雷鸣和暴雨交织在一起的背景里，顿感自己在大自然面前是何等的渺小。

俗话说，狂风易歇，暴雨难久。倘若这样极端的天气持续时间短，那终归还算是件幸事。如果持续时间一长，起蛟就是大概率的事了。明代汪肇肯定不止一次地见过如此旷日持久的暴雨，经历过起蛟时的风起云涌，否则他那幅传世之作《起蛟图》又怎么会画得如此生动，如此传神？

大青山似乎收藏了无穷无尽这样的雨季，然后凭着自己的心情，随意地安排在这片天地间上演。

父亲说，那一次暴雨比任何一次都要猛烈。准确地说，雨已经不是在下了，而是从天上往地上到，让天地连成一片，根本分不清天地的界线，在一片混沌中，仿佛连时间也融入了这遮天蔽日的雨幕里。

板田一郎显然有点发蒙。他显然也是第一次遭遇这样极端的天气，虽然外表上还能勉强保持着一如往常的镇定自若，但内心却早已经是波涛汹涌、坐卧不安了。他要么不停踱来踱去，要么长时间注视着窗外，要么派出一队又一队的哨兵。当然，板田一郎并不是担心狂风吹破村民的草房，也不是担心洪流冲毁道路、田地和桥梁，而是在担心自己的部队。

板田一郎思来想去，还是不能确定自己的担心是不是多余的，终于忍不住问起了爷爷："刘先生，这样的天气会不会引发起蛟呢？"

爷爷回答说，不确定。但有一点是可以确定的。

板田一郎连续不停地眨着眼睛，再一次问爷爷："刘先生，我们处在蛇首山一脉隆起的地带。按照堪舆术推理，即便是起蛟也不会危及我们，是吧？"

爷爷笑了笑，并没回答，但脸上浮现的笑容却是充满了自信。作为大青山一带名气最大的堪舆师，也只有爷爷具备足够的底气在非常时期展示这样的笑容。

深潭的水混浊不堪。这样的水根本就不适合饮用的。一连十多天的暴雨，泥沙俱下，污水横流，即便是江河湖泊也难免如此，何况是一方深潭？

父亲站在久违的阳光里，目光紧张地盯着潭水上方飞泻而下的瀑布，情不自禁地将手里的搭杆越抓越紧。

下雨天，蛇首山的碉堡鬼子可以使用雨水。但雨停了，便是断了天降的甘霖，父亲自然又要去挑水上山。雨一停，爷爷竟不顾山路泥泞湿滑，就打发父亲去给蛇首山的碉堡挑水。这让板田一郎很是感动，他朝爷爷啪地敬了一个军礼，说："刘先生，你良心大大的好！我板田一郎代表大日本皇军感谢你！"

爷爷将搭杆递到父亲的手里，双手情不自禁地抚上父亲的头。父亲明白，那是在表达一种怜爱的意思，眼睛里一些湿漉漉的东西正要趁机涌出。这时就听到爷爷对自己大声叮嘱道："孩子，山路湿滑，一路走稳啊。"其实，父亲还有话想问爷爷，但爷爷这样说明显是不想让他开口。他只好讷讷地转身离开。

就这样，父亲拿着搭杆着挑着水桶在爷爷和板田一郎的目光里渐渐地走得远了。

父亲不止一次地对我说："后来发生的一切都在按照爷爷的预计在发生。"

果然，瀑布断流了。悬挂在深潭上方的瀑布渐渐地小了起来，一开始是细微得不可察觉，慢慢地是肉眼可见，不知何时，原本瀑布跌落深潭的滔天声浪听不见了，那波澜壮阔的瀑布已然成了涓涓细流，那细流越来越细，渐至于无。

接着，彩虹出现了。那是何等巨大的彩虹！在大青山缭绕的云雾之间，在深潭上空，彩虹横亘，内紫外红，散发着璀璨夺目的光环。正在惊异间，在那内紫外红的彩虹上方，竟然又出现了一条内红外紫的彩虹。这条彩虹虽然细小些，暗淡些，但两条彩虹一正一反，一大一小，一粗一细，一浓一淡，相互映衬，真是如梦似幻。

然后，巨响骤然而至，惊醒了梦幻。那是惊天动地的巨响，仿佛天崩地裂一般。然而，奇怪的是，那声巨响之后四周便呈现出死一般的寂静，人犹如置身于远古寂然无声的苍穹之下、旷野之上。

这时，父亲发现一直静止着的潭水开始了剧烈地搅动、翻腾，涌起的浪头一个比一个高，冒出的气泡一个比一个大。难道潭底真的有传说中的蛟？这沉睡了千百年的蛟仿佛正在从睡梦中苏醒过来，它庞大的身躯正在不停地翻滚扭动着，似乎要把深潭搅碎后冲天而起，直上云霄。

然而，父亲并没有看到那传说中的蛟，相反，那一潭水在疯狂地旋转搅动中不断地减少着，浪头停止了，气泡也停止了。就像潭底被捅破了个大洞一般，只片刻，那原本深不见底的潭水竟消失殆尽，一块接一块地露出潭底面目狰狞的巨石来。

　　就在这错愕间，一个更为巨大的声响在大青山深处轰然炸响，蛇首山也随着那声炸响顷刻间消失在视野里。不，何止是蛇首山，和蛇首山相连的山脉和山冈也随之一同失去踪影。取而代之的是漫天的尘土，是折断的树木，是飞来的巨石，是呼啸的洪流，是崩塌的山峦……

　　据当时的报纸描述，这是大青山地区有史以来最为诡异的山体坍塌事件，事件系蛇首山突然沉降引发，大青山五峰随之坍塌，但并没有依照常理向陡峭险峻的山体方向坍塌，而是集中向沉降区坍塌；这也是大青山地区有史以来规模最大的山体坍塌事件，事件造成蛇首山相关联区域沉降后被泥石流整体淹没覆盖。据统计，在此次事件死亡人数为 122 人，其中一人为中国国籍，系大青山本地人，余者皆为日本国籍。

　　又据地方志记载，在山体坍塌事件中身亡的刘先生系大青山游击队成员。为突破敌人封锁，为大部队解放大青山地区扫清障碍，携幼子回村，以堪舆师的身份与敌人斗智斗勇，最终凭着丰富的知识和过人的胆识，借助大自然的力量与强敌同归于尽。

　　据收藏界消息灵通人士称，皖南大青山一带巧工名匠以绝顶技艺将《起蛟图》真迹藏匿于一根紫荆木制成的搭杆中，历经战乱灾害而无损，后无偿捐献给国家。如今，那幅《起蛟图》收藏于北京故宫博物院。

我想和你说说话

孙长江

1

太穷了，太穷了，穷得家里的几只猫都嫌弃，先后离家出走。

女人对男人说，你看家里除了我们一家三口还有什么？

男人闷头不语，逼急了就挠挠头，说再等等，再等等看。也难怪，男人当了11年的兵退役回家，镇上说根据文件不能安排在镇政府工作，让村里安排就业。村里说你看书记和村主任都还健在，也没有适合你的位置，要不你先过来打打杂，合适的机会再推荐你去镇里上班。男人就老老实实在村委会待着。每天出门腋下夹个新买的山寨"金利来"提包，跟着村主任挨家挨户跑腿，跟着村书记在镇政府各个部门乱窜。若是下雨天，就会被一群无所事事的妇女围在村委会调侃，问他，当的是什么兵？是不是真的在二炮部队？二炮是干吗的？男人提起这个很来劲，就说起他在二炮当兵牛气哄哄的日子，说部队的炮筒竖起来有六层楼高。有个妇女就说你吹牛吧，有那么高？村妇联主任看似一脸认真又略带笑意地问他，那你会不会打炮？隔壁开杂货店的小妇女也深表怀疑地问，真有那么粗的炮吗？吵得叽叽喳喳的时候，村主任就虎着脸出来骂，什么炮？打什么炮？都回家去！挥手做驱赶状，妇女们才一哄而散。

女人实在看不了男人游手好闲的样子，就逼他想想办法，多往县武装部跑跑，找找退伍办的领导。女人一催，男人就从那张安置费的存折里取出几百块钱，买上两瓶好酒去县里，回来对女人说武装部让再等等。有人提醒，说现在办事得花本钱，想到镇里上班，得两边都要跑跑。男人就尝试在那张安置费的存折里取出两个大数额的送过去。镇长很认真地说，快了，农技站老王还有两三年就退休了，那可是个事业编哦，再等等吧。男人回家一脸高兴，对女人说快了，镇长都说快了，农技站那可是个事业编，铁饭碗。他刻意压低语气说话低沉，生怕声音传出窗外。是不是还要再等等？女人说这句话时不知道是嘲笑还是无奈。

再等等，再等等，等了两年还是这句话。

女人恨那帮人，也恨自己的男人窝囊。但世上哪有后悔药，想当初是自己执意要嫁给这个穿着笔挺军装的兵哥哥。媒人带来相亲的时候，他自来熟，一会儿就家长里短天高云淡地侃起来。父母说这个当兵的就是矮了点，话多了一些。媒人巧舌如簧，嫁男人不就图个可靠，当兵的多实在呀，话多以后小两口才热闹。女人也觉得他成熟，实在。父母很开明，尊重她的意见。婚后，女人在家伺候公婆，侍弄几亩田地过日子。男人转了士官，还想着提干，坚持干了11年，坚持把家里的所有土特产送完了，终究还是在21世纪的第一个10年里退役了，部队领导说军队早就有规定，原则上不许提干，一律要招考。于是，男人只好带着安置费回家。那时儿子刚好5岁，吞吞吐吐地说爸爸回来好，我们三家人在一起了。女人纠正说是一家三口人，不是三家人。但儿子还是说不清楚，经常弄混淆。

男人20世纪90年代末入伍，一待就是11年，除了在部队拿个二级厨师证外，男人回村以后觉得自己什么都不是，很不适应外面的社会，所以一直求爷爷拜奶奶。虽然低头求人，但军人的气质仍在，挺着腰板，剃着平头，端端正正的样子。有时候像祥林嫂般絮叨，有时候委屈似小家雀。就是被安置在村委会打杂，也讲普通话，尽量放慢语速，咬字清晰。和满口方言的村里人比起来很另类，也很孤独。

男人刚退役回家，父母就把家分开了，让他们单过。不是嫌弃，而是当地的风俗，儿子长大都得另立门户。

日子越过越穷，每个月村委会给的几百块钱管儿子买奶粉都不够。男人仍旧老老实实地在村委会打杂，等着去镇里上班，一等两三年。女人直发愁，说哪有日子越过越穷的，这样下去就那么点安置费迟早会坐吃山空。一开始还逼男人多找找关系，后来失望了，劝男人死心，另找门路。说活人还能让尿憋坏，再等她的更年期都要来了。男人没了主张，一次次重复说有文件的，士官退役当地政府要妥善安置。女人气不打一处来，说现在人家已经不妥善了，你还等个屁。两人吵完架，男人会在家里唉声叹气，蒙头大睡几天，之后，还夹着山寨的"金利来"提包去村委会，跟村主任、书记后面混日子，被人逗起来时仍旧会说二炮的炮筒竖起来真有六层楼那么高。

日子过得清汤寡水，后来两人连吵架都没有兴趣了，一般夫妻吵架往往都是因事争执，都是一方企图说服另一方。而现在，两人似乎没有一个出路，没有一个方向，哪来一方说服另一方。有时候，都无比怀念以前在部队的日子。两人相隔两地，每年夏天女人都会去部队看望男人，春节前后男人也会回来探亲，时间短暂，又是蓄意久久的干柴烈火，忙完该忙的，男人就会说，我们说说话吧，于是，两人就会没完没了地聊天，有时候会乘兴聊到天亮。男人絮叨，在部队生活发生大大小小的事情，大到演习，小到每天的伙食，都一五一十地说给她听。女人从相亲开始就接受了这个唠叨的兵哥哥，何况一段时间不见面，都有话说。女人去部队几次后就发现，说是二炮部队，其实就是个战备油库，藏在大山深处，总共就十几个当兵的守着深不可测大山谷，一年也见不到几次车队过来加油。好不容易逮个活人，不把三辈子话讲完都不罢休。女人一下子就理解了他的话痨，也习惯了他的开口语——我们说说话吧！刚结婚那阵子，女人有次问男人，你话那么多，怎么不说说爱我呀想我呀之类。男人就语塞，停顿了，红着脸，结结巴巴说，这有什么好说的，这还不是放在心里嘛。女人明白男人虽然话多，但也不是善于花言巧语的男人。

等待太久，特别是没有希望的等待让人心灰意冷。吵架已经吵得心灰意冷，吵到男人也没兴趣提他的开口语——我们说说话吧。最终，女人火了，说我出去打工，你在家带孩子吧，你慢慢等，等到人家妥善安置你。开始还以为女人只是说说而已，男人劝她不要激动，说外面的世界很复杂。见女人收拾衣服，打电话联系本村在外面打工的姐妹，真的要走了。他慌了，说你走我怎么办？我不会带孩子啊，要不我们一起出去打工吧，把儿子丢给爸妈。咱们谋划谋划，别走太远啊，回家要方便。最终，在这年的 3 月，两人联系上在 T 城开饭店的亲戚，投奔而去。

2

T 城其实并不远，跨过长江，乘中巴车两三个小时就能到达。男人说离家近一点好照顾孩子和老人，女人其实知道是男人胆小，根本不敢走远。

亲戚是女人娘家的表舅，男人跟着喊三舅。在 T 城一个老旧小区沿街路口开间小饭店。楼上楼下加起来也只有 5 个包厢和几个雅座。这和三舅每次回去的排场和气势很不相称。三舅热情款待她们，说一切他来安排，在 T 城有事都找他。但又实话实说，店小，一下子容不下两个人，先住下来，再慢慢找工作。女人说男人在部队是厨师，有二级厨师证，要不让他在店里试试。男人也自告奋勇，说一直给部队首长做饭，手艺不比大饭店厨师差，川菜、徽菜、湘菜都会做，说部队那食堂比你这饭店还大，光包厢就十几个。男人依旧话多。女人见三舅表情不悦，赶紧打断他，说别老提部队，要不你去烧几个菜看看。三舅呵呵笑，说我这小饭店，都是大排档的菜，随便烧烧，哪能劳驾部队大厨师动手。男人听不懂话，接着说，是的，小饭店食材少，也不需要讲究，不像部队给首长做饭，上菜的碗碟都很……女人拿起茶杯，提高声音，说你去给我倒杯水！男人的话"嘎"地就停住了。被打断的话在空中成了破碎的风，凌乱且飘忽不定。女人不再提让男人做菜的事情，说三舅我们来投奔你，一切都你来安排吧，我们听你的。说这些话时，女人看见坐在板凳上的男人，脸上一阵红一阵白，表情不自在，夹烟的手指停在半空，不知道是吸，还是要弹烟灰。三舅恢复了笑容，说先住下吧，回头让你舅妈帮你们在附近租间房子，从长计议。男人张开嘴唇，要说什么。女人不敢让他说话，顺手往拐角一指说，垃圾桶在那边，别把烟灰弄得到处都是！

男人愣了一下，走到垃圾桶前，把半尺长的香烟直接扔进垃圾桶，女人慌忙拿起茶杯往里倒了一些茶水，几片松弛的茶叶湿漉漉地盖在正欲作乱的烟头上，哧的一声，悄无声息。

第二天，他们就在这个老旧小区里租了房子。很小，陈旧，一室一厅，但总算安顿下来了。

晚上，三舅捧着个茶杯过来看他们，说条件简陋了一点，但凑合吧，出来做事目的是为了挣钱。女人说就是为了挣钱才来啊，吃苦不怕。三舅给他们出了一个主意，说两个人打工没意思，挣的都是死工资，永远都发不了财，不如自己单干。男人也说自己本来就不想给人家打工。女人说我们单干什么呢？他就会做饭，我们也开个小饭店吗？三舅说小饭店生意不好做，前几年还好些，这几年他也没有挣到多少钱。再说，开个小饭店也要投入本钱，光是转让费就要十几万。男人说钱可以凑点，我们还有安置费。女人打断他的话，说三舅那你看我们做什么好呢？最后，三舅建议他们在附近开个面馆，说投入本钱少，而且 T 城人喜欢吃面。说你男人是大厨师，弄个高汤没问题。

说干就干，不到一个月，舅妈就帮助找了个门面，以前也是开早点的，30 多平方米，后面隔间做厨房。也在这个小区，街道的另一端，和三舅的饭店相反的位置，沿着小区外侧从三舅饭店走过来，10 分钟的路程。三舅说，这样好，想吃饭喝酒来我饭店，想吃面条去你们那，我们是亲戚，相互帮衬着。女人忙说那是那是，都要三舅照顾。

等三舅一走，男人说你三舅还是留一手，对我们提防着呢，让我们开面馆，又离得这么远，怕影响饭店生意吧。知道了还说？亲兄弟还隔肚皮，更何况是我们来投奔人家，谁没有一点私心？男人还想说什么，又闭上了嘴。女人没时间理他，开始忙起自己的面馆生意。

男人爱面子，和女人商量好的，男主内，女主外，女人负责招待客人，收钱，刷洗碗筷，男人熬好高汤，就在案板旁揉面，切面，厨房里的活全包了，但不轻易出厨房的门。女人知道男人爱面子，心想，你一个退役的士官还心比天高。

日子安顿下来，面馆也开张了。女人和男人每天凌晨三四点钟起床，一起去面馆和面，醒面，把之前烧好的各种卤加热，调试高汤。女人勤快，把昨天抹干净的座椅再摆放摆放，碗筷消毒，再用开水烫一遍，还特意从三舅那里弄了一些咸菜、豆腐乳，给客人蘸着吃。两人都没有做过生意，不像是开店，倒像在家里招待客人。收拾收拾就五六点了，天麻麻亮，街上就会有起早的人三三两两地走动。有的穿着睡衣去菜市场买菜，有的出门买个早点，也有上大夜班的刚刚回来，还有睡懒觉的上班族匆匆忙忙出门，他们这时会在附近找家面馆吃碗面。两人就期盼着有个人走进来，喊一句——老板，来碗面，牛肉面！

　　T城人喜欢吃面条。三舅说T城有很多厂矿，当年红火一时，很多外地人拖家带口来矿里上班，渐渐形成移民城市。其中就有不少北方人，他们都喜欢吃面食，包子、馒头、面条一日三餐离不开。当然，食客也越来越挑剔，以前哪有什么高汤和各种卤，就是一碗清汤寡水的面条加个煎鸡蛋。现在各种面条都成了T城的特色小吃了，闲暇时没事约三五个朋友吃个面还挺时尚，面条也被玩出了花样，什么发电厂牛骨面、淮南牛肉面、老奶奶鸡汤面、重庆小面，应有尽有，也不知道真假。听说有个涵洞里一家牛骨面特别火，一段时间人山人海，各色饮食男女在清晨就往涵洞里钻，有次就被不知情的执法队突袭"扫黄"后才知道是场误会。刚开始筹备面馆的时候，女人每天都拉着男人出去吃面，舍不得坐公交车，就起早步行去，一家一家的品尝，每吃完一家，女人就急切地问有二级厨师证的男人怎么样，男人一般都是那几句话：味道太咸了，面粉质量太差，高汤不是原料，是一大堆佐料混合调成的，面条不是手擀是机器加工的，等等。女人问他可有信心，他就挠挠头，说那看看再说嘛，不试试怎么知道，我们还不熟悉这个城市的胃口。说了等于没说。

　　三舅饭店有个本地厂矿下岗的服务员叫黄娟，和女人年纪相仿，身材微胖，厚厚的嘴唇，说话眼珠子喜欢咕噜转，她在城里长大，比较了解情况，告诉他们不少好吃的面馆。女人听从她的建议，一大早坐公交车从城南到城北，去吃发电厂牛肉面。确实有新发现，也让男人和女人看到了希望。那个面馆不大，开在路边一个山坡上，就二间平房，塞满了座椅，是农村那种常见的长条凳和方桌。熬汤、下面条的大锅就支在门前的大棚子里。只见马路边停满了小汽车，奔驰、宝马、奥迪，不乏豪车。男人说，这从城里开过来吃碗面，油钱比面条还贵。这说明 T 城人确实爱吃面条，这一家牛骨面也确实闻名遐迩。女人边想边心情复杂起来。人太多，屋前空场子上也放了塑料桌椅，坐满了人。就这还不够，还有后来的站在外围抽烟，用眼睛瞄着围坐的人群，一有人离开就立马杀过去抢座位。就连旁边配套的炸油条摊子也跟着忙碌，"老板，上一根油条!"此起彼伏声，油条从锅里捞出来不及沥干就迷迷糊糊地被端上桌，沸腾的牛骨汤上烟雾氤氲，好不热闹。女人心想，我们是不是也要学会炸油条？两人学着别人的样子，要了一份大骨头，两碗面条。牛骨头足够大，一个大海碗都塞不下的样子，真是骨头，会让你半天都找到下口的地方，零星的一些肉缠绕在骨头缝隙里，藏着掩着，牛骨的香味倒不自私，一阵阵袭来。这些大骨头我们在部队里从来都不吃，都剔下来喂狗，就这一碗还要 5 块钱!男人不满地用筷子指点。女人狠狠瞪了他一眼，偷偷瞟一瞟四周的人群，也学着别人，戴上一次性手套，捧起大骨头小心翼翼地转动，伺机找下口的地方。不得不承认，这一家确实不错，无论是汤汁还是骨头熬制的火候都恰到好处，男人也少有地说了一句话，这家不错，货真价实!但面条一般，就是菜市场机器加工的湿面。男人评价一般都有批评。

3

开业前，两人身处陌生的 T 城，既新鲜又有很多的不适感。女人把租来的房子也用心布置了一番，该置办的也去步行街买了一通，舅妈说那儿东西便宜，适合他们消费，不像大超市东西死贵，那是城里人去的地方。也是奇怪，进城谋生的农民工即使天天和城里人一起生活，仍旧像两条平行线在各自的轨道上直直地伸延。男人在部队的时候，女人去探亲，两人畅想未来的幸福生活时，男人最美的憧憬是退役后能进县城行政执法大队当个城管，因为他们部队之前就有这样的例子。她记得他说得很清楚，到那时候，咱们把家就搬到县城去，我们就成了城里人，孩子也能在城里读书。她一脸幸福，那时该多好。现在，虽然房子简陋，虽然是暂时的租住，但毕竟在城里了。

晚上，两人躺在床上，男人兴致好，重新拾起他的开口语——我们说说话吧。嗯。女人这个时候也不讨厌他的话多。男人说，咱们先干着，面馆开起来，真能挣到钱就好，实在挣不到钱我再回去催催村里和镇上，毕竟我找他们好几年了。女人在心里恨铁不成钢，床上的事也准备不让他干了，说你怎么就老是惦记在镇上工作，那有什么好？求爷爷拜奶奶几年都搞不定，你还不死心。你怎么胆子这么小，就不敢在城里闯一闯？你看三舅，那么小就来T城，也是白手起家，开了饭店，还在城里买了房子，这多好，你看他家的孩子和城里的孩子还有什么区别？男人说，哪有那么容易，现在找份工作多难，就是做小生意，在这儿人生地不熟的，也不好混下去呢。女人发现男人骨子里还瞧不起这小生意，还端着他那过去式的士官身份。

城里人喜欢尝新鲜。看到新开的面馆，附近小区的居民都会来试试口味，每天早上一开张，也会有三三两两的人进来吃碗面条。按照三舅的建议，别看在市区中心，这些老旧小区居住的大部分都是老人和附近读书的孩子，价格要低廉，还要实惠，毕竟T城流动的人口少，做的都是回头客。

男人似乎也放低身段，系着白色围裙，每天待在厨房弄他的高汤，烧制着这段时间他们从外面学来的各种卤，大肠、牛肉、杂酱、青椒肉丝等，部队的二级厨师也不是徒有虚名，何况男人说过，很多首长都喜欢吃他烧的菜。没人的时候，就低头在案板上揉他的面团，男人坚持做真正的手擀面，说要是在菜市场买现成的湿面条，那顾客还不如买回家自己做。而且手擀面也很讲究，要用高筋面粉，揉成团后要饧30分钟左右，擀杖使用也有技巧，用力均匀，要一层层向四周碾压。面团在案板上反复揉，尽量多揉，一分耕耘一分收获，这个做不了假，否则吃起来没弹性没嚼劲。部队的高标准严要求确实有好处，擀到2毫米的厚度，切成3毫米的宽度，抖开后筷子般的长度，男人一丝不苟。

女人在前面，招呼顾客，收拾碗筷，热情如火。每天都有一些收入进账，还被别人喊着老板娘，听着就舒服，心想城里人咋这么聪明，不喊服务员，进门就喊老板娘，这是城里人给她最亲近的身份了。男人说你傻啊，这一看就是夫妻店，谁家这么小的店面还雇服务员？忙不过来的时候，女人也进后面的厨房帮男人打下手，拿盘子，递碗，嘴里说今天已经收入多少多少。男人笑了笑。日子就要有希望有盼头，尽管是用低到尘埃的姿态生活着。

　　下午，店里人少，三舅捧着茶杯过来闲坐，实际上是来看看怎么样。女人拿起水瓶给三舅加开水，朝后面厨房喊，出来呀，三舅来了。然后，女人又从吧台烟盒子里抽出一根烟递给三舅。男人解开围裙，拖过一条凳子坐到三舅的对面，说，三舅来啦，我正在后面擀晚上需要的面条呢。这几天怎么样？三舅看男人坐稳了，吸了一口男人弯腰帮点上的烟。显然，三舅想有一个好的开局，这样回老家脸上也光彩。女人在男人旁边坐下，看看男人，仿佛是需要经过男人允许似的，她说，三舅还真不错耶，这段时间每天都有三五百元的收入，这得感谢三舅，还有舅妈帮助找的好地方。女人毫不掩饰内心的喜悦。三舅微微抬起头，看看墙上的菜单和价格表，略微思考了一下。嗯，那还行，刚开张，除去成本，每天也有两百块左右的利润。三舅不愧于在这一行干了这么多年，大致的利润他能算出来。男人谦虚，说哪有什么利润，厨房置办的一些成本都没算进去，开始大家都是来尝新鲜，也不知道后面怎么样。女人知道男人既是心里没底，也是故意压制一下喜悦之情。三舅看了他一眼，拉开了话题，说他当初来 T 城不容易，在矿里干过重活，在工地上也干了好几年，在步行街还摆过摊，最后遇到了贵人，才慢慢开了个小饭店，在 T 城成了家，买了房子。女人急忙搭话，三舅也是我们的贵人，我们向三舅学习，慢慢来，多挣钱，眼看孩子快要读小学了，要是能来城里读书那多好啊。男人听出了三舅不满，也说感谢三舅，要不是三舅我们还没有着落呢，还天天在老家吵架呢。三舅进一步说，是啊，早应该出来，在家里守着一亩三分田，能干什么。想起男人还在村委会打杂过，于是说，你们也不小了，就应该出来闯闯，在村里就是给你一份工作有什么意思？一个月能拿多少钱？一下子说到了男人的痛楚，男人只好唯唯诺诺的，那是，那是，低头抽烟。很奇怪，男人在村里那么善于言辞，跟三舅却很难合拍，总是尬聊。

　　晚上睡觉，两人说说话的时候，女人劝男人别那么实诚，跟三舅多说一些好话，毕竟三舅帮助咱们开起来小面馆，我们应该感谢他。男人生气了，我怎么了，怎么没感谢他，这不才开始吗？确实不知道以后怎么样啊。女人问男人是不是还不愿意做这个小买卖，是不是还想着村里跑腿的活？男人就不说话了，不一会儿就传来男人沉重的呼噜声。确实也累，清晨三四点就起床揉面团，晚上收拾完厨房都八九点钟了。但一想到每天挣的钱，女人还是满意地进入梦乡。

4

　　这条街叫人民三路，在闹市区，还是市中心的位置，但附近的小区都是20世纪单位的集资房，很多原房主都迁到西湖新区买了改善型的大房子，留下的大部分都是一些不愿迁走的老人。还有的就是奔着学区房前仆后继来接替原房主的那些年轻人，听说小区里面有一个很不错的人民小学。女人想要是儿子能来这里读小学那该多好。老家门口那所小学，女人和男人来之前特意去看过，6个年级加起来还不到100个学生，偌大的操场一个广播操做下来，零零散散，像一群打了败仗毫无斗志力的散兵。再不出去打工，咱们儿子就要在这里读小学了！女人用埋怨的目光盯着男人边说边指着操场。或许这也是男人愿意跟着跑到T城打工的动力。

　　往三舅酒店方向，沿街除了一些文具店、水果店、小吃店外，还有一家彩票店，男人下午没事的时候，会从吧台拿上10块钱去买彩票。要是中了500万，咱们就在这儿买房子买商铺，把儿子也接来读书。男人笑嘻嘻地拿着钱走了。女人无所谓，低头收拾桌椅，说好呀，等着你的500万啊。男人擀了一上午的面团腰酸背痛，女人就当他休息时间去喝了下午茶。一开始，男人毫无研究，总是走过去，站在一大堆往期中奖数字的海报前漫不经心地观望，再看看一旁别人的研究成果，最后还是随机打出一串彩票。第二天，也是下午忙完活再过来，拿起彩票核对，偶尔也会中个5块钱10块钱。不像是盼望中奖，倒像是打发时光的一种消遣方式。后来，这个彩票店奇迹般中了一个二等奖，听说70多万的奖金，关于中奖对象的猜测更是五花八门，有的说是门前那个深藏不露的清洁工，有的说是那个对彩票颇有研究的文具店老板，也有的说是一个匆匆而过的过路客。当然，那天晚上，男人和女人也莫名地兴奋，男人刚说出开口语——我们说说话吧，女人就说要是你中了该多好，70多万啊，刚好可以在这儿买一个学区房! 70多万，咱们卖100万碗面条都挣不回来这么多。男人兴奋中有惋惜，打开话匣子，说那天我也买了啊，可惜是随机打出的彩票，可惜没有参考别人的，要是参考了中奖者的彩票，咱们也中个二等奖，又说彩票这东西，说不好，中奖率那么低，怎么研究也要靠缘分……那天晚上，两人以一场热烈的性事来庆祝一个陌生人的中奖。在床上，两个人都做一个关于彩票的梦：女人梦见中了70万，眼看着兑奖日期就要截止了，激动地大喊大叫，快点去领钱，快点去领钱。手舞足蹈，一脚踹醒了梦中的男人。男人也做了一个梦，梦见彩票一会儿变成了10元钱，一会儿变成了车票，又变成了曾经部队里的那张饭票，好不容易变成了一张彩票，正在努力想看清数字的时候被女人一脚踹醒。

后来，男人再买彩票时也学会研究，出门会带上20块钱，站在彩票店仔细分析前几期的数据，仔细观看每一个都像中奖的数字号码，计算一下每个数字出现的概率，然后会深思熟虑写下几注彩票，凑上20块钱整，不多不少。女人有点心疼20块钱，一天不多，日积月累就不少了，有次想劝劝男人，别买彩票了。但看到整条街一到下午大家都清闲，有的钻到棋牌室里打麻将，还有的围在店铺前斗地主、下象棋，都是这样的生活。男人好歹把厨房整理干净了，把晚上要用的面团饧上了。从早上忙活到下午，他也确实够累。就让他买吧，打麻将、抽烟、喝酒那一样不要花钱。女人自己下午把面馆卫生收拾好，也会趴在吧台上睡一会儿。三舅劝他们下午关门算了，回家睡会儿，到晚上再去营业。女人不干，生意是守出来的，守得住无望，才有希望。这不，上个月就有一次，下午三四点钟，有5个人从棋牌室里晃出来，估计是打得天昏地暗，饿得忘了时间，看到面馆就一块儿钻了进来，赢钱的那个啤酒肚子请客，竟然要了六碗牛肉面，为图个大顺，多一碗放在那摆着。男人虽然不在店里，女人自己给他们下了面条。你看，这不就是白白守出来几十块钱。每天下午的捡漏，能抵上房租或者男人买彩票的钱也是收获。

三舅妈知道男人每天下午都去买彩票，还特地在一个下午跑过来劝她。

刚来做点生意，怎么就赌上了，没个稳定劲儿，生意是做出来，不是靠一张嘴说出来的，你三舅还说了，这当兵怎么当成游手好闲的。女人听了脸一下子就挂不住了，自己的男人，他们凭什么这样说他，买张彩票就是赌上了？男人话多怎么了？想当初自己就是喜欢他这个热闹劲儿。

女人说，他这不是赌上了，他是下午休息休息，松松筋骨，是我让他出去玩玩的，刚来这儿人生地不熟的，不能把人憋坏了，去三舅那儿又不会陪聊，总得让他玩玩吧。

三舅妈一听这语气，就岔开了话题。

5

面馆的生意一度很好，这跟有着二级厨师证的男人对手擀面的精确诠释和心灵手巧的女人天天执着的守店有关，也离不开这个城市对面条的热爱。男人在部队养成忠诚的品质同样用于面粉、食用油、食材的精挑细选，这也是附近很多回头客义无反顾地再次走进面馆的理由。当然，男人也听从了三舅的建议：要让客人吃到七分饱，一碗面条那么多，客人都吃不下，哪还有心思品尝？世上再好的东西得到多了就厌倦了。一份卤就让客人吃够了，哪还有再来的念想？女人数数存折上日益增长的数字，每天都有进账是多么幸福的事情，虽然不多。

稳定下来了，两个人的想法就多了，如果生意一直这么好，是可以过完年就把儿子带过来上小学，女人都打听过了，T城对外来农民工十分厚爱，不需要提供房产证，不需要本地户口，只要在附近有暂住证，在附近就业就行了。房子可以慢慢来，儿子的读书可不能耽误。

村主任打来电话的时候，男人正低头在案板上揉面团，双手握着擀面杖，均匀地往外推，面团像不断扩张的疆土。村主任说镇里打来电话，农技站的老王要退休了，镇长特意提到他，问问他还有没有想法。村主任还特意强调，这几年镇里退伍转业的可不少。像平静的湖水扔进一颗石子激荡起浪花，像一只水鸟在湖面踏水而行带起的涟漪，男人似乎是发了个愣，又回到那个纠结的场景。

　　女人是极力反对的。男人退伍后找工作那段时间如噩梦般还在脑海。女人说，咱们那儿田地都没有了，农技站还有什么用？你兽医都不是能干什么？你回家，我和儿子怎么办？一辈子在家守着？说着剜了男人几眼。男人低着头，没看她，但明显感觉被她剜到了，一直剜到心里。

　　跑了好几年，找了那么多关系，农技站好歹也是一个事业编，有个稳定的饭碗，收入不愁，一起退役的几个战友都好歹弄了一个编制，我不能总是在厨房下面条，我不想这样的生活，我当了那么多年的兵，不就想有个稳定的工作嘛。男人像个委屈的小媳妇，一五一十地诉说心里的委屈。

　　吵架女人倒不怕，但男人的委屈触动了她内心的柔软，毕竟那是他们曾经一起走过的岁月。

　　男人走了，还带走了他那张有安置费的存折，很明智地说这事肯定还得花钱。

　　之后，舅妈来了几次，劝她不行关了面馆去饭店跟她一起干吧，一个人太累，又不会干那些重活。三舅也来了，说男人太不负责任，且幼稚，哪有那么容易得到的工作，在这儿好好干下去是很有发展前途的，谁当初不是白手起家，守得云开才能见月明。

　　女人不愿意他们说男人的不是，也不愿意轻言放弃，这或许是这几个月在这条街上的生活体验。女人说，他是回去看看，不是不负责任，我们是夫妻呢，我能理解他的感受，让他去寻找吧，总得找个平衡，店我也不关，关了，他要是回来怎么办？这里是我们的事业我们的家。

　　女人是会手擀面的，以前江北地区小麦收割后，农忙结束，家家都会做上几顿手擀面，只不过张家有张家的做法，李家有李家的味道。当然，肯定没有男人做的手擀面味道足，也没有男人对面团的敬业。女人只是不会熬制高汤，不会像男人那样制作各种卤。但她有她的办法，老家红白喜事流水席上有一道永恒的菜——锤肉汤，谁家流水席上没有这道菜，那就不是一个正式的宴席。它和许多农家做的氽肉汤有相似之处，但比氽肉汤要复杂正式得多。在街上买回大块猪前腿瘦肉，切成一堆 2 厘米左右的瘦肉片，在盆里用盐、生抽、酱油腌制半个小时左右，用另一个盆装山芋粉。腌好后，取一片放到山芋粉盆里滚一下，然后在案板上撒一些山芋粉，把浑身裹满山芋粉的肉片放上去，用擀面杖的一头慢慢锤，肉块慢慢锤开，上面的山芋粉被肉块吸收了会变黏湿，再撒一些山芋粉，再慢慢用擀面杖的一头慢慢锤，直到肉片被锤成薄薄一片，锤过的肉就跟搅打上过劲一样，软硬适中。在锅里烧一锅开水，水沸腾后，把锤好的肉片一块块丢入锅中，大火烧开后，撒上一些生姜、蒜末就可以吃了。根据这个经验，女人就自己独家研发了锤肉汤面。一口锅里煮自己揉的手擀面，一口锅里做锤肉汤，把煮好的面条捞入碗中，再煮几根小青菜放上面，从锤肉汤锅里舀一大勺浇上去，汤汤水水的盛满，再撒上一些生姜蒜末，色香味俱全。

　　开始老顾客们还失望，说以前的那些卤、高汤让人留念，后来再吃起女人的锤肉汤面条时却惊讶、好奇。特有的味道，市场上从没有的花样，这些极大满足了 T 城挑剔的食客，也冲击了他们一成不变的味蕾。附近的老人觉得似曾相识，好像遥远的记忆中有过这一情景。年轻的食客也寻宝似的，收获满满，然后争相转告——人民三路有一家锤肉汤面，特别好吃，你一定要尝尝，哪儿都吃不到那味道！这时，女人一个人的累仿佛就值得了。仍旧是清晨三四点钟来店里，把面团饧半小时左右，趁着空隙去打扫店里的卫生，再把昨天切好的肉片从冰箱里拿出来，腌制，揉面，女人学会了男人的揉面技巧，也学他一丝不苟的认真样儿，揉到黏性十足，擀到 2 毫米的厚度，切成 3 毫米宽度，锤肉也有了她自己的标准，一片片，薄薄的，瘦而不柴。案板堆上一小堆的时候，开始烧两口大锅的沸水，这时候天就亮了，会有三三两两的顾客进来，老板娘，来一碗锤肉汤面！上午忙好，准备下午的，下午再抽空把第二天早上的食材准备好，周而复始。累啊！可女人并不抱怨，也没人听她抱怨，打过几次电话，男人都说事情没有那么简单，正在跑，正在找人，正在想办法。儿子接过电话，说想妈妈了，为什么妈妈不回家。女人这时候才会心一软，说了一句儿子十分费解且难以听懂的话——妈妈现在不回家，就是为了能够天天和你在一起！于是，白天的累，晚上补。晚上一动不动地在床上躺一夜，第二天就又能像打了鸡血一样冲锋陷阵。

在这条街上开门做生意，也是江湖场子，三教九流的人偶尔也会遇到，遇到有人吃完面条不付钱时，要是以前男人在，女人或许就会算了，和气生财嘛，也怕男人耿直和人吵架。但女人一个人的时候却变了，女人拿起擀面杖从厨房跑到门口挡住那几个想溜号的，毅然决然，目光凌厉，和他们理论，哪有吃饭不给钱的，你们想吃霸王餐？不给钱就不要走。秀才还怕遇到兵，何况一个讲道理的老板娘，当然，也许是女人那句话，我一个女人开个面馆容易吗？这话多少让人心酸。对方付了钱，从此，也很少有人想溜号了。

就那天晚上，女人做了个梦，梦见自己一个人奔跑在家乡空旷的田野，后面仿佛有个东西在追赶她，但又没有声音没有图像，就像有股浓烈的风在后面聚集，伺机要一口吞灭她。她吓得喘不过气，向远方的一个人影跑去，她多希望那个是她的男人，正在赶过来保护她，可是却看不清，总是看不清，直到那股妖风把她吞灭，把她吓醒。一个人醒来就不需要什么坚强了，女人哇哇大哭，眼泪直流，一边哭一边骂男人。你刚才死哪里去了，你就不要回来了！

6

男人是在女人又做了几次类似的梦之后回来的，这个时候，T城已经是冬天了，街路两旁的法梧树光秃秃的，像剪影一样把仰望的天空弄得支离破碎。若你还能找到几片焦黄的树叶挂在法梧树上的某个枝头，那就像这个城市的地下商场拐角处只睡着几个流浪汉一样，不值一提了。

男人垂头丧气，帮女人忙完店里的活，回到那个临时的家才开始"我们说说话吧"，原来，事情差点成了，镇长又一次收了他的厚礼，也想给他一个交代，何况他的情况也确实可以妥善安置，于是就着手他的事情，程序上要合法，这是底线。谁料到上报的时候，县里突然发现这个镇里竟空出一个事业编名额，于是给了另一个手上急需妥善解决的人。对政府来说，妥善谁不是妥善。男人不甘心，又找当官的战友一起跑县里，跑武装部，像一头苍蝇关在玻璃窗里乱撞。几个月下来，一无所获，都说再等等，再等等，好事多磨。女人一声苦笑，就知道会是这样。两人沉默片刻，女人叹了一口气说，撞了南墙就回头吧，过了长江就死心吧，别再一条路走到黑了，咱们还是一起好好干，让那些需要妥善的人去妥善吧，咱们再也不需要了。男人像一个犯了错误的小学生，在老师面前低头不语。

从老家回来后，男人似乎变了，白天在厨房干活没精打采，手擀面也没了灵魂，高汤不弄了，也不再做哪些卤，接着女人的锤肉汤面干，给女人打下手，揉面，锤肉，锤肉，揉面。晚上回去也不再"我们说说话吧"，女人问他话也是敷衍，毫无说话的兴趣。只是到了下午，他依旧会拿上 20 元钱出去买彩票。女人以为，一段时间后生活就会像从前一样，就像每天的日出和黄昏。但女人发现，男人眼神都发生了变化，不是话少了，是眼里少了许多内容，这些外人不易察觉，但女人分明能够感觉到。

那天下午，男人忙完活后拿着 20 块钱出去了，女人收拾好也准备趴在吧台睡一会儿。等舅妈把她叫醒的时候，她还懵懵懂懂的。舅妈火急火燎告诉她，快跟我走，出事了。坐到舅妈的电瓶车后座，女人才想起来，出什么事了？谁出事了？舅妈把着车龙头，迎着风，侧过脸，大声说，你家男人呢？你知道他到哪里去了？舅妈的话在逆行的风中哗哗响，像一个破音的喇叭里时高时低的分贝传到女人耳朵旁。他啊，不是在彩票店吗？他每天下午都去买彩票。女人抱紧舅妈的腰，抻直脖子贴着舅妈的后脑勺大声把话传递过去。舅妈扭头狠狠瞟了她一眼，懒得理她了。

穿过人行天桥，闯过火车桥洞，拐弯就到了公园，舅妈脑子跟装了跟踪器一样，左拐右转，就看见了那一幕。右前方，湖边的椅子上，男人和一个女的正坐在一起，她还挽着他的胳膊。两人低头在窃窃私语。黄娟！舅妈咬牙切齿，果然在这里，我来撕烂她。女人抱住舅妈，不让她下车，说别发出声音，别说话。果然是舅妈饭店里的那个服务员。女人感到心脏怦怦跳，血液加速狂奔，双手竟然颤抖不止。片刻，女人轻轻地对舅妈说，我们回去吧，回去！舅妈说你别怕，我去臭骂他们一顿。回去吧，舅妈，求你了！女人小声说。抱紧舅妈，她们转身而去。那一刻，女人泪流满面。

女人回到面馆后拒绝舅妈的建议，喊三舅等人来对质，喊男人父母来 T 城，等等。她觉得这是他们之间的事情，不需要任何人参与，她会问个明白。

男人回来后，晚上面馆还照样营业，女人不动神色，男人也若无其事，他一直是这样。

晚上快9点的时候，打扫完卫生。女人从店里面拉上卷闸门。男人惊愕。

女人说，下午，我看见了。

什么？他竟然盯着她。真能装。

我在公园看见你和黄娟了。她说。

哦！

他就一个字，轻叹一口气，坐到旁边的椅子上。

哦什么！你没话说了，不是要我们说说话么？你说啊。女人咆哮，忍了一下午的憋屈和愤怒就得发出来。

男人异常冷静，看看她说，你坐吧，你要想知道，我就说。

晚上9点左右的城市正是荷尔蒙高发的时刻，霓虹灯和夜色纠缠，车水马龙和路面邂逅，万家灯火也会遇见天空点点繁星。而室内的男人和女人冷静地坐在对面，他们想知道一个答案，其实他们也不想知道答案，知道与否，似乎不能改变这个城市的夜晚。

他说，我错了，我对不起你。

女人盯着问，你当然对不起我，你都干了些什么。

他说，我太失败了，我没想到会是这样，我窝囊死了，我什么都干不了。

他说，我很想让你们娘儿俩过上好日子，不愁吃不愁穿，可以想买件好衣服就买件好衣服，看上漂亮的玩具就敢给儿子卖，买项链，买手表，这些我都想给你。

他说，这么多年了，我什么都不会，我喜欢说话，可是我说什么都是错的，我以为懂得人情世故，却发现自己幼稚得可怜，我都学会了溜须拍马，可还是什么都没有得到！

他说，还在部队的时候，我就想着退役后能够有个好工作，能够带着你在城里生活，能够和城里人一样饭后去散散步，周末去逛逛街，有房子住，有钱花，儿子能够和城里人一样读书生活。这几年我很努力了，求这求那，钱都花光了，到头来什么都没有。我不想天天擀一辈子的面条，我不想……

男人说着竟然哭了，似乎忍了很久的眼泪急促而下。男人问，你是不是笑话我，你是不是特瞧不起我，你一个人把面馆都弄得很好，我是不是特没用？

女人用手撑着自己的下颌，看着他，不说话，想起很多年前这样的场景，看着他说，许多往事和时光都这样过去。那个时候他意气风发，目光如炬，那个时候军装在身，威武凛然，可现在，沮丧挫败，恍如他人。她叹了一口气，说，有什么好委屈的，每一个人都尘埃般活在这个世界，渺小如蝼蚁，谁不在为生活奔波，别人的生活就完美无瑕？这世上除了生死都是小事，有什么看不开的。遇到烦心事的时候就抬头看看天空，天空可以容纳万物，我们还容纳不了小小的自己？没有谁注定就一辈子干什么，没有谁就一辈子顺风顺水。开面馆怎么了？咱们丢人了？咱们对不起谁了？劳动创造财富，咱们把儿子接过来读书，一起劳动创造美好生活不好吗？

他说他早不买彩票了，他每天下午给黄娟 20 块钱，让她陪着他去说两个小时的话，他说什么，她都听着，而他在 T 城只认识黄娟。男人问女人，我说的你信吗？女人说，我信，我深信不疑。

那天晚上，他们一直聊到凌晨。大多时候是他在说，她听，他说累了，她说。反正眼泪也不值钱。

7

第二天，两人仍旧是早早起床。早上的生意可耽误不得，尤其是严寒的天气，城里人喜欢吃碗面条暖和暖和身体。女人仍旧热情似火，招待顾客，端上面条，收钱，抹干净桌子，忙忙碌碌。男人在厨房稳稳地切着 2 毫米厚、3 毫米宽的手擀面，一下一下锤着沾满山芋粉的肉片，白色的山芋粉包裹着肉片，不相干的两个食物，很快就融为一体。一片片，薄薄的，瘦而不柴。

中午，等最后一个客人刚起身离开，女人就把男人喊出来，锁门打烊。男人问怎么了，女人说，咱们以后下午都不营业了，回去吧！

男人一脸疑惑，回去干什么？

我想和你说说话！女人深情地说。

大蜀山之巅

朱本红

1

外婆安葬后的第二天，大舅、二舅和我妈兄妹仨不是商量安排"七七"饭，而是推诿扯皮我外公的养老问题。

大舅邓老大理应拿主导意见，但是他在家做不了主，大事小事都听老婆的。总是低人一等向老婆要零花钱，决定了他半个男人的窘相。30 岁前后的时候也偷偷留过私房钱，身体发肤被老婆扭得青一块紫一块，脸上一道道辙。吃了女人的败仗，男人就变成了无脊椎动物。从此女人一言九鼎，男人讲话就是黑板上板书、雪地里写字。那时候还是生产队，村里人天天在一起做活，笑他："母老虎抓的吧?"大舅说："砍柴时，刺划的。"村里人笑得打滚。

我二舅邓老二提出挨家轮流养，每家 4 个月。我大舅不敢点头。用老掉牙的破手机发短信向老婆讨主意。大舅妈叼着烟在棋牌室打麻将，回短信："我们家两个儿子，负担重。"她打出一张"九饼"，又放铳了。

大舅吞吞吐吐说："你嫂嫂讲，我们家两个儿子还没成家，负担重，你俩多担待点。"

二舅"哼"了一声，点根纸烟，猛吸一口烟就烧掉半截，眼睛斜视房梁，把手揣进裤兜，再也不吱声。二舅最看不起大舅，他怕老婆，如鼠见猫，如羊躲狼。所以他成家时，新婚之夜就把老婆打得跪地求饶，现如今也是对老婆想骂就骂，想掌掴巴掌就上去了，耍足了淫威。

我妈妈邓小妹说："你们两个儿子养吧。没我当女儿的事。"实际上她心里也难受，毕竟外公中风之前，最疼我这个外孙女，每次都悄悄地塞给我5元10元的，一次不多十次不少啊。

大舅又给老婆发短信："完蛋了。我妹妹说她不养了。"

大舅妈回："饿死算了！我们也不养，你可别心软！"

外公轻度老年痴呆3年多了，一直是我外婆伺候。陪伴是最长情的告白。外婆也许太累了，突发心梗，送到县医院路上就离开了人世。这种干净利索、无痛苦的死法倒也福气。只可惜专门照了相，要去合肥公交总公司办敬老卡，还没来得及享用的身份证就被剪缺一角。

外婆骨灰未寒，外公要活受罪了。这家三个子女，以及进门的媳妇，所嫁的女婿，都是一个鼻孔出气，全毛湾村乃至全镇的村民提起邓家，个个摇拨浪鼓。养儿养女，不如养狗对你摇尾巴，养猪能吃杀猪汤。

几十年前媳妇怕婆婆，几十年后婆婆怕媳妇；几十年前孝子是儿子，几十年后孝子是老子。

外公记忆力减退，容易迷路走失，经常忘带东西，生活不能自理，随意大小便，三天两头打人骂人，村里小学生碰到了都绕道。他怀疑儿子、儿媳、女儿、女婿偷他家东西。可以想象得出，穷得叮当响，老了中风邋里邋遢，口水连连，眼歪嘴斜，外婆是掉坑里了，少来夫妻老来伴伺候他吃喝拉撒睡。两个儿子都不把他当人，更别说儿媳了。三个孙子更是没有孝敬爷爷的概念，几年都没进过爷爷奶奶摇摇欲坠的破瓦房了。虽然那里曾是他们的摇篮。

我爸以前在外公身体尚可时，一年还走动几趟，喝了酒拎着鸡蛋、花生回家。后来外公痴呆了，我爸担心他儿子、儿媳当甩手掌柜，目测那几个都不是善茬，养老的皮球会踢到我妈头上，就耍起了小聪明，不准我妈回娘家。他看得很紧，还发展了好几个卧底，一旦发现我妈瞅空去了，势必大发雷霆，砸筷子甩碗，酒瓶子变成深水炸弹。我妈胆战心惊，没敢越雷池半步。直至这次外婆去世，才来为老人送最后一程。我妈失母之痛，泪如破圩，再想想几年都铁石心肝没有看望，伤心的哀泣既是哭死去的亲人也是哭活着的自己。

毛湾村人见了伤痛欲绝的出殡场景，泪点低的都跟着抹老泪儿。老话说得对啊：女儿哭娘才是真心，媳妇哭婆婆都是假唱。我妈这三天，干枯紊乱的头发，一夜之间灰漫漫白茫茫。

含辛茹苦、忍气吞声的外婆从此就没有了，高中生外孙女的我回忆起她在世时疼爱自己的片段，肝肠寸断。香瓜、草莓、桑椹，小时候都吃醉了，是外婆第一次带我到杏花公园玩，给我买糖葫芦、糯米藕，是外婆第一次带我到商之都，帮我买了第一双红皮鞋，是外婆带我第一次在麦当劳上过厕所，是外婆教育我夹菜不能吮筷子头、喝汤不能吧唧嘴……

天有灵犀，刮起了冷风，飘下来冷雨，风萧萧兮易水寒。远处的芦花老去在风雨中飘零，茅草失去了夏季的葳蕤开始枯黄，野柿子树阔叶落尽只剩下孤果，整个山野失去芳华一片凋敝。大家瑟瑟发抖，清鼻涕流出来，嘴唇冻得发紫。

2

外公半醒半痴，面对老伴的阴阳两隔，他知道"英子"走了，沉浸在悲痛之中。他的脸部肌肉高度紧张和恐惧，抬头纹、川字纹、鱼尾纹、鼻背纹、法令纹、木偶纹，都出奇地叠加。只是过一会儿就忘掉了，慢慢平息下来。过一会儿又想起来，悲痛再次占领了他精神世界，再也没有老伴了。外婆可是外公的大半边天啊，是外公的腿啊。

夜里，他醒了，半夜他头脑清醒一些。往常一有动静，外婆就会从并排的床上骨碌一下爬起，把尿壶递给他解小便。这是我外婆的发明，就是通过骂和凶逼着自己本能地使用尿壶。

现在边上的床上睡着大儿子，鼾声此起彼伏。

老爷子磨磨蹭蹭下床，喊："英子……英子啊……英子呢?"

我大舅白天打工，跟着砌水沟的砖匠打下手，拌水泥浆，抬石头，背沙袋，干了十几个小时，半夜眼睛都睁不开，发火道："深更半夜，喊魂啊喊，赶快睡觉!"

老爷子被响亮的声音吓得全身哆嗦，一个激灵就失禁了，小便尿湿了裤子，也尿湿了床。

间歇性睡着了，后半夜又醒了。老爷子摸着下床，借着月光，看清了隔壁床上睡的不是"英子"，也不晓得穿鞋，来到黑咕隆咚的客厅找老伴："英子……英子啊……英子呢？"

邓老大一晚上被搞醒了五六次，白天干牲口活，晚上头重脚轻根底浅，差点摔倒了。他把电灯拉亮，是可忍孰不可忍，顿时恼羞成怒，发出"最后的吼声"："你个死老头子，睡觉啊，别这样折磨人吧！"说着连拖带拽把老爷子按倒在床上。实际上老爷子轻如鸿毛，吹口气就会应声倒地。村子里的狗一阵狂吠。大舅唉声叹气："我还不如狗，晚上虽然值班，但是白天想睡就睡。"

老爷子受到惊吓，三魂吓掉两魂半，蜷缩在床上，体积缩小50%，两手直哆嗦，大气不敢出……

邓老大拉黑电灯，倒在床上，小床哎哟直响，过会儿又进入梦乡了。

天麻麻亮，老爷子轻手轻脚爬起来，褂子纽扣扣了半天，扣眼都是上下串位的，裤子穿反了，洞洞眼朝后。他内心不服老，不想连累别人，提着尿壶去倒小便，脑梗死就是走路不稳，一个跟头摔个底朝上，小便淌了一地。邓老大惊醒后，先是紧张，别作孽把腿摔折了，待扶起来看，还好能站住。

你个死老头子，早晨不能多睡一下吗？起这么早不是害人吗？

老爷子颤颤巍巍，像犯了错误的孩子，乖乖地爬到床上。

老年机7点闹铃响，邓老大撑起疲惫的身子，眼闪金花，头脑嗡嗡。把老爷子喊起来，帮他穿了衣服、袜子和防滑鞋。因为这次没有骂，老爷子一下子头脑又清醒了些，要用电水壶烧开水，要去菜园锄草。现在老爷子记得最清楚的两件事就是：烧水和搞菜园。实际上这两三年都是老母亲烧水和种菜的，他也烧不起来水，炊子是放在很高的碗橱顶上的，更别说到菜园搞菜了。

一听老爷子说要逞能烧水，邓老大又是一顿噼里啪啦臭骂。

包工头子这时来电话，早晨工地到了一车钢筋，长途车从马鞍山拉来的，通知邓老大赶快去下货。

邓老大瓮声瓮气地接手机："王总啊，我早上搞老头子，没时间啊。"

包工头子在电话里发火，叫他离开，不要干了，吧唧就把电话挂了。邓老大两腿筛糠，懊悔莫及，怪自己没睡好昏头昏脑地讲了一句硬气话，肠子都悔青了，自己打了自己一巴掌。刚才神志不清，错把老板当成老爷子了，后悔得一身冷汗。

我大舅在这个世界上只敢骂老爷子一个人，在家里怕老婆，怕两个儿子。在外面打工，好马被人骑，工友们都捉弄他，挖苦他怕老婆，巢湖又没有盖，董铺水库又没有顶……脏活累活都派给他，抬石头时把绳子往他那边挪，有劳务费的活不带他玩。邓老大对工头点头哈腰，口口声声称"领导""王总"。

没顾得上自己刷牙洗脸，也没顾得上帮老爷子洗脸漱口，邓老大急匆匆把锅里的冷饭、碗橱里的剩菜，用开水泡了一碗，端给老头子，恶狠狠地说："赶快吃！"

老爷子垂涎着口水，脸皱得像猴子屁股，口齿不清地说："你还没吃，你先吃啊。"

即使老年痴呆，但是骨子里却护犊子。

大舅心情特糟，看着老爷子口水连连，晕船一样，气不打一处来骂道："叫你吃你就吃！别啰唆。"那声音，至少把老鼠吓得一天不敢出洞。

大舅把碗放在桌子上，也顾不上老爷子吃还是不吃，冷饭就在那里。一天不吃也饿不死。匆匆锁上大门，风一样骑着自行车往工地赶去……早晨要给老爷子吃的脑脉泰胶囊、阿司匹林肠溶片两种药，也忘得影子都没有了。

3

邓老大白天干事，晚上服侍老爷子一个星期，既要打鸣又要下蛋，招架不住了，就向我大舅妈诉苦："要不你辛苦一下，往老房子里送碗饭，可行？"

大舅妈刚喝过酒吃饱饭，跷着二郎腿，饭后一支烟，一边剔牙一遍打嗝，呸道："不行！又不是我老子。我自己的父亲都没搞过，还服侍你老子？他是老几？他是哪根葱？"

邓老大气得肝疼，唉声叹气，粗壮的大手摸摸砂纸的糙脸，摸摸未老先衰的秃顶。

人还不如鱼，非得一日三餐。人如果一天只吃一餐，省多少事啊。人为什么不能像拖拉机，一箱油能好跑几天呢。

大舅妈以打麻将为生，推牌九，与赌结缘，为这个家结扎了善良的种子。我大舅大儿子快28岁了，"心"字三个点，没有一个点不在往外蹦。打工又想拿钱多，又想做巧的，每次干个把月就半途而废，有的因为违反合同押金都搭进去了。干保安，丢不起那个脸；干保洁，咽不下那颗牙；送外卖挣一堆差评，"老子不干了"。总共换了十几个工种了，最长的不到半年，最短的半天。现在死猪不怕开水烫，反正是穷二代，干脆在家睡觉，四体不勤，优渥啃老。我大舅跟他说："要不，我们家的田，不流转给别人，你请插秧机、收割机自己种。"大儿子回答："滚一边去，自己没本事，还指望我啊。"撂了句咯嘣话就拐进房间，把门轰隆一声关紧，玩手机去了。长此以往，邓老大也不跟他这个讨债鬼啰唆，相互见了如同路人。

只有小儿子本分老实，初中毕业就一直在镇上塑料厂打工，挣钱不多，自己吃饱一家不饿。中间接触了一个姑娘，谈了93天，嫌弃男的家穷，5万块钱彩礼还讨价还价，加上邓家口碑也是反面教材，经常被村里人编排得脊梁骨上流淌——加利福尼亚寒流。小儿子失恋之后，沉默寡言，喉咙贴上了封条。好心的同事劝他多看看"新闻联播""阅兵式"，别抑郁了。偶尔被妈妈骂急了就跳墙，坐车子到合肥乱逛，在城隍庙看斗蛐蛐，看地摊上兜售鹅卵石仿制的玉器，海吃炸串、麻辣烫，喝半斤二锅头，搭末班车半夜才回家。

邓老大咬牙切齿恨不得掐死老婆，求她心疼一下他的难处："你就烧个饭，让儿子中午端一碗送到老房子那边去，总不能眼睁睁把老的饿死吧？我打小工在家门口时我送，有时候在包河区、有时候在瑶海区离家几十里，中午也回不来啊。"

我舅妈说："你讲话我都听不懂。我自己有时候中午都在棋牌室吃蛋炒饭、鸡蛋面，哪有工夫烧？"

女人迷上了麻将，拖船拉不动，清障车都拽不回。

我大舅着急上火没办法，求大舅妈去找我二舅，看是不是把每家 1 个月改成每家搞 10 天就轮换。

这个大舅妈感兴趣，在姓邓的家，只有她这个大媳妇和邓老二说了算，这次她也想治治邓老二，秀一下女人的肌肉，警告他不能拿老大不待见。照顾老头子的事，她得与邓老二好好掰扯掰扯，不要欺人太甚，而且两人要联手把妹妹、妹夫——也就是我妈和我爸绑进来。时代不行了，儿女都一样，女儿女婿也要养老的。

大舅妈直奔二舅家，直奔主题："邓老二啊，你说老头子怎么养？"

"嫂子哎，就让我哥养吧，他德性好。我脾气暴躁，不是服侍人的人。"

"你就是奇货，就是炸爆米花的虚增堆头，你是书记啊？"

"那是，十个男的九个奇，一个不奇有点孬。"

大舅妈责问："你是垃圾堆里捡的啊？你是充话费送的啊？"

"我儿子小的时候，都是我丈母娘带的。你家两个儿子都是爷爷奶奶带大的。良心不能放在胳肢窝里，你们要知恩图报。"

"我们家生活困难伙食差，两个光头都打光棍。你大哥白天打工，晚上不睡觉，能熬得过来吗？邓家就你像个男人，就不要斤斤计较了。你媳妇温柔贤惠，都听你的，让她烧饭，你就晚上陪老头子睡个觉，不能心疼帮助你大哥吗？"

"你不能烧饭吗？你不能干点事减减肥吗？"

大舅妈说："人近五十就没玩意了，手机听歌也不用耳塞了。到了一定年龄，女人抹再艳的口红，减成蜜蜂腰，也没有什么意义了。"

"我们男人 50 岁，种地、打工、搞菜园，可没那闲工夫。"

"你儿子在浙江打工，每个月挣大几千吧？"

"别埋汰他吧。他出去打工，就等于鱼虾离开水、树苗离开土，能不能活天晓得哦。"

"儿子在外打工，你老婆又不忙。正好可以照顾一下老爷子。"

"你两个儿子不能搭把手吗？养着杀吃啊？拘留所是关猪的吗？"

大舅妈："现在这个社会，还是 40 年前吗，指望孙子服侍爷爷可能吗？

我打麻将不能分心。我还指望赢钱给两个儿子盖房子呢，宅基地镇里都批过了。"

二舅狡猾地说："要不，我每个月给你家补贴500块。给我哥，他可怜。"

大舅妈："放屁！给我家4000块都不干。医院里请24小时护工还要4000块呢，养老院还要3000块呢。"

二舅很不高兴，打火机啪嗒一声，自己点着了一根"普皖"香烟，也不给嫂子一根。大舅妈自己从荷包里掏出香烟，也准备抽一支，考虑自己香烟孬，4块钱一包的，就借故上厕所去点了一根，也没嘻尿就回来了，说道："不行就在汤里放老鼠药。"

"好得很！真的安乐死，他自己还快活些。"

大舅妈说："好！我们一家养10天，下周轮到你家了。你放老鼠药。我绝对保密，热热闹闹把他送到火葬场。"

"最毒妇人心，皇宫剧里大都是女的下药。这个还是你亲自操办，我嘴巴是带锁的保险柜。嫌老鼠药不道德，就搞安眠药。"

大舅妈说："到镇里黄金冶炼厂搞点氰化钾，速度快。"

"那不能！你找他们要，会露马脚。你偷的话，假如案子破了要把牢底坐穿。"

大舅妈通过这番打探，意识到邓老二这个不孝子不是省油的灯，专门来邪的，不得不启用第三招了："邓老二，我们也不要折腾了！我们还是开个家庭会议，把你妹妹、妹夫喊来，大家一起出出主意。"

二舅听到大舅妈再次动议要把我妈、我爸牵扯进来，心里盘算，那多好啊，求之不得。每年多享几个月清福。老头子虽然阿尔茨海默病，但是生理什么毛病没有，一餐都吃一蓝边碗饭，有的活呢。二舅说："这也好！我骑摩托车带你，现在就去他们家。"

电驴子一路狂奔，再陡的石子路放个响屁就一跃而过。一会儿就来到了。

二舅对大舅妈说："你进去把妹妹、妹夫喊出来讲。"

大舅妈说："你进去喊，你是大老爷们，别跟个娘们似的。这事也不是藏着掖着的，反正要打开天窗说亮话。"

"我看还是打电话给妹夫喊他出来，邓三妹就不要喊了。"

大舅妈套路来了："你打电话，我手机欠费了。"

"我给你充5元话费，你打，行了吧？"

"充10块，我就打。"

二舅刚用支付宝给大舅妈充完话费，收到手机短信到账了。

这时我爸正好从外面回来。在院子外面大家见了面。大舅妈洋洋得意，笑得直打鸣。

二舅说："白白捡了10元话费。你跟妹夫说吧？"

我爸一听两个不怀好意的家伙说要三家平均养老爷子，立即自卫还击："你们是儿子，养老子就像欠债还钱天经地义。我和我女儿又不姓邓，关我们什么事啊？"

大舅妈对我爸说："妹夫啊，话不能这样讲！你以后不老吗？你老了不要人养吗？你老了不是你女儿女婿养吗？你女儿要养你，邓三妹也是女儿为什么不能养老的？"

我爸这些年来一直拒绝去我外公外婆家，就是看扁了大舅妈和二舅，见好处就上，见难处就躲，理直气壮地说："我老了，进养老院，我不要我女儿养。"

二舅说："妹夫啊，老爷子老年痴呆，不光是要吃、要陪夜，关键是不能自理，早晚两遍药，洗脸、洗衣、洗澡，穿衣、穿袜、穿鞋，因为便秘屙泡屎比妇女生孩子还难产，哪是解大便分明是屙石头子。香蕉也吃了不管用，不用开塞露，坐在粪桶上挣得脸红脖子粗，喊声可怜瘆人，用了开塞露，就是一裤裆稀屎。三个子女一个人出把力，大家分担一下，也是人之常情。老爷子得病前，最惯的还不是你家女儿吗？老爷子以前在沟里河里湖里打鱼、扒虾子，每次也没少送给你们；你家用牛插秧打稻，老爷子干的少吗？帮你家耘田，还带化肥打到田里；我妹妹嫁到你家时，是整个毛湾村最早陪嫁洗衣机的吧？你们聂家红白喜事老爷子哪次没随份子呢？"

我爸置若罔闻。说什么都是对牛弹琴，在他心里此生最大的愿望就是等着我考上大学，让他出人头地，光宗耀祖，让他姓聂的女婿成为老邓家的荣光。

大舅妈软的不行就来硬的，对我爸说："少数服从多数，我和老二意见，三家每个月每家养10天！你不养，我们就把老头子拖到你家来！你不去我们毛湾村，我们要把你在桥头村搞臭。"

我爸说："你们敢！你们敢拖来，我敢甩出去。你们做得出初一，我做得出十五。"

二舅说："妹夫，不拖来也行，你安排我妹妹过去照顾也行。老房子一时还倒不掉，搭个铺，将就着还能对付。老头子也不会活到100岁。"

我爸说："你们儿子孙子，名字都是要刻在墓碑上的，我们女儿、女婿有刻的吗？"

大舅妈说："行！新事新办，同意把你们女儿、女婿、外孙女名字也刻在碑上。那你们也一样要给他养老送终。"

我爸说："我们名字不稀罕刻在你们邓家的碑上，我们姓聂的有墓碑，有祠堂，有牌坊。我就是不养老头子，我就是要让你们受到报应，看你们笑话。"

大舅妈急赤白脸地骂道："从此我们不认你这个白眼狼妹夫！"

二舅咆哮："好！你等着，总有一天，我要你好看！"

4

晚上大舅妈给邓老二打了个电话："邓老二，我们家搞了10天了，明天你家开始搞10天！"

邓老二斩钉截铁回答："没那个事！我没同意说10天一轮转，都是你们一厢情愿的。我只同意1个月一轮换。"

大舅妈骂道："你就这么轴吗？1个月，10天，不都是平等的吗？"

二舅回敬："不是一回事。老大就要有老大的样子，最好你家搞2个月，其中1个月是你们替邓三妹搞得，然后我家搞1个月。"

大舅妈非常生气："我在打麻将，没工夫跟你闲扯。反正我已经正式通知你了，明早你们家搞。老头子在床上做糟，或者饿死了，是你们二房遭天打，不关我们大房的事。"

二舅冷笑了一声："我就是不搞，看哪个狠？跟我做节子？"

第二天一大早大舅又问了老婆："到底可跟老二说好了？"

大舅妈打保票说："可啰唆啊？你是老头子亲生的，老二是石头缝里蹦出来的吗？"

邓老大就慌手慌脚地骑着自行车去工地了。中午午休时，身上反套着一件"冒猪油"的破棉袄，美美地在树林里的铁椅子上睡了一觉，不用操心老的，那真是无忧无虑地过着猪一样快乐的生活。

晚上下班后，心里有点不踏实，就去老房子瞧一瞧。早晨他把锁朝上，等于做了个记号，家里空空的不必防小偷，是防止老爷子出门走失或者落水，现在锁还是原样的，心里咯噔一下，老二这个冤家这一天根本就没来过，屋里也是一片漆黑。邓老大打开门，拉亮白炽灯，室内的空气比外面污浊多了，找半天瞧见老爷子坐在厨房的地上，在腌菜坛子边上，一只脚上没鞋，两只手抓着近1米长的雪里蕻咸菜，往嘴巴里挤，棉袄和裤子湿一片黄一片，比讨饭花子还乞丐。

老爷子看见大儿子，智商就是一个小孩，嘿嘿傻笑："饭，饭，饭……"

我大舅条件反射，要去找老二来看一下老头子惨状，要跟他说道说道。但是起个大早没赶上晚集，老二没在家。老二媳妇正在喂猪后撵鸭子回屋，说去村东头土菜馆喝酒去了。邓老大既羡慕他有闲钱在家门口下馆子，又仇恨他对自己亲爹都不管。

实际上狡兔三窟，邓老二瞒着老婆下午到合肥了，和一个酒肉朋友猎奇瞎逛，到一家路边低档美容院"高消费"了一把，现在还在北二环大排档江喝湖吃海吹呢。

邓老大心脏一阵绞痛，还好，几分钟就过去了。真想到村头小饭店一家家找，当着他朋友的面把老二痛打一顿，把杯子里的酒泼在他脸上。心里刚刚有这样一丝想法，不免把自己吓得双手颤抖、双腿筛糠，心里怕了：使不得，使不得。只好怯怯地回家，准备痛骂老婆办事不靠谱，放家里人鸽子，刚到家门口心里咚咚地响起了惊雷，担心起老婆如果听了，势必汽油桶碰着火星子，蛙叫伴猫叫春一样满村里骂大街，最终丢人的还是自己、是老邓家。

邓老大老态龙钟回到父亲的老房子，点着柴锅，眼泪被烟熏出来了，整个毛湾村只有父亲一家没有买煤气罐、煤气灶了。他淘米煮饭，炒一碗小头青，炒一碗雪里蕻。等饭熟的时候，在吊罐里舀了热水帮老父亲洗了澡，澡盆里的水又黑又稠，弥漫着又臭又酸的怪味。将老父亲里里外外的衣服搓洗一番，门前水塘浑浊了，小鱼都翻起白肚子。

吃饭的时候，父亲口水流在碗里，吃着青菜和咸菜，比吃大肥肉还带劲。邓老大今天气愤到极点也就和谐无语了，也没骂也不凶。一边重重地叹气，一边酒瘾像脚气发作奇痒无比，就到小店打了酒，一口气喝个烂醉，口干舌燥醒来天已经大亮。

5

淝河大学经济学院副院长李健恩担任扶贫村——毛湾村党总支第一书记以来，经过周全的摸底，采集足够的样本，确定了一揽子扶贫方案，既有乡村振兴方略，养鸡、养鸭、养鱼，种菜、种瓜、种花，建薰衣草庄园和农家乐旅游，流转部分土地建厂房，筑巢引凤引入企业，吸引村民入股，实现电通水通路通网通，也有一户一策方案，从思想上切断苦根，甩掉穷帽。

扶贫先扶志，李健恩书记还自告奋勇帮扶老邓一家。老邓家在毛湾村是个瘌痢头，老爷子患病，破砖房摇摇欲坠，不仅是危房而且也是村里旱厕改造时的漏网之鱼。大儿子性格懦弱，骑着自行车等在北一环和阜阳路交口，在纸牌字上写着：打墙、搬家、瓦工、苦力。前些年挣了许多白条子，如今包工头都失联了；大媳妇好赌，麻将从来都是盲摸，烟不离手，日酒两餐，四肢不勤五谷不分，蒸不烂煮不熟捶不扁炒不爆；大孙子好吃懒做，小孙子性子内向，年龄一个快三张、一个两张半。二儿子尖酸刻薄，也是一个地地道道的贫困户，其子负气在外打工，从来没寄回家一分钱。三女儿嫁到外村，日子也紧巴巴的，女婿犟驴，怕赡养岳父，推三阻四，玩躲猫猫，有个上高中的丫头，成绩还是不错的。"天王盖地虎，我要考985，宝塔镇河妖，我要考211。"别人孩子一对一补课，老子也勒紧裤腰带，把种小菜、卖鸡蛋、杀年猪挣来的血汗钱，一万个不舍得但是又一万个自觉"裸捐"。

李健恩书记找到邓老大，表达了要帮扶邓氏家族改善生活的意愿。

邓老大很生气："你们城里人就讲大道理，看不起人，侮辱人。"

"我没有侮辱你啊。"

"我是没钱，可是我不偷我不抢，碍你什么事呢?"

"我跟你无冤无仇，我为什么要侮辱你呢? 我们一起来推心置腹地谈谈心，看能否找到一个'我不犯规，你不吃亏'的好办法。"

"农村人常说，城里人都是羡人有笑人无。你们当官的，都是笑贫不笑娼。我不相信你，我们又不沾亲带故。"

"讲对了，我们来之前就有纪律，决不能优亲厚友。"

"好，你不是要帮助我吗? 你每个月给我发2000块，我就信你。你安排人服侍我老父亲，我就信你。你帮我两个儿子介绍对象，我就信你。"

李书记哭笑不得，可悲之人必有可嫌之处。

我大舅也是见过世面的人，就是见过太多的骗子，有的直接骗钱，有的拿穷人开心。

做好事却被误解，李健恩书记扼腕叹息当今诚信建设出了危机。扶贫可不是简单之事。

6

大舅妈天天盯着二舅，要求侍弄老爷子每家10天一轮，吵来吵去二舅松了口，改成半个月一轮换。

我二舅在我外公家搞了半个月，义愤填膺，兵荒马乱，想掐死老爷子的念头都有。他听医生说，脑梗一定要坚持吃药，否则很容易复发。复发一次，生命质量就要差许多，甚至一命呜呼。于是他就偷偷地不给老爷子喂药，让他尽快复发彻底复发。

他吩咐我二舅妈一日送三碗饭，早晨如果没时间，中晚两餐也可。水的问题就很难解决了，他们人并不在老房子里守着，就用一个大铁瓷缸子装满放在大桌子上，但是外公往往缸子端不稳，就泼掉了。二舅说，只要厨房的水缸里有水，带点冰碴子，渴不死就行。半个月的晚上，二舅在老房子里睡了几次，猫不是狗不是的，有几天晚上根本没去。睡觉前逼着老爷子坐在粪桶上解大便，解不出来不准起来，起来了又摁下去。如果解出来一些，也不帮他揩屁股，让他自己拿报纸揩，揩没揩到还是揩到手上去了，就搞不清楚了。晚上睡在床上，小便就撒在床上，老人尿频一晚上七八次是常事，即使二舅是醒的也懒得给老爷子递尿壶，除了骂就是恐吓。老爷子担惊受怕越来越糊涂了。

那 15 天熬过来了，大舅又搞了一轮。这次轮到二舅搞，活人不能尿憋死，二舅想好了，把老爷子接过来要省事一些。

不是接到家里住，这些年耕牛也没有了，都转机械化了，但是牛棚还在，就在猪圈边上。二舅在牛棚里放了两张竹床拼在一起，把老爷子的破垫被、破盖被抱来，那床上大便小便都有，比垃圾堆里的破衣烂衫还不堪入目。二十四节气"小雪"这天很好的天气，村民们都在抢太阳，家家门口晒满了五颜六色。二舅顺便把我外公被子搭在竹篙上，太脏了，胃口浅的人会吐，怕村里人看了要骂，就将其放到后面院子里晒。晚上铺了被子，让老爷子在牛棚里睡。

二舅对二舅妈说："以后就是你的事了。你每次喂猪时，记得兜碗饭给他吃。"

"可要装个灯呀？"

"天冷了，他每天 24 小时睡着，就最好不过。装了灯，他晚上吵夜。"

"上辈子作孽，这辈子还债！"

二舅眼睛瞪得跟牛样："你啰唆什么？"

"我骂我自己。"

邓家老爷子睡牛棚的事，一下子在毛湾村传开了，上了"毛湾头条"。村民们一个传一个，就像约定了一样来邓老二家看看，看了也不作声，心寒地走了："这个邓老二，也不怕断子绝孙，不惧下雨雷劈。"

邓老二看见村民们跑马灯似的，就想揪住某一个管闲事的骂他狗血喷头，考虑到牛棚有一面墙是通的，他不想让人家看冷笑话，今天特意用茅草把那面墙堵起来了，床头放了张破凳子，床尾放了只粪桶，在北城捡了一块广告布在入口做了个帘子。

看着自己的杰作，二舅非常满意，嘴笑得跟皮鞋炸线一样。这样村里人就看不见了，闲言碎语就少了，而且积德了，老头子冬天睡里面也暖和。

7

李健恩书记是个执着的副教授、副院长，也寄希望于这次扶贫出成绩，在仕途上再上半步，就去找我二舅聊聊。

李书记来找我二舅，正好赶上我外公搁在牛棚里没几天。

李书记知道把自己的思想装进别人脑袋，是世界上第二难事。学校的教职员工这样，农民也这样。跟邓老二打交道不能刺激他，就不提把我外公关在牛棚的事。这种不孝子的例子，李书记是见识过的，也是他下决心要做好扶贫工作的良心使然。

李书记走进邓老二家，客气地自我介绍："邓师傅好！我是扶贫的书记，我姓李！路上见过，说话还是第一回。"

我二舅狐疑地望着李书记，心想老爷子住牛棚这事肯定是有人打小报告，丢人丢大了。

李书记掏出两支烟，一人一支。

"邓师傅，站客难留，你给我泡杯茶呵。"

我二舅到房间拿茶叶罐，真丢人，没有茶叶，脸胀得像红泥小手炉里的碳殷红，就对着老婆喊："我叫你昨天买的茶叶呢?"

"后来你不是让打酒吗?"

"邓老二更看不起老婆了，这不是打圆场嘛。"

李书记又抽了一支烟，后面开始言归正传，探探邓老二的口风，想得到什么样的帮助。

我二舅羞于说出口，因为去年村里办低保的时候，本来他想为父亲、母亲争取，开始他让我大舅去村里找书记和村主任，但是我大舅见到书记、村主任就小腿颤抖，找是找了等于没找。主要领导安排文书给我大舅上了半天政治课。

邓老大说："你把文件给我看看。"

村文书说："文件在书记抽屉里。"

"每次都这样，对老百姓有好处的文件，你们村干部永远是藏着不给人看。"

"废话！县里不会把文件印 92 万份，一人一份吧。"

邓老大钢丝绳穿豆腐提不起来，霜打的茄子硬不起来。邓老二当时很不以为然，村里这些年好几个人都评上了，我家老头子脑血栓为什么不行？我老娘跟我父亲没有收入为什么不行？他的暴脾气马上上来了，骂了哥哥一句窝囊废，就冲进村部三楼，叫嚣要把村干部的头打通蛋捏碎。书记知道邓老二不是善茬，安排村主任接待他，他到镇里开会去了。

村主任欲擒故纵，让邓老二吹胡子瞪眼、拍桌子砸板凳，搞了半个小时，然后笑面虎说："今年有句流行语叫温柔说话，有话好好讲！我们之间从小穿一条裤子长大，我能帮到你的事不说二话。"

邓老二跟村主任实际上没什么交情。听他一说话，这样看得起他，心里不免对领导另眼相待，就把声调放低了说："领导啊，我父亲脑血栓，我母亲没收入，他们应该能评上低保吧？"

村主任说："你家情况村里清楚，但是你们村民组没有上报，加上你家儿孙满堂，个个都壮得像牯牛，说不定还看不起低保呢。"

邓老二反驳："那你们评低保，都是偷偷摸摸的，我们家也不知道啊。"

干事要人多，吃饭要人少——村主任肚子里的肠子哈哈哈笑成了一团，嘴里却轻声细语说："低保基本是给五保户的、鳏寡孤独的，你们家儿孙满堂，都不想承担赡养父母的责任不太好吧。文件规定法定赡养、抚养、扶养义务人有能力但不履行义务的，致使家庭年人均纯收入低于当地农村低保标准的，不能享受农村低保待遇。你可知道，城里人养宠物、进高档餐厅都是不能吃低保的。"

到了饭点，村主任一定要留我二舅在村食堂吃午饭。邓老二心情忽上忽下、忽冷忽热，来时的高傲和怒火，就像针刺轮胎一下子瘪了。村主任没把他当外人还留吃饭，让他一下子为塑料友谊感动。村主任一不做二不休，想彻底堵上邓老二的嘴，特意安排食堂上了一瓶白酒，村主任喝了三两，邓老二喝了七两。

邓老二在院子门口感激地说："村主任是哥们！我和你照一张相！我还是第一次在村里喝酒！谢谢啊，谢谢啦！"

村主任紧紧地握着他的手："好兄弟，说这话就生分了！"

邓老二意气风发，与村主任来了个拥抱，然后一路扶着墙搣着树哼着歌回家了。

因此当李书记征求邓老二意见，想得到扶贫工作组什么帮助。我二舅就说："李书记，现在政策好，扶真贫，真扶贫！历史上没有过的稀罕事。书记可能照顾照顾给我父亲吃低保？我母亲已经去世了，父亲老年痴呆，又得了脑梗，每个月光吃药就要好几百。"

8

李书记专门为此事在村里了解了可有其他的接近低保而没有享受低保的村民，安排把我外公的身份证、户口本、病历复印了，将老房子拍了张照片，带着毛湾村的分管副主任到镇里去了一趟。镇里答应 5 个工作日内，采取以评议与测算相结合的套路，到村里取证审核。

李书记也留了个心眼，把低保证办下来后，带着村干部来到我二舅家说："邓师傅，我们帮你父亲把低保办好了，但是你要答应我们一件事。"

邓老二胸脯拍得山响："书记尽管说！"

"低保能解决你父亲吃饭的问题，但是赡养的问题你们家庭必须商议好，要主动承担起来。千万不能把老头子放在牛棚里，可能做到？你是老邓家主心骨，要给我写个保证书。"

我二舅以为李书记不知道他这件事，却被他以如此的方式提出来，有点难为情，但是债多不愁、虱多不痒。他心里另有算盘，这次办低保有功，就让老大照顾父亲，有点子出点子，有力气出力气。家丑不可外扬。

邓老二说："李书记，不是我让老爷子住牛棚，是他自己想清静，住在小屋子里自在。现在老年人都不愿意跟下辈人在一起憋屈。"

李书记拿翘了："真会说话。但是话漂亮不管，你得答应我，否则低保证书、银行卡我还退到县民政局去。"

二舅发毒誓："你不用让我写保证书，我认不得多少字，但是你放心。我不会再把他放在牛棚里。"

解决了邓老爷子低保问题，不是李书记的终极。拔穷根、长志气，何其远也？

李书记是20世纪60年代的知识分子，经历过太多的苦难，小时候经常忍饥挨饿、胆汁反流。高中三年住校只吃过一次清蒸排骨，同学们泡麦乳精，他咽口水；同学们半夜下自习到地摊上下2毛钱一碗的面条，加辣椒糊、胡椒粉吃得大汗淋漓，他在寝室喝一缸子凉水。一直有儒释道情怀，达则兼济天下，穷则独善其身。钱够，就旅行，不够，就读书，灵魂和肉体，至少要有一个在路上。他想在毛湾村凭借一己之力和单位支持，让扶贫初心落地入脑。一个大学扶贫一个村切不可眼高手低，没有理由不谋深做细压紧夯实。

时间长了李书记愿意与邓老二打交道，别看他吊儿郎当、尖酸刻薄，但是哥们义气，移植肝肾在所不惜。一颗螺丝钉，扔在地里扎脚，有锈得破伤风，紧在铁轨上就能撑起复兴号飞驰；清风拂山岗，寂寞几万年，架一个"大奔驰"的LOGO，去掉一个环，就能发电。

"邓师傅，我呢，狗逮耗子多管闲事，想问问你有何特长，想干什么事情赚钱。当然，必须是你能想到的我能办到的。"

我二舅最想当一名出租车司机。他20岁的时候，与旧雨新知一起胳膊上刺青，在合肥双岗一带混，吃香的喝辣的。从来没学过，看看人家师傅的动作就胆大包天敢开拖拉机；黄面的流行的时候，他跟一个哥们玩，捯饬捯饬就开得呱呱叫，20 世纪 90 年代初不费吹灰之力就绕竹竿子考了驾照；那时候不查酒驾，喝半斤酒开车是他的最佳状态。直到 2007 年某一天帮朋友开黑车在合肥火车站拉客，被公安、城管、行管处、火车站联合执法大队抓着了，不仅黑车被扣后，由执法大队拖到专门的广场集中拆解销毁，而且罚款 2.5 万元，正好 100 个 250，从此邓老二背上了沉重的枷锁一蹶不振，到现在也没有咸鱼翻身。

邓老二也帮人家专职开出租车，白班的开过，夜班的开过。但是经常酒气冲天，顾客不敢坐，三天两头跟上帝发生冲突，没有一丁点服务意识。全是老子基因，没有孙子细胞。

李书记琢磨，他想开出租车，梦想并不是很难实现啊："你现在有多少积蓄？你如果先买一辆二手车差多少钱？"

邓老二哈哈大笑："书记哎，你是真糊涂还是装糊涂啊？买一辆二手车就能跑出租吗？天下哪有这么便宜的事？你可知道一个出租车车牌值多少钱？30 万啦！30 万，也许对于大贪官就是给小蜜的零用钱，对我不就是天文数字吗？把我老婆卖掉，有人要吗？"

李书记问："你这么高的智商情商，在社会上混碗吃应该是易如反掌，怎么就小瘪三一枚呢？一个大老爷们怎么就想到卖老婆呢？你们毛湾村就是靠种西瓜、种草莓，经济收入可以呀。你为什么就不能面朝黄土背朝天干一番呢？"

"从小我就看不起农民，所以一心要离开。"

"你总想不劳而获，却不能发誓靠自己的一双手劳动。"

"书记啊，你说我又没有那么高的文化，没学过蓝翔挖掘机，也没遇到贵人。"

"双岗那一带，许多大老爷们，就买个电动三轮车，帮人搬家、拉货、打墙。哪个月不挣个两三千、三四千的，你就不能干了吗？电动三轮车你都买不起吗？"

"书记哎，那里你可看了，都是 60 多岁的人在搬家拉货。我 40 多岁，总不能混到那个地步，足浴捏脚的每月还挣八九千呢。"

"光脚的还怕穿鞋的吗？邓师傅，我俩年龄相仿。你说你最想开出租车，现在我帮你实现这个梦想。那你能不能保证不怕吃苦，规规矩矩地开车，一天开 10 个小时以上。在车里不准吸烟，想吸烟时把车停下来或者尿点时，过把瘾，车里有烟味等于把顾客往外推；不准喝酒，如果想喝酒就在晚上回家歇车后，一天只喝一顿，能不能做到？"

我二舅将信将疑，但是听说了扶贫干部有钱，心想只要把公家钱搞到手，何乐不为呢。于是他猩猩拍胸脯："书记你要是帮我搞到出租车牌号，我保证浪子回头，老老实实做人。"

李书记事前做了扎实的功课。在"互联网+"时代，一切皆有可能。凡所过往，皆为序章；凡所将至，皆为可期。他专门无缘无故地打了好几趟滴滴专车，跟司机聊得热火朝天，有时候顺风车只要一块钱，而且有时滴滴发红包，坐了车还捡了钱。那种节约资源和共享要素的拼车，也是一件善事。水往下流，也有例外，喷泉就往上流；天上不会掉馅饼，滴滴就有，宣传推介阶段烧钱求广告。加入滴滴的流程也不严苛，"运营证、网约证"双证弄齐，一部手机行走天下。

李书记以及扶贫干部小贾，带着邓老二参加了淝河大学公务车拍卖会，大学和毛湾村共同担保分期付款，以 1.8 万元的低价格买到了一辆"现代伊兰特"，行程 7 万公里。滴滴平台网上审核后，李书记发现我二舅的手机功能跟不上，学校跟中国移动有合作协议，单位开证明凭身份证可以免费拿手机，从后期话费中分月返还。小贾帮我二舅领了一部华为畅想 7PLUS，锁定合同期 24 个月。

我二舅贪小便宜，见钱眼开了，说："大学是国家的，牌子硬、信誉好，可能领到一部苹果 5？"

李书记恨不得扇他一耳光："塌鼻子比没鼻子好！你现在是求生存，比虚荣更重要的是活着，等你以后有钱了，自己买'爱疯'吧。在大学，学生用苹果手机就失去了助学金或者无息贷款资格的。"

小贾手把手教我二舅接单，李书记自费演练乘客打车，从庐阳区跑到经开区，从滨湖跑到科学岛。科技的神奇，不仅让农民邓老二眼界大开，手机支付宝直接付款，点评中对司机的态度、服务、车容车貌、是否按指定路线驾驶等，满意可以点赞，不满意可以投诉，最终都与考核激励挂钩，比一本砖头厚的规章制度都管用。

邓老二说："那我在车上还得装成小媳妇，跟乘客套近乎？这可是我的弱项，我的强项是拳头哦。"

"那不行！大丈夫能屈能伸，一定要低下高贵的头颅。一句话让人笑，一句话让人跳。"

"李大书记，我就是土铳子性格，嘴一张就要毒舌，眼一瞪就是黑社会。"

"好汉不吃眼前亏，一定要把嘴上抹层蜜。你晓得喊我李大书记，我想你也知道如何对待乘客。"

邓老二连续一个星期起早摸晚，情绪跟打了鸡血似的，回家的路上唱着"小苹果"：

你是我的小呀小苹果儿
怎么爱你都不嫌多
红红的小脸儿温暖我的心窝
点亮我生命的火火火火火
……

晚上边吃酱肘子边喝酒边看"金星秀""吐槽大会"。邓老二发现明星戏子们的确有钱风光，但是也得乖乖地在我喝酒时，在电视里卖力地为我逗乐子。

9

总算给我二舅找了份事做，但是拨开乌云见笑脸，李书记心里也打鼓。村里人建议李书记如果想帮助邓老大，那就要先做他媳妇工作，大海航行靠舵手，他们家是母系社会。

李书记说："好啊。杀头还是杀屁股，各有各的杀法。城市套路深，我要回农村，农村路也滑，人心更复杂！"

李书记三顾茅庐找我大舅妈聊天。我大舅妈听说李书记真心实意地帮助了邓老二，对李书记非常尊敬。李书记体验到了来自底层的仰望。我大舅妈还亲自要试乘老二的滴滴车，但是她的 2G 手机不支持，就让小儿子手机叫邓老二车，专门到北城的永辉超市买了菜回家，惊呼："稀奇，稀奇，真稀奇！蚂蚁踩死了老母鸡。"

本村的干部从来没有掏心掏肺帮助过老邓家。现在李书记送上门来，我大舅妈琢磨，太阳从西边升上来了，六月里下大雪了。

几个人头脑风暴了若干方案，"大姐"要么不感兴趣，要么不敢干。李书记开玩笑说："大姐，我们在一起闲扯，耽误你打麻将了吧。"我大舅妈用小拳头轻轻捶了李书记肩膀，快言快语道："你是大领导，拿我农村老妇女开心啊。邓老大也消除了戒备，讨论时虽然不插话，但是再也没有说让书记每月给他发 2000 元补助。"

大表哥想请李书记支援 5 万元，帮他承包顺丰在毛湾村的快递站。李书记痛而不言，我大舅妈抢着拦截："你个兔崽子，不是这块料！合肥春秋短，夏冬长，三九严寒、冰天雪地的，你在被窝里；夏天烈日当头，你开电风扇不行要买空调，空调吸电好比蚂蟥吸血呢；今年双十一，你在家睡大觉挺尸，还要点外卖，气得老娘都想剁手，村主任家有钱吧，他儿子也没点外卖败家。你能做得下来快递，那我早就抱孙子了。"

李书记笑而不语，别看我大舅妈自贬农村老妇女，但是也可以叫资深美女，识字不多，思想并不脱节。麻将桌本身就是一个社交平台，新思想、新语境顶格畅通。不像邓老大思想僵化、知识退化，难怪当不了项目经理。此事议而不决，李书记说："我们都还再想想，有了新的想法随时沟通。"

第二个星期，沘河大学党委书记和校长两人一起来毛湾村，参加电子元器件企业落户开业典礼，也为毛湾小学举办 20 台电脑捐赠仪式。李书记和小贾忙得不亦乐乎，搭台子、摆凳子、挂横幅、放席卡，我大舅妈也跟着忙活。李书记灵机一动，乘机向书记向校长请示，学校第三食堂新学期即将投入使用，可否在其中专门设一个扶贫村窗口，让邓老大媳妇去经营，具体是炒菜、面食、水煮还是小吃，让她跟管理公司谈妥。大学食堂带有公益性质，租金本来就不高甚至可以减免。

书记、校长都赞同，而且对学生来讲也是一种扶贫宣传及道德教育，或许能取得学生们的同情或者理解。李书记就打电话给邓老二，请他次日早晨把我大舅妈送到大学食堂，大家在三食堂门口见面。又补了一句："你收不收你嫂子车钱，我就不干涉了。"

10

我大舅妈除了打麻将、抽烟、喝酒这些女汉子品质，在娘家时烧菜做饭还是一把好手，进了老邓家煎炒烹炸煮涮烤，做一桌子菜也是干过的。就是沾上赌博习性之后，历史便进入拐点，就不按常理出牌了。基本上吃百家饭，有时候赌友约她坐长途车出合肥，到巢湖、芜湖打麻将，每年都不止 2 次，每次都是好几个工作日，赢了吃大餐，输了吃土。

如今李书记要帮她，正能量能否把她引向彼岸呢？前些年，大舅妈自己也在家开过棋牌室，时间不长就倒板了。两个儿子大了，都是单身狗，她心里也是痛苦的、麻木的。遇到小情侣当着儿子面秀恩爱、虐狗撒狗粮，她心里也有过悲催。所以她麻将打得更勤奋了，上午一场，下午一场，晚上一场，后半夜"梦里一场"。

我大舅妈参观了大学食堂。赌博的人谁脑子不够用啊，敢赌的实际上也是一种人才。午餐时间，青春的孩子们蜜蜂采花似的嗡嗡嗡涌来散去，那人口密度唯有春运的火车站可比，上百个窗口、数百种的食材可以自由选择。也不用带餐具，铝饭盒已经成为文物，三五好友嘻嘻哈哈，边看手机边吃饭。真的，这个世界上有如此丰富的自由选择，也只有大学食堂了。但是谁也不能百分之百地满足学生的胃，这是大锅饭的通病，我大舅妈看看孩子们许多都是皱着眉头，发愁不知道吃什么好——真是身在福中不知福！

她不停地一楼、二楼、三楼转悠，看看窗口里面的白大褂，看看青葱的学生百里挑一选什么菜品。有的地方排起长长的队，有的地方无人问津，南方的菜、北方的面以及八大菜系的各色佳肴，罍街那里才有的全国各地小吃，还有面包房、甜品等等，理论上讲应有尽有五花八门。

我大舅妈也跟着吃了一碗辣糊汤，体验了一把大学生。她又三楼二楼一楼观摩——注意已定：我要来大学卖鸡蛋灌饼！窃喜整个食堂她都没找到鸡蛋灌饼。本科生、研究生近2万人，每个学生尝一个，就能卖2万个！

20多年前她怀孕二小子时，帮闺蜜在逍遥津公园门口做过半年灌饼，一回生二回熟，熟能生巧，当时游客都说闺蜜家的灌饼比之前好吃。闺蜜狠狠地亲了我大舅妈的脸，哈喇子都流出来了。我大舅妈想，什么好吃啊？不就是我在和面醒面时，舍得力气，多揉几分，让面粉发酵充分一点，这样灌饼就软和，咬着松软；还有就是一定要用菜籽油，吃起来比色拉油香，油也要稍微重一点，油少了吃着干巴；还有千万不能小气鬼，一定要多放小香葱，外面撒几粒黑芝麻，无疑鸡蛋要新鲜。现在闺蜜家的鸡蛋灌饼开在步行街室内，都成民间"中华老字号"了，人气敢与合肥一景宿州路"詹氏蛋糕"试比高。

我大舅妈在计算，用时髦的话就是在做可行性研究报告，得把老公、大儿子一起带着做灌饼，老公负责采购、和面、搬货，自己做灌饼，儿子卖饼收钱，只卖3块钱一个，因为这是为学生服务。早中晚一日三餐都可以做，如果一餐卖100个饼，一天就是300个，一个月就将近1万个饼。刨去面、盐、油、蛋、葱、芝麻，刨去水电气费、租金、宿舍房租，一个饼有1块钱利润，一个月就能赚1万块钱，等于每人3333块3毛3啊。即使辛苦也比邓老大在工地干粗活、在绿化道栽树浇水强，也比自己打麻将拼身体拼坐功强，假如色香味俱全、口味好、口碑好，一天卖400个、500个呢，假如做成功了，第二年每个饼涨价5毛钱呢！

11

我大舅妈带着我大舅、大表哥开学之前进入了新食堂。小贾专门在餐厅订制了块牌子：浥河大学扶贫点毛湾村鸡蛋灌饼窗口。刚营业，学生们就争相购买，曾经去过毛湾村的志愿者带头通过微信转发鸡蛋灌饼视频，我大舅妈和大表哥戴着白色厨师帽在忙，新媒体记者还专门制作抖音传播，一时间就成为网红。

很巧的是，我辜负了爸爸的期望，没有考上 985 或 211 高校，但是我已经很满足了，毕竟上了人间一本，我正好被第四平行志愿浥河大学录取了！

四川的水、空气、窖泥适合酿造好酒，大学的水、空气、窖泥适合酿造人才。高中三年的非常态生活翻篇了，那时每一天都度日如年，接到通知书的一刹那，感觉就是一场梦醒了。我来到新建成的大学生公寓，赶上了全省高校宿舍安装空调，也是欢喜得醉了。虽然我家就是合肥的市辖县，但是我已经发誓以校为家，不想回到我那个令人窒息的家庭。我考上大学，我爸头昂得像长颈鹿，只请了聂家亲戚吃饭，没有请邓家人。

我报到的第一天，就在新食堂看见了大舅妈家的灌饼窗口，我就是不买他们家的，就不让他们多赚 1 块钱。

因为报到的前一天，我去看了外公，在那座老房子里，外公半躺半坐在床上神情呆滞，看见我时也不认识我。我拼命地问："外公，我是谁啊？我是谁啊？我是谁啊？"仿佛问了木头。我买了 5 个包子带给他吃，亲眼看见他 2 分钟就吃完了，吃得太快以致噎到了，喉咙里发出古怪的声响，似乎要断气。我都被吓到了，从来没有见过这种场景，慌忙帮他拍拍后背，过了好长时间他才平静下来，露出慈祥的傻笑。我把喝剩下的半瓶奶茶给他喝，可是他对付吸管不知道怎么用力，把吸管咬扁了。我就把盖子和吸管都丢了喂他喝，这次我长心了，让他慢慢喝，别又呛着。我的眼泪不争气地横飞，流到嘴里海水一样苦涩。

桌子上有半钢筋锅饭，又馊又酸，白菜、西红柿上面都长毛了。我伤心地想，这饭菜至少一个星期了。桌子离床并不远，外公这些天难道滴水未进、粒米未沾吗？这半个月应该是我大舅照顾外公的，难道为了挣钱，为了灌饼生意，把家里还有个老的都忘记了吗？难道有一天外公会悄无声息地死在床上无人知晓，那样和无后有什么区别呢？

军训一结束，我就找到李院长和小贾，反映说我大舅一家到学校来做生意是好事，但是我外公可就生死由天了。李书记并不相信："我既和你大舅妈约法三章了，也与你二舅交代清楚了。都在做两面人吗？清官难断家务事，今天我一要弄个水落石出来。"

李书记带着小贾和我，亲自驾车来到了我外公家。门是锁的，但是钥匙也就挂在门框上。打开门一看，虽然冷若寒窑，但是也还算干净，怪气味是有的，但是也不像以前浊气熏天，一看就是精心打扫过了。外公躺在床上，来人了他就睁开了眼睛。保温杯盖子打开，里面水也是温的。外公的床边上也新增加了一张小床。我惊奇外公家来了田螺姑娘吗？莫不是李书记应付检查做的政绩工程？

按日子推算，这半个月应该是我二舅照顾外公。我不相信狗改掉了吃屎，我不相信混世魔王变成了猫。

"李书记，这些到底是您做的手脚，还是您感化了蛇？感化了石头？"

李书记说："你大舅妈看准了鸡蛋灌饼生意，说了一大堆感谢我和小贾的话。我就借鸡下蛋、借梯登高，开业前我跟你大舅妈约法三章，进行了正规地谈判，她也是认真严肃地跟我表了态。"

事情经过是这样的——我大舅妈带着我大舅很荣幸地坐在淝河大学经济学院李健恩副院长的办公室，像鱼出水、鼠出洞、小偷放风那么敏感，眼睛滴溜溜乱转，比探雷还小心翼翼。

李书记说："你们到大学卖灌饼可以，甚至学校在力所能及的范围内，继续加大力度，包括临时免费给你们里外两间的门卫房做宿舍，因为我们学校新打开气派的南大门之后，原来的西门砌起来了，门卫房就闲置了，但是前提是必须安排好老爷子的生活。如果我们扶贫的对象，是一个带有负面新闻的、虐待老人的典型，学校是不可能同意的，在广大师生面前说不过去。"

"李书记，天地良心，我这次铁了心了，一定不辜负领导的期望。既要做好生意，又要安排好家里。"

"大姐，戒掉麻将和戒烟的难度系数是一样的。做灌饼挣的是辛苦钱，所以世界上最难战胜的是自己，最大的敌人是你自己。"

"请放心！赌钱的人最豪爽了，愿赌服输！这次我要带着儿子好好珍惜这个机会！"

"好！我只有一个条件，就是你们要安排好老爷子的生活。父母去，人生只剩归途，好好珍惜吧。"

"行！我们决定来做生意，也想过了老爷子的事。我们是这样安排的，我和我儿子长年在学校，我男人每天下午 5 点半跟校车到城隍庙，然后转城乡公交车回家。在学校食堂里把老爷子晚上和第二天早晨的伙食买好，用保温桶带回家。晚上就在老爷子的老房子里睡觉。每天白天的时间，由我们家邓老二媳妇照顾，上午下午都去看一趟，中午送碗饭送点水。我们跟老二和老二媳妇都谈妥了，最得利的就是邓老二了，再也不用愁每个月服侍半个月老头子了。"

李书记说："真的都安排得妥妥的了？可别忽悠我啊。"

"李书记放心！我们庄稼人骨子里还是老实本分的。"

"你们俩有这个决心，我基本上相信。活鱼逆流而上，死鱼随波逐流。但是你们家大孩子，能够一下收住心，勤勤恳恳干事？"

"我跟他算了账，只要好好干，收入是不错的。哪里还有这么稳定的生意呢？不愁没有顾客。而且我们挣钱还不都是为了他和弟弟，只有有事做了，有稳定收入了，才是正道。他这么大的人了，也不傻，心里还不明白吗。他是犹犹豫豫琢磨了大半个月才点头要死心塌地干的，他也想钱，也想女人呀。"

12

之前我们家亲戚之间就是人间地狱，老死不相往来。要不是李院长担任毛湾村第一书记，也许我外公早就冤死田间地头。现在大家的生活也不滋润，每个人干事都是汗流浃背，常常两手撑腰，锤锤敲敲，缓解疼痛。我开始让同学帮我买我大舅妈的灌饼，味道真的很不错，但是我绝对不跟同学说她是我亲戚。我仔细观察了我那游手好闲的二舅，腰椎间盘突出的痛感经常让他眉头紧锁，上厕所也勤了，说不定职业性前列腺炎吧。

我对李书记说："谢谢您！三生三世记得您的好。"

"你们这个年龄不知道，20世纪70年代，中国开展了一场知识青年上山下乡运动。现在回过头看，下放知青与农村这片广阔的天地情意绵绵。现在21世纪，在这场扶贫攻坚战中，在美丽乡村建设中，扶贫干部与农村绝不能春秋两不沾，风月不相关，也一定会在历史上留下一段佳话。"

"难怪有人预测以后乡村将是奢侈品。"

"你现在是老邓家唯一的大学生，我还要给你压担子。我们做点事只是外因，最终的希望还是要靠内因。现在就要看你的了。"

"啊！不会吧，我一个黄毛丫头，饭来张口，衣来伸手，能做什么事呀？"

"亲人不睦家必败。天狂有雨，人狂有祸。但是家和万事兴，必须有润滑剂。希望你就是这个润滑剂。大家庭，没有爱心亲情润滑剂就是一盘散沙。"

"李书记，那我能做什么呢？"

"你首先建一个家庭微信群，把老邓家的成员都收纳进来。微信群里经常发些心灵鸡汤、季节问候、尊老爱幼、笑话视频等，看似有一搭没一搭的，实际上家庭氛围和亲情就像小米熬粥，文火炖肉。"

"哦，名字就叫相亲相爱的一家人？有用吗？"

"有用更好，没用也不损失。"

没几天，微信群建起来了，一开始大家都不言语，群里寒风嗖嗖，主要我讲些学校的事，我妈劝我周末回家，做八宝饭给我吃。后来我瞄准我二舅家儿子，他在浙江打工，我就逗他讲话，精诚所至金石为开，把他发展成为话痨。他的出现，立即带动我二舅和二舅妈积极参与，本来他们家话到三句不投机，现在隔空喊话反而别有洞天，尤其是二舅妈只要看见儿子在群里有动静，就等于报了平安，家务活、照顾老爷子、种菜、养猪养鸡，浑身是劲，偏头疼不治而愈。二舅也高兴，虽然看不见，但是可以想象得出，开车时那牙齿裂得像葵花，那皱纹笑得像小丑。男人一高兴就发红包。红包一发，一石激起千层浪，整个群就叽叽喳喳，麻雀开会了。二舅妈还让我二舅专门开车送了糖醋排骨到我学校，二舅说："如果周末想回家时，给我发微信我来学校接你。"只有大舅是哑巴不会抢红包，我就唆使大表哥教他。年龄大的就是这样，不想接受新鲜事物，不相信年轻人不用钱包了，但是被接受之后才知道这个世界变化太快了。

我发了一次大舅妈、大表哥在食堂卖鸡蛋饼的新抖音，群里所有的人都有回应点赞。特别是看见大表哥从一个颓废青葱演变得如此有精神，干干净净的，脸庞看起来虽然还残留着农药和土气，但是年轻就是资本，也有一点英俊的影子。

大舅妈在群里@大舅，"赶快骑三轮车到菜市场买香葱去。"这条消息我二舅妈看见了。她@我大舅妈，"我家菜园里有香葱，可能明早让老大带去?"大舅妈立即@二舅妈："好啊，你晚上准备好，让邓老大明早带来。"

这条消息，看似平常，却被我二舅家儿子闻见了商机，在群里说："既然大舅、大舅妈长年要买香葱，何不让我妈在菜园里不要种其他菜了，就只种香葱一样，定点供应给大舅妈，价格随行就市。"二舅也在群里瞎起哄："那样感情好啊，一家人相互帮助，肉烂在锅里。"我就琢磨，这些年来就是二舅最搅屎棍子，从来没有家族理念，今天尽然看见好处了，讲起了一家人。大舅妈表态："完全可以！都不要送的，搞好了让邓老大带来。当然邓老二要是顺便送一下老大，那就阿弥陀佛了。"我又寻思，我大舅妈这个在村里最有争议的女人，自私自利损人不利己的娘们，今天也愿意帮助弟媳妇，好呀。群里立即又看见大舅妈说："假如有时候我们有事，不能照顾老爷子，还请二舅二舅妈多费心。"哦，这个不吃亏的大舅妈，还有这一手，但是仔细想想，能这样相互商量办事真的也是很不错的。因此，群里只要有人说话，又有利于邓家团结的，我就毫不吝啬地为大家点赞。微笑没有成本，动动手指，何乐而不为呢。

13

新学期即将开学，我要收心了，参加的两个社团要求提前到校。大学生通讯社社长师姐特别厉害，不仅拿到了国家奖学金，在国内知名杂志发表文章，而且能文能武，得奖成堆，"骨灰粉"无数。她的名言是我不二的座右铭：我之所以如此的努力，是因为我想买的东西很贵，我想去的地方很远，我喜欢的人很优秀！

大舅妈寒假里满满当当地过足了麻将瘾，春晚在她眼里是别人的热闹。除夕夜也没有放弃，晚上 8 点打到早上 8 点，赢了 700 多元。牌友都笑话她：算了吧，卖什么灌饼呵，还是回来职业打麻将吧。一天天就是一年，一年年就是一生。三百六十行，怎么开心怎么活。老姚到北京带孙子了，我们经常三缺一哦。大舅妈说："金盆洗手啰，暑假回来再陪你们干！"

新学期伊始，大表哥就向大舅妈提出："我们的灌饼，品牌已经打响了！学生们也不在乎钱，涨价 5 毛吧，下学期再涨 5 毛，保证销量不会受到影响。"我大舅妈沉思良久，斟酌再三说是下个学期吧。说话不算数让大表哥生闷气，消极怠工了两天。大舅妈就悄悄打电话给李书记，请他给儿子做思想工作。李书记不想直接卷入这场口水风波，就找到我，让我在"一家人"群里发起一场大讨论，涨价还是不涨价。我有点为难，这不是哈姆雷特的天问吗？怕得罪了大表哥，而且我一个黄毛丫头也不懂这塘水深浅。李书记见我惶惶不可终日，就委托我大舅妈牵头。大舅妈大大咧咧地就发起了。家里人还真像"两会"一样认真讨论，最后决定暂时不涨价，薄利多销，学校扶贫咱邓家，咱也让利于学生。大表哥虽输犹荣，大家都说他有经济头脑，未来能担当大事。我在群里补充说："在大舅妈的正确领导下，大表哥一定能当上 CEO！不久的将来，邓家鸡蛋灌饼要在新三板上实现 IPO 首发。智商决定起点，情商决定终点。"

到了 5 月份，二舅无息分期付款的二手车，基本还清了本金。他的欲望膨胀了，转手 1 万元卖掉，想再分期付款买一辆江淮纯电动汽车，一来车况好，客户满意度高，二来电动车如今续航里程达到 300 公里，运营成本低。为了请求李书记继续说服学校给他担保，他打电话说："我想在北一环的庐州太太请您吃饭。"李书记回绝了，说有纪律，不得接受帮扶对象吃请，而且省里正在开展扶贫领域的专项巡视。我二舅死缠烂打："你们知识分子看不起我们乡巴佬！改邪归正的浪子请贵人吃饭犯法吗？"李书记只好说我到村里上班时，去你家里吃饭总可以了吧？你让嫂子烧几个土菜就行子。

这天，二舅可没少花心思：蒙城牛肉、萧县羊肉、黄山香菇、巢湖大虾、万佛湖鱼头，而且打电话给我大舅妈，请她务必跟老大一起周五晚上回家参加。自从老大晚上照顾老爷子之后，老二还是很感激老大的，毕竟老婆白天送个中饭简单省事多了，而且现在老婆只种植香葱，不愁销路，定期结款，今年以来都收入 1 万多块钱了呢。想想过去苦伤心、穷伤蛋，人家数钱我数星星，人家发财我发虚，归根结底还是眼皮子浅，吃脾气亏。

周五晚上，李书记跟小贾特意带一件酒，等于合资到邓老二家吃饭。晚餐非常痛快，只有我大舅喝老实酒，醉得一塌糊涂，第二天趴在床上一蹶不振，脸色像漂白粉泡过一夜。害的不能去周谷堆买面买油。我大舅妈打电话让大表哥去，供应商的铺位和电话号码都发给了他。

平时都是大舅进货，这次大表哥第一次去，到了周谷堆农贸市场，乱花渐欲迷人眼，这里简直就是一个物资王国。他东转转西看看，穿着皇帝的新装，间谍一样四处采价。惊喜地发现，同样是面粉，同样是油，价格相差太大了，他将在外军令有所不受，没有在大舅固定的两家买，买了 300 斤面粉，每斤便宜 1 块钱，买了 100 斤色拉油，每斤比大舅买的菜籽油便宜 3 块 5，一下子就节约 650 元。于是大表哥心里非常看不起他老爸，做灌饼，买那么好的面那么好的油干什么，学生娃懂个屁，又不是特供香港澳门中南海。

到了食堂，就向我大舅妈告大舅的状。

我大舅妈脸上突变："是我让你爸买好面、好油的！我不是把铺号、电话都给你了吗？是我向食堂保证过的，绝对不买陈化米，不买霉变面，不买地沟油的。你可知道食堂管委会本来不允许我们私自采购食材的。在学校食品安全比天还高，弄得不好学生会上街游行的。"

我大表哥死鸭子嘴硬："又吃不死人，说不定地沟油还香些呢！"

我大舅妈生气了，发誓以后再也不准贪小便宜的儿子进货。屋漏偏逢连夜雨，中午灌饼刚卖给学生吃，就被嘴刁的女学生吃出霉变味来，有一个孩子要呕吐。大舅妈才卖了 12 个饼，就果断决定停止再卖，找了理由说今天家里有事不营业。但是学生们是爱憎分明的，你之前味美价廉，我们点赞、捧你网红，今天你卖霉变的面粉，我就要在内网里吐槽！尽管我大舅妈快速找寻，可是也只追回 9 个灌饼。这时，网上跟帖的几百人，不到半小时食堂里就围满了人。

我大舅妈第一时间向食堂经理汇报了情况，但是大包大揽说是自己的错，估计是昨晚剩的面团没有保管好，隐瞒了大表哥买了 300 斤霉变面粉的事，一再强调只卖出 12 个饼，追回来 9 个饼。

大舅妈等事情稍一平息，就命令大表哥把面和油都退到周谷堆去，不论价格高低退掉。还在路上，大舅妈又打电话给他，花 650 元栽个跟头，吃一堑长一智，别退了，做无害化处理了吧，这和毒奶粉、苏丹红有什么区别呢？

在本周的食堂员工大会上，经理严肃地批评了我大舅妈。好在刚卖出灌饼就停止了出售，而且追回来 9 个，实际上只卖出 3 个，没有造成更大的影响，大舅妈做了口头检讨。

大表哥额头冷汗井喷，心尖鞭抽刀剐，发誓从此作记。食堂开会还举了同仁堂的例子：历代同仁堂人始终恪守"炮制虽繁必不敢省人工，品味虽贵必不敢减物力"的古训，树立"修合无人见，存心有天知"的自律意识，就是说要有敬畏之心，即使在没有人知道的情况下，坐堂大夫给病人看病，药铺伙计给病人抓药，也要对得起良心，更何况你所做的一切，北斗卫星长着天眼呢！

大表哥后来说："我活 29 岁了，也没人跟我讲这些道理，晚上睡梦中自言自语，我今后再也不敢了！我这辈子再也不干了！"

一次被蛇咬，终生怕井绳；一次车剐擦，不敢加油门。

吊儿郎当的大表哥开始自省了，他在微信里跟我聊："你别看我爸我妈没见过世面，但是蛮有定力的，真的不是见钱眼开，下下人也有大胸怀，从来不用有瑕疵的原材料做灌饼，连鸡蛋都不买便宜的。"

我说："那好呀！学生们有不少愤青，得罪不起的！与其想一夜暴富，不如规规矩矩卖力气，凭劳动讨生活吧。出来混都是要还的。"

"好吧，只能这样啦。看见那个小女生吃了灌饼呕吐，我良心过不去。"

"吃亏最补脑，下不为例吧。"

"小妹放心，我一定好好干。"

果不其然，在二季度的学生海选中，毛湾扶贫灌饼，一举获得了最受学生欢迎的餐饮品牌。专门拍了大舅妈和大表哥的照片放大贴在橱窗里，召开表彰大会，大舅妈让大表哥上台领奖，这是大表哥人生第一次得奖，台下学生们掌声雷动，纷纷称赞他"灌饼小哥"。

我把大表哥上台领奖的视频发在群里，老邓家人个个群情激昂。大表哥毫不吝啬的发了百元大红包，10个人一会儿就抢完了。大舅也跟着发了100元红包，人人抢的手机里面好不热闹，连我小表哥这个长年吃草的羊性子，也发了一个百元红包。紧接着我大舅妈接龙也发百元红包，我、我二舅、二舅妈、小表弟、我爸、我妈都加入进来了，先是抢红包，然后又发红包，前后热闹了大半个晚上，来了一场众筹式红包的暴风骤雨。

14

星期天我们班同学组织了一场户外活动，集体爬大蜀山。

我在群里炫富晒图，家人都为我们班帅哥美女青春的气息、花样的笑容、飞扬的歌声刷屏。

我有一张珍贵的照片，就是我外公外婆几十年前登上大蜀山顶拍的一张黑白照片。那时上山不仅没有盘山公路，就连通向山顶的石阶都没有。一定是"走的人多了便成了路"。外婆曾经跟我说过，那是她和外公经人介绍谈对象时，在山顶拍的，花了4毛钱呢。因此我专门在他们当时照相的地点，穿着薄荷裙，让同学帮我拍了一张。放在"一家人"群里显摆，引发了我大舅、二舅、我妈的感慨。我就建议："要不找一天，来一个老邓家大蜀山一日游，拍张全家福吧。"

二舅第一个回应："那好呀！把你外公也带着，我到时借一个轮椅。我负责把他送到山脚下，你们几个孙子辈的负责把老爷子推上山顶，中午我们一起在雪霁山庄吃个团圆饭。"

二舅能有如此的倡议，我人来疯要求就在下个星期天，查了天气预报，天不太热。吃团圆饭，多少年来我们三家，如果我外公也算一家就是四家，过年都没有在一起聚过。我考大学，也没有聚成。

大舅妈@二舅："好！你提议的，我们参加就是给你面子，你请客！"

二舅@大舅妈："必须的！"

大舅妈说："好！今天大方了！那么下一次，我做东，骗人是吉娃娃。"

群里一片欢呼声。

我首先就是在群里请浙江小表弟回来，大家都在合肥，只有他是远客。

小表弟开始说忙，没时间。但是经过大家的盛情邀约，特别是二舅妈心情迫切，重复着说："回来吧，回来吧，回来吧。"我的小表哥，这只绵羊一样的男孩，我大舅的复制品，一直在镇玩具厂上班，年轻人对企业如此忠诚，现在一票难求啊。他也跟着瞎起哄，自告奋勇说："你星期六提前回来，我去合肥南站东落客平台接你，晚上请你撸串，喝江小白。"

星期天一大早，我二舅就带着自己的儿子和大舅的小儿子，来安排我外公吃早点，冲了一杯芝麻糊，餐后吞服丹参片、阿司匹林，给外公换了一套干净衣服。

看见老爷子红光满面气色不错，二舅心里有点难过，对大舅说："哥，你辛苦了，晚上都是你服侍老爷子。"

大舅说："白天基本是你老婆照顾，也辛苦。"

外公听说儿子孙子今天要带他上大蜀山，虽然懵懵懂懂，但是心情分明是相当的活络，小眼睛光芒四射，结结巴巴说："钱，钱，钱……"

大家都笑起来了，这说明老爷子脑瓜子还是有点清醒的，还知道出门要带钱。

大舅说："平时他老是向我要钱，不给吧，我心里纠得很，看见他那无奈悲伤的眼睛我难过。给吧，他这里藏那里藏，整天都在找钱，找不到就担惊受怕，仿佛天要塌下来。"

二舅说："哦，那我给他200块钱。"

大舅说："不用了。我也是没办法，就在银行换了10张10块的新钱，用铁夹子夹在了电线上，他一要钱，我就指给他看，钱在那里，一大堆钱。你想买什么，跟我说，我帮你买。他看见钱真的在那上面，就安静了，就乖乖地睡觉了。"

听得我泪眼婆娑，五味杂陈，心如冰冻，老人的尊严、老人的屈辱有谁懂啊。我对大舅说："谢谢你，大舅！你尽到了儿子的责任和孝心了。现在有句流行的话，叫作你养我长大，我陪你变老！"

二舅有点难为情："放心吧，哥！以后晚上你如果有事，给我打电话，我也来陪陪他！"

9点钟我们在大蜀山南脚的"半边街"见面了。除了我大表哥中午要在食堂卖灌饼，邓家的其他10个人都到了。二舅说："你们3个小的，负责把老爷子推上山顶！"我说："行！我和表哥、表弟坚决完成任务。你们6个兄妹妯娌，聊聊天，走环山公路上山可以，走石阶上山也可以，公路平缓但是路途遥远，石阶陡峭但是距离最近。"

我们兄妹三个还是低估了推轮椅上山的困难。从大门口，还没到半山环形柏油路，三个人就大汗淋漓，气喘吁吁，赶紧找个椅子休息。我外公坐在轮椅上，笑得很隐秘。

我问："外公，这里是大蜀山，你知道吗?"

外公很茫然，摇摇头。

当我把他和外婆的照片给他看时，不一会儿，他的眼里噙满了水花，把照片攥在手心摩挲着，轻轻地喊道："英子，英子!"

小表哥拿出小梳子把爷爷花白的头发打理打理，用餐巾纸把爷爷的口水擦干净。小表弟摸摸爷爷的手，感觉这是他长大以后的第一次。爷爷的手指甲又厚又长，他就用指甲钳帮他剪，10个手指剪了大概20分钟。剪好手指甲，又把他袜子脱了，我的妈呀，那脚指甲长得都带弯钩了，像鹰爪，像树根，使出吃奶的劲都剪不动。这时好多经过的人看见，都纷纷狂赞孙子孝顺，有的还悄悄拍照片，要用身边事教育身边人。一个推着婴儿车的年轻爸爸见状，还掏出自己钥匙串上的大指甲钳，说是他在韩国旅游时买的，让小表弟用那个剪。不试不知道，大指甲钳就是厉害，三下五除二就把爷爷的脚指甲也剪好了。

　　良辰美景让蜀山森林空气甜蜜，气候宜人，我们推着轮椅继续上山。走走歇歇，说说笑笑，大战三百回合，来到了半山腰。外公虽然只知一二，但是也怕我们累，指着路边的凳子说："坐……坐……"我们坐下来，喝水喝奶吃黄瓜吃灌饼。外公喝了吃了，一时显出急躁来，喉咙里哦噢啊呜地喊着。大家手忙脚乱，不识庐山真面目。经过路人指点，估计是要解小便。麻烦了，半山腰，没有厕所，上山的下山的，男的女的，小伙子大姑娘们谈笑风生络绎不绝，怎么办啊？小表哥说："到树林里面吧？"我不方便跟着，指挥表哥表弟把轮椅推动路边，可是进不去呀。表弟就背着爷爷向林子里走去，我用手机拍下了这一段视频放在群里，全家人被感动得一塌糊涂。

　　直到中午11点，大家才在大蜀山之巅会师。我们在外公外婆拍照的地方，拍了一张合家福，大家齐喊："茄子！"再拍一张时，我问："银行里有什么？"大家嘴里异口同声喊："钱！"

　　但是大表哥没有来，大家觉得遗憾，就在群里召唤他，赶紧把灌饼卖完，尽快打的来大蜀山，一起在雪霁山庄喝酒。

　　整个上午，大表哥都在心里痒痒地看微信，而且是和才交往的女朋友一起看的。女朋友是甘肃人，老家在兰州市皋兰县，跟着她爸妈一起做拉面生意，以前在三孝口女人街摆摊子，后来经过应聘进入淝河大学食堂。上次评选最佳美食表彰会上，她们家的兰州拉面与我表哥家的鸡蛋灌饼都是一等奖，两人上台领奖时，含羞一笑，乌龟瞧绿豆——对上眼了，就偷偷摸摸约会。如今姑娘像狗皮膏药把表哥黏得紧紧的。她看见群里如此温馨，嫁给表哥的决心更坚定了。大表哥大胆地对姑娘说："要不我俩现在打车去大蜀山？"姑娘的脸庞山丹丹花开红艳艳，半推半就，欲迎还拒。大表哥拦腰抱起她，在校园南门拦了出租车。

　　一个多小时后，大家在雪霁山庄二楼的包厢见面了。一家人齐齐整整，才是最幸福的事！每个人脸上都洋溢着过年的味道。没想到大表哥来了，居然又为老邓家招商了一名新成员。邓家人都喜欢这个兰州姑娘，长着迪丽热巴俏模样。大家一边等菜一边开酒，直盯盯地看得丫头"无地自容"，桃之夭夭，灼灼其华，把头往大表哥的身后钻。

　　我外公傻乎乎笑得合不拢嘴，在里面褂子口袋里摸出皱巴巴的手帕打开，里面是还算新的 10 张 10 元的票子，结结巴巴说："红包，红包，红包……"

　　老邓家人全部都蒙圈了，谁说他老年痴呆呀，还知道给孙媳妇包红包呢。孩子怎样长成，老人就怎样退化，他没有痴呆，只是回归孩子的状态，这就是生命的轮回。我爸这时也给力，让我妈到吧台要了个红袋，把外公的 100元放里面，并让我妈添了 900 元。之后，在大家的鼓掌中，外公双手颤颤巍巍地把红包交到了兰州姑娘手里。

该死的和幸福的兔子

何钱文

那时候，五月还没看见那只该死的兔子。甄五月那时候还躺在二楼的席梦思床上，太阳已经爬到甄家山的尖尖上了，五月还躺在床上。听到楼下的鹅又嘎嘎嘎叫起来，五月知道她娘赶早集回来了。但是他还是紧紧地闭着眼睛，听到楼梯响时，还故意打出重重的鼾。五月正在想接下来是打"呼噜呼噜"还是"呼噜噜"时，五月娘已经推开了门。五月听见娘叹息了一声。五月就翻过身去想，还是打呼噜噜吧。五月娘说话了。五月娘说，能从一数到百呢。五月脑壳里就飞出一张相片来。脸就烧了一下，马上把相片撕了个粉碎。看着一地的碎相片想接下来打什么呼噜时？五月娘又说话了。五月娘说，俺瞅着，皮肤比大师嫂都白呢。五月脑壳里又跑出一个女人来，五月又把碎相片合起来看了看，然后五月又把大师嫂看了看。五月的脸又烧了一下。五月可不想让娘看见自个的脸，哪怕有可能看见都不行，五月就很心虚地把头蒙进被窝里。五月就想，脸为什么总要烧一下？

五月很快就起来了。虽然昨晚坐了 3 个小时的高铁和 2 个小时的大巴，但还是很快就起来了。甄五月可不是甄三那样的懒货，要是像甄三那样，五月可盖不起这栋漂亮的洋楼。现在甄家庄有 2 栋漂亮的洋楼，一栋是大师兄家的，另一栋就是五月家的。两栋洋楼一模一样，就像双胞胎——假如把它俩放一起看的话。其实洋楼也不是五月盖的。三年前，甄五月和甄三一样，都还没有洋楼。甄老爹给大师兄盖楼娶媳妇的时候，五月还盖不起，因为甄五月和甄三一样，都没有爹。等到五月终于盖得起楼的时候，大师兄都已经给他大舅子二师兄买房了。大师兄给二师兄买房的时候也拉着五月去买。大师兄说，小师弟，付个首付就行啊，你又不是付不起个首付。

其实五月和大师兄差不了几岁，但是大师兄就是管五月叫小师弟。大师兄也不单单叫五月一个人小师弟。谁也不记得是从哪年开始的？反正就是好多年啰，大师兄管从甄家庄带出来的人都叫小师弟。一开始就是个玩笑——哈哈大师兄早。哈哈小师弟早，大师兄求个事哈。说，只要大师兄能办到的……叫着笑着，现在甄家庄所有人都不叫他满顺都叫他大师兄了，自然叫他媳妇也不叫梁燕子都叫大师嫂了。大师兄给二师兄买完房又跟五月说，小师弟唉小师弟，就算你还差点首付，大师兄给你凑凑啊。唉小师弟你瞧瞧唉你瞧瞧，现在哪个姑娘还愿待村里。五月暗暗想了几天，觉得大师兄说的有道理。五月后来就跟大师兄说，等回家就跟俺娘说说啊。五月从小到大什么事都要跟娘说说。五月在工地挣的每一分钱，都一分不少地交给娘保管。可是等五月回了家，五月娘已经把洋楼盖好了。真的，也就两个月时间，五月两个月前还回来相过一个带个拖油瓶的小寡妇，两个月前五月家的房子还是以前那个老房子。可是等五月两个月后又回来相亲，老房子好像变成了大师兄家的房子。要不是娘笑眯眯地在门口迎着，五月还以为天黑走错了门。五月看着新洋楼说，娘啊。五月娘说，儿啊。五月看着黑夜里新新的洋楼说，娘啊娘啊。五月娘说，儿啊俺儿啊，这下可不愁媳妇啰。

五月下楼的时候，看见娘在院里的桃树下招手。五月娘说，正好正好，来帮娘捉鸡。五月就往桃树下走，五月看见那只红公鸡正往一只母鸡身上扑，五月脸上又烧了一下。五月忽然很烦躁。五月这几年总是忽然很烦躁。也不知怎的了？本来好好地砌墙抹灰干着活，忽然就很烦躁。五月没等公鸡办完事，就很烦躁地一把逮住公鸡。五月手上的公鸡一开始还有点莫名其妙，还扭头看了看五月。2秒钟后公鸡才反应过来，因为它看见五月娘手上的碗和刀子了，公鸡就知道自个要死了。但是公鸡很不甘心，还很气愤，像火烧云一样的鸡毛根根都竖了起来。公鸡开始义愤填膺地扯脖子骂五月，娶不着老婆拿老子撒气。凭什么呀凭什么呀——假如五月听得懂公鸡话的话。公鸡边骂五月还拼命地蹬五月，公鸡还想回头啄五月的手，活得好好地谁想死呀。但是鸡怎么斗得过人呢，甄五月可是三根手指头就能拎一包水泥的主儿。血流完了，公鸡终于软了。五月这才扔下还在盯着他抽筋的公鸡说，娘啊，又杀鸡！娘用血糊糊的菜刀不停地在地上画十字说，小鸡小鸡你别怪，你是人间的一碗菜。五月啪啪啪地拍裤上的鸡毛说，娘啊娘啊，又杀鸡。五月娘这才直起腰说，可别再让人挑了理儿。五月娘现在最怕人挑理儿。上一次，李家庄的那个媒婆就埋怨，鸡都舍不得杀，还想娶儿媳妇。五月记得上一次娘明明是杀了鹅的。但是李家庄的那个媒婆逢人就说，鸡都舍不得杀，还想娶儿媳妇。

五月娘蹲在桃树底下热腾腾地泡鸡毛时，五月已经刷好牙洗好脸了。五月娘冲五月努努嘴说，儿啊，去，快去把新西装换上。五月说，不换。娘又抬头看了看五月，说，儿啊俺儿听话，快去把新衣服换上。五月说不换不换就不换，不行拉倒。说完赌气地抬头随便看了看。天空好像很篮，白云好像很白，楼顶上好像有两只啾啾叫的燕子冲到了红桃树上，你啄一下我，我啄一下你。你又啄一下我，我又啄一下你……五月看见两只燕子好像还对自己笑了一下。五月忽然又很烦躁，就很愤怒地冲那两只燕子跺脚，边跺脚边在心里说，你俩等着。可等五月弯腰捡起石头子时，燕子已经不见了。五月就在心里说，算你俩走运。五月刚说完，听见娘咳了一声。五月只好扔掉石子儿看了看娘。但是五月马上以为自己听错了？因为娘还在雾气腾腾地认真泡鸡毛，连头都没抬一下。五月只好揉了揉耳朵，心里说，真奇怪啊真奇怪。五月奇怪自个为什么总是听见一些莫名其妙的声音？有时候正好好干着活，忽然听到有人叫他。可等五月停下来四处看，大伙都在该干啥干啥，又没有人叫他。五月刚想问问娘，刚才是不是咳了一声子？才看见娘头顶上的桃树不知何时开花了。五月从昨晚回来到现在起来——捉鸡、杀鸡、洗脸、刷牙、骂燕子都没发现院里的这棵桃树开花了。这才发现粉粉红红的桃花开得可真好看。五月又把想问娘的话忘了，五月的嘴巴张着，脸忽然又烧了一下。五月可不想让娘看见自个的脸，哪怕有可能看见都不行。就很心虚地转过身，装作随随便便走的样子走到娘房间里。

　　五月看见娘床上摆着一套崭新的深色西服，西服旁还摆着一件崭新的蓝衬衫，衬衫旁还有一条已经打成圈的大红领带。五月随便瞅一眼就知道，这衣服又在枫月街豆腐店隔壁那个肥婆摊上买的，五月搞不懂娘为什么总爱上那里买衣服，又不是亲戚。五月边埋怨边拿起衣服又随便瞅了下：太老气了，就像个干部穿的。但五月还是拴上门，拉上窗帘，把自个脱了个一干二净。五月很快就穿好新西装，套好新领带。对着镜子看了看，褂子和裤子都明显大了一号，裤腿很胖，裤边也没锁，多了快一扎长。五月边看镜子边埋怨娘总是给他买大一号的衣服。他嘟囔说，都要老了又不长个了还买大一号衣服。但是五月并没有脱下来，还很快地穿上皮鞋，拿起娘的头油对着头发喷了喷，梳完头还对着镜子转了五六七八九十转，五月对镜子转圈时真想把这套新衣服脱下来，还有那条领带，真别扭，感觉脖上的红领带就像穿在牛鼻上的绳子。但是却没有把领带扯下来。五月今天真是奇怪，明明觉得衣服不合身，领带像穿在牛鼻上的绳子，但五月却没脱下来。五月打开门跑到娘身边随便转了一圈说，太肥了，娘啊太肥啦。五月娘已经把鸡毛拔净了。五月娘已经拔好鸡毛不雾气腾腾了。但是五月娘瞅着穿了新衣服的五月眼里又起了雾。五月娘龇着黄牙笑了——是那种很陶醉的，很骄傲的，像天下母亲笑天下儿子的那种笑。五月娘笑着抹了下嘴边的口水说，俺儿穿了西装就跟甄能仁一样。五月娘边说边甩了甩手上的鸡毛站了起来。五月乜见盆里的公鸡好像不是刚才的公鸡了，五月头一次觉得赤身裸体的公鸡真难看。五月想说娘啊娘啊这鸡真丑时，五月娘已经颠颠地走过来了。五月娘蹲下来，把五月的裤脚卷了卷。卷完看见五月的皮鞋上有灰，五月娘就顺便朝五月的皮鞋上吹了吹，还顺便吐口唾沫，用袖子来回擦了几下。五月就很容易地看见娘头心上的一小圈白头发，鼻子就很酸。五月就跺着脚说，娘啊，娘啊。五月娘雾气蒙蒙地说，儿啊，俺儿啊儿你出去转转。五月娘雾气蒙蒙地说，就这样儿啊俺儿啊让他们都瞧瞧，都瞧瞧俺儿还差了个谁！

　　五月真就出门了。平常，甄五月可不是个爱出门的人。五月出门那会儿还不知道，自个会和贾何钱一样，会遇见那只该死的兔子。五月出门时很想哭，而五月又不想让娘看见自个哭。五月看见娘头心上的白头发时，就很想找个没人的地方，无所顾忌地，痛痛快快地嚎上那么一顿。嚎完这一顿，五月就准备认命了。五月要是知道自个一会儿会和贾何钱一样遇见那只该死的黑毛兔子，五月就算是再想嚎，也绝不会出门。甄五月自个家楼上楼下八九间空屋子，躲到哪不是哭。再说，五月在工棚被窝里又不是没哭过。可现在，五月出门了。五月眼圈红红的跟着两只大白鹅出门了。两只大白鹅一声不吭地并排低头往前急急地走，五月还以为大白鹅善解人意，知道他心情不好。

那会儿甄五月还不知道，它俩一声不吭地着急走是要到池塘里办点事儿。五月还不知道他家的两只大白鹅都到了青春期，正在和大师嫂家的两只母鹅热恋。谁又能说得清恋爱这事呢？但是谁都知道恋爱是世间最幸福、最煎熬、最甜蜜的事了，有人说它就像扑面春风，有人说它就像鲜花绽放，有人说它一日不见如隔三秋……鹅哥俩已经煎熬了一夜，好不容易把天盼明亮了，可五月娘为了捉那只公鸡，大门硬给关了一早上，鹅哥俩眼珠儿都憋红了。五月那会儿还不知道它俩恋爱的事。要是知道了，可能早就把它俩放出去了，当然也有可能狠狠地踢它俩几脚。甄五月现在就是这样一个让人捉摸不透的人。五月一到外面才发现空气真新鲜，天空真蓝，白云真白，身边的树和草都那么绿那么红，耳朵里都是鲜鲜脆脆的鸟叫声。五月的心情忽然又好了起来，忽然又不想哭了。今天真是很奇怪，刚才还想找过没人的地方痛痛快快嚎上一场，没想出门才走一口气，现在又不想哭了。五月的眼泪又不知上哪去了？

不想哭了的五月就想赶快回去。甄五月可不是甄三和贾何钱那俩爱闲逛的二流子。五月忽地想起院里好像摆了很多菜，红的、黄的、黑的、白的、绿的、紫的真的很多很多菜，心就痛了一下。五月就在心里说，买这多菜！买这多菜！五月心疼完了就想，这多菜娘一个人肯定忙不过来。五月就停了一下，刚转过身，就听到两只鹅特别激动的——嘎嘎嘎——嘎嘎嘎叫唤起来，接着是——扑腾——扑腾——两声激烈的水响，接着又是特别激动的——嘎嘎嘎嘎嘎嘎嘎嘎——，五月就想，鹅咋了鹅咋了吗？五月就很好奇地回过头。甄五月这时候要不回头就好了，他真不应该回头，真应该直接回家帮他娘摘菜去。那样的话，甄五月就不会和贾何钱一样遇见那只该死的黑毛兔子。

五月接下来的日子肯定会是另一种样子。但是甄五月偏偏回过头了，五月看见自家的两只大白鹅像箭一样游到了像箭一样迎接它俩的另外两只大白鹅身边，五月忽然想起了"凌波微步"这 4 个字。五月就笑了一下。五月今天真是很奇怪，刚才还想哭，现在忽然就笑了，就因为"凌——波——微——步"四个莫名其妙的字笑了，还笑出很大声来。五月如果知道六婆就在他旁边的红桃树底下洗衣服肯定就不会笑了。就算再想笑五月也不会笑。就算能把人笑死五月也会宁死不笑。

其实六婆跪在石板上埋头搓衣服，根本就没看见红桃树后面的五月，连池塘里多了两只异常甜蜜的鹅她都不知道。六婆正在心里专心致志地骂她两个儿媳妇，六婆揉一下衣服就在心里骂一句。六婆揉一下衣服就在心里骂一句。六婆跟愿意和她说话的每个人说两个儿媳把孩子往她怀里一扔就到城里享福去了。六婆忘记当年可是她老人家逼着她两个刚满月的儿媳进城的，六婆可是一辈子要强好胜的人儿，她可不能眼瞅着别人的儿媳都在城里挣钱，自个家的儿媳只在家奶孩子玩儿。可六婆又不能当面说。六婆又不是泼妇。从古到今，甄家庄和隔壁的贾家楼李家庄一样，有跳过河的有浸过猪笼的有上过吊的，就是没出一个泼妇的。六婆当年只是含沙射影地骂骂家里的鸡鸭鹅提醒两个懒儿媳，果然没多久，两个儿媳就扔下怀里哭哭啼啼的娃娃进城去了。六婆那时没料到现在的娃娃可比从前的娃娃难带多了。她两个儿子小时候随便给口吃的就行，她该下地下地，该干啥干啥。现在的娃娃光给口吃的可不行，现在的娃娃得喝牛奶，得补钙，还得看动画片学 ABC，还一不留神就感冒……总之，六婆认为现在的娃娃可比从前的娃娃娇气多了。所以六婆带着带着又后悔了，可她两个儿媳好不容易自由了就都不愿意回来了。六婆就跟两个儿媳结下了怨。六婆又是个记性不好的人——全世界的人要是上了年纪记性可都不大好。所以六婆后来跟人聊天的时候，总是把她当年骂鸡鸭鹅之类的小事，像面前的春风一样抹去。

现在，六婆又骂了一遍时，忽然听到了笑声。六婆就吓了一跳，就很心虚地回过头。六婆的眼神不好，但是很快，六婆就放下心了。六婆还没看清谁马上就放下心了。因为六婆想起她家的两个儿媳妇都在城里。放下心来的六婆很利索地站起来摸了摸眼睛，六婆有很严重的白内障，六婆模模糊糊地看见一个穿西装系红带带的人在看她笑。六婆就估摸着打招呼说，哎哟哟，李大户又来看田啦？一看见面前忽然多了个说话的人，五月也吓了一跳。五月这才看见桃树底下站着笑的六婆。五月头皮和后背就同时麻了一下。五月知道六婆把他认着李家庄的种田大户李老黑了。这些年甄家庄能动的几乎都进城打工去了，村导可不能让甄家庄田地都空着。五月想不起来是前年还是大前年的春节，甄能仁把手一挥说要开全代会（全村代表大会，简称全代会）。会上代表们一致同意，把甄家庄的千亩水稻田包给种田大户李老黑。

五月的头皮和后背虽然麻了一下，但是五月还是面不改色地笑着说，六婆洗衣服呢，六婆您认错人啦我是五月。六婆就揉揉眼，说，哎哟哟是五月呀。哎哟哟我这白内障眼。其实到现在六婆还没看清五月的脸。但声音是五月的，五月也算是六婆盯着长大的，五月的声音六婆还是认得的。六婆还想说点什么时？五月已经走过去了，五月边走边说，六婆您吃了没？六婆说，哎哟哟忙到现在，哎哟哟锅都没烧哎哟哟——五月就又干笑两声，然后装着有很急的事要办的模样又加快了脚步。五月急急走了几十步远时心里说，甄家池真大。五月心里这么说时，果然又听到后面笑了两声，干涩涩的，就像吃了干馒头没喝水一样。他的头皮和后背就全麻了。五月就想做点什么。五月的手就开始摸兜，五月都不知道自个的手在摸兜。五月觉得今天真是很奇怪，手明明在摸兜但是却不知道自个在摸兜。五月摸完了裤兜又摸摸褂兜，摸完褂兜又摸摸褂子里面的兜兜。等里面三个兜兜都摸完了五月才知道自个在摸兜。五月就强迫自个想，在摸啥呢甄五月你摸啥呢？五月这么问自个时真就想起来——得给满顺打个电话。对，得给大师兄打个电话。五月忽然就很激动，五月也不知道自个为什么忽然很激动？反正五月忽然就很激动。五月的手又开始摸兜。五月又摸了一遍兜才想起手机还在刚脱下的夹克衫里。五月就很懊恼——就像把辛苦一年的工钱搞丢了一样懊恼。真的，五月差点就扇了自个儿两耳光。又不是什么大事。大师兄又不是外人，再说跟二师兄请了假也是一样。但是五月就很想扇自个儿两耳光，狠狠地，啪——啪——五月好像都听到了巴掌落在脸上的声音。五月可不能因为没带手机就扇自个耳光啊，五月又不是甄三和贾何钱。刚想到甄三和贾何钱时又听到后面的笑声。五月隐约觉着这个笑和刚才的笑不一样，这个笑好像湿漉漉的，好像刚从池水里刚捞起来的一样。

那时候，五月只要回过头，就看见笑的可不是六婆。六婆已经端着木盆有点郁闷地走了。谁也不知道六婆为什么郁闷？有点郁闷的六婆走的时候和大师嫂打了个照面。六婆这才看清是大师嫂。可是大师嫂已经笑笑地走过去了——大师嫂就像春风一样笑笑地从六婆面前走过去了。六婆就只好叹口气，走了。谁也不知道六婆好好地为什么会叹气？反正六婆就是叹口气，走了。满面春风的大师嫂放下盆后摆了摆头发，接着把两只白皙的手臂举起来，理了理背上披散的乌黑黑的长发。大师嫂的头发真长，蹲下来差一点儿就挨到了石阶。大师嫂可不能让刚吹干的头发挨上脏兮兮的石阶，谁都知道，大师嫂是甄家庄最爱干净的人儿了，她婆婆肚上接了根塑料管子都躺床上三年了，大师嫂硬没让她婆婆睡过一次脏床单。三年前，大师嫂本来都搬城里住了，但她病婆婆非要落叶归根，大师兄只好让大师嫂又搬了回来。

现在，大师嫂把头发拢在一起后用一只手捏住，大师嫂用另一只手把一个带蝴蝶结的粉套箍在梢末上，然后又用另一只手把刚箍好的头发朝前胸轻轻那么一甩，又利索，又柔软，又好看，真的是又利索又柔软又好看。如果五月这时候回头看一眼的话。然后，大师嫂就拿出一件衣服开始在石板上搓。搓着，搓着，搓着，大师嫂两颊一红，大师嫂就对着池水笑了一下。五月就听到了大师嫂湿漉漉的笑。但是五月却以为还是六婆在笑。六婆的笑明明是干涩涩的，这个笑明明是湿漉漉的，但是五月却认定了还是六婆的笑。甄五月觉得今天真是很奇怪，明明可以回过头看一眼笑，又不是回头看一眼笑就要杀头。但五月却在不停地摸口袋要给大师兄打电话。五月边走边说得给大师兄打个电话，五月边走边说——得给大师兄打个电话。

五月这时候真应该回去拿手机的。如果五月这时候回去拿手机，就不会遇见贾何钱三年前遇见的那只该死的黑毛兔子，如果五月知道一会儿也会遇见那只比墨汁还黑的该死的黑毛兔子，五月肯定会马上回去的，就算耳朵跑到脖子上了，五月也会毫不犹豫地回去。大不了脸上多烧几下，头皮和后背多麻几下嘛，五月的脸又不是没烧过，头皮和后背又不是没麻过。谁能算到以后的事呢，甄五月又不是个诸葛亮。五月就低着头往前急急地走，五月想着给大师兄打电话就走出了甄家池。

五月那会儿还不知道甄家池已经看不见自个儿了，五月边走边又在心里说，甄家池真大。五月刚刚说完"大"就听到了一个声音。五月的脑壳就轰了一下，头皮又麻了起来。五月就摸摸额头上的汗，不情愿地抬起头。甄五月就看见和自个穿得一模一样的甄三，又贼贼地说了一遍："王干事又来扶贫啦？"甄三同时也看见了和自个穿得一个模样的甄五月。甄五月就很奇怪，稀奇了你也穿西装打领带？五月本来只是在心里想没想到却说了出来。五月说完就后悔了，甄五月好像看见一坨冒热气的东西砸了过来。果然，甄三黑着脸冲了过来。甄三一把揪住五月的领带气咻咻地说，老子凭什么就不能穿西装打领带，甄五月你说老子凭什么就不能穿西装打领带？五月就愣住了，甄三问的问题他可不知道怎么回答。是呀是呀，凭什么甄三就不能穿西装打领带！五月这么想的时候好像又看见一坨冒热气的东西砸了过来。没想到甄三忽然又笑了。甄三看见甄五月手足无措的尴尬样，甄三忽然又想笑了。枫月镇谁不知道甄三可是翻脸比翻书还快的人。甄三又变成那个笑嘻嘻的甄三。甄三笑嘻嘻的一把松开五月的衣领，还顺便把弄皱了的大红领带轻轻抻了抻。五月这才反应过来，五月一把推开甄三说，去你的，甄三开不起玩笑就别开。甄五月边说边迈步要往前走，甄五月真想赶紧走掉算了。没想到甄三一把扯住甄五月胳膊。甄五月心里又悔了一下，嘴上却说，干吗？甄三你开不起玩笑就别开。甄三笑嘻嘻地说，甄五月你还生气啰，就准你开老子玩笑就不准老子开你玩笑。甄五月也只好假装笑了一下。五月假装笑的时候心里松了一口气，随手轻轻地捶了甄三一拳。果然，甄三敏捷地一闪又嘿嘿嘿笑起来，甄三边笑边说，甄五月你出门都不带烟。甄五月这才看见甄三龇开的牙很白。甄五月看见甄三的白牙时忽地想起谁的牙也这么白时顺嘴又说了一句话，甄五月说，甄三天这么好你怎么不晒太阳浴呀？甄五月和甄三都被甄五月的问问愣了一秒钟，一秒钟后甄五月和甄三又都咧着大嘴前仰后合笑起来。甄五月笑完说——甄三中午到家吃饭。

甄五月等甄三走远了才想起来自己竟然要请他来家吃饭。甄五月又想狠狠抽自个两耳光，甄五月好像又听到啪——啪——两声响亮的声音。甄五月脸烫烫地说，谁要请他吃饭？甄五月这么说的时候，好像又看见了那坨带热气的东西，甄五月就想起那件事。

有一年，二流子甄三摸完不知从哪弄来的防晒油正躺在自家破烂院地里晒太阳浴，被六婆撞见了。后来甄三跟警察赌咒说院门是关的。但六婆拼命哭号着发誓院门是敞开的。六婆的眼睛那时就已经不好了，六婆模模糊糊地看见光膀子甄三揪成一团躺在院地上，还以为甄三是不是病了。六婆就"哎哟哟"一声脚步生风地冲了进去，想摸摸甄三身上烫不烫准备喊人时，手却摸到了不该她摸的东西，六婆立即哭号开了，开始拼了老命捶甄三。六婆后来跟每个人说——要不是怕两个孙女没人带就跳甄家池找他家老棺材去了。这件事轰动了枫月镇。贫困户甄三马上又多了个外号——东门哭甄三。枫月镇的人提起甄三都摇头，连六婆那么大年纪都不放过，连当西门庆都不配。甄三放出来后越想越觉得委屈。甄三说，老子明明在自个家晒太阳浴最后却成了东门哭。甄三就找个空子爬到六婆锅台屙了一坨……

那会儿，甄五月不知道甄三轻易放过他，可不是因为他说中午请他吃饭。甄三着急走是有重要的事要办。甄三和甄五月说话时蓦地想起贾何钱早约了他今儿辩论的事。三年前，贾家楼的贾何钱变成了和甄三一样的人以后，甄三就多了一个"战友"和辩友。甄家庄的老牌"二百五"和贾家楼的新晋"二百五"经常聚在一起探讨一些譬如"为么甄三会成为东门哭""为么和别人不一样就会成为'二百五'"之类正常人看来很"二百五"的问题。甄五月那时还不知道甄三是去和贾何钱辩论，但是甄五月看着甄三往贾家楼的方向走就想起了贾何钱。甄五月就朝地上吐了口唾沫。甄五月说，一对"二百五"。甄五月使劲踩干净地上的唾沫后忽想，是不是也叫"贾二百五"来家吃饭，反正这个"二百五"都叫了。甄五月这么想就在心里决定了，回去就给"贾二百五"打电话。五月这才发现甄家池已经看不见自个儿了，五月就愣了一下，想着是不是要回去了？五月想娘一个人肯定忙飞了，再说还要给大师兄和"贾二百五"打电话。甄五月就抬起脚想往回走。脚还没落下，马上就听到了嗙——嗙——嗙——脆悠悠的声音。甄五月的头皮和后背又麻了起来。

那会儿，甄五月还不知道这棒槌是大师嫂敲的。甄五月不知道大师嫂今天心情超级好，大师嫂一早起来就洗了头，洗了澡，还朝白皙的脖颈那儿喷了香水。甄五月以为嗙——嗙——嗙——还是六婆敲的。甄五月愣了一秒钟后果断回过头，再往前走走。甄五月边走边说，总不能在池塘待一天吧。甄五月走了几十步后忽想：反正没事，不如想想贾何钱那个"二百五"。甄五月就抬起头望了望甄家山。可甄家山把贾家楼死死地挡着。甄五月忽然又很烦躁。甄五月就想起了3年前和贾何钱见最后一面的事。

3年前，贾何钱在城里吊顶吊得好好的。突然扔下锤子跟工头说，要回贾家楼。工头瞪眼说，有事？贾何钱说，没事，就是想看看油菜花。工头蹦起来说，你说啥？贾何钱说，就是想看看油菜花。而其时工头正为抢工期的事日夜不眠，不惜花两倍的工钱到处拉人，但是贾何钱拍拍屁股说走就走了。工头指着贾何钱的背影吐了口浓痰——呸，真是个"二百五"。贾何钱从那天开始就成为"二百五"了。

贾何钱后来跟五月说，兄弟我那天就想回来看油菜花。兄弟啊兄弟，我那天本来只想回来看一眼油菜花，顺便抱抱忽然长高了的儿子，然后就回城继续吊顶打橱子，该干啥干啥。谁知刚回到贾家楼的油菜地，行李箱还没放稳就碰到一只黑毛兔子在油菜花上飞。贾何钱拍着甄五月的肩说，兄弟你说奇怪不奇怪，一只比墨汁还黑的兔子又没有翅膀居然在比黄金还要金黄的油菜花上飞。那时贾何钱刚成为贾家楼的"二百五"不久，甄五月那时正好回来相亲，贾何钱的爹就偷偷给甄五月打了个电话。甄五月就装作很紧张地问后来怎样了？贾何钱扔掉烟蒂踩了踩说，怎样？追呗。贾何钱说，看见兔子不追不是傻吗？甄五月眉头就皱了一下。甄五月心里说——贾何钱咋变这样了！但是甄五月还是装作很急切地问怎样了。贾何钱说，兄弟有没有烟？甄五月说，你又不是不知道我又不抽个烟。贾何钱就把刚才踩瘪了的烟蒂又捡起来吹吹捏捏弄弄。甄五月真想一拳头把那个脏烟蒂打掉，甄五月心很痛地想——怎么会这样！贾何钱怎么变这样！但是甄五月还是强忍着难过，面不改色听贾何钱边捏边说。

贾何钱说，当时我就在油菜花里追啊追啊眼看就要追上了，我就一个猛子扑上去，兄弟你猜怎么着？甄五月就说，急死人了你快说呀！贾何钱就鬼鬼地笑了一下，甄五月这才看见贾何钱的牙比油菜花还黄。甄五月心里就很难过——怎么会这样！怎么会这样！贾何钱终于很失望地扔掉脏烟蒂，甄五月你带钱了没？五月就说带了带了。贾何钱问，带多少？甄五月那时候还真没数自个兜里有多少。甄五月想都没想就把两个兜里的钱都拿了出来。甄五月平时总喜欢把红颜色的放一个兜，把别的颜色放另一个兜。但是那天甄五月想都没想就把两个兜里的钱都拿了出来。贾何钱连数都没数就脱了鞋，把钱放在两只鞋底里踩着。甄五月说，后来怎样了？贾何钱就说，我明明是把黑毛兔子扑在怀里，哪晓得黑毛兔子却变成了一本破烂书。我就把破烂书拿起一看，发现是半本《石头记》，对，就是四大名著，就是曹雪芹写了八十回的那半本《石头记》。五月说那后来呢？贾何钱说，我当时也追累了，就把那破书当枕头，躺在油菜花里睡了一觉。兄弟啊兄弟，我这一生都没有睡过那么舒服的觉。五月继续问，后来呢？贾何钱说，后来我就梦见了那只比墨汁还黑的黑毛兔子。黑毛兔子忽然站起来对我一龇牙做了一个揖，你知道吗黑毛兔子就这样用两只后腿站起来对我做了一揖。我这才看见黑毛兔子连牙都是黑的。黑毛兔子对我笑着说，宝玉兄，好久不见近来可好？我当时都惊呆了。兔子居然还会说话！这又不是《西游记》。谁知道黑毛兔子又对我做了一揖又说，宝玉兄，近来可好？我这才反应过来。我说，你说谁？黑毛兔子说，你呀。我说，兔子你认错人了，我叫贾何钱，可不叫贾宝玉。黑毛兔子说，我知道你叫贾何钱，但你其实也是贾宝玉。我说忽悠鬼呢，把我当二百五耍呢。谁不知道贾宝玉是小说是假的。而且就算是真的，贾宝玉也是个公子哥，老子就是个农民工。黑毛兔子说，你的四十一世祖是不是南宋右丞相贾似道？我说是的，族谱上是这么写的。族谱上说我们贾家楼的人都是他的后裔。黑毛兔子说，贾丞相的爹是不是淮东制置使高邮尉贾涉？他姐姐是不是皇帝贵妃？我说，族谱上是这么写的，但是你一只兔子怎么会知道？黑毛兔子又对我一龇牙，然后又对我神秘地眨眨像墨汁一样黑的眼。兄弟你都不知道，黑毛兔子连眼仁儿都是黑的。五月问后来呢？贾何钱说，黑毛兔子说，那就没错了，你就是贾宝玉。曹公写的就是你们老贾家的事。我说不可能。黑兔子你可别把我当二百五耍。我这么说的时候就冷不丁朝背着"手"站起来的黑毛兔子猛扑过去，不过当然又是一个空。然后我就醒了。贾何钱拍拍甄五月的肩又很陶醉地说，兄弟啊兄弟，我醒过来看着天空那么蓝，白云那么白，油菜花那么地金黄啊，兄弟，我就想永远躺在这里。贾何钱说，兄弟啊兄弟，我还打了一个从没打过的长哈欠，伸了个从没有那么舒服的懒腰。然后我就想起兔子跟我说的话，就把头底下的那本破书拿出来随便翻了一页。兄弟啊兄弟，你猜怎么着？五月就问，怎么着了？贾何钱说，我翻开一看，居然都是用红毛笔写的繁体字，我闻见那些字有腥气就用舌头舔了下，兄弟，那些字都是用血，都是用人身上的血写的。兄弟啊兄弟，这还不算稀奇，稀奇的是这些用血写的繁体字我居然个个都认得，就好像是我写的一样。兄弟你说奇怪不奇怪？兄弟你知道我从来都是一看书就想睡觉，但那天一见那字我就哭了。真的啊兄弟，我这一生都没有这么痛快地号啕大哭过。花谢花飞花满天，红消香断有谁怜……甄五月对诗可不感兴趣，但是甄五月看他那么陶醉还是强忍着等他念完，甄五月赶紧问后来呢？你快说说后来呢？甄五月其实是想问那只黑毛兔子的下落。但是贾何钱眼圈红红地说，后来我就把《石头记》看完了呀。兄弟我居然在油菜花里躺了一天一夜把八十回《石头记》一字不落看完了。而且我越看越熟悉，越看越觉得自己还真就是贾宝玉。甄五月说，后来呢？贾何钱愣了一下说，什么后来，后来我就不干木匠了呀。兄弟我偷偷告诉你——我准备用余生把《石头记》里没写完的关于我的故事写完。甄五月听他这么说忽然就哈哈笑了。贾何钱摸摸脑壳也不好意思地笑了一下，他以为甄五月是笑他要写《红楼梦》的事。甄五月笑完捶了一下贾何钱的胸说，你就想跟我借钱所以编故事骗我。贾何钱你的良心——大大地——坏啦。甄五月也想不到当时会那么说。谁都知道甄五月平时可是八锤子打不出一个屁的闷人。甄五月那天居然说——良心——大大地——坏啦。贾何钱龇着黄牙摇头晃脑地说，兄弟此言差矣，吾乃堂堂名门之后诗书富贵人家……甄五月瞧着贾何钱摇头晃脑的样子忽然又很难过，甄五月便打断贾何钱的话说，兄弟打住。兄弟我知道你是贾丞相的后裔，枫月镇谁都知道，贾丞相被蒙古兵打败后人人喊杀，最后被操家灭门。但是他一个儿子，也就是你们那个老祖宗因为省亲逃过一劫，从此隐姓埋名才有现在的贾家楼。但是兄弟我可以很肯定地告诉你，你不是贾宝玉。兄弟我虽然不读书我也知道贾宝玉是假的，贾宝玉是曹雪芹写的小说里的人。甄五月忽然一把搂住贾何钱的肩说，兄弟跟我进城看看病吧？兄弟你再不看病你爹、你妈、你媳妇都要病啦……

那是甄五月和贾何钱见的最后一面。甄五月想起那天的见面眼圈就又有点红。从小到大，贾何钱可是他最好的哥们。怎么会这样，贾何钱怎么变这样！甄五月就停住脚步很惆怅地看了眼天空。甄五月要是不看天空就好了。甄五月要是不看天空就不会遇见贾何钱当年遇见的那只比墨汁还黑的该死的黑毛兔子。但是五月已经抬起了头。五月的眼睛被什么东西晃了一下。五月先以为是镜子，是哪个小屁孩在冲他照镜子。五月就想低下头揉揉眼睛，甄五月真不该低下头。但是甄五月就是低下头了。甄五月还没来得及揉眼睛，就看见了一片亮晃晃的无边无际的波涛汹涌的海。五月看见无边无际的金黄的海时心脏差点蹦了出来。就算心脏真蹦出来也没办法，因为五月都没想到用手去摁摁——甄五月完全呆住了。甄五月像憋了很久的哭的孩子忽然看见姥姥来了一样忽然想号啕大哭。甄五月还忽然想放声大笑。甄五月还忽然想放声高歌。甄五月还忽然想使出全身力气跑起来。甄五月想把自个跑死，甄五月想把自个吼死。

甄五月两只脚真地就跑了起来。甄五月的心在胸膛里怦怦跳——但五月却一路吼着啊——，甄五月明明想吼房子啊劈柴啊大海啊花开啊世界啊——，却吼成了啊——甄五月不是甄家庄的泥瓦匠甄五月了。甄五月现在是一个诗人，甄五月现在是金黄的海里的一头金黄的豹子。甄五月现在是凶猛的金黄的海里的凶猛金黄的海。从现在开始，谁也拽不回甄五月了。甄五月终于看见了那只比墨汁还黑没有翅膀却在比黄金还要金黄的油菜花上飞的黑毛兔子了。黑毛兔子也看见甄五月了。黑毛兔子对甄五月龇了下牙。甄五月这才想起贾何钱说的是真的，世界上真有比墨汁还黑没有翅膀却在比黄金还要金黄的油菜花上飞的黑毛兔子。黑毛兔子不但牙齿是黑的，连眼仁都是黑的。疯跑的甄五月被黑毛兔子的黑一下镇住了，甄五月像急刹车一样停住脚步打了个激灵。黑毛兔子可不管甄五月激灵不激灵，黑毛兔子又回头开始在比黄金还要金黄的油菜花上飞起来。甄五月好像听见一个声音说追啊你快追啊。甄五月脑壳还在震惊着但甄五月的脚又迈了开来，甄五月看见自个冲出了一排排金黄的浪。甄五月又冲在金黄的浪里指着兔子吼啊——甄五月说"啊"的时候都不知道他的手变成了一只手枪——变成了小时候和甄三贾何钱他们玩警察抓坏蛋时的手枪，要不是马上摔了个趔趄，甄五月很可能就要吼——再不站住老子就要开枪啦。但是甄五月没有机会把这话说出来了。因为甄五月很快就滑了个趔趄，五月倒在了波涛汹涌的金黄的海里。等甄五月爬起来，那只黑毛兔子已经不见了。甄五月可不甘心追了半天的黑毛兔子不见了，甄五月就手搭凉棚在金黄的浪里转了一个金黄的圈，但是奇怪的是那只黑毛兔子说不见就不见了。甄五月这才清醒过来，甄五月这才想起自个可是个远近闻名的抓兔子的好手。甄五月就使劲扯了把领带，闭上眼嗅了嗅，一个眨眼功夫，甄五月脱下脏得不成样子的西装褂往肩上一甩，在金黄的浪里猫下腰。甄五月暗暗对自个说，死也要逮住你个死黑毛兔子。

甄五月猫下腰时不知道油菜花里还藏着两人，两人都被甄五月突如其来的"啊"吓了一哆嗦。一个和甄五月穿得一模一样的人垫起脚猫起头偷偷看，终于看见了金黄的花海里有一个飞奔的黑点。这个人马上就蹲下来拽了拽脖子上的红领带说，是甄五月。他这么说的时候可不知道，和他隔着两亩地远的大师兄也说了句。大师兄猫着腰在油菜花海里爬了半天，好不容易才寻到这个他认为最安全的地方，大师兄刚刚脱下裤子蹲下来就听到甄五月的吼声。大师兄刚想站起来不过马上又蹲了下去。大师兄跟自个说，来个疯子。

甄家庄谁都不知道大师兄已经回来三天了。大师兄回来这三天没吃好没喝好没睡好，本来就很严重的便秘就更严重了。心思缜密的大师兄可不想在哪家茅厕里碰上个熟人。大师兄终于找到了他认为很安全的地方刚脱下裤子蹲下来，就听见五月喊啊——，大师兄就以为来个疯子。谁遇到疯子不紧张！大师兄这时候可不想让一个不讲道理的疯子看见自个儿，那样他所有的计划将会前功尽弃。所以，大师兄刚动了一下脑壳又停住了。大师兄只好在心里一遍遍祈祷疯子快走，疯子求求你快走……可天不遂人愿——吱唧吱唧——的声音越来越近了，大师兄的心就像被一根绳子硬生生拽了起来。大师兄脸额上的汗全涌了出来，大师兄都能听见嗒——嗒——嗒——汗滴下来的声音。大师兄刚想悄悄擦一下汗，愣住了。大师兄看见甄五月的脸，愣住了。大师兄成为大师兄后就没这么愣过了。但大师兄看见"疯子"变成了甄五月忽然愣住了。大师兄忽然想死。大师兄今天也真奇怪。大师兄愣醒了第一个念头居然不是赶紧把裤子提起来想法解释，而是死了算了。

不料甄五月忽然转过脸蹲了下来。甄五月本来想转过脸看看右边大师兄这边，但是甄五月脑壳转到一半愣住了——猎人甄五月的余光看见左边两畦远的油菜根上有个黑影，哪个追了半天的猎人终于看见猎物不紧张呢！甄五月紧紧地摁了摁砰砰乱跳的心脏，竖起食指儿嘘了一声。甄五月又不知道大师兄在他后面，却竖起食指嘘了一声。然后甄五月又拽了把脖上松垮的红领带，甄五月双手慢慢拉开褂子又说了声嘘，甄五月紧张的样子弄得后面的大师兄也不由自主举起食指嘘了一下。"嘘"完大师兄赶紧捂紧嘴，大师兄就看见五月像头发现猎物的狮子突然冲过去朝地上一扑，大师兄听见五月说，哈哈哈，死兔子看你往哪逃。大师兄这才发现小师弟原来在逮兔子，哈哈，甄家庄谁不知道小师弟可是一个逮兔子的好手。大师兄的心忽地一松，不过 3 秒钟后又被绳子"呲溜"一声拽了起来，因为他看见甄五月扑了个空。大师兄忽然又万分绝望地低下头用双手捂紧自个的脸。脑壳里在争分夺秒地想着怎么说——大师兄往年哪一次回来不是提前吆喝，威风八面的呀。

五月这时候也愣住了，五月看着怀里的一窝青草和一张叠得整整齐齐的白塑料膜愣住了。五月本以为是兔子窝，没想到扑倒的是青草和白膜。五月愣了 3 秒后马上就不愣了。五月马上想到了贾何钱。五月在心里说，贾何钱你可真会享受。五月这么说的时候抬头看了看天空，五月又看见甄家庄的天空真蓝，白云真白，油菜花真比黄金还要金黄。五月就忍不住打了几个哈欠。哈欠还没打完，甄五月就想起贾何钱那天跟他说的话了。甄五月就想先睡一觉，睡一觉也许也能碰见那只黑毛兔子。五月这么想的时候就很激动很兴奋地在青草上摊开那张白膜，情不自禁地躺了上去，没过 2 分钟就打起了呼噜。

甄五月真的很疲倦，甄五月已经好多天没睡了。

大师兄终于挤出笑脸又愣住了。大师兄看见了一双黑色袜子和露在袜子外面的两个紧挨着的大拇指，紧着听见了甄五月打出了第一声呼噜，大师兄一下子愣住了。大师兄脑壳里哗地打了一道闪电。大师兄心里忽然涌出一股暖流，大师兄忽然想哭——睡着了啊，小师弟睡着了。大师兄以为小师弟看见他了所以故意装着睡着了。大师兄眼泪汪汪，大师兄心潮澎湃，大师兄真想站起来也像五月刚才那样"啊啊啊啊"吼那么一嗓子。大师兄觉得小师弟就是小师弟，小师弟真善解人意。大师兄真想冲到小师弟身边狠狠亲他一下，然后告诉小师弟自个多么不幸，梁燕子吃他的，喝他的，穿他的，住他的，用他的，开他的——居然给他戴了绿帽子。但是大师兄什么都没做。大师兄很坚定地抹了把泪在心里说小师弟啊小师弟，等回去就算是买大师兄也要给你买个媳妇。大师兄这么想的时候都想啪——啪——抽自个儿两耳光，大师兄忽然发现自个这些年对小师弟关心太不够了——大师兄这些年居然都没想到给小师弟买个媳妇。大师兄揩着泪水转过身悄悄往后面退，他前面正猫着退的那个人刚巧回过脸，那个人的脸，唰地一下白了。

甄五月可没大师兄想的那么善解人意。甄五月要是看见大师兄就好啰。甄五月要是看见大师兄马上就会站起来摸脑壳一愣——咦，大师兄？那样田埂边割韭菜的大师嫂就会看见甄五月。那么甄五月和她的命运就都会改写——至少甄五月的命运会改写。但甄五月没看见大师兄，甄五月反而用脏褂子蒙住脑壳打出了一声接一声的均匀的呼噜……

隐隐约约的，大师嫂好像也听到甄五月的"呼噜"了。但大师嫂以为"呼噜"是另一个人的，就像方才甄五月以为棒槌声是另一个人的一样。大师嫂听见隐隐约约的"呼噜"时又对着手里的韭菜又湿漉漉地笑了一下，然后优雅的转过身，开始割另一排韭菜。

大师兄终于退到他想退到的那条畦沟里时，又听见了吱唧吱唧的声音。大师兄觉得，是不是小师弟起来了？小师弟知道自个躲远了就起来回去了。大师兄就无限温暖地转过身准备目送一下小师弟。大师兄刚转过脑壳又愣住了，大师兄又听见了呼噜，大师兄又隐隐约约看见小师弟黑色的袜子和露在袜外亮亮的两个拇指点儿。大师兄就在心里说，咋回事？难道是幻觉？一定是这几晚没睡耳朵出了幻觉。大师兄这么想的时候还揪了一下耳朵和鼻子，只是手还没放下来又听见吱唧吱唧声，大师兄这才发现不是幻觉。大师兄发现不是幻觉时心里又慌了起来——又来个人？又来个人！大师兄的心又被那根绳子紧紧提了起来，两个拳头又不由自主地紧紧捏了起来。大师兄正在紧张激烈地考虑要不要再换一个更安全的地方时又愣住了——大师兄看见猫着腰儿的梁燕子的脸又愣住了。大师兄看见他已经盯了3个晚上的他媳妇儿梁燕子的脸，又愣住了。

梁燕子可没看见发愣的大师兄。梁燕子手上的菜篮也不见了？真的，谁也没见梁燕子把装着韭菜和菜刀的篮子放哪去了？梁燕子的目光一眼就落在蒙着脑壳的甄五月身上了。梁燕子的眼睛就迷离了起来，女人眼神一迷离起来可就啥都看不见啰。梁燕子又湿漉漉地笑了一声。五月这时候就听见了笑。但是五月是在梦里听那个黑皮肤戴眼镜的小姑娘在咯咯咯笑。五月看见本来很腼腆的不怎么说话的那个县城里来的小姑娘，看见油菜花后像疯了一样冲到油菜花里咯咯咯笑起来。甄五月有点莫名其妙，因为他不知道平平常常的油菜花有啥好笑的？但是五月还是追了上去，因为甄老爹让他好好照顾县里来的亲戚，甄老爹本来要陪着非缠着他要看油菜花的小亲戚来看看油菜花，没想半路上碰见了个要找他盖楼的人，甄老爹正好看见正在割韭菜的甄五月。甄老爹就招招手，叫小五月带小亲戚到前面去看看油菜花。甄老爹这么说的时候还摇了摇脑壳——他也像初中生五月一样不明白油菜花有么好看的。

梁燕子笑完就挨着甄五月坐了下来。梁燕子又举起雪白的手臂把乌黑黑的头发拢了拢，愣住了的大师兄都没看见她从哪里拿起一个粉色的夹子就把窝好的头发夹了起来。梁燕子夹好头发，两只白皙的手在腰上摸索了一下，人接着蹲下来露出两瓣像雪一样白的屁股。大师兄看见他媳妇的屁股像雪一样白，大师兄的心就下起了雪。大师兄这才想起甄五月：怪不得三天两头回甄家庄！怪不得三天两头回甄家庄！就算眼睛喷出了血、就算牙咬出了血、就算拳头捏出了血，大师兄还是忍住了——要不他就不是大师兄了。大师兄强忍着剧烈的颤抖，从怀里摸出手机。

梁燕子屙完尿又把头摆了摆，这时就看见了天空真蓝，白云真白，油菜花真比黄金还要金黄。梁燕子就闭上眼深深吸了口气。梁燕子忽然就想痛痛快快做一次……在一边的大师兄的牙齿就碎了。但大师兄并没有动，大师兄要动就不是大师兄了。

甄五月这时候还在做梦，甄五月"啊哦"叫了一声是因为看见那个皮肤很黑，笑起来牙齿很白的县城里来的亲戚一个趔趄扑倒在油菜花里，甄五月赶紧冲了过去，甄五月可不能眼睁睁着亲戚跌倒了不扶，就算是陌生人跌倒甄五月也要扶的。甄五月冲过去时脚底也一滑也打了个趔趄，甄家庄的初三学生一下子就扑在了县城初三学生软软硬硬的身子上了。甄五月像被开水烫了一样想马上跳起来，但是甄五月却被那个女孩拉住了，甄五月只好滚到女孩旁边。那个女孩咯咯咯笑着说，唉，五月，你看，五月你快，看天空真蓝，白云真白，花儿真香啊！甄五月就顺着女孩的手指看天空，女孩闭上眼睛陶醉地说，啊啊啊，从明天起，喂马劈柴，周游世界。啊啊啊，我要有一所房子，面朝大海，春暖花开，啊啊啊——甄五月还是头一次听见一个女孩吟诗，之前甄五月觉得诗应该是课本里"两个黄鹂鸣翠柳，一行白鹭上青天"，或者是"砍头不要紧，只要主义真"那样的，但是甄五月那时候就知道女孩吟的是诗。甄五月那时候居然想到了"吟"而不是背诵和朗读这些词，甄五月忽然觉得很美。初中生甄五月第一次从心底里冒出了"美"这个字时，忽然听到几声像吃了干馒头没喝水一样涩涩的笑。那几声涩涩的笑就像一盆热开水泼向了初三学生甄五月的脸，甄五月被那几声笑烫得蹦了起来。甄五月蹦起来时心慌慌说坏啦。果然，甄五月的名声从此就坏啦。那个县城里的亲戚后来得了忧郁症，跳楼死了。

现在，死了多年的女孩又来到甄家庄又在甄五月面前滑倒了，甄五月也紧跟着滑了个趔趄。甄五月滑了个趔趄一点也不痛，甄五月跌到那女孩身上时甚至都没有像往常那样脸红。甄五月不但没爬起来还亲了一下女孩的脸蛋。甄五月亲完又听到那女孩咯咯咯笑，甄五月又看见了女孩像雪一样白的白牙。甄五月又情不自禁地低下头，轻轻地吻了吻女孩像雪一样白的白牙。甄五月吻到像雪一样白的牙齿后觉得从没有过的兴奋、激动、喜悦、愤怒还有勇敢……甄五月就咆哮着在梦里跳了起来。甄五月看见自个变成一头金黄的豹子。甄五月看见咆哮的豹子驮着一口白牙的小姑娘冲过金黄的油菜花，冲过甄家庄、李家庄、贾家楼、枫月镇，冲过县城里的每一条街道……

甄五月终于没力气了。豹子一头瘫倒在地。甄五月看见一口白牙的小姑娘变成一摊鲜红的血，甄五月就把自个吓醒了。甄五月醒了就觉得很热、很黑、很闷、很累，手里好像还抓着两团软绵绵的东西。甄五月就紧了下眼，一把呼喇开脸上脏得不成样子的西装褂，甄五月就愣住了。骑在身上的梁燕子刚好也睁开眼，梁燕子也愣住了。愣住了的甄五月和梁燕子听到后面响了个爆雷，两个愣人儿不由自主地回过头，甄五月看见金黄的油菜花被炸出一条金黄的浪，一只比墨汁还黑的像甄家山一样巨大的黑毛兔子龇着黑牙嗷嗷嗷地向他俩扑了过来。

亲爱的小孩

刘爱武

艰难地睁开眼睛，白色的绚光中，一张生硬的酱黑色的脸，正俯瞰着我。我"啊"的一声坐起身来，脚步声咚咚而来，"他是谁？这又是什么地方？"来人还没有说话，我已经知道这是医院。护士扶我躺下，轻声地说："他送你住的院，你不认识他？"酱黑色的脸搓揉着双手，"下夜班看见你躺在铁轨上，嘴里喊着'安心，安心'。正有一趟列车过来，我是铁路养护工。你醒了，我得回去巡道。"我摸了发痛的头部，上面缠着绷带。言谢的话我没力气说出口，眼泪却不争气地流了出来。我用手势做了个打电话的动作。"你要打电话？"我点点头。他把自己的手机递给我，我按下了自己的手机号码。

我在一家4S店做车贷销售，我姓万名爱珂。爸妈给我起名时就没出来过万艾可这个东西，否则也不会给我起这个名，让女儿难堪。这个名字给我带来的不仅仅是尴尬，也有商机。我老公安序就是在我们店里买车时认识的，我算不上出众，但也拿得出手。他听别人叫我名字时扑哧笑出了声，或许是对我表现不恭的歉意，他把购车意向交给了我代理。车子敲定了，我们的爱情也萌发了。3年后，结婚生女，和所有幸福家庭一样。后来所有的变故都源于我太热爱销售这份挑战性工作，在一次去车站接人时，女儿走丢了，她才4岁。我们找了几年，有的只是线索，一头挂着希望，一头连失望。安序是独子，三代单传，来自父母的压力，让他在家越来越没话。偶尔开口，就是劝我再生一个。不，不，不，我只要安心一个，一个。离婚我提的，他是个好人，好人。

出院的时候，我加了养护工的微信，原想通过微信将他垫付的医药费转给他，却鬼使神差地打出上面这些文字。养护工不大会养护人，还明知故问地说了句"那天你刚离婚吧"，再说了"女儿一定会找到"之类的话，又来了一句："不要有轻生的念头。"我扑哧一下笑了，"我不是自杀，只是虚脱跌倒在铁轨上。不过还得感谢你救命之恩。"我发了三个抱拳的表情后，结束了这段聊天，竟把还钱的事情忘了。

江城不大，GDP 指数排名全国靠前，车辆日趋饱和，有时一连几天，我也销不出一辆车。和安序离婚，我自愿放弃一切财产，只求心安和更方便寻找我的漂亮女儿。我在"租客家"里和婚介网做事的肖然合租一个两居室，房子在临街繁华地段，繁华的地方人口密度大，也许某一天，某一天，在街角就找着了我的安心。我常常向肖然说起我的安心，我说得越多，她听得越心不在焉，她婚介网上的故事我也一句听不进去。

日子转眼就到了 9 月，"金九银十"，所有商家都铆足了劲，大街小巷都成为销售战场。4S 店在皇都广场齐刷刷摆放了五六排车，边上还搭了长长的丁台，男主持人握着话筒，声音震得人耳膜直嗡嗡，成排的女模特蹬着高跟鞋一圈一圈走来走去。我在人群中寻找潜在的客户，看新鲜拍照的人多，对车有兴趣的人少。天气是出奇的热，我拿着宣传册页扇风时，一个刚刚下 T 台的胖模特手攀着幕布龇牙咧嘴，我让她脱下无名指一样细长的高跟鞋，把宣传册页垫在她的脚下，胖模特满脸是汗，双手招着风。

"姐们，一场能挣不少钱吧？"这么辛苦，我想收入一定很可观。

"挣不了多少，瞧瞧她们，一天准有千儿八百的。"她的手指向车旁两名正在彩绘的半裸模特。胖模特看看半裸模特，又看看我，笑道，"姐姐的身材和她们有得一拼，只要敢脱，钱有你挣的。"

"不想赚这个钱。"我按住被风掀起的衣角，头摇得很夸张。"姐们，加个微信，有朋友买车推荐下，我叫万爱珂，多了不敢说，请你撮一顿不成问题。"

"你这人倒爽快，我喜欢。"

"这车谁在卖啊，啊。"耳边炸雷似的响起一句询问，我赶紧转身，迎面一个秃顶的中年人，眯着一双小眼，手中的公文包不停地在拍着车子的引擎盖，我挤进秃顶与引擎盖的隙缝里，把车的各项功能讲了一遍，又把车贷需要哪些手续介绍了个遍。他的眼光不在车上，左看看我右看看我，时不时地晃着秃顶，临走，掏出一张名片递给我，说有时间听我详谈。我伸手接名片时，感觉无名指被蜇了一下，我无名火起，随手把名片扔了，手在裙子上霍霍两下。秃顶斜眼恶狠狠瞪着我。

"带爱回家"协会发来一张图片，有个孩子特别像安心。我立即买了飞机票，去了 1000 公里外的城市。我赶到现场，见一对夫妻抱着一个小女孩哭成一团，我上去一把死死地抱着孩子，喊着安心安心。三个大人抱着一个孩子哭，派出所人员犯难了：两家都说这小女孩是自己失踪孩子，只有做亲子鉴定了。其实我心里清楚得很，她不是安心，安心右鼻下有颗痣，笑哭都有酒窝。我抱着这个小女孩是尽情释放自己的泪水，同时也是给自己千里寻女一丝慰藉。回来的那个晚上，我没有回出租屋，不是怕肖然问，而是怕她不问。

又一次走上熟悉的铁轨，听说这条轨道即将要拆除，不久这里又是城市繁华的闹市。一阵风刮过来几片枯叶，叶子翻了几个跟斗，落到了脚边。我晃荡着单肩包，高跟鞋踩在枕木上，像是一声声叩问，我的安心究竟在哪里！天越来越黑，前方的黑暗如一个无底的深渊……

毛线外套已不能抵挡秋风瑟瑟。我拍了一张铁轨发了朋友圈，仿佛无限延伸的铁轨可以带领我找到我的安心。我夹紧毛衣双手抱胸，走啊走啊，前方有灯光闪烁，晃得我眼晕，养路工提着信号灯迎面走来。

"上夜班啊。"

"嗯。看到了你发的朋友圈。"

"哦。"

有照明灯亮着枕木上好走多了，走了近 5 个小时，他跟了 5 个小时。"前面是我们巡查站休息室，进去歇歇吧。"说是休息室，其实也就一长椅加一张床，还有水壶暖瓶之类的。他倒了一茶缸热水，我喝了。他说你也累了，不嫌弃的话床上躺会儿，把门插上，我出去巡道去，你放心。我睡了两周来最沉的一觉。

拉开门，阳光暖暖地抱紧了我，他坐在门外，手里拎着塑料袋，"我巡道回来顺便买了早点豆浆。"拧开水龙头，漱了漱口，撩把脸，我拿了一根油条、一个包子和一杯豆浆，没有说话，回头看了他一眼，他向我挥着的手停在半空中……

到了4S店里，经理从台历上撕下一张纸递给我，说有个客户指定我代理他的业务。什么客户我怎么想不起来，照着号码拨了过去，没人接听。过了许久那边回了信息，叫我去御道楼工地上找他。"谱这么大，难道是地产翘楚？会会去，怕什么。"我给自己打气。

我被他绕来绕去，在几处工地来回奔波，他始终都不电话联系，只发信息。当我意识到自己可能被人耍了时，回了一个短信："我就在一号工地等你，有种你现身。""有性格我喜欢。"短信回复得很快。当秃顶出现在面前时，我意识得没错，秃顶见到我，用手在秃顶上划拉几圈，打起了电话："孙经理，你店里小万非常敬业，我看中的那款车就定下来了。你说都追到工地上来了，能不赏她口饭吃吗，哈哈哈哈……"他笑到裤带上面的肉一堆堆抖动。他是怎么扬长而去的，我不知道，我木了，使劲撕碎了手中所有的合同，工地上窜起一股纷纷扬扬雪花。

经理把我喊到办公室，递给我一个信封："这是你的提成。"我把辞职信放在了经理办公桌上，经理瞄了一眼，"嫌提成少？可以再商量……"后面的话被门夹没了。

出了门，走在繁华的街头，却不知道该去哪。肖然早就想拉我入伙，我认为感情不是做生意。

手机上客户的名字一大串，大多是客户的，真正的朋友没有几个。忙于工作，我不但丢了女儿，丢了家庭，连朋友、同学都疏远了。

"姐们自炒鱿鱼，能介绍个活吗？"微信飘向那个胖姑娘头像。

"上次和你说过的，你是人体彩绘的上等佳品。"

"就没有别的选择啦？"

"还有就是开直播也挺来钱的。只要粉丝足够多，打赏的钱就让你盆满钵满。"

"……"

"看你对直播还是不了解。看过《少年派》吗？上面林妙妙搞搞怪，卖个萌一月挣 4000 多。"

"有这好事？"

"嗯。"她吐了吐舌头就无消息了。

独自去了左岸咖啡，发了条朋友圈：点两杯咖啡却无人坐对面。然后望着对面的咖啡，直到左岸打烊。回到出租屋，钻进被窝，打开微信，养护工发了好几条微信，都是一些简短的询问。见到我的回复，养护工的词汇开始丰富起来，还说他烧得一桌好饭菜，邀我明天中午过去吃。我立即点了一个 OK 的表情。

这是一个老旧小区，房子建在铁道边。我敲开门，养护工穿着围裙，手里拿着锅铲，望着我嘿嘿地笑着，我闻到一股焦煳的鱼味，我指了指厨房，养护工腾地一下奔了过去。我环顾了一下屋子，这是一处三室两厅的房子，收拾得很干净，西侧墙上挂着一张女人的照片，人很秀气，镜框上圈着黑纱。几盘菜摆上桌，养护工开了一瓶白酒，嗫嚅着说："不知道你能不能喝酒，今天我想喝点。"我问道："是看我昨晚没人陪？"养护工摇了摇头。"那么……""五年前的今天，妻子离开了我，我……想有人陪……""好，我们喝酒。"从不沾白酒的我，与养护工一杯接一杯地端，夜醉了，一个倒沙发上，一个趴桌子上……

之后，养护工的家我常去，他做了狮子头我去吃，他蒸了螃蟹我也去吃，他的被单我洗，他的地我拖。从没有把这里当作自己的家。有一天，他对我说："房子这么大，要不你来租一间？"我说："怕没钱付房租呢。"他想了一会，说："那就典身为奴，帮我打扫卫生。""期限呢？"

"一生。"

"你看我像典身为奴的人吗？"

"不像！"

"就像这样，不是挺好的吗。"

我说没钱付房租倒是不假的。我的直播，开得半死不活，粉丝虽然离 10

万还遥遥无期，可半老徐娘开直播毕竟有与众不同的地方，不管出于什么原因，打赏还是有的，加上跟着胖姑娘妹走过几次秀，一个人生活倒也过得去，只是一直在寻找安心，精力和金钱都要付出。

我和养护工一直不谈感情，只互相关心，我给不起他幸福。他说他懂我的苦，他愿意余生陪着我，我故意把一个露骨的搔首弄姿的直播放在仅他可见的朋友圈，他的眼光就暗淡下来，可每次来他家，我还是照样洗衣拖地，他做的饭菜依然热气腾腾。

"爱珂，和您商量个事。说好的一场相亲，女的临时变卦来不了。想请您救个场……"

"不！"

"你权当预演练个手，为自己以后相亲积累经验。"

"我还有以后吗？"

"求求你啦，万姐。做我们这一行的，诚信最重要，如果人家要是说我们办的是放鸽子网站，今后在这个圈子里就没法混了。万姐，我，我给你下跪了。"

"……只此一次，下不为例。"

"谢谢万姐。记着欧罗巴西餐厅 13 桌。我先去，稳住他。别忘了，打扮一下。"

紧赶慢赶到了欧罗巴，远远的肖然向我招手，我走过去，刚要落座，见到对面的人，我哆嗦了一下，打翻了面前咖啡杯……肖然熟练地介绍双方："秦乐欢女士，她可是第一次相亲见面哟，有些太紧张。王家新先生……""别介绍了，熟人。"我打断肖然的介绍。"那就太好啦，你们聊。"她顺水推舟，临走，向我吐了一下舌头。

我喝着咖啡，心情平复了许多，"有些日子不见……你过得很好。"

"你、你过得可好？"

"我说的是真话，你比之前白了不少。换工种了吗？"

"你、你……"

"我们从一起喝酒到喝咖啡，情调高啦，哈哈哈。"我笑地泪流满面……

　　回家后，我打开直播，将一直挂在身后墙壁上的安心的照片放在镜头前，摩挲着女儿的笑容，我说我今晚去替人相亲了。我和相亲对象很熟悉，他救过我的命。他想结婚，我也想着有这么一天。我们相聚了，最后却是离开，这不是他的错。我开直播，我开直播不是为了钱，不是为了成为流量网红，我想通过直播找女儿。我的女儿丢了，粉丝们，你们告诉我，我的安心，我的亲爱的小孩在哪儿呀？在哪儿呀！

　　我的眼泪滴在了女儿的相片上，也模糊了镜头……

第三辑

诗　歌

入蜀记 (组诗)

谢思球

蜀道上的诗仙

在蜀道上行走，你要学会拔苗助长
一手拎着酒壶，一手拽着头发上升
寒意沿着天梯上窜
你得时时要按捺住心脏
提防它像那只猿猱逃得无影无踪

蜀道在延伸，你得小心扶住身体和灵魂
世间哪条路好走呢
长安的官道如何，不也是像冲波逆折的回川
都死过好几回了，全靠那口酒续命

危乎高哉，剑门崔嵬，散关深藏
蜀道无法回头，就像一生没有后悔的路
朱颜成灰，哪里是仙呢，全靠几首诗提气
关隘连着关隘，一程接着一程
蜀道一直在延伸，从来处来，往去处去
感觉一生都在那根孤弦上行走

蜀道比脚更长

一匹老马驮着秋风，它们将一同死于深谷
蜀道上只有几叠诗稿陪伴着枯骨

旧　欢

花重锦官城，浣花溪畔
是几间新落成的诗人草庐
住着少陵野老和他的荆妻稚子，以及四壁的秋风
草庐少花，他广撒诗帖
萧府觅桃树，韦府觅锦竹，何府送桤木，韦府觅松树，徐府寻
果树
草庐作诗，草本治疾
大邑瓷碗里盛满酒意与月光

身居草堂，心系庙堂，这就是诗心
茅屋为秋风所破
你一边拄杖追赶着抱茅而去的顽童
一边关注着王师收复失地的消息
这就是诗人

浣花溪的上游是沧浪
濯缨与洗足是每天的功课
草堂客稀，来来去去的只有新燕
一根瘦竹撑住一把老骨头
茅草、秋风和顽疾，都是一个诗人的旧欢

剑南诗稿

剑在匣中，挂在墙上
陪伴着你精瘦的影子
谁将剑气绾了一个死结
你日夜喘不过气来

细雨乘驴入剑门，从此成了憔悴边客
行万里，怯登楼，怕作诗
铁马冰河入梦来，醉里依稀出塞声
原来是鬓边又新杀出了几行白发
原来是秋声又过了几重山

一部厚厚的诗稿，摆在桌上，存放在史中
里面狼烟滚滚，烽火四起
每个字都风尘仆仆，像从油锅里滚过
像是从塞外归来

短诗十首

周八一

旧 物

我喜欢在拥挤的旧事物中间
寻找被岁月掩藏的美
掸去一把古琴上的灰尘
它咿咿呀呀苍老的曲调，一下子
就把我带进典雅的大雪之夜

红泥的火炉中，炭火尚未熄灭
长满铜绿的旧烛台，烛火摇曳
把我们对烛弹唱的影子
涂抹在木质暗黄的板壁上
一会儿交叉，一会儿重叠

屋外，雪无声地下着
偶尔一声咔嚓，是枯枝断裂的声音
它并没有惊动我们。我记得

总是在平淡的情节的末尾

你小心地打开掉漆的红木箱子
虔诚地翻开一本线装的古籍
凑近烛火。单调沉寂的茅庐之下
我们并肩凝神的样子
像遗世多年的旧物，被时间丢弃

冬日忆

清贫童年，故乡冬日的
山野间，细长的葛藤缠住岩石
四方攀爬，粗大的根茎
藏在砂石深处。我的母亲
总能沿着藤蔓纠结的线索
耐心地找到它。整整一个冬日
母亲把挖来的葛根，洗净
绞碎，用清水一遍遍过滤
沉淀，再一天天晒干，捻碎
我迷恋它白雪般的洁净
清香的气息，以及清热
祛湿，安神，养胃的功效
尤其是，它给我换来的
学费，新衣，过年的鞭炮和糖
足以让我用一生来回想

我的村庄

浩荡的春风，酿出香醇的酒
村庄湿润的心田上

一树树桃花杏花的灯盏

照亮男女老少缤纷的喜悦

照亮流转的土地上，五色种子

破土而出的一声声脆响

晨光中，飞舞的花喜鹊

叽叽喳喳谈论着幸福

我跟在年逾古稀的二大爷身后

爬上一座向阳的山坡

在他承包的茶园里，一片片

茶尖，绿得晶莹，油得发亮

阳光的蜜，混合着花香

正无声地，把他的春心烘暖

春风一遍遍地吹拂

我的村庄，我的亲人，他们

怀揣的初心中，都珍藏

一颗明亮的太阳

在泥土氤氲的馨香里

在时代跳动的脉搏上

用真情和热爱，孕育着

新农村建设的最美的篇章

流年书

脚步凌乱，踩过冰霜覆盖的

弯曲山道，碎裂旧梦的声响

拽着钟声，通向缥缈，接近神秘

山巅庙宇，堆积的雪，那么白
晨风凛冽，但它无法吹散
香炉中弥漫的烟火
白发间跳跃的呢喃

风水、家册、人事和愿景
这些不可捉摸的隐秘之物
在浮动的尘世，深藏
牵扯人心的万有引力

黄褐色的签条，陈旧，沉重
它落地的声音，清脆，悦耳
缓慢打开祖母内心发黄的经书
她想摁住命运的轨迹，流年的印痕

乡村冬日

枯枝上，一只只麻雀
缩着脖子。如一片片蜷缩的
黄叶，再凛冽的风
也无法吹散它们

这些安守在乡村的草民
总是用叽叽喳喳的谈论
敲碎晨霜的清寒，暮雪的冷寂
我想说的话，时常被它们
细小的热情，不经意地打断

炉中的炭火，静静燃烧
那么多的往事，已化为灰烬
微凉的生活中，应该还有什么
需要我们去坚守，去点燃
像爱，跳动真情和温度

疾风呼啸，枯枝一根根折断
麻雀们惊呼而起，又悄然聚拢
这被忽略的美，一次次
深刻我日渐苍白的心灵

白露帖

秋风的语气又加深了一层
最先明了的草木，频频点头
用黄金的语言来回应

倚门驻杖的老爹，抬头看天
蓝天高远，孤云缓慢
它还没有找到落脚的山巅

蝉鸣嘶哑，被风语掩盖
曾经的金嗓子，在岁月的转角
悄然蒙上一层淡淡的铜绿

那些低下来的，谦卑的头颅
在与泥土的反复对话里

逐渐找到了生命永生的真经

一只背着沉重米粒的蚂蚁
绕过落叶上一颗白亮的露珠
坚定，从容，踏上回家的路

立冬记

树梢上，老丝瓜悬吊
孤独，拍打着风。它还在等
温暖它的那一双手。萧瑟的

藤蔓间，结队的花喜鹊
叽叽喳喳，钻进钻出
像对流失的岁月，颇有微词

祖母的身影，日渐伛偻
树枝间跳动的点点光斑
竟然把她绊了个趔趄

又一片叶子飘下来。一封
读旧的信，带着时光虚弱的静
掩盖不住你内心泛出的霜花

岁末书

日月倏忽。犹记后院种竹
种惊蛰隐隐的雷声

种一棵蓬勃向上的心
盛满翠绿和空灵

夏至弄箫，练字大暑
风雨烈日下，静心的一脉
是那沿墙攀爬的牵牛花
把美和甜蜜，一寸
一寸，送到竹枝高处

梦比秋光，展开绵柔宣纸
竹叶沙沙，和着
白露润湿的雁鸣，一撇
一捺，书写平安和吉祥
托付一片白云，邮寄远方

翻过日历最后一页
一场细雪飘下。雪地上
脚步踩出的 2019，每一个字
都有着冰清玉洁的回响

提灯者

阴冷，晦暗。生活
纵深处，那人手提春光的
灯盏，沿着时间的暗河
寻找葱茏

他用微光照亮人间的路径

在细密的曲折里
布下花红，柳绿
唤醒蝶翅和蜂鸣

曲径通幽。光芒层层蔓延
当他经过你的身旁
柔风轻盈，鸟鸣清脆
吐出唐诗和宋词

跟随他的身影，走出苍茫
你内心的残冰，被他
手中的灯，那跳动的暖光
一点点稀释

大寒之夜

我们煮茶，读经
冥想白蝴蝶轻盈的
梦。蹁跹在苍茫的人世

忘掉漫长的孤单
尖叫的苦寒
一把刀，已收敛了光芒
隐藏在骨头缝里

删掉多余的话
一个词抱紧另一个词
一双老手攥紧另一双老手

握住长夜的温暖

嘘，星空下的耳语
正吹开迷人的月晕
月光的蜜，悄悄
流淌在你我的心上

另一条河流 (组章)

章晓勤

流 水

流水像一根长长的鞭子。日夜抽打。

走在江边，微凉的薄暮里有黎明的波光。雨滴和浪花在舟楫边划过。鼻息和眼神从指缝间滑过。流水带走了泥沙和石子。纤细的身影在水中摇摇晃晃，但不会随水而去。

与流水的方向保持一致，感受不可承受的时光和生命之重。

石 头

被流水冲刷。被岁月打磨。被渔火照亮。

石头，端坐如禅。在轮回的四季里，不随波逐流。石头有自己的心事，它时常想起：千年之前的一只青鸟，站在石头上，附身视水，顾影自怜。

夜里，岸边。一个人坐着，披着月光。像另一块石头。

深夜的河流

深夜的河流，走在通往黎明的路上。

白驹过隙，意兴阑珊。是谁在打捞繁星的碎银，两手空空？

大河绕过江北的村庄。站在堤岸，离离春草秋水一般漫铺过来。

咸味的风，推开童年的临水之窗。一袭白色的衣裙，在夜色里上下飞扬。

深夜的河流，沿途收集雨水和花香。

它幽暗的面孔，与寻常的白天相比是多么的不同。

芦 苇

是谁将浓稠的墨绿泼在上面？是谁将阳光的碎金洒在上面？

无边的起伏的芦苇，多么像内心的不安和战栗。

做一株瘦弱的芦苇也没有什么不好。

淹没在众生喧哗里，直至消弭。

或者拦腰截断，做成一管响亮的芦笛，用最清越的声音，擦拭自己的天空和灵魂，独自逍遥。

江风浩荡，苇叶翻飞。一个经年的漂泊者，站在黄昏的岸边，把飘雪的芦花一一收藏。

另一条河流

激情的狂风，大河的巨浪，在仰望的高度，掀起轰天巨响。

什么也不用害怕，勇往直前。

鹰，闪电和梦想。穿透黑云，刺破长空，抵达不可企及的地方。

河流中有一种真正的精神——水做的骨头。

谁也无法将它们断开，仿佛暴戾的台风中心，亮着的一支静烛。

河流在血液里奔腾。

灵魂的白鸥，伸展丰满的羽翼。

力与美，掠过生命勃发的绿地。

它呼喊着——浩荡的河流，飞翔在绯红的曙光里。

别来无恙（外二首）

施麒麟

不得不来的早起已成为习惯

远山近树都静默在雨雾之中

嗓子的不适不知是新疾还是旧病

这冬季过得很像是冬季

鸟儿可以让梦在白天里延续

道路的人迹早已如常

忙碌或假装着忙碌

真真地布局在来来往往的熙熙攘攘之中

迎面而来的笑容

像岁月一样僵在那张面孔之上

音容依旧，只是人矮了几分

蝉　蜕

总对菩萨留有敬畏。寺庙的底色

有太阳的余晖，还有挥之不去的潮湿

木鱼的敲击会如期响起

像爷爷早起的脚步

我还是喜欢这提前赶来的风
不愠不火，风筝就飞上了天
冬天的外壳还保留着最后一份硬气
人间似乎就开始骚动
把一切都放到路上

桃　花

在风与渡口的矛盾中，开放
粉红色是可以延伸到更深的层次
想想就该下些雨了
必要的时候可以没完没了
其实，我知道
很多时候相遇绝对都是偶然
而互相点燃那就需要前世的必然
磨合还得有旷日持久的折磨
折磨着自己的眼泪，也折磨着自己的心疼
在你开始问为什么时
花就落了

木凳上没有灰尘 （组诗）

陆 潇

芦苇正绿

记忆的相册，只留存你

飞舞的白发，风干岁月所有的伤悲

化为一缕清风，一朵流云

赠予远行的人

秋分日，初遇你青春的芳华

在青枫公园临水梳妆

水波微漾，碎了秋的老眼光

我会带走你的绿长裙，绿长发

丰满季节的遐想

收起惊呼，揣好感叹

借你摇曳的绿，驱散脚步上的尘埃

访青枫公园

穿越大半个常州城探访你

一路反复默吟你的名字
仿佛看望故友
想象制造一种惊喜拥抱你

寒霜未至，你驻守郊外
以一袭青衫，以高矮不一的姿势
诠释姓名的完美含义
在你宽大的胸襟里徜徉
多少无法释怀的事，被秋风带走

知道你喜欢安静
知道因为懂，我们不需要太多的语言
当时光老去，芦苇又一次长出白发
你会以怎样的坦荡，忆及今生

我们坐在长凳上

走进青枫公园
与枫树们打招呼，问残荷归期何处
追寻湖水，一生钟爱绿波的秘诀
木栈道也不陌生，走过去，总会构思
未来的某一天

我们坐下，木凳上没有灰尘
风守在路口
一只蚂蚁爬上你的肩头
一只飞虫偷听我们的笑语

灌木丛身披绿锦衣

偶尔扔一缕泛黄的思绪，叹念人生

我们倾听，透过秋天的窗口，捕捉春天

在淹城春秋乐园

不需要靠得太近

不需要看得太清楚

在淹城，秋风被春秋乐园高大的门楼隔断

属于我们的那份欢喜，落在轻轻的脚步里

取几个称呼带回去

取几行足迹向记忆交差

大门里面的快乐如何上演

不是我们此行的目的

有人在空旷处演练，有人在旧时光前遐想

战车辘辘，战旗飘扬

春秋的符号从半空走下

跟一束光握手

雨打芭蕉

曾经的一句宋词，潜入梦中多年

今日在东坡居士的终老地完成夙愿

雨打芭蕉

你北归的舟楫也在聆听

在前北岸 80 号，我们停下匆忙
被你踏过的一地青苔挽留

这一丛雨中芭蕉隔着花窗凝望
你吟诵的诗句长成白墙上的旧花藤
我把微笑挂上去
希望它成为一盏灯
温暖寒夜，芭蕉旁的身影

摘一瓣芭蕉叶，包一滴前北岸的秋雨
我要带回我的江南小城
如果有人问起，问起你的羁旅长住
大江东去，生死茫茫
雨打芭蕉，不会携半缕伤感

藤花旧馆

知道东坡居士的终老地在常州
这个叫藤花旧馆的地方
我不禁放慢了脚步
秋雨仿佛从你的诗词间走来
它轻拍芭蕉，神色淡然
完全没有旧光景里的惆怅

读着你与常州的情缘
在你"大江东去"的句子旁
又做了一行新的批注
一幅一幅图画走下墙来

我也走出那街巷，成为路边踮脚的一员

一时竟忘记时间的深浅
直至有人召集离开
矮墙旁翠竹低掩，海棠依旧
藤花吐出新的馥郁
等你，走过来时的路

在渡口 （外二首）

江家云

在渡口

白云不中留

随流水

流水从不回头

携家什的人

去了远方

留下空房子

只有那些薄命的草

一年一年

守在岸边

——招手

——张望

坐

那个坐在船头星空下

持蓝边花碗喝水的女子

会否把星星一同饮下

长河啊，你一宗又一宗
无解的谜。引导我
一次又一次离开家
在你岸边石头上长坐

向 往

去铁铜沙洲
辽阔的江水改变我的认知
在江上，我看到
大雾里，幕旗山倒像一叶小舟
我居住过的小城成了虚构
我为它们难过，好像
它们才是离家漂泊的孩子
渡口一侧的油菜花
少女般杨起黄色手绢
成排向我招手
又一次
燃起我对春天的向往

李白爱上的铜官山让我激动（外一首）

王安斌

我踏上回去的脚印
也没能认出你年轻时的样子

山没有了高度
一步一步将你踩在脚下
真的对不起你

一股风
不知从哪里吹来
把我送到山中，记忆里的
炸药库

露采的坑填平了
路抓着山的腰带
爱你的人成了填平你的土

铜官山，1978
门都生锈了

却被突然大开

你已经消失了
记忆还是不让你走
满脑子的拳头

没有记忆的人好可怕
忘了记忆的人更可怕

那时候，我已跌落沙洲
铜官山不属于我

隔江相望
望不到母亲
只看见你高昂的头

回来吧
回来哟
山上的树在招手

李白的天地还在
太白的袖子也在
我的远方和诗在哪里

我用砖头
一块一块将自己举起
山又把我紧紧地搂在怀里

山在李白的手里
被刻上：我爱铜官乐
随手落款在杨子江畔

今天，我踏上回去的脚印
你也没能认出我
小时候的样子

宣纸上的诗

我用古老的毛笔
亲一口古老的墨水
在古老的宣纸上写下
古人的诗句

墨河河的水
从诗经流到太白
又流入我的肚里
一竖用一横
挑起两筐
装满唐宋的诗词
一步一步朝我走来
一撇兜起飘落的灵魂
一捺裹着不散的精神
点的墨花
笑看传承的手
在古老的风中跳舞

我是喝着墨水长大的

一路上却没有

开出一朵墨兰花

行走在枞阳时光里（组诗）

徐 骥

石屋寺

再次叩拜这里
多年前我曾眷恋过的地方
我的祖辈曾与你同宗
我的前生曾与你叠印
青山不改
石屋依旧

四百多年的字迹依然沧桑
相国的诗句依旧模糊
多少青鸟飞进飞出
苍绿深处被偶尔惊醒
像红尘中经过的一次身影
如你如我

而石屋不语
任我轻轻推开虚掩的门
几个僧人在砍柴洗菜

一缕青烟缭绕在竹林上空
仿佛听见一声偈语
出家人也是如此人生

青龙驿之夜

秋意渐浓。风声水声秋声
被夜色覆盖被山色遮断
一条青石板路
是山蠕动的思想
诱我不着边际的眺望

几朵花从视线里蹦出来
在水面上旋转
漾起一层层红色的影子
被青龙驿的灯光不断放大
又一点点运向无限的远处

一两只水鸟掠过
丢下浩瀚的寂静
风声大面积涌来
我掩住耳朵却躲不过
一两滴扑面的雨水
今夜我将魂归何处

过旗山

一阵冷风

像十万发炮弹

呼啸而过

多少呐喊

是不知名的黄花

沿陵园台阶

一点点向上肃穆着

我静静的脚步

怕惊醒初夏的露珠

也许那是烈士的私语

我只有把敬仰的目光

投向更远的远方

一片青山

让我怀念或怀想

旗山旗山

忽然间沉默

沉默得让我失去了方向

康居路边

8月20日8时17分

康居路边

几滴过路的雨点

被20年第一场秋风

吹散落进

过往的尘土里

不留一点踪迹

对面医院十八层的病房

让我想起十八层的地狱

生和死每天在这里上演

被时间的风吹散带走

落进光阴的尘土

不留一点踪迹

上码头

这里被人们称为上码头

我记事时

这里只有一方浅浅又漆黑的小池塘

也许一条护城河

还想象曾有的航向

我不知道下码头

但显然这里

曾和它遥相呼应

或者悠渺的时空里

它们曾结伴同游

但如今那方小池塘

更加暗黑臭不可闻

而上码头

我幼时游戏的地方

曾经繁华热闹的地方

那些沧桑的麻石条

斑驳过多少欢乐和忧伤

如今只有冷清的月光

照着冷清的守望

像空袭后的场所

被搬迁后的上码头

荒凉寂静

只有无言的青石巷

古老的青石条

无语坦白着

这里曾有一个热闹的地方

也或许多少年后

小城人在地方志里

想象一个叫上码头的地方

白云岩

只一眼，我认出白云岩

浏览同学的朋友圈

白云成为背景

高耸的山岩之巅

有传说中的青鸟

从古至今

它殷勤的传讯达情

三月的春风，还有点冷

但浩瀚的水波

已洗去游人的疲倦

三两美女偎在桥栏边拍照，留念
也成为白云岩的风景

一声鸟叫带来美好的祝愿和想念

汉武阁

在爬满青苔的山径上
汉武阁是一个出口
好多人走过
也有好多人站在阁内
做眺望状
和你保持相同的姿势

朝南的亭榭
默默张开
像等待久未到来的贵人
许多人进进出出他们
不是你最终的期待
不远处
旗山寺禅门轻掩
有宽恕的意味

一定有人
走过山路时
被风绊了一下

或者
他身体里的风
被一阵阵松涛声带走

旗山寺

旗山寺的两端，是两个路口
从这里经过的人，都要俯视
山脚下的一条大动脉

寺门半掩，面对
医院的十八层病房，暗示
超度的意味

一定也有人，在刹那
想起某些禅机
但院子在，和尚远游了
也可能住在阵阵松涛里

童仙子（外三首）

周 红

许多晨曦中

闪动着我们童真的眼睛

七色的阳光

狡黠地挤过

盈盈的露珠在笑

天地仰俯间青绿了

微风里

花朵活泼泼地闹

春就来了

草长莺飞中

有红飞翠舞

你笑

一春的明媚

朴素的生长

简单里蓬勃

你心中有爱

眼里有光

一切温暖

季节涂鸦的荏苒里
色彩斑斓
又冷暖不明
跌宕的情绪里
柔韧在世外
有一种守望叫初心
有一种情愫叫少年
我们在信念中坚贞
任纷繁万变的世界

每个人都眷念稚子童声
每个人心里都曾住着一个仙子
心中有真
才灿若山花
心中有善
才海纳百川
婆娑世界
不负韶华不负卿
唯有你，永远的童仙子

面向蓝海　铜草花开

如歌的年华里
记得起天空的颜色
流浪的云朵
嗔羞的小花
嗡嘤里有蜜蜂来

载不动许多春华
藤蔓般的心丝
曲折的铺洒层叠

时光的涤荡里
从不恣意的漫想
偶尔也徘徊
固执地笃定
我们的未来
除了属于自己，属于家园
属于天空，属于海洋
更属于浩瀚的一马平川

有一些路
康庄的一眼可见
有一些人
美得像个童话
你我却从来不是主角
在清贫中瞭望
在寂寞里勃发
有一片蓝海盈盈眼前

春夏我走来
蓊郁了整个的季节
秋冬我离去
漫野柔姿铁骨，覆满芬芳
而我，你知道的
我有一个梦想
它是

面向蓝海，铜草花开

醉美金秋　铜草花开

十六岁那年的月
还在记忆里葱茏
缭绕着水气
青春就在理想里出发了
那一年那一枚枫叶
幻化成蝶蹁跹起舞

花香里月华如水
从此你从清词丽句中婉转而出
有童真稚趣
有蛾眉幽婉
有壮士怒发冲冠
有老夫聊发少年狂

山水如画生活如诗
每一个远行的少年
都写着自己的神话
荆棘的路上
英姿飒爽戎装待发
拥着奋斗的模样

九月好美
七色的缤纷
最爱一抹璀璨的炫紫
在金秋中摇曳

铁骨秀色东来紫气
吉祥如意的铜草花

绽放的铜草花

清晨你从江畔走来
怀抱一坛清水
笑容羞赧
赤足碰落第一颗露珠

黄昏你从山里归来
荷一把锄头
眼眸温润
有金属的色泽流转

回到屋里
你是知冷知热的新娘
两双筷子
和一根红烛
将千千万万的日子点亮

更多个夜晚
你是静默绽放的铜草花
睡在多雨的江南
侧耳倾听
地下矿藏的信息
承受着这水与火的淬炼

荷的诗歌

刘联合

从现在起

——致小友

从现在起就要握紧

每时每刻的小小幸福

也请珍视岁月的划痕

以及刻入其中的痛苦

从现在起学会沉默

看人来人往云卷云舒

听熙熙攘攘窸窸窣窣

无论大小不论亲疏

那些阳光雨露鲜花

赠予你的

那些风雪泥泞迷雾

教会你的

不可轻易放手或托付

从现在起理解思念

你漂泊的身影有人注目

有些路也许平坦

有些路注定崎岖

年轻的骨头需要

磕磕绊绊的磨砺

只要把故乡携在身边

所有的路都不会是绝路

年轻人，愿你像

绽放的花儿一样幸福

笑容可以写在脸上

最好就静静流淌心底

何必期望

明天空洞的赐予

从现在起珍惜自己

成长的秘籍无非自助

最最要紧的是

学会拒绝大词的蛊惑

相信每个微小的努力

遵从自己的意志去爱

不管怎么说活得舒心

才是生活的全部

如此而已

——致老友

此时很想见一见你

隔了好多重山河岁月

两个已经陌生的人

需要重新熟悉

窗外小雪飘飘停停

逡巡的寒风欲言又止

好像掖着很多心事
我们则不必这么拘谨
不谈过往也不说将来
只想告诉你这一季
霜后小青菜特别好吃
水灵的白萝卜也很甜
在外面漂泊久了
要亲一亲故乡的土地
为了那几碟咸酸小菜
为了节日里氤氲气息
值得你奔波千里万里
此时来见我吧
在寒冷的日子
用已经浑浊的眼神
温暖有些苍老的彼此
如此而已
如此而已

回家的路

我从不怀疑
回家的路道阻且长
总有一种精神之旅
看似有期却无期
每每在午后的阳光里
失聪的父亲闭目养神
体贴的房间特别静谧
就像生活原初的样子

本不需要多余的言语

寻常或不寻常的日子

操持一顿丰盛午餐

看着我们津津有味

父亲似乎很满足

兴许也有小小的得意

这里藏着他蹒跚的动力

现在他累了不得不歇息

也只有此时

我才拉近了与他的距离

平淡人生已经太快

苍老的时光总该

慢慢地慢慢地

低一低骄傲的眉眼

温一温斑驳的心思

坐在他的身旁

我知道我其实

正跋涉在回家的路上

窗外蓝天白云和煦

抑或风雨泥泞孤寂

自由连同藩篱

沉思以及迁徙

他们都是我的旅伴

而小寐中的父亲是否

忆起不常提及的故乡

那枯黄的奔忙与贫瘠

那清澈的希冀与别离

我又要怎样才能

一点点靠近并且读懂
一个渐远的不起眼的
地理名词
一条有关我精神脐带
溯源的消息
据说，在新年
雪落满了北方的土地

陈瑶湖，我可爱的家乡（外一首）

王晨晟

掬一把芬芳
枫沙之畔瑶湖之滨
龙王嘴便有了灵气
花山白屋水帘洞
白鹤从高岗飞来

青山杏花绽放
山顶上的脚印
仙人杳然而去
麒麟凤凰石林
希望古老而又鲜活

白云生处的人们
沿着后河虾儿港
伴着棠梨花香远行

一支庞大的船队
苎镇口停泊起航

梁王庙帝王的传说

羁马河跑马埂马形湖
书写诸侯纷争的故事
九十九座土窑
缔造一个孝的传奇
抗日的烽火水圩燃烧
鲁生烈士世代传颂

我们沐浴前河湖水
找寻官渡的横舟
追踪大小吴城的雄伟
忆昔凌家花园的繁华
发现三同碑的巍峨

四顾渔墩枫林晚渡牛山牧笛
记忆中早已封存
带有"红"字的村民组名字
体现那个时代的特色
普济沧海桑田
糯米小镇熠熠生辉

一座山是一座资源
一个湖是一个奇迹
陈瑶湖我可爱的家乡
瑶池人间

致防汛抢险的人们

烦透的雨

在天与水的缝里

不知疲倦的倾倒

可敬的人们

堵漏打桩筑堤

斗志昂扬的抢险

饿了你们就地而坐

大地是你们最好的餐桌

来一桶方便面一盒快餐

累了你们就堤而卧

圩堤是你们舒适的床铺

铲土机也成为你们难得的避风港

看这新垒整齐的"长城"

我们充满了必胜的信心

稻谷的抽穗声在耳边响起

看这满圩的绿色

迎着风雨的绽放成长

成熟的稻谷香已充满心中

铜陵山水漾新韵（组诗）

张　萍

春到城郊

春水春山五彩花，风吹香气漫天涯。
乡村城市融一体，万紫千红映到家。

湿地公园

湿地芬芳自有情，花红叶绿美姿呈。
游来欲指知章问：哪树柳丝缠笑声？

油菜花开

朵朵芬芳遍野黄，铜都郊外好风光。
游来欲与花携手，合照一张喜欲狂。

傍晚山村

夕阳欲落洒余晖，风吻枝头鸟渐归。
山妹集中健身舞，城乡一样绽芳菲。

纺织姑娘

口罩防尘不抹脂，绒花烂漫化千丝。
心灵手巧由人爱，四季春光任我织。

大山桃花

桃花红染漫山坡，映美姑娘笑脸多。
欲向当年崔护问，比她人面又如何？

江边谈笑

绿映红花柳戏波，长江笑露酒窝窝。
游人漫步谈今昔，故事原来比水多。

望江感吟

滨江一线景悠悠，回想当年两岸愁。
百万雄师从此过，得来今日好春秋。

庚子春日城郊所见

防疫脱贫一担挑，城郊儿女自勤劳。
养殖承续旅游旺，谁赶春风过小桥？

路过梧桐花谷牡丹园

丹青难绘句难夸，国色天香兆物华。
打自梧桐花谷过，回来懒看世间花。

游农林村

樱桃熟透嫩竹长，徒步登高望四方。
铁轨公交绿荫掩，山涵氧气水环乡。

梨桥见闻

晚霞已落马头墙，党政帮扶还在忙。
孤寡老人含笑语，支书把我当亲娘。

一只长满草的鞋 (外一章)

钱钟龄

曾经我是一座矿井，被人掏走了金矿。

许多年了，没人来看我，寂静的空让我害怕。

我感到了寒冷，好在泥土给了我温暖。

我因此也有了更多的时间感受黑夜的辽阔，收集星光是我生命中最后的乐趣。收集得多了，我仿佛自己也变成了光，变成了一弯新月，在草地上坐禅。

我从不知疲倦，我默默向蚊虫学习经文，我的内心越来越澄明，最后别人看到的是我一万缕明媚的心思，一一发了芽，成了现在这个样子。

现在，别人都说我满腹经纶。

这有些夸张，事实上我仍是一只鞋，只是在季节的轮回里用春秋笔法，重新描摹了一下自己。

我最大的愿望还是希望有人穿着我，带我爬一次长城，看一次黄河，然后在城市脚手架上搬一次砖，在村庄里犁一次田，在小溪里捕一次鱼……这是多么幸福的事！

我也感觉到了孤单。

好在有大自然精气的孕育，我腹中的虫鸣呈燎原之势。

我身体里的露珠，事实上是我流下的一掬掬清泪，我思念另外一只鞋子，不知它客居在哪里？曾经我们在一起说悄悄话，"咯吱、咯吱"地笑，在雪地里写过无数行情诗。在一树梅花前，我们踩出几瓣明月般的相思。

现在，每当春天来临的时候，我总怀抱草叶，忧伤地抒情。

有人把我当成了破烂的一把琴。

其实，我有季节的四根弦，别人看不见。

我弹得最多的是五千里路云和月。

以前是奔跑着弹琴，现在是静坐着弹琴。

弹荒野，弹老树，弹小溪，弹荆棘，弹玫瑰，弹西风，弹客死他乡的一块石头。弹彳亍的一只野兽。

弹高山上的落日。

夏日之歌

1

法梧，一如既往地竖起宽大的耳朵，是不是想听一听身上的果子，落地有声，还是无声？

蝉，一声声地重复着一个人的名字。

天天撕心裂肺惦记着的，必是生命中最重要的人。

父亲习惯在梧桐树下，等我下班。

2

有人在院子里种了兰草、美人蕉和其他盆景，我只关注兰草，因为它会让我想起屈原和苦难。

我在屈原的《离骚》里不只一次次地寻到它，我在父亲的《离骚》里不只一次次地嗅到它。

父亲的《离骚》藏在他的身体里，它是半部与淋巴瘤抗争的历史。

另半部化在我的血液里。

3

母亲从老家的菜园地里，摘来冬瓜、南瓜、西红柿、青椒……

这些蔬菜，绿色、环保、无害，但乡情有毒。

父亲不能喝酒，我就陪母亲喝点，为的是让母亲能记住我的样子。

我的样子应比菜园地里的丝瓜、茄子，更好记。

4

晚饭后，夕阳还未完全落下，我陪父亲在公路上散步。

经过一个地方，成群的蜻蜓贴着我们翻飞，就像是久别重逢的亲人。它们随性飞翔，从乡野到城市，无拘无束。公路旁有一条窄窄的溪水沟，水流不缓不急不清不浊，两旁的斑茅在虫鸣声中寂寞绽放。它们握着拂尘，摇晃着清瘦的身子。我在一棵构树旁停住了脚步，那些童年的果子青翠欲滴。我们再往前走时，我回头看了看，那些蜻蜓没有再追过来。

5

正午，骄阳似火。他戴着安全帽，身子微驼，拉着一车黄沙进入了工地。

背影多像我的父亲。

在上班的路上，我发现一处建筑的石板罅隙里，斜长出数株作物，在阳光下格外葳蕤。

我只识得其中的一棵，名曰商陆，它的根部能入药。

一座健康的城市，需要这样的良药。